Margherita Giovanni

Adria mortale – Tod im Ginster

Weitere Titel der Autorin:

Adria mortale – Bittersüßer Tod

Titel auch als Hörbuch erhältlich

Margherita Giovanni

Adria Mortale

Tod im Ginster

Kriminalroman

lübbe

Dieser Titel ist auch als Hörbuch und E-Book erschienen

Die Bastei Lübbe AG verfolgt eine nachhaltige Buchproduktion. Wir verwenden Papiere aus nachhaltiger Forstwirtschaft und verzichten darauf, Bücher einzeln in Folie zu verpacken. Wir stellen unsere Bücher in Deutschland und Europa (EU) her und arbeiten mit den Druckereien kontinuierlich an einer positiven Ökobilanz.

FSC www.fsc.org MIX Papier aus verantwortungsvollen Quellen FSC® C014496

Originalausgabe

Dieses Werk wurde vermittelt durch die Agentur Editio Dialog,
Dr. Michael Wenzel (www.editio-dialog.com)

Textredaktion: lüra – Klemt & Mues GbR, Wuppertal
Umschlaggestaltung: U1berlin / Patrizia Di Stefano
Einband-/Umschlagmotive: © Richard Jenkins Photography;
© tomograf / Getty Images/getty-images;
© Jelena Zikic / Alamy Stock Foto
Satz: Dörlemann Satz, Lemförde
Gesetzt aus der Adobe Caslon Pro
Druck und Einband: GGP Media GmbH, Pößneck

Printed in Germany
ISBN 978-3-7857-2784-3

2 4 5 3 1

Sie finden uns im Internet unter luebbe.de
Bitte beachten Sie auch: lesejury.de

Personenübersicht

Federica Pellegrini – Betreiberin der Pension Vento del Mare in Pesaro del Monte piccolo Cattolica (Pe-Mo-Ca)

Lorenzo Garibaldi – Commissario der Questura in Pesaro
Giovanni Spadafero – Ispettore und Mitarbeiter Garibaldis
Briatore – Vice-Ispettore in Pesaro
Vigliani – Assistent im rechtsmedizinischen Institut Pesaro

Lene (Marlene) Jung, Friedhelm Meyer, Tommaso Balistreri – Pensionsgäste
Gaetano Gentile, Bruno Bruni, Pino, Gianfranco – Kunstschüler in Pesaro

Vittorio Finello – Firmenbesitzer der Mailoliche Finello
Emilia Finello – Vittorios Frau
Ercole Finello – Vittorios jüngerer Bruder
Simonetta Ragonese – Sekretärin von Vittorio Finello
Teresa Marchetti, Contessa – Emilias beste Freundin

Alberto Cristante – Teresas Onkel
Silvio Cristante – Teresas Cousin
Flavio Bauso – ehemaliger Verehrer von Teresa
Signor Pedersoli – Zeuge
Renato Dini – Kleinganove
Befana – kräuterkundige Heilerin in Pesaro del Monte piccola Cattolica
Don Pietro – Dorfpfarrer der Kirche San Francesco

Aldo Baresi – Bürgermeister
Maria Baresi – Frau des Bürgermeisters
Eliza – Inhaberin eines Frisiersalons, Marias Freundin
Gino und Davide Tardelli – Besitzer einer Auto-Werkstatt
Angelo Iannazo – Ladenbesitzer

Prolog

06. Januar 1959

Leichtfüßig rannte die Katze durchs Dorf, überquerte den Platz mit dem Brunnen, dem Rathaus und den Geschäften und schlüpfte unter einem losen Brett in den Hof hinter der Kirche San Francesco, wo wie üblich ein Happen für sie bereitlag. Drinnen ging der Pfarrer auf und ab, sprach lange vor Sonnenaufgang sein erstes Gebet und schickte heute, an Epifania, eine extra Bitte um Nachsicht zu seinem Herrn. Denn während die Kinder der Gemeinde noch schliefen und von den süßen Gaben träumten, die ihnen die mystische Befana bringen sollte, schlichen ihre Eltern durch die Gassen und über einen schmalen Pfad hinaus zum Haus einer alten Frau, um ihr heimlich kleine Geschenke vor die Tür zu legen. Als Dank für ihre Heilkünste, Salben und Ratschläge, und zur Sicherheit, weil man ja nie wissen konnte. Mit Hexerei war nicht zu spaßen, ob man nun dran glaubte oder nicht. Natürlich konnte die Befana von Pesaro del Monte piccolo Cattolica unmöglich jene Hexe sein, deren vergebliche Suche nach dem neugeborenen Jesuskind in ganz Italien an diesem Tag gefeiert wurde. Dennoch war sie so alt, dass ihr wahrer Name fast in Vergessenheit geraten war – und ihre Fähigkeiten waren beachtlich.

Don Pietro seufzte. Wer war er, sich zu beklagen? Das schlechte Gewissen seiner abergläubischen Mitbürger füllte den Klingelbeutel und bescherte seiner Kirche regelmäßig einen prächtigen Lichterteppich aus Opferkerzen. Der Herr hatte alle Schafe lieb, auch die schwarzen. Und *er* hatte eine Schwäche für die schwarze Schönheit mit den samtigen Pfoten, die ausgerechnet der alten Benedetta gehörte.

Lautlos huschte die Katze davon, streunte über das Kopfsteinpflaster vor der Trattoria und an der mittelalterlichen Dorfmauer entlang. Lavendel kitzelte ihre Nase und ihr Fell strich durch winterkalten Ginster, unter dem sie kurz innehielt. Mit geschärften Sinnen durchforschte sie die schwindende Nacht. Keine Kreatur regte sich, überall nur träumendes Getier, zwischen Wurzeln verborgen. Zeit heimzukehren. Hinter schlafdunklen Häusern vorbei tänzelte sie ihrem Ziel entgegen, sprang auf den Zaun und von dort in den Garten der Befana.

Die Alte ließ sie ein, umhüllt von Wärme und dem Duft getrockneter Kräuter, als habe sie ihre Besucherin bereits erwartet. Drinnen auf dem Tisch stapelten sich Käse, Wurst und Schinken, eingelegte Oliven, kandierte Früchte und zwei Paar gestrickte Wollsocken.

»Willkommen, Micia«, sagte sie und gluckste leise.

Zur gleichen Zeit stieß auf der anderen Seite des Monte San Bartolo in der Stadt Pesaro ein Kätzchen gegen einen Besen; er kippte, fiel in die federnden Äste eines Oleanders, dann auf den Terrassenboden.

Im ersten Stock des Hauses schreckte Emilia Finello aus dem Schlaf. Ihr seltsamer Traum war noch gegenwärtig, ließ ihr Herz wild und drängend schlagen. Bilder huschten vorbei, explodierten wie ein Feuerwerk und mit beängstigender Wucht. Leise schlüpfte sie unter der Decke hervor, tastete sich zum Fenster und schaute hinunter in den stillen Garten, wo ihr Blick dem der kleinen schwarzen Katze begegnete. Emilia gab einen irritierten Laut von sich.

»Was hast du?«

Hinter ihr im Bett richtete Vittorio sich auf.

»Nichts«, sagte sie.

»Komm zurück. Es ist kalt.«

»Gleich.« Emilia hörte die Schritte ihres Mannes, seine Hände umfassten ihre Schultern. Die Katze verschwand.

»Ist da draußen irgendwas?« Er spähte an ihr vorbei ins Dunkel. »Da ist nichts. Oder erwartest du etwa die Befana?«

Emilia wusste, dass er den Satz sofort bereute, doch das änderte nichts. Sie machte sich los.

Die Befana kam nur dorthin, wo es Kinder gab. Und in diesem Haus gab es keine.

Kapitel 1

Drei Monate später

Das Firmengelände der traditionsreichen Keramikmanufaktur Maioliche Finello befand sich außerhalb der Stadt Pesaro, nahe der Bahnlinie. Angeschmiegt an die Biegung des Flusses Foglia und umgeben von wildem Brachland, das darauf wartete, erschlossen und gezähmt zu werden. Wie viel davon den Finellos gehörte, wusste niemand ganz genau. Mit den Schuhen in der Hand huschte Teresa die Treppe hinauf und über den stillen Flur. Sie hasste das Klappern ihrer Absätze auf den Fliesen und Holzdielen, wenn sich sonst niemand mehr im Gebäude befand – den Klang der Leere, der ihr immer ein wenig Angst einjagte –, und hoffte doch inständig, jetzt allein zu sein. Das hohe Fenster mit dem Rundbogen gab die Sicht auf das Werksgelände frei. Wer dort jetzt noch herumlief, brauchte sie nicht zu kümmern, von den Arbeitern kam keiner freiwillig ins Verwaltungsgebäude. Für eine Sekunde blieb sie stehen und schaute hinunter. Es war ihr, als könne sie sich selbst dort sehen, mit umgekehrter Blickrichtung, in einem grauen Kittel, den Pinsel in der Hand. Teresa schüttelte sich kurz. Sie würde nie vergessen, wie es sich anfühlte, am Maltisch zu sitzen, um auf Tellern und Tassen traditionelle Majolika-Muster aufzutragen. Dort, wo das durch die Bogenfenster einfallende Licht so anders wirkte. Wo man den Lauf des Tages am Wandern der kreuzförmigen Schatten verfolgen konnte. Es war sehr viel besser, wie es jetzt war, wenn auch noch nicht perfekt. Erdgeschoss oder erster Stock, das machte doch einen erheblichen Unterschied. Sogar der Geruch war ein anderer.

An den Türrahmen zum Vorzimmer gelehnt, schlüpfte sie wieder in die Pumps, strich – für alle Fälle – den schmalen Rock zurecht, prüfte den Sitz der kurzen Kostümjacke, deren angesetztes Schößchen sowohl Taille als auch Hüften betonte, dann klopfte sie. Nicht zu forsch, nicht zu zaghaft – wie es sich für eine Schreibkraft aus der Buchhaltung ziemte, die um Einlass ins Revier der Chefsekretärin ersuchte. Teresa presste die Lippen aufeinander. Jetzt bloß nicht kichern! Sie bewunderte die Ältere aufrichtig und gab sich Mühe, wirklich alles von ihr zu lernen. Dazu gehörte selbstverständlich auch, ganz genau Bescheid zu wissen, wer welche Gewohnheiten pflegte. Darin war sie gut.

Drinnen klingelte das Telefon. Teresa wiederholte das Klopfen, dann trat sie ein. Niemand da, wie erwartet.

Sie seufzte. Was für ein schönes Büro! Ein Fenster nach hinten raus, eins nach vorn zum Parkplatz, den eine Blumenrabatte säumte und elegante Zypressen, die sie an zu Hause erinnerten.

Eines Tages – und wenn es nach ihr ging, dann kam dieser Tag bald – würde *sie* hier jeden Morgen den caffè für Vittorio Finello aufbrühen, seine Post öffnen und seine Termine überwachen. Sie flüsterte die Floskeln vor sich hin, die sie sich längst angeeignet hatte, und drehte sich dabei um sich selbst. Auch wenn ihm die Keramikmanufaktur gehörte, war er doch nichts ohne seine Sekretärin. Eine Tradition, die Teresa fortzuführen gedachte. Wie vieles andere auch, was sich bei Signorina Ragonese bewährt hatte. Weder unter Zeitdruck noch während der Inventur hatte Teresa bei ihr je die kleinste Unordnung auf dem Schreibtisch feststellen können. Eine Frage der inneren Einstellung, genau wie ihre oberste Maxime, jederzeit Haltung zu bewahren. Beides verkörperte sie mit einer Souveränität, die sie unantastbar machte. Allerdings war ihre strenge Art auch ermüdend, und ihr nachzueifern verlangte äußerste Disziplin.

Der schwere, schwarze Telefonapparat schepperte weiter. Teresa schaute sich eilig um. Im Büro des Firmeninhabers rührte sich nichts. An der schmucklosen Uhr über der Verbindungstür sprang der Minutenzeiger auf zwanzig nach sieben. Spät genug, um mutig zu sein. Signorina Ragonese befand sich auf dem Nachhauseweg und würde garantiert nicht nochmal umkehren.

Mit einem Lächeln schwang Teresa sich auf die Schreibtischplatte und angelte nach dem Hörer. Es fühlte sich wunderbar verboten an.

»*Pronto?*« Draußen senkte sich die Dämmerung herab. Doch da Signorina Ragonese Zugluft verabscheute und die einander gegenüberliegenden Fenster meist geschlossen hielt, war es warm. Wärmer als angenehm.

»Bist du das, Teresa?«

»Ciao Emilia! Ja, ich bin's. Wie geht es dir?« Es war keine echte Überraschung, ihre beste Freundin am Apparat zu haben, war diese doch mit Vittorio Finello verheiratet. Nach der Hochzeit war Emilia schweren Herzens dem Wunsch ihres Mannes nachgekommen, die Arbeit in der Keramikmanufaktur aufzugeben. Wie hätte das auch ausgesehen: die Gattin des Inhabers zwischen gewöhnlichen Arbeiterinnen? Teresa streifte die Jacke ab und öffnete einen Blusenknopf. »Du ahnst nicht, was ich gerade mache: Ich sitze mitten auf dem Schreibtisch der heiligen Simonetta.« Sie schlug die langen Beine übereinander, die mit den glänzenden Nylons und den Pumps noch länger wirkten, und räkelte sich. »Himmel, ihr würde das Herz stehen bleiben, sollte sie mich dabei erwischen! Aber sag, was wolltest du von ihr und kann ich etwas für dich tun?«

»Ist er noch da?« Emilias Stimme schwankte und Teresa zögerte mit ihrer Antwort. Dann seufzte sie nachdrücklich, aber auch ein wenig entnervt. »Er tut es also schon wieder – er versetzt dich?«

»Ach, ich weiß nicht. Vielleicht habe ich auch etwas durcheinandergebracht …«

Selbst durch das Telefon konnte Teresa in der Atmung ihrer

Freundin die aufsteigenden Tränen hören. Dabei hätte Emilia längst wissen müssen, dass auf Vittorios Versprechungen kein Verlass war. Doch warum sollte er sich ändern, wenn sie sich nicht wehrte? Üblicherweise versuchte er seine Versäumnisse mit Geschenken auszugleichen: Parfum, Süßigkeiten, Schmuck. Verächtlich schürzte Teresa die Lippen. Sie würde das keinem Mann auf Dauer durchgehen lassen.

»Weißt du, wann er gegangen ist, hat er gesagt, wohin?«

»Wieso sollte er denn ausgerechnet mir etwas sagen? Er bemerkt mich ja nicht einmal, wie du weißt.« Teresa konnte es nicht leiden, ignoriert zu werden. Weder von ihm noch von jemand anderem. Doch Signor Finello legte Wert auf Distanz, wenn andere Leute dabei waren, und Signorina Ragonese war sicher, er tat gut daran. Denn andernfalls hätte es im Betrieb schnell Gerede gegeben, dass sie als Freundin der Ehefrau bevorzugt behandelt würde. Teresa zog beim Gedanken daran eine kleine Grimasse. Leider hatte die Signorina damit recht. Es war ohnehin schwer genug, sich zu behaupten, also schluckte Teresa die Schmach und das Getuschel, das dennoch nie ganz verstummte.

»Ich kann es nicht beschwören, aber ich nehme an, Vittorio ist weg. Jedenfalls ist er nicht in seinem Büro. Sonst würde ich wohl kaum hier auf dem Schreibtisch sitzen, Liebes. Ich bin ja nicht verrückt. Es muss etwa eine halbe Stunde her sein, eher etwas länger, da meine ich ihn draußen mit Hut und Mantel gesehen zu haben. Signorina Ragonese ist auch fort. Du weißt, sie geht nie vor ihm.«

»Dann könnte er ja doch gleich zu Hause sein.«

Eine unsinnige Hoffnung, die nur eine weitere Enttäuschung nach sich ziehen würde. Aber Teresa sparte es sich, zu widersprechen. »Wenn er geschäftlich unterwegs ist, weiß Signorina Ragonese Bescheid, dann ist es in ihrem schlauen Büchlein notiert – und eigentlich hätte sie dich dann doch angerufen, um ihn bei dir zu entschuldigen. Warte, ich schau mal nach.« Sie rutschte vom Tisch, rüttelte prüfend an den Schubladen und zog dann eine Haarnadel aus der Frisur. »Eine Sekunde, ich lege dich kurz zur Seite.«

»Nein, lass das bitte. Teresa? Mach keinen Unsinn!«

Undeutlich und ein wenig blechern hörte sie Emilias Einwand, während sie im Schloss herumstocherte, bis es aufsprang. Zielsicher blätterte sie durch das in Leder gebundene Buch zu den Eintragungen des Tages.

»Da steht nichts für heute Abend. Keine geschäftliche Verabredung«, sagte sie laut. Etwas *hatte* da gestanden und war ausradiert worden, statt durchgestrichen. Sehr gründlich entfernt, bis auf einen hauchfeinen Schatten. Teresa legte das Buch zurück, nahm dann ihren Platz auf der Tischplatte wieder ein und den Hörer ans Ohr. »Du weißt, was es heißt, wenn er nicht in der nächsten Viertelstunde bei dir ist. Vittorio hat dich nicht verdient«, ergänzte sie. »Und du verdienst ihn auch nicht. Ein Mann, der mehr Zeit mit einer Geliebten verbringt als mit dir. Der jede Gelegenheit nutzt, um dir auszuweichen und –«

Emilia schluchzte auf.

»Wie dumm von mir, verzeih!« Ihr wehzutun war so leicht, dass Teresa allmählich die Geduld verlor. »Nimm es dir nicht so sehr zu Herzen. Erzähl lieber, wie es mit deinem eigenen Geheimnis vorangeht. Hast du es wieder getan?«

Am anderen Ende der Leitung blieb es einen Moment lang still. Emilia trocknete vermutlich ihre Tränen, und in ihr gehauchtes Ja schlich sich hörbar ein Lächeln. »Ja, und es war wunderbar.«

»Siehst du, das ist die richtige Reaktion. Zahl es ihm heim.« Teresa kurbelte an der Telefonschnur. »Allerdings … Madonna! Ich bin ganz zwiegespalten. So sehr ich es dir gönne: Sei bloß vorsichtig. Wenn Vittorio es herausfindet, kann man nie vorhersehen, wie er reagiert. Es fällt mir schwer, das zu sagen, aber ich habe ein ungutes Gefühl. Ein wirklich schlechtes. Männer sind nachtragend und jähzornig.«

Auf dem Flur näherten sich Schritte.

»Ich muss Schluss machen, Emilia! Da ist irgendwer«, wisperte sie. »Also bitte: Sei klug. Warte nicht darauf, dass er sich ändert, und pass gut auf dich auf. Hörst du?«

»Versprochen«, sagte Emilia. »Aber –«

Der Türknauf drehte sich, und Teresa hängte ein. Zwei Minuten vor halb sieben. Sie hielt den Atem an.

Vittorio Finello trat ins Vorzimmer, seine Bewegung von ihrem Anblick auf dem Tisch minimal verzögert.

»Was soll das, Contessa?«, fragte er streng und schloss hinter sich die Tür. Wie ein Umhang hing der Mantel über seinen Schultern, und er streifte ihn mit einer einzigen Bewegung ab, nahm zugleich den Hut vom Kopf.

»Nichts.« Teresa richtete sich auf, glitt langsam von der Tischkante, suchte festen Stand. »Das Telefon hat geläutet, und da Signorina Ragonese schon gegangen ist, dachte ich –«

»Wer war dran?«

»Niemand. I… ich war zu spät.« Mit einer Hand raffte sie den Stoff der Bluse vor ihrer Brust zusammen, die sie wegen der Wärme so unschicklich weit geöffnet hatte. Ihre Pupillen weiteten sich unter seiner Beobachtung, ihr Puls klopfte schneller. »Niemand.«

Kapitel 2

Stunde um Stunde starrte Lene aus dem Fenster, gebannt von der Welt, die zum Greifen nah und zugleich unwirklich an ihr vorbeizog, ohne sich tatsächlich zu bewegen. Zu schnell, als dass sie sich Einzelbilder einprägen konnte, und doch deutlich genug für eine Spur in ihrer Erinnerung. Manchmal klopfte sie mit dem Fingerknöchel gegen die Scheibe, kniff sich in den Arm oder presste die Fußsohlen ganz fest auf den Boden, um sich davon zu überzeugen, dass sie nicht träumte. Jedes Dorf, das sie durchquerte, jeder Zwischenhalt, jede Wolke am Himmel wurde zum Ereignis, ganz zu schweigen von den Tunneln und Brücken. Der Zug trug sie weiter, immer weiter, der Ferne entgegen. Gestern war sie im Westerwald aufgebrochen. Heute, am Mittwoch, lagen schon zwei Grenzen hinter ihr und auch die Alpen, deren Schönheit ihr gleich mehrfach Tränen in die Augen getrieben hatte. Berggipfel mit verschneiten Spitzen, Felsgrate und sattgrüne Wälder.

Hinter Bozen setzte mit Macht der Frühling ein, überall grünte und blühte es, und mit jedem Kilometer taten sich neue Wunder vor ihr auf. Was scherten sie da noch das Naserümpfen, die Mahnungen, Ratschläge und auch bösen Worte, die man ihr daheim in Moschrod mit auf den Weg gegeben hatte? In ihrer Tasche steckte neben dem Touropa-Billette, ihrem Ausweis und dem alten Zeitungsausschnitt der neue Baedeker, den sie so oft zur Hand genommen hatte, dass er schon lange vor der Ankunft ein wenig zerfleddert wirkte. Marlene Jung kannte den kompletten Routenverlauf auswendig, wettete mit sich selbst bei jeder Einfahrt auf das Stationsschild, und freute sich, wenn sie richtig geraten hatte.

Einmal war sie der Versuchung erlegen und zum Essen in den Speisewagen gegangen. Ein richtiges Restaurant auf Rädern, und was für ein feines! Mit Kellnern in weißen Jacken, die sogar Wein aus der bahneigenen Kelterei ausschenkten. Es gab weiße Tischtücher, und in der Küche wurde frisch gekocht. Vor lauter Staunen und Gucken war sie kaum dazu gekommen, etwas zu schmecken. Den Rest der Zeit versorgte sie sich aus ihrem Vorrat an belegten Broten, die nun aber allmählich zur Neige gingen.

Für unterwegs Brote zu schmieren war ihr in Fleisch und Blut übergegangen. Eine Gewohnheit ihrer Mutter aus den Tagen des Mangels. Obwohl sie es auf dem Land ja eigentlich gut gehabt hatten. Selbst wenn es nur die Andeutung einer Butterspur zwischen den Scheiben gab, so dünn gekratzt, dass eine Menge Einbildung nötig war, um sie wahrzunehmen – ein Butterbrot dabeizuhaben war in der Welt ihrer Mutter zum Inbegriff von Sicherheit geworden. Wider besseres Wissen. Lene sah den dicken Stapel noch vor sich, den sie ihrem Bruder bei seiner Einberufung mitgegeben hatten. Zurückgebracht hatte der ihn nicht. Manchmal hätte sie ihre Mutter wegen der lächerlichen Schmiererei gern angebrüllt, doch auch das hätte niemandem genützt. Jeder musste sich an irgendetwas festhalten, und wenn es ein Butterbrot war.

Für Lene war es seit zwei Jahren die Adria. Sie konnte es kaum erwarten, das letzte langweilige Graubrot, auf dem die Wurst sich inzwischen unansehnlich wellte, gegen das federleichte Weißbrot der Italiener zu tauschen!

In der Nacht hatte die Aufregung sie über Stunden wach gehalten, die Vorfreude auf das, was sie am Ziel erwartete. Lang ausgestreckt auf der schmalen Pritsche des Liegewagens, den sie sich mit zwei anderen Frauen teilte – von denen zum Glück keine schnarchte –, hatte sie sich noch immer nicht sattgesehen. Gelegentlich drang Licht durch den Vorhang, beleuchtete einen einzelnen Punkt der kleinen Kabine oder warf im Vorbeigleiten den streifigen Schatten der Leiter zum oberen Bett an die Wand neben ihr. Schließlich war sie doch für eine Weile in den Schlaf gesunken, gewiegt vom gleichmäßig ruckelnden Rhythmus der Schwellen und begleitet von der Melodie der Räder auf den Schienen.

Jetzt, beim Aufenthalt im Bahnhof Bologna, hätte sie den Schaffner am liebsten zur Eile angetrieben. Endlose Minuten flanierte er vor dem Abteil über den Bahnsteig, die Pfeife zwischen den Lippen, die Kelle in der Hand, obwohl längst alle Passagiere aus- und eingestiegen waren – eine überschaubare Anzahl mitten in der Woche und außerhalb der Ferien.

Lene schob das Fenster hinunter und neigte sich nach draußen. Ein Reisender mühte sich mit seinem Gepäck, eine Frau maßregelte ihre Kinder, zwei Burschen lehnten gelangweilt rauchend an einem Geländer. Endlich ertönte das Signal, und der Schaffner sprang im letzen Moment auf das Trittbrett am Einstieg. Erst nach einigen Metern kletterte er vollends in den Waggon und schloss krachend die Tür.

Lene ließ sich den Wind ins Gesicht wehen, während der Zug aus dem Bahnhof zuckelte und dann an Geschwindigkeit zulegte. Das Atmen fiel schwerer, und zugleich steigerte sich ihre Euphorie. Auf kerzengerader Strecke jagten sie dahin, durch eine nun flach ausgebreitete Gegend, die erstaunliche Ähnlichkeit mit dem platten Land im deutschen Norden aufwies, die Weinstöcke ausgenommen. Bald schon würden sie Cesena erreichen, dann Rimini. Ob sie dort wohl einen ersten Blick aufs Meer erhaschen konnte? Ein heiß-kalter Schauer rieselte ihr von den Haarwurzeln bis in die Zehen.

Hinter ihr begann ein Mann auffordernd zu hüsteln und mit seiner Zeitung zu rascheln. Aus dem Augenwinkel sah sie ihn den Mantelkragen hochschlagen. Eine Frau zupfte sie am Ärmel, eine missbilligende Furche zwischen den dunklen Augenbrauen. Widerwillig packte Lene die beiden Griffe und drückte die vibrierende Scheibe nach oben. Im letzten Spalt fing sich pfeifend ein Lüftchen, ehe der Zustrom abgeklemmt wurde. Sie setzte sich, wickelte das verbliebene Brot aus dem Papier, balancierte es nach dem Abbeißen auf ihrem Knie und faltete den Brief auseinander, den sie auf keinen Fall verlieren durfte. Der Happen kaute sich zäh und schien dabei im Mund größer zu werden, aber das war in diesem Moment völlig egal. In schwungvollen Lettern bestätigte Signora Federica Pellegrini die Reservierung eines Gästezimmers in ihrer Pension Vento del mare und die Abholung vom Bahnhof in Pesaro. Bald schon würde sie den Seewind spüren, nach dem die kleine Herberge auf einer steilen Klippe über dem Meer benannt war! Ruhig und beschaulich sei es dort, hatte Tante Hedwig ihr versichert. Genau das Richtige, um sich von den hässlichen Ereignissen der letzten Zeit zu erholen. Den Brief an ihre Brust gedrückt, lehnte sie die Stirn ans Fenster. Vento del mare, flüsterten die Räder, Vento del mare, Vento del mare …

*

Ein verheißungsvoller Himmel überspannte die Lücke zwischen den Dächern und der Straße, auf der geschäftiges Treiben herrschte. Kräftiges Blau tauchte die Stadt in ein sommerlich anmutendes Licht, das die Temperaturen im Schatten noch Lüge straften. In der Sonne dagegen verging das Frösteln im Nu, und die aufgerichteten Härchen an Federicas Armen senkten sich unter den wärmenden Strahlen auf ihrer Haut, die auch im Winter einen Anflug von Bräune bewahrte. Federica schob sich die Sonnenbrille ins Haar. Sie war gern draußen, und solange es nicht regnete oder sich die Thermometeranzeige dem Gefrierpunkt näherte – der in ihrer Rechnung bei ungefähr acht Grad Celsius lag –, fuhr sie ihr kleines Cabrio immer mit offenem Verdeck. Der Wagen war ein deutlich sichtbares Symbol ihrer Unabhängigkeit und obendrein ungemein praktisch, wenn man wie sie in einem abgelegenen Dorf lebte. Pesaro del Monte piccolo Cattolica lag auf einem Hügel zwischen den Städten Pesaro und Cattolica, die es in seinem Namen vereinte. Ein Umstand, den niemand so richtig erklären konnte und der dazu führte, dass das Dorf mal der einen, mal der anderen Provinz zugeordnet oder ganz vergessen wurde. Derzeit zählte es zur Region Marken, und somit zu Pesaro statt zum Bezirk Cattolica in der Emilia-Romagna. Abgeschnitten von jeglicher Zivilisation blieb es so oder so, dachte Federica und zeigte ihrem Spiegelbild in der Schaufensterscheibe lächelnd die Zähne. Natürlich war der Vorwurf gegen das Dorf übertrieben und sie war freiwillig dorthin gezogen. Mehr oder weniger. In gewisser Weise. Konnte man von Freiwilligkeit sprechen, wenn man die erstbeste Gelegenheit beim Schopf packte, um sich aus der Umklammerung einer erdrückenden Familie zu befreien? Jedenfalls saß sie nun in Pesaro del Monte piccolo Cattolica fest, hunderte Kilometer entfernt von der sizilianischen Heimat, aus der sie vor sechs Jahren mit Matteo weggegangen war – dem Mann, den ihre Familie ausgesucht hatte, genau wie seine Familie sie. Der Gedanke an die Flucht nach vorn hatte sie beide zusammengeschweißt. Ein Neuanfang in der eigenen Pension – wenn auch im Nirgendwo mit schiefen Fensterläden und einem Schuppen voller Gerümpel –, der Sprung in die Fremde, die Einsamkeit, und die Unausweichlichkeit, aufeinander angewiesen zu sein. Ganz allein dazustehen, als Witwe, war ihr damals nicht in den Sinn gekommen. Vielleicht war es ein Segen, dass niemand die Zukunft vorhersehen konnte. Das Leben hatte ihr beigebracht, auf Überraschungen vorbereitet zu sein – und auf Planänderungen.

Der Stadtausflug heute bot eine willkommene Abwechslung. Federica war früh dran. Zeit genug, um in einer Boutique zu stöbern und Kleider anzuprobieren, die sie sich nicht leisten konnte. Oder Schuhe. Schmuck? Wer was auf sich hielt, stimmte alles fein aufeinander ab, zeigte Kurven und trug schon mal ein Hütchen wie eine Hollywood-Schauspielerin. Im Grunde machte sie sich weder aus dem einen noch aus dem anderen besonders viel, doch das Letzte, was für sie in Frage kam, war, sich eine Blöße zu geben. *Der Schein bestimmt das Bewusstsein*. Sie lachte laut auf und hielt sich die Hand vor den Mund. Das verkürzte Marx-Zitat ließ sich wunderbar abwandeln. War es so nicht sogar stimmiger? Das gesellschaftliche Sein basierte doch fast immer auf Lügen, auf dem, was man anderen als Wahrheit zu verkaufen imstande war. Und eine Lüge, die oft genug wiederholt wurde, glaubte ihr Schöpfer am Ende selbst. Diese Haltung schien Federica so normal wie der schnelle caffè am Morgen. *La bella figura* war keine Frage reiner Äußerlichkeit, sondern die klassisch italienische Lebenseinstellung, die von Selbstachtung und Stolz zeugte.

Federica entschied sich gegen Schuhe und Modeschmuck. Was sie wirklich brauchte, war ein neues Buch. Eines, das sich in ihrem Regal neben Hemingway und Steinbeck wohlfühlte. Ein *giallo* vielleicht? Weil ein Kriminalroman – ein guter jedenfalls – das Gehirn anregte, den Finger nicht nur in die Wunde des Opfers, sondern auch in die seiner Zeit legte, das gesellschaftliche Sein und den Schein offenbarte. Womit ihr gedanklicher Kreis geschlossen war.

Augenblicklich hob sich Federicas Stimmung, und die wärmende Sonne rückte wieder in den Mittelpunkt ihrer Wahrnehmung: vielversprechend, wie das zu kaufende Buch und wie die Urlauberin, die sie am Bahnhof abholen sollte. Deren Geld würde helfen, das aktuelle Loch in ihrer Kasse zu füllen. Außerdem freute sie sich darauf, ihre Deutschkenntnisse zu erproben, die sie in den vergangenen Monaten durch eine Brieffreundschaft vertieft hatte.

Summend beschleunigte sie ihre Schritte, bog um eine Hausecke und nestelte dabei ihre Geldbörse heraus. Wie viel konnte sie für ein Buch entbehren?

Ein wartender Wagen stieß Wolken stinkender Abgase aus. In der typischen Manier eines Angebers drehte der Motor im Stand hoch. Wem wollte der Fahrer imponieren? Es war nicht besonders viel los. Demonstrativ ignorierte Federica ihn. Gleich würden die Reifen quietschen. Sie glaubte, die Kupplung schnalzen zu hören, die die gebremste Energie entfesselte – und sah wenige Meter entfernt im selben Moment jemanden vom Gehweg auf die Straße treten.

»Vorsicht!« Der Aufschrei kullerte aus ihrem Mund wie die fallenden Münzen übers Pflaster. Die Person riss den Kopf hoch, schwankte im instinktiven Wechsel aus der Vorwärts- in die Rückwärtsbewegung. Ein dumpfer Laut wie ein Aufprall, eine aus der Hand geschlagene Tasche, ein Sturz nach hinten. Schlingernd schoss der dunkle Wagen weiter.

Aus dem Laden gegenüber wurden Köpfe gereckt.

»Ist Ihnen etwas passiert? Sind Sie verletzt?«

Die Frau saß auf dem Boden und hob zum Zeichen, dass alles in Ordnung sei, die Hand. Sie zitterte.

»Ich hab nicht aufgepasst«, murmelte sie. Ihre Baskenmütze hing schief, ein Schwall brauner Haare mit einem Stich ins Kupferfarbene ergoss sich über ihren groben Strickpullover, der ebenso dunkel war wie die Hose. »Mir geht es gut. Ich war nur in Gedanken.« Sie rieb sich das Schienbein und kam dann auf die Knie, um ihre verstreuten Sachen aufzusammeln.

»Lassen Sie, ich mach das.« Federica berührte sanft ihre Schulter und sank neben ihr in die Hocke. »Sie sollten besser noch sitzen bleiben, bis ihr Kreislauf sich beruhigt. Sie sind ganz blass. Ihnen geht es *nicht* gut. Und Sie sind auch nicht schuld! Dieser Mistkerl hätte wenigstens den Anstand haben können, anzuhalten und nach Ihnen zu sehen. Der ist absichtlich voll aufs Gas gestiegen.« Empört drohte sie dem längst verschwundenen Wagen mit der Faust, raffte dann die herumliegenden Gegenstände zusammen. Zuletzt einen bunten Handzettel, den sie obenauf in der Tasche verstaute. Ein kleiner, flacher Kasten war halb herausgerutscht, aber der Deckel zum Glück nicht aufgesprungen. Mit dem Fingerknöchel klopfte sie auf das massive Holz. »Na, hoffentlich hat er davon wenigstens eine ordentliche Delle im Kotflügel.«

Die junge Frau schob die Haare zurück unter die Mütze und zog diese wie eine Glocke bis zu den Ohren, was sie leicht abstehen ließ. »Das hoffe ich auch. Und – danke.«

»Keine Ursache.« Federica half ihr beim Aufstehen. »Wie wär's mit einer Tasse Kaffee auf den Schreck?«

»Nein, ich … tut mir leid. Ich muss los. Und mir geht es wirklich gut.«

Diese Behauptung war wohl die am häufigsten benutzte Lüge aller Zeiten. Nachdenklich blickte Federica der Frau hinterher, die ihr kein einziges Mal ins Gesicht gesehen hatte. Nun gut, dann eben kein gemeinsamer *caffè*. Aber sie selbst konnte einen gebrauchen – einen starken, und dazu eine Zigarette. Federica klaubte ihre Münzen aus den Ritzen zwischen den Pflastersteinen. Der *giallo* würde warten müssen.

*

Aufgeregt wie ein Schulkind beim ersten Ausflug schob Lene sich mit Koffer und Umhängetasche an den Sitzreihen vorbei zur Ausstiegsplattform. Ein letzter Ruck der Lokomotive, dann stieß der Schaffner die schwere Tür auf. Ihr erster Schritt auf italienischem Boden jagte ein Hochgefühl durch ihren Körper. Zwar war es weniger warm als erhofft, doch wärmer als im Westerwald allemal.

Suchend schaute sie sich nach ihrer Zimmerwirtin um und lächelte ein wenig verkrampft in alle Richtungen. Während alle anderen Ankömmlinge freudig und wortreich begrüßt wurden, schien auf sie niemand zu warten. Sie fasste den Koffergriff mit beiden Händen, hielt ihn wie ein Schutzschild vor den Knien, die urplötzlich wackelig wurden. Der Bahnsteig leerte sich. Auf dem Stationsschild war eindeutig der Name Pesaro zu lesen, was Lene etwas beruhigte. Außerdem klammerte sie sich an die Hinweise aus einem Reisebericht, in dem ausdrücklich die mangelnde Pünktlichkeit der Italiener erwähnt war. *Deutsche Zeitmaßstäbe dürfen Sie jenseits des Brenners nicht ansetzen. Geben Sie bei Verabredungen getrost ein Viertelstündchen zu und wundern Sie sich nicht, wenn bei Ihrer einheimischen Urlaubsbekanntschaft eine halbe Stunde daraus wird.*

Zögernd ging Lene um das Bahnhofsgebäude herum. An einem kleinen Auto mit heruntergeklapptem Verdeck, das entfernt an ein Goggomobil erinnerte, lehnte eine Frau. Sie trug Hosen in gewürfeltem Pepitamuster, eine Hemdbluse und ins Haar gesteckt eine Sonnenbrille, deren Gläser seitlich tropfenförmig emporgezogen waren. Lene war beeindruckt und zugleich etwas verlegen. Neben dieser Italienerin kam sie sich auch im Sonntagskleid wie ein hässliches Entlein vor. Hoffentlich waren nicht alle Italienerinnen so hübsch. Diese jedenfalls sah aus wie ein Filmstar und drückte jetzt am Lenkrad auf die Hupe. Lena machte einen erschrockenen Satz.

»*Buon giorno!*«

Die Frau winkte ihr vergnügt zu.

»Signorina Marlene Jung? Willkommen in Italien!«

Lene hätte nicht genau sagen können, wie sie sich ihre Zimmerwirtin vorgestellt hatte. Doch das sie in ihrer Fantasie ganz anders ausgesehen hatte, da war sie sicher. Wie eine dickliche Matrone vielleicht, der man das üppige italienische Essen ansah, das sie den ganzen Tag kochte. Und auch mit einem Cabriolet hatte sie nicht gerechnet. Eher mit einem Pferdegespann, was natürlich Unsinn war, oder mit einem robusten Pritschenwagen, wie man ihn eben auf dem Land gebrauchen konnte.

Auch Federica musterte die Urlauberin interessiert. Sie liebte erste Begegnungen, denn in jedem Anfang und auch in jedem Menschen lag das Potenzial zum Besonderen.

»Steigen Sie ein.« Federica stellt den Koffer auf dem schmalen Rücksitz ab. »Ich hoffe, es macht Ihnen nichts aus, wenn uns unterwegs der Wind ein bisschen um die Nase weht?«

»Nein. Nein, das macht mir gar nichts.« Lene schüttelte schnell den Kopf und fühlte sich sehr erleichtert, dass die Signora tatsächlich Deutsch mit ihr sprach, genau wie im Brief und von Tante Hedwig versprochen. Papier war geduldig und Hedwig nicht die zuverlässigste Quelle. Außerdem war sie keine echte Tante, nur eine alte Freundin ihrer Mutter, die den Kontakt nach Italien über eine Cousine in Bad Ems hergestellt hatte. Diese wiederum war schon mal hier gewesen. Für die Vermittlung war Lene Tante Hedwig dankbar und leistete jetzt im Stillen Abbitte für ihre Zweifel.

»Frau Schneider lässt Sie ganz herzlich grüßen«, sagte sie schnell, um es nicht zu vergessen, und umfasste nervös ihre Knie. »Ich bin noch nie in einem Cabrio gefahren.«

»Sie werden es mögen.« Federica nahm auf dem Fahrersitz Platz und startete den Motor.

Die Strecke hinauf nach Pesaro del Monte piccolo Cattolica war atemberaubend schön, besonders wenn man die sanften Hügel der Marken zum ersten Mal erlebte. Frisches Frühlingsgrün überzog die Felder, an die Hänge schmiegten sich Olivenhaine und vereinzelt kleine Weingärten. Zum höchsten Punkt, dem Monte San Bartolo hin, verdichtete sich der Wald.

Der Beinahe-Unfall steckte Federica noch in den Knochen. Unbewusst fuhr sie langsamer als sonst. Während sie redete und mit einer Hand gestikulierte, sah sie sich Marlene Jung genauer an. Das gerötete Gesicht verriet Aufregung, ihre Bewegungen sprachen für körperliche Arbeit, aber auch für Besonnenheit. Sie wirkte älter, als sie vermutlich war, und wenn auch nicht direkt plump, so doch ziemlich robust. Und sie sah so deutsch aus, wie man nur aussehen konnte. Die blonden Haare waren fest um den Kopf geflochten und ließen die Stirn frei. Eine altmodische Frisur, passend zum hausbackenen Kleid. Doch in ihren Augen lagen unbändige Neugier und Lebenslust. Sie war wie dieser Tag, der im Frühling verharrte, bereit für den Sprung in den Sommer.

Federica lächelte. »Wenn ich etwas für Sie tun kann, sagen Sie es nur. Die meisten Gäste kommen erst im Juli, wenn es heiß wird. Im Moment ist es überall sehr, sehr ruhig.«

Kapitel 3

Über dem Garten hinter dem Haus der Finellos in der Viale Dante Alighieri lag friedliche Stille. Vögel dösten im Geäst der Bäume in den Nachmittag hinein.

Das Wochenende stand bevor, und Emilia wusste nicht, wie sie es überstehen sollte. Es würde spät werden, hatte Vittorio gestern beim Fortgehen gesagt und reichlich Rasierwasser aufgetragen. Wieder einmal. Emilia schluckte die Tränen und die Kränkung hinunter. In ihrem Kopf hallte ein eilig geflüstertes Gespräch nach.

Wir müssen uns sehen. Freitagabend. Sei vorsichtig. Ich muss dir etwas sagen, aber am Telefon ist es zu gefährlich.

Heute Abend also. Um viertel nach acht. Erst in mehr als fünf endlosen Stunden. Sie konnte es kaum ertragen, noch so lange warten zu müssen. Ihre Hände bebten. Die Stelle für das heimliche Treffen war gut gewählt, verwinkelt und abends wenig frequentiert. Dennoch würde es nicht leicht werden, überhaupt ungesehen dort hinzukommen. Alles andere als leicht. Niemand durfte etwas merken. Schon gar nicht Vittorio.

*

Zügig erklomm Lene den letzten Abschnitt des Pfades und geriet dabei leicht außer Atem, obwohl sie es gewohnt war, sich schnell zu bewegen. Im Westerwald waren die Hügel deutlich flacher als dieser schroffe Abhang zwischen der Pension und dem wohl hundert Meter tiefer liegenden Strand. Das Plateau, auf dem sich die alten Häuser von Pesaro del Monte piccolo

Cattolica um den Dorfplatz in der Mitte kuschelten, und die gemächliche Steigung zur Kuppe und der Klosterruine täuschten.

Wie anders sich hier alles anfühlte! Die Farben des Südens berauschten ihre Sinne, überall zeigte der Frühling seine Macht, und wo es noch nicht blühte, waren die Pflanzen mit Knospen übersäht. Unmöglich zu entscheiden, an welchem Fleck sie am liebsten war. Am Strand, wo die Wellen weiß bekrönt über den Sand leckten, ihn dunkel färbten, bis er alles Wasser aufgesogen hatte? Wo das Meer als Ganzes eine Ahnung von Unendlichkeit ausstrahlte, Gefahr und Verheißung, wie sie wohl jeder Seefahrer vom Anbeginn der Zeit gespürt haben musste? Oder oberhalb zwischen den Felsen, an die sich fremdartige Bäume und Sträucher schmiegten, Vögel zwitscherten und Schmetterlinge flatterten? Und was war mit dem Aprikosenhain hinter der niedrigen, aus groben Steinen geschichteten Mauer? Dort hatte sie im Gras gelegen, unter ihr die warme Erde, über ihr der Himmel und wie schützende Arme ausgebreitete Äste. Blütenbesetzt, dicht an dicht, unschuldig weiß, betörend duftend. Nur einer der Bäume, knorrig, dick und verwachsen, kleidete sich in eine rosa Blütenwolke. Es mussten Stunden vergangen sein, in denen sie nur gelegen und geschaut hatte, erst im Sand, dann im Aprikosenblütenparadies. Es erfüllte sie mit seliger Leichtigkeit, dass sie sich nicht festlegen musste und jeden Tag einen neuen Lieblingsort wählen konnte. Sicherlich gab es noch viel mehr zu entdecken, doch weiter als zur Dorfmitte und zum Strand war sie bisher nicht gekommen.

Am Ende des Anstiegs kam die Pension in Sicht, und Lene schritt etwas schneller aus. Bestimmt war bald Abendessenszeit. Die salzige Luft und die vielen Eindrücke machten sie hungriger als die harte Arbeit zu Hause auf dem Hof. Vielleicht lag es auch daran, dass sie das Essen am Mittag einfach vergessen und sich schon am ersten Abend in die italienische Küche verliebt hatte.

Der schmale Fußweg verlief am unteren Rand einer wild bewachsenen Böschung, die ihn von der Terrasse trennte und Lene von oben fast unsichtbar machte.

»Doll!«, rief eine männliche Stimme auf der anderen Seite der Balustrade. »Einfach doll!«

Auf den letzten Metern, ehe der Weg das Terrassenniveau erreichte, strich Lene sich eine aus der Flechtfrisur gelöste Haarsträhne hinters Ohr. Ein Herr im dünnen Mantel rannte vor der Pension hin und her. In einer braunen Schutzhülle aus Leder, versehen mit einem langen Riemen, hüpfte bei jedem Schritt ein Fotoapparat vor seinem Bauch. So hatte sie sich immer den legendären »rasenden Reporter« vorgestellt. Das Kameraobjektiv versteckte sich hinter einer Klappe, die sich auf Knopfdruck wie eine Ziehharmonika auseinanderfaltete. Der Mann nahm den Apparat hoch, guckte durch den Sucher, senkte ihn wieder, drehte sich einige Zentimeter, wiederholte die Prozedur.

»Doll!« Bei der nächsten Drehung fiel sein Blick auf Lene, der Mantel flatterte, schaukelte nach. »*Buona sera,* Signorina!« Ein Grinsen breitete sich über seinem Gesicht aus, und er klappte die Hacken zusammen. »Meyer, Friedhelm Meyer! Sie müssen Fräulein Jung sein, nicht wahr? Unsere Vermieterin hat mir verraten, dass schon eine Landsfrau vor mir eingetroffen ist. Dabei dachte ich, ich wäre der einzige Deutsche, den es vor der Saison hierher verschlägt!« Sein Lachen dröhnte und warf zahlreiche Fältchen um seine Augen. »Ist das nicht sensationell?«

Meyer war mittelgroß und mittelalt, sein Händedruck fest, kurz und trocken. Erneut hantierte er mit dem Fotoapparat herum, kreiselte dann in komischer Verzweiflung um sich selbst. »Schön, wunderschön, noch schöner! Wo fängt man denn an, bei all der Schönheit, Fräulein Jung? Helfen Sie einem armen, verwirrten Mann aus der *Petrullie.*« Er zwinkerte. »*Bredouille*, meine ich natürlich.«

Und dann mussten sie gemeinsam darüber lachen, dass er sich nicht entscheiden konnte, für welches Motiv er zuerst auf den Auslöser drücken sollte. Das Meer, die struppigen Büsche, deren pralle Knospen jeden Moment aufspringen konnten, der von wilden Wolken durchzogene Himmel oder die Pension selbst? Tief stehendes Licht hob sie in mystischer Klarheit hervor, wie Lene es von sommerlichen Gewittern kannte, wenn Sonnenstrahlen nach einen Regenguss das Dunkel durchbrachen. Nur der Regenbogen fehlte.

»Vento del mare«, seufzte Meyer. Der Schriftzug war auf die Stirnseite des Hauses gepinselt und sprang sofort ins Auge, wenn man sich vom Dorf aus näherte. »Das bedeutet Seewind.« Er breitete die Arme aus und atmete geräuschvoll durch die Nase ein. »Riechen Sie das? Da möchte man doch ein Vögelchen sein und auf dem nächsten Lüftchen losfliegen.«

Lene musterte ihn skeptisch. Um sich ihn als Vögelchen vorzustellen, war er ihr zu groß und zu schwer. Bei allem Verständnis für seine Begeisterung siegte wie meistens ihr Pragmatismus. Was auch daran liegen mochte, dass Meyer sie vage an Herrn Krüger erinnerte. Rechtsanwalt Krüger, den sie um Rat gefragt hatte, wegen des geerbten Hofes. Kein Thema, an das sie jetzt denken mochte, und höchste Zeit, sich zurückzuziehen.

»Hier gibt es Katzen«, sagte sie. »Passen Sie bloß auf bei der Landung.«

Meyers Gelächter begleitete sie ins Haus.

*

Vittorio Finello saß mit geschlossenen Augen im Sessel, die sanfte Stimme vom Plattenspieler beruhigte ihn. Ein wahrer Luxus, dieses Gerät im Büro. Er konnte es sich leisten, und das durfte man gern sehen. Spartanische Enthaltsamkeit war das Credo seines Vaters gewesen, doch dem musste er nicht mehr folgen, seit ihm die Firma übergeben worden war. Das Porträt des ausgeschiedenen Patriarchen hing weiter an der Wand hinter dem Schreibtisch. Ein Zugeständnis, das den alten Mann zufrieden stellen sollte. Auch die Möblierung hatte Vittorio weitgehend beibehalten, nur den beiden Sesseln am Fenster ein breiteres Sofa hinzugefügt. Von diesem Platz betrachtet kam die Vitrine noch besser zur Geltung, in der er neben einem Prunkstück ihrer Produktion historische Werkzeuge präsentierte. Auch das gefiel seinem Vater. Niemals sollten die Anfänge vergessen werden, denen die Maioliche Finello ihren Erfolg verdankte: Fleiß und Schweiß und die schmutzigen Hände eines Töpfers. Den unförmigen alten Glaskasten durch einen neuen zu ersetzen, kam für Vittorio nicht in Frage. Ein Familienunternehmen in der dritten Generation zu führen, brachte Verpflichtungen mit sich. Tradition war ein Pfund, mit dem man wuchern konnte, und der Garant weiterer Aufträge. Veränderungen wollten wohl überlegt werden. Für die Firma waren Zukunft und Vergangenheit ein und dasselbe. Er massierte sich die Schläfen. Dennoch bereitete die Zukunft ihm zunehmend Kopfzerbrechen.

»Kommen Sie rein«, brummte er, als es klopfte. Hinter ihm trat seine Sekretärin ein, und er bedeutete ihr mit einem Fingerzeig zu reden.

»Ihr Tisch ist für neunzehn Uhr reserviert. Das ist in einer halben Stunde. Brauchen Sie einen Fahrer?«

»Nein, ich fahre heute selbst.«

Er konnte hören, wie das Armband ihrer Uhr sich bewegte, als sie das Handgelenk drehte, um aufs Ziffernblatt zu sehen. Ein metallischer Ton, der ihn lächeln ließ. Signorina Ragonese stand direkt vor ihm, damit sie ihre Stimme nicht über seine Musik erheben musste, und hätte ihn niemals mit Worten zur Eile gedrängt.

»Wird Ihre Frau Sie begleiten?«

Vittorio schlug die Augen auf. »Sie würde sich langweilen, und Sie wissen, wie das ist: Eine Frau, die sich langweilt, verbreitet schlechte Stimmung, und die ist bei einem Geschäftsessen unangebracht.« Es war die Wahrheit und doch nur ein Teil davon. Diesmal war es sein Vorschlag gewesen, der es ihnen beiden ersparte, dass Emilia eine Unpässlichkeit vorschieben musste. Er würde das Beste aus dem Abend machen, o ja: das Beste.

»*Va bene.* Dann müssen Sie vorher nicht mehr nach Hause. Das spart Zeit«, hielt Signorina Ragonese sachlich fest.

Der Tonabnehmer hob die Nadel an, schwenkte zurück zum Anfang der Langspielplatte, und Pat Boone besang sein gebrochenes Herz. So war das mit Liebesschwüren, irgendwann wurden sie einfach weggespült, auch wenn sie nicht nur in den Sand geschrieben waren. Vittorio unterbrach das Lied und schob die Platte in die Schutzhülle.

Simonetta Ragonese entnahm dem Wandschrank ein frisches Hemd. Auch das war eine lange gepflegte Tradition. Während sie sein Jackett abbürstete, zog Vittorio sich um, warf das gebrauchte Hemd auf den Sessel, steckte das frische in den Hosenbund. Hellblauer Stoff, weil der besonders gut zu seinen Augen passte. Blau wie der Sommerhimmel, hatte sie geflüstert. Damals, an diesem zauberhaften Tag am Monte Ardizio … Der obere Knopf hakte.

»Warten Sie, Signor Finello, ich helfe Ihnen.« Simonettas Hände waren kühl und flink, trotzten dem Alter, das allmählich die Gelenke steif und ihre Finger krumm machte.

Er reckte den Hals und seufzte, als sie ihm die Krawatte wieder umlegte. »Signorina Ragonese – was sollte ich nur ohne Sie anfangen?«

»Wenn ich nicht mehr da bin, wird eine andere meinen Platz einnehmen.«

»Das kann und will ich mir nicht vorstellen: Sie dürfen mich nicht verlassen. Keine Widerrede.« Er schüttelte den Kopf. »Ich weiß, dass Sie eine Nachfolgerin im Sinn haben, aber davon will ich nichts hören.«

»Signorina Marchetti ist sehr gelehrig. Es würde nicht lange dauern, ihr alles beizubringen, was noch nötig ist. Sie brauchen mir nur Ihre Zustimmung geben.«

»Sie wissen, dass ich ablehnen muss.« Er war die Diskussion leid. Wie oft sollte er noch betonen, dass er diese Position unmöglich an Emilias engste Freundin vergeben konnte? Völlig unabhängig von ihren Fähigkeiten. »Sie ist fleißig, das bestreite ich nicht – aber sie ist jung. Nicht mehr ganz, aber doch zu jung, wenn Sie mich fragen. Ein kritisches Alter. Sie wissen, wie das ist. Erst kommt ein Mann, dann Kinder.« Seine Miene verdüsterte sich. Er wandte seiner Sekretärin den Rücken zu und ließ sich ins Jackett helfen. »Eine Frau wie Sie, Signorina Ragonese, die gibt es heute nicht mehr.«

Simonetta lächelte verkniffen. Ein Relikt einer vergangenen Epoche, eine aussterbende Art, das war sie. Und doch konnte sie nicht umhin, sich von seinen Worten geschmeichelt zu fühlen. Es erfüllte sie mit Stolz, denn ihre Arbeit war für sie weit mehr als das, und nie hatte sie etwas vermisst oder sich anderes gewünscht. Seit ihrem fünfzehnten Lebensjahr stand sie in Diensten der Firma und der Familie Finello. Gemeinsam waren sie durch harte Zeiten gegangen. Sie erinnerte sich gut an die Geburt des kleinen Vittorio, seine ersten Schritte, die raue Lehrzeit an der Seite seines strengen Vaters, die Übernahme der Geschäfte und schließlich seine Hochzeit. Simonetta presste die Lippen aufeinander. Aus dem kleinen Vittorio war ein Erwachsener geworden, der seinem Vater in nichts nachstand: ein fähiger Geschäftsmann und ein Narr, wenn es um Frauen ging. Aber Letzteres lag wohl in der Natur eines jeden Mannes. Vor manchen Dummheiten konnte man sie einfach nicht schützen.

*

Im Topf schlug die Soße zischende Blasen. Federica stieß den Löffel durch die krosse Kruste der Pasticciata. Zweierlei Soßen und Käse umhüllten die Tortiglioni, würziger Speck und Erbsen, Frühlingszwiebeln und Weißwein. Sie saßen zu dritt am Tisch im Esszimmer, ihr gegenüber Marlene Jung und als Neuzugang an der Stirnseite Friedhelm Meyer, dessen Teller sie zuerst mit einer großen Portion belud.

Federica verteilte den Auflauf, während Meyer den Wein entkorkte und einschenkte. Noch war sie unschlüssig, was sie von ihm halten sollte. Er glänzte mit hervorragenden Italienischkenntnissen, wobei seine Wortwahl sehr formell und etwas antiquiert wirkte, was sich weitgehend verflüchtigte, sobald er ins Deutsche wechselte. Seine Stimme war angenehm tief und von einem leichten Singsang gefärbt.

»Herzlichen Dank, Signora Pellegrini. Das duftet ja köstlich!« Friedhelm fächelte sich den aufsteigenden Dampf zu. Die Gegend war eine hervorragende Wahl, schon beim Anblick des Mauerwerks am Ortseingang war ihm das klar geworden. Das roch geradezu nach ehrwürdiger Historie, nach Anekdoten, die von ihm herausgekitzelt werden wollten! Und mit jedem weiteren Meter war es noch schöner geworden. Von der Sonne geküsst, offenbarten die Gassen einen rauen Charme – noch ins sanfte Pastell des Frühlings gehüllt, doch der Sommer schickte bereits seine Vorboten. Und er, Friedhelm Meyer, war einer davon. Er gluckste unterdrückt. Die Formulierung würde er sich merken. Das gab einen wunderbaren Begleittext zum geplanten Diavortrag ab.

»Stellen Sie sich vor, bis direkt vors Dorf bin ich gekommen, den ganzen Weg von Viersen«, sagte Meyer jetzt, nachdem sie einander guten Appetit gewünscht hatten. »Kennen Sie Viersen, Fräulein Jung? Liegt in der Nähe von Mönchengladbach oder umgekehrt, kommt drauf an, wen Sie fragen. Also, ich fahre ohne die geringsten Schwierigkeiten von Viersen bis nach Italien – keine Verzögerung, nicht mal bei der Grenzkontrolle, der Motor schnurrt den Brenner hoch und runter wie ein sanfter Tiger –, die ganze Emilia-Romagna durch nach Süden und dann, ich sehe schon das Ortsschild: Peng!« Er klatschte in die Hände. »Reifenpanne. Aus dem Nichts! Ich rolle gerade noch so durch den Torbogen der Dorfmauer und bis vors erste Haus. Was für ein Glück! Sagen Sie selbst, das hätte doch nicht besser laufen können.«

Lene nickte brav, kaute und schmeckte, verzückt vom Aroma und den ungewohnten Nudeln: Röhrchen mit schräg verlaufenden Rillen, die ihre Zunge an den Gaumen gedrückt abtastete.

»Und das mit dem Glück ging ja noch weiter«, fuhr Friedhelm fort. »Kaum habe ich angehalten, kommt so ein kleiner Bengel, vielleicht zehn Jahre alt – guckt sich den Schaden an und rennt wieder weg. Ich überlege noch, was ich machen soll, da löst sich mein Problem in Luft auf! Keine fünf Minuten hat es gedauert, da stehen Vater und Sohn bereit – also nicht der Kleine, ein erwachsener Sohn, Dawidä mit Namen –, um mich abzuschleppen. Werkstatt gleich um die Ecke und ein Service, sag ich Ihnen, nett und zuvorkommend. Sensationell.« Er schnalzte mit der Zunge.

»Ja, so sind sie, die Marchigiani.« Federica konnte sich das Szenario lebhaft vorstellen, denn es lief jedes Mal nach demselben Schema ab. Sie musste dringend ein ernstes Wort mit Davide Tardelli reden. Es konnte nicht so weitergehen, dass sich jeder zweite Urlauber während seines Aufenthalts im Dorf einen platten Reifen einhandelte. Für die kommende Saison musste *Da-*

widä sich unbedingt etwas Neues ausdenken, um seine Werkstatt auszulasten. Ihre Mundwinkel zuckten.

»Ehrlich, Signora Pellegrini, ich bin begeistert.« In ihrem Lächeln sah Friedhelm Meyer nichts weiter als charmante Verlegenheit angesichts seines Lobes. Der Urlaub ließ sich wirklich hervorragend an. Noch vor dem Kofferauspacken die ersten Schnappschüsse, jetzt ein leckeres Essen, die Damen am Tisch bezaubernd, wenn auch zurückhaltend, und der Wein ein Träumchen. Als Rheinländer kannte er sich mit guten Tropfen aus. »Gleich morgen fange ich an, die Umgebung zu erkunden. Wenn Sie wollen, Fräulein Jung, nehme ich Sie gern mal mit – auf meinem Leihroller. Vorher muss ich nur noch ein bisschen üben.« Er lachte scheppernd. Der junge Tardelli hatte spontan angeboten, seine Vespa zur Verfügung zu stellen, solange Friedhelms Auto sich in Reparatur befand. Für einen anständigen Preis. Da gab es nichts zu meckern. Anerkennend hob er sein Glas, was für ein grandioser Einfall. »Doll, diese Italiener!«

*

Dunkelheit schlug über ihr zusammen wie aufgepeitschte Wellen inmitten eines Sturms, sie war in ihr, füllte ihre Gedanken, ihre Seele. Wieso nur hatte sie so nah herangehen und hinsehen müssen? Was hatte sie sich dabei gedacht? Das Bild verschwamm in nebliger Unschärfe. Blutrot. Es würde für immer in ihrer Erinnerung bleiben. Sie drehte sich nicht um, ging einfach weiter, langsam, ganz langsam.

Stimmen überschlugen sich.

»Lebt sie noch?«

»Holt endlich einen Arzt!«

Hatte irgendjemand sie bemerkt? Wie sollte sie das erklären? Zu spät. Zu spät! Ihre Füße trugen sie fort, ließen das Grauen des auf dem Boden liegenden Körpers zurück. Sie würgte, presste die Hand auf den Mund, rannte. Weiter und weiter. Mit gesenktem Kopf überquerte sie eine Straße, sah eine Kirchentür zu ihrer Linken, schlug ein Kreuz, duckte sich weg vor jedem Blick und scheute das Licht, das den Abend unter Laternen und der Leuchtreklame vor dem Cinema Duse in helle Streifen schnitt. Die Freitagabendvorstellung hatte bereits begonnen, kaum jemand wartete noch außerhalb der Türen. Ungehindert konnte sie passieren. An der nächsten Ecke hielt sie an. Wohin lief sie überhaupt? Was war das für eine Richtung? Ihre Nerven spielten verrückt, sie zwang sich, ruhig zu atmen. Die Nachtschwärmer waren alle dort gelandet, wo sie für die nächsten Stunden zu bleiben gedachten, nur vereinzelt waren Menschen unterwegs. Niemand beachtete sie. Niemand folgte ihr. Sie bog ab und dann noch ein zweites Mal, fand sich auf dem Corso XI Settembre wieder, woher sie gekommen war. Das Aufheulen des Horns einer Ambulanz fuhr ihr in den Magen. Sie presste die Hände auf die Ohren und setzte ihren Weg fort, zielgerichtet nun, und ohne anzuhalten. Für den Moment konnte sie nirgendwo hin außer nach Hause, wo es ihr hoffentlich gelang, wieder klar zu denken. Sie brauchte einen Plan, etwas, woran sie sich festhalten konnte. Ihr kleiner Koffer mit den abgeschabten Ecken lag oben auf dem Kleiderschrank. Sie sah sich die Metallknöpfe zur Seite drücken, hörte die Schnallen aufspringen. Es würde nicht lange dauern zu packen. Nur zur Sicherheit. Zitternd atmete sie durch. Ja, das war der richtige Schritt. Nach dem heutigen Abend musste sie jederzeit vorbereitet sein, zu gehen. Wenn es wirklich nötig wurde. Das in Betracht zu ziehen, widerstrebte ihr allerdings noch immer.

*

Unter den Sternen glänzte der Lack seines Wagens wie ein polierter, schwarzer Spiegel. Vittorio Finello schwankte ein wenig. Er hatte sich das Geschäftsessen und das langweilige Palaver seines Gegenübers schön getrunken. Gerade in dem Maße, wie es vertretbar war, um weder auffällig zu werden noch unvorsichtig. Immerhin war die weibliche Begleitung hübsch gewesen und die Bedienung noch hübscher. Es brauchte nicht viel, um ihn zu erfreuen. Das Auge aß nun mal mit, und es wollte ihm nicht in den Kopf, dass sich eine Frau davon beleidigt fühlen konnte, als Zierde einer Tafel betrachtet zu werden. Wieso wollten manche Frauen neuerdings mehr?

Sein Blick kletterte an der Fassade empor. Kein Licht in einem der Zimmer. Wie erwartet. Er schloss auf. Mit einer Hand auf dem Schalter für die Deckenleuchte blieb er in der Eingangshalle stehen, die ihm kühler erschien als sonst. Es konnte am Alkohol liegen, der seine Sinne beeinträchtigte. In Bodenvasen steckten drapierte Blumen, eine geschwungene Treppe führte ins Obergeschoss, deren Metallgeländer ganz dem modernen Zeitgeist entsprach. Auf der Kommode stand sogar ein Telefon. Vittorio sah nur Umrisse seines Heimes, auf das er sehr stolz war, und die genügten ihm zur Orientierung. Seine schöne Emilia war Herrin dieses Hauses, musste keinen Finger krumm machen für alles, was er ihr zu Füßen legte. Aber dankte sie es ihm, war sie zufrieden? Er war es leid, dass sie sich ihm verschloss, war des Werbens um ihre Gunst müde. Mehr und mehr erregte sie seinen Zorn.

Im Vorbeigehen strich er an der Garderobe über ihr Schultertuch. Er entledigte sich seiner Schuhe, ging nach oben, folgte dem weichen Teppich bis zum Schlafzimmer. Mit einem Finger verbreiterte er den Spalt der angelehnten Tür. Im Zimmer war es ebenso kühl wie in der Halle. Er musste weder Licht anmachen noch hineinsehen, um zu wissen, dass das Bett leer war. Keine Spur von der Wärme eines schlafenden Menschen und kein Atem außer seinem eigenen. Schwer und gepresst strömte der durch seine Nase, während er die Zähne aufeinanderbiss. Er ging weiter zu der kleinen Kammer am Ende des Flures, in die sie sich manchmal zurückzog. Ihr Kinderzimmer ohne Kind. Er scheute davor zurück, einzutreten, legte die Stirn und beide Hände flach gegen das Holz, wisperte tonlos Emilias Namen. Auch hier kein Zeichen, kein noch so kleines, das ein Klopfen gerechtfertigt hätte. Nur das leise Schaben seiner Knöchel war zu hören, als er die Finger zu Fäusten ballte. Ein seltsames Gefühl des Verlusts durchströmte ihn, und er wandte sich ab.

Kapitel 4

Pesaro lag im leichten Schlaf des frühen Samstagmorgens. In den schmalen Gassen brachen sich Stimmen an den Hauswänden und schlüpften durch die Ritzen der geschlossenen Fensterläden, hinter denen sich brave Bürger missmutig in ihren Betten drehten. Gaetano, selbst noch schlaftrunken, bemühte sich, den Anschluss an seine Freunde nicht zu verlieren, und zog beim Laufen das Genick ein, jeden Moment wegen des Lärms auf Ärger gefasst. Pino tänzelte leichtfüßig voraus, doch er konnte einfach nie leise sein. Sobald er die Augen aufschlug, redete Pino und riss dumme Witze, die vor allem er selbst lustig fand – und natürlich Gianfranco. Der konnte über alles lachen und klang dabei wie ein Esel, besonders, wenn er getrunken hatte. Oder wie ein Maultier. Auf jeden Fall unsagbar blöd und so laut, dass er kilometerweit selbst noch die Toten weckte. Gaetano fluchte unterdrückt.

An der Festung Rocca Constanza vorbei verließen sie die Stadt, wollten raus ins Freie, zum Strand und zum Sonnenaufgang. Wie ein Zepter trug Pino die letzte Flasche Rotwein des vergangenen Abends vor sich her, aus der nur wenige Schlucke fehlten. Auf Gianfrancos Rücken tanzte eine Gitarre, und Gaetano schleppte seine Zeichenausrüstung mit. Nur Bruno hatte nichts dabei. Bruno gähnte. Trotzdem wirkte sein Blick hellwach. Er war der Älteste, hatte den Abschluss am hiesigen Istituto d'Arte schon in der Tasche, für den Gaetano noch zwei Jahre brauchen würde, und strotzte nur so vor Energie. Am Abend zuvor hatte er seine erste Ausstellung in der Casa Rossini eröffnet, was sie im Anschluss gefeiert hatten. Um zehn musste Bruno wieder dort sein. Jetzt war es kurz vor fünf, also mehr als genug

Zeit für ihren Ausflug. Ob auch ein Frühstück drin sein würde, war fraglich, doch das bestand in ihrer Runde ohnehin meistens nur aus *caffè* und Zigaretten. Manchmal ergänzt um Wein, so wie heute. Was sie alle einander gern als Künstlerattitüde verkauften, war oft schlicht ihrer Geldnot geschuldet. Es bekam Gaetanos Magen, der sich morgens nach fester Nahrung sehnte, nicht besonders gut, doch nährte es ihn auf andere Weise. Er fühlte sich zugehörig, als Teil ihrer Gemeinschaft, in die sie ihn als Jüngsten aufgenommen hatten.

Sobald das Meer in Sicht kam, rannten sie. Jenseits der Straße schauten die Dächer der tiefer stehenden Hütten des *Bagni* über das Geländer. Bunt gestrichene Häuschen an einem der durchnummerierten Strandabschnitte, wo sich in der Hauptsaison Urlauber aus aller Welt unter Sonnenschirmen auf bewachten Liegen räkelten. Noch boten nur wenige Betreiber ihre Dienste an, es herrschte träger Stillstand und Winterruhe bis Ende Mai.

Pino nahm die letzten hundert Meter im Sprint und die Treppe in einem Sprung. Bei der Landung überschlug er sich in einer Sandfontäne.

»Nichts passiert!« Er reckte die unversehrte Flasche ins fahle Grau des Morgens, spuckte knirschende weiße Körner und rannte weiter. »Woohoo!«

Die anderen folgten ihm langsamer über den breiten, flachen Strand zum tintendunkel daliegenden Meer. Mit jedem Schritt wurde die Luft kühler und salziger, wischte die Nacht aus ihren Köpfen und ließ sogar Pino verstummen. Flüsternd kündete die sanft heranrollende Brandung von Veränderung. Ein Schimmern, dünn und hell wie ein einzelnes blondes Haar, trennte weit draußen allmählich die Welt in zwei Hälften.

Vorsichtig ließ Gaetano die Tasche mit den Malutensilien von der Schulter gleiten, saugte fasziniert die Stimmung in sich auf, die undeutlichen Silhouetten seiner Freunde, wie sie ihre Schuhe auszogen und die Hosen aufkrempelten, um dem Tag entgegenzugehen. In Gedanken bannte er den Moment auf Papier, strichelte Konturen …

»Kneifst du etwa, Gaetano?« Pino zog den Korken mit seinen Backenzähnen aus der Flasche und katapultierte ihn im hohen Bogen in die Wellen. »Du kannst noch tausend Mal herkommen, um einen Sonnenaufgang wie diesen zu zeichnen.«

»Zehntausend Mal!« Gianfranco ließ sein Eselslachen hören.

»Da hat er recht, Kleiner.« Bruno grinste ihm aufmunternd zu. »Und die Gelegenheit, dir mit uns eine Lungenentzündung zu holen, könnte einmalig sein und nie wiederkommen.«

Zehntausend Mal oder ein Mal. Gaetano schluckte, dann murmelte er eine Zustimmung und beeilte sich, während Pino ihn anfeuerte und wie üblich aufzog.

»*Avanti*, Signor Gentile! Du bist zu brav und zu langsam. Keine Frau will eine lahme Schnecke, die sich in ihrem Haus verkriecht. Komm raus, zeig der Welt deine Hörner!«

Passend zum Stichwort legt Gianfranco zwei Finger seitlich an die Stirn, scharrte stampfend mit dem Fuß und schnaubte zur Abwechslung wie ein Stier, bis der Esel in ihm sich wieder durchsetzte.

Gaetano beeilte sich, fiel im weichen Sand fast vornüber, wurde von Bruno aufgefangen, der ihm eine freundschaftliche Kopfnuss verpasste. Dann wateten sie gemeinsam bis fast zu den Knien ins Meer – nach Luft ringend, lauthals fluchend und krampfhaft gegen die stechende Kälte anlachend.

»Auf die Freundschaft!« Pino trank als Erster und reichte die Flasche weiter. »Und auf Bruno Bruni, der mit seiner Ausstellung Geschichte schreiben wird.«

»Jawoll!«, stimmte Gianfranco zu. »Auf Bruno, der es uns vormacht und sich davonmacht. Jetzt du, Tano: einen Toast. Und beeil dich – ich spür meine Zehen nicht mehr.«

Das Wasser hatte höchstens zehn Grad, und Gaetanos Gedanken setzten Eiskristalle an, wurden zäh und schleppend. Seine Zähne schlugen aufeinander.

»Auf ... Bruno«, sagte er lahm und nahm gleich zwei Schlucke, um seine Verlegenheit wegzuspülen. Er war wohl der langweiligste Mensch der Erde, der sich jemals eingebildet hatte, ein Maler werden zu wollen. »Auf seinen Erfolg«, schob er nach. »Auf die Kunst, die Schönheit und –«

»Das reicht«, fuhr Pino dazwischen. »Lass den Meister lieber selbst was sagen.«

Bruno strich sich die Locken glatt und deutete eine Verbeugung an. »Zu viel der Ehre – noch –, aber ich werde dafür sorgen, dass ihr recht behaltet.« Feierlich nahm er die Flasche entgegen, hob sie in den ersten Sonnenstrahl, der es über die Horizontlinie schaffte. »Ich trinke auf euch und auf die Zukunft, wohin sie uns auch trägt. Und jetzt raus hier. Mir frieren sonst Körperteile ab, die ich mehr vermissen würde als Gianfrancos Zehen.«

Am Ufer fielen sie schlotternd in den Sand, balgten sich wie Kinder, bis ihnen warm wurde. Ihr Gespräch kreiste wie immer um Frauen und weiter um das, was sie nach Abschluss der Ausbildung am Kunstinstitut erwartete. Pesaro hatte nur wenig zu bieten. Was Künstler anbelangte, lebte die Stadt von der Vergangenheit, da waren sie sich einig. Die Gegenwart gehörte allein dem Tourismus. Wer etwas anderes wollte, musste fort.

»Wenn es mit der Malerei nicht klappt, kann ich das Fach wechseln und mache Musik.« Gianfranco zupfte die Saiten seines Instruments. »Rom wäre gut oder Venedig. Außerdem heirate ich eine wunderschöne Frau.«

»Was bedeutet, dass er so oder so mit umgedrehtem Hut auf der Straße endet – egal ob mit Staffelei oder Klampfe«, frotzelte Pino. »Und dann hofft er, dass seine berühmten Freunde ihm ein paar Lire zuwerfen. Ich versuche mein Glück in Florenz. Meine

Frau soll Kurven haben, und wenn sie dazu noch reich ist, werde ich nicht nein sagen.«

»Gitarre spielen lerne ich auch irgendwann.« Bruno lehnte sich an Gianfrancos Rücken. »Aber nur zum Spaß. Wohin ich gehe, ist mir egal – Hauptsache weg und zwar so schnell wie möglich. Ich will was erleben. Was hast du vor, Kleiner?«

Gaetano zuckte die Schultern. Zehntausend Mal den Sonnenaufgang sehen. Genau an diesem Strand. Ganz allein, wenn alle anderen fort waren. Die Aussicht deprimierte ihn mehr, als er zugeben wollte. »Was wohl? Hier bleiben und Majolika malen.« Er würde ein Keramiker sein – Töpfer, wie sein Vater, nur ohne eigene Werkstatt – und in der örtlichen Fabrik die Pesaro-Rose auf Aschenbechern für Touristen verewigen oder andere sinnlose Souvenirs mit den immer gleichen Motiven verzieren.

»Hast du gar keine Träume?«

Bruno schubste ihn, und Gaetano wurde rot unter den Blicken seiner Freunde. Zum Glück war es immer noch nicht richtig hell, sodass es keiner merkte. Er schüttelte den Kopf. Um sich als Künstler durchzusetzen, fehlte es ihm an allem möglichen. Auch wenn er eventuell sogar ein wenig Talent hatte, war es reine Zeitverschwendung, sich daran zu klammern. Seine anderen Träume konnte er niemandem erzählen. Seine Träume waren verwerflich und verboten. Und sie hatten nicht das Geringste mit Kunst zu tun.

*

Am Brunnen auf dem Dorfplatz in Pesaro del Monte piccolo Cattolica beugte sich Don Pietro über einen der Blumenkübel, die von der Gemeinde vor Kurzem aufgestellt worden waren. Die Pflänzchen darin wirkten klein und kränklich, und er nahm den Anblick persönlich, hatte er sie doch vom Kirchenportal aus ständig vor Augen. Er rieb sich den Rücken. Bis zum Sommer, und der war nicht mehr fern, sollte die Dorfmitte zum Aushängeschild werden und erblühen, wenigstens in den dickbauchigen Terrakottatöpfen.

Federica stieg vom Rad und hakte ihren Korb von der Lenkstange. Sie selbst besaß beileibe keinen grünen Daumen, doch zweifelte sie stark, dass das Herumgezupfe des Pfarrers dem Allgemeinzustand der Pflanzen zuträglich war. Nach ihrer Meinung wären ohnehin ein paar Schubkarren voll Schotter für die Schlaglöcher in den Straßen wichtiger gewesen als Geranien und Petunien. Aber Blumen erfreuten nun mal die Seele, und da sie weniger kosteten – sowohl Geld als auch Schweiß –, war der Gemeinderat schnell einig gewesen.

Federica winkte Don Pietro zu und er nickte, höflich, aber distanziert, obwohl sie zuletzt wieder häufiger zur Kirche ging. Nur von der Beichte hielt sie sich weiter fern, woraus er seine Schlüsse zog.

Vor Iannazzos Laden waren Kisten mit Obst und Gemüse aufgebaut, das wie frisch lackiert glänzte. Es hätte Federica wenig gewundert, wenn er dabei nachgeholfen hätte. Bald würde er die Werbetafel für Eis am Stil nach draußen räumen, statt der Blechschilder, auf denen Bleichmittel und Lavendelwasser angepriesen wurden. Ob er die wohl mit einer Speckschwarte abrieb oder, wenn keiner guckte, mit Spucke? Er verbrachte viel Zeit damit, seine Schildersammlung mit einem Lappen zu polieren, wie es sonst nur Autofahrern zueigen war.

Im Laden war es eng, und falls sich die Hoffnung auf mehr Touristen im Dorf erfüllen sollte, würde Iannazzo sich etwas einfallen lassen müssen, damit niemand zwischen den Regalen einen klaustrophobischen Anfall erlitt. Zielstrebig packte Federica ein, was sie brauchte. Einen Teil der Waren gab es direkt an der Theke, vor der sich eine kleine Schlange gebildet hatte. Ein alter

Mann verlangte nach Tabak, zwei Kinder inspizierten die Gläser mit Bonbons.

»*Buon giorno.*« Sie stellte sich hinter Signora Baresi an, fischte den *Corriere della Sera* aus dem Zeitungsständer und überflog die Titelseite.

»Signora Pellegrini!« Angelo Iannazzo strahlte hinter dem Verkaufstresen. »Ist das nicht ein wunderschöner Morgen?«

Vor ihr unterbrach Maria Baresi die Unterhaltung mit ihrer Freundin Eliza, synchron drehten sie die Köpfe für eine knappe Musterung. Figurbetonte Hose, zu tiefes Dekolletee.

»Aber ja, Signor Iannazzo: wunderschön. Finden Sie nicht auch?« Ungerührt lächelte Federica der Gattin des Bürgermeisters zu. Sie selbst hätte eine Halskrause und einen Keuschheitsgürtel tragen können und wäre Maria noch immer ein Dorn im Auge gewesen. Deren Begrüßung fiel deutlich weniger begeistert aus als die des Ladenbesitzers.

Eliza dagegen stimmte zu. In einer Tasche ihres zartrosa Kittels steckten mehrere Kämme und eine Schere, aus der anderen ragten Lockenwickler. Ihr Salon lag um die Ecke, das Geschäft florierte, wie immer samstags. Im Augenblick waren alle Kundinnen eingedreht und versorgt, was ihr die Gelegenheit gab, schnell ein paar Besorgungen zu machen. Sie hielt Federica ein aufgeschlagenes Klatschmagazin hin.

»Haben Sie schon von der Hochzeit gelesen? Die Prinzessin wird eine herrliche Braut abgeben. Madonna! Und er – na ja, ein Belgier –, aber trotzdem ein fescher Mann. Schade, dass er kein König wird wie sein Bruder. Aber man kann nicht alles haben.« Eliza seufzte. »Sieht sie nicht noch hübscher aus als die Fürstin von Monaco? Wenn ich ihr die Haare machen dürfte, ich würde ja …«

Federica hörte nicht weiter hin. Laut Bildunterschrift gaben Prinz Albert von Lüttich und Donna Paola Ruffo de Calabria ihre Verlobung bekannt. Kaum etwas hätte sie weniger interessieren können. Seit Jahresbeginn verfolgte sie dagegen gespannt die politische Entwicklung auf Kuba. Bedauerlicherweise wusste sie niemanden, mit dem sie darüber hätte diskutieren können, ob diese Machtübernahme nun eine gute Sache war oder nicht. Sie gestand sich ein, dass sie eine gewisse Schwäche für Fidel Castro entwickelte.

Das Foto vor ihrer Nase zeigte ein Paar auf einem Sofa, sie im dunklen Kostüm, er im Anzug, ein wenig steif und sittsam lächelnd, im Vordergrund ein üppiges Blumenbukett. Unauffällig hob sie den Blick, der einen Bericht in der Regionalzeitung auf Elizas Korb streifte. Ein fett gedruckter Satz sprang sie an.

»Darf ich?« Sie unterbrach Elizas Redefluss und nahm das Blatt heraus.

Maria Baresi schnaubte ungehalten und stieß Eliza an. »Pass auf, dass du deine Zeitung wiederbekommst. Glaubt man das? Sie könnten sich doch eine eigene vom Stapel nehmen, Signora Pellegrini. Und sie bezahlen.«

»Ja, ja. Natürlich.« Federica stellte ihre Einkäufe ab. »Junge Frau in Pesaro überfahren«, las sie halblaut. »Gestern Abend. Täter flüchtete mit hoher Geschwindigkeit. Wie furchtbar.«

»Lassen Sie mal sehen.« Maria Baresi drängte sich heran, strich mit dem Zeigefinger die Textzeilen entlang. Ihre aufgebauschte Frisur roch durchdringend nach Haarspray.

»Unbekannte Fußgängerin tödlich verletzt. Die Polizei sucht nach Zeugen«, fuhr Maria an Federicas Stelle fort. »Dunkelblauer Rock, doppelreihige Kurzjacke gleicher Farbe mit großen Knöpfen. Eher ein Klassiker als der allerneuste Schrei, würde ich sagen, oder Eliza? Und hör dir das an: Sie hatte langes, braunes Haar. Das ist nun wirklich unpräzise, fast noch schlimmer als das Dunkelblau. Zudem ist Rock nicht gleich Rock. Aber was weiß so ein Reporter schon von Mode?« Sie rümpfte die Nase. »Mit der

Beschreibung kann wirklich niemand etwas anfangen. Sie doch wohl auch nicht, Signora Pellegrini?«

»Nein.« Federica faltete die zerknitterte Zeitung zu einem kleinen Rechteck. Und es war keine Modefrage, was sie an dem Bericht beunruhigte, den sie rasch bis zum Ende überflogen hatte. »Die behalte ich.« Sie langte neben sich, drückte Eliza ein neues Exemplar der *Gazzetta* in die Hand und trat einen Schritt zurück. »Bitte, ich will Sie nicht weiter aufhalten oder mich vordrängen. Sie müssen bestimmt zurück in Ihren Salon.«

»Stimmt. Schreiben Sie's an, Signor Iannazzo? Das Übliche, und heben Sie mir ein Dutzend Eier auf. Wir regeln das nachher, ich muss mich sputen. Sonst geht mir unter den Trockenhauben noch eine Kundin in Rauch auf. Obwohl die sich gegenseitig löschen könnten: Die sitzen da zu dritt«, erklärte Eliza kichernd und nicht ohne Stolz. Am Samstag wollten eben alle von ihr für den Sonntag schön gemacht werden. Und die hochmodernen Trockenhauben waren ihr ganzer Stolz. »*Ciao*, Maria. Auf Wiedersehen, Signora Pellegrini.«

»*Stia bene*, Signora Eliza.«

Der Alte humpelte mit seinem Tabak hinter ihr her, die hellen Kinderstimmen gaben ihre Wünsche zum Besten. Nur Maria Baresi blieb wie angenagelt neben Federica stehen, schaute abwechselnd sie und den Artikel an.

»Sie sind ja ganz bleich! Was regt Sie denn so auf, Signora Pellegrini?«

Tatsächlich war Federica ziemlich erschrocken, doch stand ihr nicht der Sinn danach, darüber zu reden.

»Sie fahren zwar selbst oft zu schnell, wie jeder weiß«, sagte Maria spitz und bohrte den Finger ins Papier, »aber Ihr Cabrio scheidet als Tatfahrzeug ja wohl aus.«

Der Seitenhieb kam unerwartet. Doch nach den Angaben im Text lag Maria richtig. Vermutlich ein schwarzer Wagen und –

ebenfalls vermutlich – ein größeres Modell. Das war wenig aussagekräftig, allerdings hätte Federica über den Wagen vom Mittwoch auch nicht mehr sagen können und rein gar nichts zum Fahrer. Ein Verrückter, der sich wie ein Rennfahrer gebärdet hatte, und das mitten in der Stadt. Ein seltsames Kribbeln erfasste sie. Konnte es tatsächlich derselbe gewesen sein? In ihren Ohren jaulte noch der Motor, sie konnte die Abgase förmlich riechen – was leider niemandem nutzte. Hätte sie doch bloß richtig hingeschaut! Dann wäre sie jetzt schnurstracks zu Commissario Garibaldi gefahren und hätte mit Freuden eine Aussage gemacht.

Das Kribbeln verstärkte sich. Vor einem dreiviertel Jahr hatte Lorenzo Garibaldi von der Questura in Pesaro im Dorf wegen Mordes ermittelt, wobei sie ihm behilflich gewesen war. Oder im Weg, je nach Blickwinkel. Trotz gewisser Spannungen hatten sie sich zusammengerauft und den Fall schließlich geklärt.

»Signora Baresi, Sie sind dran. Was darf es sein?«

Maria gab sich ungern geschlagen. Als sie sich Iannazzo zuwandte, traf ihre Einkaufstasche Federicas Hüfte, aber keine der beiden Frauen zuckte mit der Wimper.

»Ein großes Stück *Pecorino marchigiano* und ein halbes Pfund von den jungen Saubohnen. Die mag mein Aldo ganz besonders.«

Irgendwann musste Federica mit der Bürgermeistergattin einen Friedensvertrag schließen, was viel diplomatisches Geschick erfordern würde. Deren Kriegserklärung ihr gegenüber beruhte auf unbegründeter Eifersucht. Für Maria war sie einfach zu modern, zu selbstbewusst und allein durch ihr Aussehen eine Gefahr fürs seelische Gleichgewicht eines jeden Mannes. Und für Aldo Baresi im Besonderen. Dabei fand Federica den Bürgermeister in keiner Hinsicht attraktiv, und wenn ihm bei ihrem Anblick fast die Augen rauskullerten, war das schließlich nicht ihre Schuld. Maria sah das anders.

Federica vertiefte sich erneut in den Artikel und die dürftigen Angaben zu der unbekannten Toten, die wohl auf jede zweite Frau im Alter zwischen zwanzig und dreißig zutrafen. Auch auf die mit der Baskenmütze. Die Begleitumstände der beiden Ereignisse unterschieden sich allerdings deutlich. Am Mittwoch war es heller Tag gewesen, die Straße zwar ruhig, aber nicht leer; der tödliche Unfall war im Dunkeln geschehen und das Opfer offenbar völlig allein in der Gasse. Waren ihre Beobachtungen dennoch relevant? Derselbe Frauentyp, die räumliche und zeitliche Nähe … War es vielleicht sogar dieselbe Frau? Unwirsch schüttelte sie den Kopf. Das war ja albern: derselbe Wagen, dieselbe Frau. »Zu viel Fantasie, Signora Pellegrini.« Das hatte man ihr mehr als einmal bescheinigt. Bildete sie sich nur etwas ein? Eine solche Annahme war eine schwerwiegende Sache. Denn wenn die Frau innerhalb weniger Tage gleich zweimal unter die Räder gekommen wäre, spräche das gegen einen Zufall. Und Absicht bedeutete nichts Geringeres als Mord.

Langsam stieß Federica den Atem aus. Sie musste gründlich nachdenken. Mit leeren Händen und bloßen Vermutungen würde sie garantiert nicht vor Garibaldis Schreibtisch treten.

*

Auf seinem Schreibtisch lag die aufgeschlagene *Gazzetta*, die ihm den morgendlichen *caffè* und den Genuss eines gefüllten Hörnchens verdorben hatte, wie dunkle Kaffeespritzer im Text und ein Abdruck der übergeschwappten Tasse bezeugten. Daneben lag ein Aktendeckel mit einem Protokoll und handschriftlich aufgenommenen Aussagen, welche die Bezeichnung kaum verdienten. Üblicherweise fielen Verkehrsunfälle nicht in sein Ressort, und Commissario Lorenzo Garibaldi machte niemandem einen Vorwurf, dass er nicht am Abend sofort informiert worden war.

Obwohl er es für eine Fehleinschätzung hielt, einfach von einem tragischen Unglück auszugehen. Gerade weil der Verursacher sich seiner Verantwortung durch Fahrerflucht entzogen hatte. Und dass ein Mensch gewaltsam aus dem Leben gerissen worden war, ging ihn als Ermittler der Sektion Kapitalverbrechen grundsätzlich etwas an, eine unbekannte Leiche auch. Lorenzo rieb sich das frisch rasierte Kinn. Über den sofortigen Bericht in der Zeitung konnte man ebenfalls streiten. Aber der war nunmal geschrieben und verbreitete sich in weitem Umkreis auf den Frühstückstischen und in den Caffèbars der Region. Sich darüber zu ärgern, war vollkommen zwecklos, und Lorenzo verschwendete ungern seine Energie. Immerhin konnte der Bericht unter den zu erwartenden falschen Spuren auch eine brauchbare Information zu Tage fördern. Der Fall war ihm bei der ersten Nachfrage höchst bereitwillig überlassen – wenn er es recht bedachte, geradezu aufgedrängt – worden. Was wohl daran lag, dass er eindeutig schien und zugleich mühselig zu werden drohte.

Vor seinem Schreibtisch saß Giovanni Spadafero, die langen Beine übergeschlagen, einen Notizblock auf den Knien. Der junge Ispettore wurde von manch Älterem in der Questura als Garibaldis Sekretär belächelt, sein Fleiß und Arbeitseifer waren ihnen suspekt. Spadafero ging davon unbeeindruckt seinen Weg. Eines Tages wollte er selbst Kommissar sein, und Lorenzo rechnete ihm gute Chancen aus.

»Die Spurensicherung ist vor Ort, und die Leiche liegt beim Dottore in der Rechtsmedizin. Die Bestatter wollen sie nicht haben, solange keiner weiß, wer sie ist.«

Lorenzo nickte. Durchaus verständlich, denn eine unbekannte Leiche war ein Problem. Die Frau hatte keine Papiere bei sich gehabt, lediglich ein Portemonnaie in der Innentasche ihrer Jacke. Leider nichts, woraus sich schließen ließ, ob sie überhaupt aus Pesaro stammte. Irgendwann musste sie beigesetzt werden, und man fürchtete, auf den Kosten sitzen zu bleiben, wenn sich keine Angehörigen fanden. Letztlich ging die Grabstelle zu Lasten des Staates oder der Stadt, aber die stritten vorher ausgiebig über Zuständigkeiten, ließen sich gern mehrfach bitten und hatten es selten eilig, Rechnungen zu begleichen.

»Halten Sie sich bereit, wir sehen uns gleich an der Stelle um, wo es passiert ist – und tippen Sie mir die Aussagen ab, die Schrift des Kollegen kann ich nicht lesen.«

Spadafero verließ den Raum, und Lorenzo griff zum Telefon, wählte die Nummer des rechtsmedizinischen Instituts. Während er wartete, zupfte er am Knoten seiner Krawatte, strich den Stoff glatt und schickte ein kleines Stoßgebet auf die Reise. Ihm fehlte die Lust, sich auf die umständliche Art des Dottore einzulassen und ihn zu hofieren, wie der es für angemessen hielt.

»*Pronto?*«

Lorenzos Erleichterung entlud sich in einem tiefen Seufzer.

»*Buon giorno*, Vigliani.« Der Assistent des Dottore war die bei weitem bessere Wahl, ihr Umgang miteinander auf erfrischende Weise informell.

»Ah, Garibaldi! Sie rufen wegen der Toten von letzter Nacht an. Was wollen Sie wissen?«

Lorenzo grinste. Sofort zum Punkt zu kommen, das war typisch für Vigliani und eine Eigenschaft, die er besonders an ihm schätzte. »Alles, was Sie haben.«

»Der Wagen hat die Frau frontal erwischt und den Körper überrollt. Es gibt zahlreiche Prellungen und Knochenbrüche, sicher auch innere Verletzungen, die sie wahrscheinlich nicht überlebt hätte. Ihr Schädel ist gebrochen und auch das Genick. Sie hatte keine Chance.«

»Demnach ist die Todesursache eindeutig.«

»Ja, kein Zweifel. Sie starb infolge des Unfalls.«

»Gibt es etwas, das uns bei der Identifizierung hilft?«

»Dem äußeren Erscheinungsbild nach war ihr Gesundheitszustand gut. Sie war etwa Mitte zwanzig, schlank, aber nicht zu dünn, gepflegte Fingernägel und Haare, gleiches gilt für die Kleidung. Einen Moment.«

Alles Anzeichen eines ganz normalen Lebens, was die Chance erhöhte, dass jemand die Tote vermisste. Lorenzo drückte mit einer Hand den Schnapper der Geldbörse auf, bog die Bügel auseinander. Ein kleiner Lire-Betrag. Im Futter ertastete er ein weiteres Fach, fühlte darin eine Kante. Er unterbrach seine Untersuchung, als Vigliani den Hörer wieder aufnahm. Papiere raschelten, dann zählte der Assistent des Dottore detailliert jedes einzelne Kleidungsstück auf, inklusive Farbe und Verschmutzungsgrad, der auf den Unfall zurückzuführen war, bis er von einem Geräusch im Hintergrund unterbrochen wurde.

»Der Dottore kommt gerade herein.« Vigliani räusperte sich und sprach dann lauter. »Haben Sie noch Fragen, Commissario Garibaldi? Dann gebe ich Sie an meinen Vorgesetzten weiter.«

»Oh Gott, nein – bitte! Das ist wirklich nicht nötig. Richten Sie ihm Grüße aus und besten Dank. Wenn ich noch was brauche, melde ich mich wieder.« Lorenzo hängte den Hörer ein und fischte dann mit einer Pinzette ein kleines Billette aus dem Innenfach der Börse. Blassgrün mit schwarzem Aufdruck, die perforierte Ecke unversehrt. Er verstaute es separat in einem Umschlag und stand auf. »Spadafero?«

Nebenan verstummte eine Schreibmaschine.

»Hier, Signor Commissario.«

Der Ispettore schoss herein und legte zwei sauber getippte Bögen in die Aktenmappe. Lorenzo zog den Mantel über, setzte seinen Hut auf und warf Spadafero die Dienstmütze zu. Den Umschlag steckte er ein.

»Wir gehen zu Fuß.«

Vor der Questura wandten sie sich nach rechts zur Piazza Del

Poppolo, die sie am Rathaus überquerten. Zügig und schweigend schritten sie aus. Der Tatort lag nur einen Steinwurf entfernt.

Noch am Abend waren Fotos gemacht worden. Nun wurden dieselben Stellen noch einmal aufgenommen, in der Hoffnung, dass das Tageslicht auch ohne Leiche mehr offenbarte als die Aufnahmen unter dem Kunstblitz. Lorenzo ging die schmale Gasse hoch und runter, sank in die Hocke, peilte um Ecken und Vorsprünge. Die Kollegen der Abteilung Spurensicherung packten ihre Ausrüstung bereits wieder ein. Tupfer, Schaber, Tiegel, Winkelmesser und ein Rollmaßband. Ihre Ausbeute fürs Labor fiel mager aus: Proben des Blutflecks und etwas zusammengefegter Straßenschmutz.

Lorenzo schob den Hut in den Nacken. Abweisend ragten schmucklose Fassaden zu beiden Seiten der Via Annunziata empor, die Fenster im Erdgeschoss vergittert, in den Mauern wenige Türen. Die Flanke des Palazzo Mosca, der das Bürgermuseum beherbergte, erstreckte sich fast bis zur Mitte der Gasse. Dort zweigte die noch kleinere Via Perticari ab.

Das Auto hatte die Frau von vorn erwischt. Aus welcher Richtung war sie gekommen – von der entfernten Straßenecke oder aus der Einmündung und direkt auf den Wagen zu? Weshalb war sie nicht ausgewichen? Hatte sie sich erst kurz vor dem Aufprall umgedreht? Es gab keinen Reifenabrieb auf dem Pflaster, wie von einer scharfen Bremsung. War sie zu plötzlich vor dem Fahrer aufgetaucht? Langsam ging Lorenzo vorwärts, hielt sich dicht an den rauen Wänden, suchte mit den Augen den unteren Meter des Mauerwerks ab. Spadafero tat es ihm auf der anderen Straßenseite gleich und fasste schließlich in Worte, was Lorenzo durch den Kopf ging.

»Der ist kerzengerade auf die Frau zugefahren und danach weiter, ohne die Kontrolle zu verlieren.«

Jeder normale Mensch hätte wohl das Lenkrad verrissen,

eine Wand touchiert und Lackspuren hinterlassen. Also musste es ein sehr geübter Fahrer gewesen sein, ein extrem beherrschter Mensch oder jemand, der im Augenblick des Schocks über sich hinausgewachsen war.

»Vice-Ispettore Briatore ist sicher, dass der Fahrer betrunken gewesen ist. Weil er ansonsten ausgestiegen wäre, um zu helfen. Und natürlich, weil er die Frau nüchtern bestimmt rechtzeitig gesehen hätte. Außerdem ist er überzeugt, dass es ein Jugendlicher war oder ein Student.«

»Weil die ja sowieso nichts tun, außer zu feiern und übermäßig zu trinken?« Lorenzo schmunzelte. Es war kein Geheimnis, dass der Vice-Ispettore einen generellen Groll gegen junge Menschen hegte und überhaupt gegen jeden, der irgendwie anders war als Briatore selbst: gut gelaunt, beispielsweise – oder erfolgreich. Erschwerend kam hinzu, dass der Unfall am gestrigen Abend die Ruhe seines Nachtdiensts gestört hatte, den er sowieso nicht leiden konnte.

»Und was denken Sie, Giovanni?«

Spadafero hob die Schultern. »Dass das zu einfach wäre. Und für einen Betrunkenen ganz unmöglich, ohne den Wagen zu ramponieren.«

Lorenzo Garibaldi nickte. Es war zu früh, um daraus Schlüsse zu ziehen. Bis auf einen. Einfach, da stimmte er zu, würde der Fall ganz sicher nicht werden. Immerhin gab es noch einen Anhaltspunkt, dem sie nachgehen konnten: eine grüne Kinokarte für die gestrige Abendvorstellung.

Kapitel 5

Ein Kanarienvogel zwitscherte. Sein Gesang füllte den engen Raum zwischen den Häusern, wo selbst kurz vor Mittag noch die Kühle des Morgens vorherrschte. Federica fröstelte. Der Zeitungsbericht hatte ihr keine Ruhe gelassen und ihr Nachdenken bei jedem neuen Anlauf zum gleichen Ergebnis geführt: Sie musste sich ihr eigenes Bild machen und nach Pesaro fahren. Deshalb stand sie jetzt in der Via Annunziata.

Die Straße war leer, der Boden feucht. Hier also war die Frau gestorben. Vom Blut war nur mehr ein Schatten auf den Pflastersteinen übrig, der noch die Stelle des Unglücks verriet. Dafür mussten viele Eimer Wasser und ein kräftiger Besen im Einsatz gewesen sein. Aus Respekt vor der Toten. Oder um den Lebenden den Anblick zu ersparen. Vielleicht auch, um Schaulustigen den Spaß zu verderben.

Sie schluckte trocken. War das der Grund, weshalb sie gekommen war – reine Sensationslust? Rasch ging sie ein paar Meter weiter, hob, dem Trällern folgend, den Blick, bis sie vor einem Fenster im zweiten Stock einen kleinen Käfig entdeckte. Das gelbe Vögelchen machte ein ziemliches Spektakel, feierte die Sonne und das Leben. In der Scheibe blitzte ein Lichtreflex auf, dann die Spiegelung eines Gesichts, und im ersten Moment glaubte Federica an eine optische Täuschung, die ihr das schmale Oval mit den großen Augen unter der verrutschten Mütze vorgaukelte. Schließlich wurde der Fensterflügel etwas weiter geöffnet, und der Kopf kam zur Gänze zum Vorschein, neigte sich dem Vogel zu, der aufgeregt von Stange zu Stange hüpfte. Ein alter Mann legte die Unterarme aufs Fensterbrett. Unter der

Mütze graue Haare, eine faltige Stirn, altersfleckige Haut, gebeugte Schultern. Instinktiv hob Federica die Hand und winkte ihm zu. Sein Lächeln entblößte einen fast zahnlosen Kiefer, und er winkte zurück.

Wenn er die ganze Zeit schon da gewesen war, hatte er gesehen, wie sie die Mauern berührt und den Blutfleck angestarrt hatte. Ein seltsamer Gedanke, bei dem sie von der Beobachterin zur Beobachteten wurde.

In wenigen Tagen würde der Umriss an der Unfallstelle vollends verschwunden sein. Und mit ihm die letzte Spur jener Frau, deren Leben hier zu Ende gegangen war. Bedeutete das auch, vergessen? Nein, entschied Federica. Selbst wenn dieser Tod die Folge eines Unglücks gewesen sein sollte, durfte der Fahrer nicht einfach so davon kommen. Und sie war keine Voyeurin! Sie musste dorthin zurück, wo sie dem möglichen Opfer am Mittwoch begegnet war, um ihrer Erinnerung auf die Sprünge zu helfen.

Kurz darauf bog sie um dieselbe Straßenecke ab. An jenem Tag war sie in den Inhalt ihrer Geldbörse vertieft gewesen und darum bemüht, den Aufschneider am Gaspedal mit Nichtbeachtung zu strafen. Sie spielte den Ablauf nach, kniff die Augen zusammen, lauschte in sich hinein – und fand nichts. Die Information, woher genau die Frau gekommen war, fehlte. Federica fluchte ärgerlich. Während womöglich direkt vor ihrer Nase ein echter Krimi abgelaufen war, hatte sie ihre Gedanken an einen fiktiven *giallo* verschwendet. Eine miserable Zeugin war sie! Und eine noch schlechtere Ermittlerin, wenn sie jetzt aufgab. Entschlossen klapperte sie die gesamte Straße ab, fragte in einer Schneiderei, im Wäschegeschäft, beim Schuster. Ohne Ergebnis. Niemand wusste etwas über die Frau mit der Baskenmütze. Federica drückte ihre Nase gegen die staubige Schaufensterscheibe eines geschlossenen Ladens, in dem eine Fülle von gestapeltem

Material zu erkennen war. Holzleisten für Bilderrahmen, Leinwände, und allerlei Zubehör, was zum Namen *dipinti e pittura* passte. Sie klopfte gegen das Glas, doch nichts rührte sich. Neben dem Geschlossen-Schild an der Tür klebte eine Einladung mit einem farbigen Bild. Meer, markanter Küstenstreifen, Himmel. Schon halb im Gehen, drehte Federica sich wieder um. Die feinen Pinselstriche sprangen sie förmlich an. Dieser Gemäldeausschnitt – den hatte sie doch schon mal gesehen! Und in der Hand gehabt, als sie die etwa postkartengroße Ankündigung von der Straße aufgesammelt und in die Tasche mit dem Holzkasten gesteckt hatte. Sie sah genauer hin und las den Begleittext. In der Casa Rossini fand eine öffentliche Ausstellung statt. Gezeigt wurden Arbeiten eines Absolventen des Istituto d'Arte. Soweit Federica wusste, besaß die hiesige Kunstschule Ferruccio Mengaroni einen guten Ruf und eine lange Tradition. Die Aufmachung der Frau mit der Baskenmütze hatte etwas Intellektuelles ausgestrahlt, als gehöre sie vielleicht zu einem literarischen Zirkel oder einer politischen Studentengruppe. Aber konnte sie aus dieser reinen Äußerlichkeit tatsächlich auf ein generelles Kunstinteresse schließen? Oft ging das eine mit dem anderen Hand in Hand. Manchmal widersprach es sich auch. Und ein Übermaß an Tradition förderte das Aufbegehren. Grübelnd trommelte Federica mit den Fingerspitzen an die Scheibe. Der Ausstellungszeitraum und die Öffnungszeiten machten ihr die Entscheidung leicht, von der sie wusste, dass es im Grunde keine gewesen war. Sie liebte Kunst in jeder Form. Ganz abgesehen von ihrem Hang zur Rebellion. Sie würde hingehen und zwar jetzt gleich. Die Aussicht verursachte ein vages Rumoren in ihrem Bauch, wie vor einer heimlichen Verabredung.

*

Das Geburtshaus des Komponisten Gioacchino Rossini hob sich kaum von den anderen in der Straße ab. Ein schlichter, unverputzter Bau mit vier Stockwerken und grünen Fensterläden, den man nicht nur zum Museum gemacht, sondern Anfang des Jahrhunderts zum Nationaldenkmal erklärt hatte. Über dem Bogen des Eingangs befand sich ein schmuckloser Balkon mit Metallgeländer, gerade breit genug, um zu zweit dort stehen zu können. Oberhalb war eine Steintafel mit den Lebensdaten des Meisters eingelassen.

Neugierig tauchte Federica unter dem Bogen hindurch ins Haus. Die Schwelle war abgetreten, die Bodenfliesen dahinter von dunklem Braun. Jeder Zentimeter dünstete Geschichte aus. Das Museum befand sich oben, die beiden für wechselnde Ausstellungen genutzten Räume unten. Sie waren klein und frei von jeglichem Schnickschnack.

Federica lächelte. Obwohl der Künstler sehr jung war – in seinen frühen Zwanzigern –, besaß er eine Ausstrahlung, die jeden Zweifel ausschloss, wen man vor sich hatte. Bruno Bruni: Das war ein eingängiger Name – wie gemacht, um ihn als Signatur schwungvoll unter einem Werk zu platzieren. Und wie gemacht für ihn. Er gestikulierte und erklärte mit Leidenschaft, seine Dynamik ließ erahnen, dass in ihm mehr schlummerte, als die gefälligen Landschaften an den kargen Wänden offenbarten; kleinformatige Gemälde, traditioneller Stil, gekonnt umgesetzt. Federica flanierte daran vorbei, ohne ihnen besondere Aufmerksamkeit zu schenken.

In Brunis Augen funkelten Charme und Schalk. Federica biss sich auf die Lippen, als sie einander kurz taxierten. Ein Draufgänger erkannte den anderen auf Anhieb, aber das war es nicht, weshalb sie hergekommen war. Sie würde mit ihm sprechen, sobald sich die Gelegenheit ergab. Der Andrang an Besuchern hielt sich in Grenzen. Solange er beschäftigt war, würde sie sich gründlich umsehen. Man konnte vorher nie wissen, wo es etwas zu entdecken gab. Und sie wusste ja nicht einmal, was genau sie zu finden hoffte.

Federica verließ den Ausstellungsraum, spähte in den Flur und das leere Treppenhaus, horchte. Von der offenen Hintertür her zog es unangenehm. Im Rechteck des Rahmens sah sie einen Rauchfaden aus der Glut einer Zigarette aufsteigen und ging näher heran. An der Außenwand lehnte eine schlaksige Gestalt, deren Adamsapfel fast so weit aus dem dürren Hals ragte wie die Nase aus dem Gesicht. In der Art, wie der Bursche rauchte, lagen weder Genuss noch Lässigkeit. Er warf den Stummel auf den Boden, schaute nach links und rechts, förderte aus der hinteren Hosentasche eine neue Kippe heraus. Sie zerbrach zwischen seinen Fingern, und er schlug die flache Hand gegen die Wand.

Der Kerl stand gehörig unter Stress. Federica überlegte nicht lange und trat neben ihm ins Freie.

»Zigarettenpause?«, fragte sie unschuldig, kramte dabei in ihrer Tasche und guckte erst hoch, als sie ihre Chesterfields gefunden hatte. Eine Reserve für besondere Momente. »Wollen Sie auch eine?« Die amerikanische Marke machte mehr her, als die *Nazionali,* mit denen sie sich üblicherweise begnügte. Sie schüttelte zwei aus dem Päckchen.

»Danke.«

Federicas Feuerzeug flammte auf, und er beugte sich vor. Beim ersten Zug sanken seine hohlen Wangen noch tiefer ein. Er wirkte wie ein kompletter Gegenentwurf zu Bruno Bruni, bis auf das ähnliche Alter. Er mochte sogar etwas jünger sein. Seine Attraktivität war die eines aus dem Nest gefallenen Kükens. Und dieses Küken bewegte irgendetwas in ihr. »Sagen Sie, kennen wir uns?«

»Kaum. Ich bin nicht von hier.«

»Ich auch nicht.« Sie streckte ihm die Hand hin. »Federica

Pellegrini. Eigentlich aus Sizilien, aber gestrandet auf einem Hügel jenseits des Monte San Bartolo, in einem Nest, dessen Name länger ist als die Dorfstraße und der so unentschlossen klingt, wie seine Bewohner es sind.«

Der verlorene Vogel runzelte die Stirn, und Federica hätte einiges darum gegeben, dahinterblicken zu können. Seine Hand war schmal und leicht. Seitlich am Zeigefinger bemerkte sie eine raue Schwiele, eine Spur Farbe unter den Nägeln und trockene Stellen, wie sie von häufigem Waschen verursacht werden. »Sie sind ein Kollege von Signor Bruni – ein Künstler.«

»Gaetano Gentile«, sagte er. »Bruno ist ein Freund. Ich bin nur Schüler in der Keramikwerkstatt am Institut.«

Federica lehnte sich ebenfalls an die Wand. Zwischen ihnen klaffte die Tür. »Ob man ein Künstler ist, entscheidet nicht die Ausbildung, sondern das Herz.« Sie tippte sich an die Brust. »Und der Kopf. Man muss schon selbst dran glauben. Sie sind doch Maler, oder nicht?«

Schweigend zuckte er die Schultern.

Langsam ließ Federica den Rauch in die Lunge ein- und durch die Nase ausströmen. Das Wort »nur« besaß eine große Macht. Es verdichtete negative Gefühle, machte klein und wehrlos. Gaetanos Blick huschte an ihr vorbei zur Hausecke, wo die enge Gasse mit der Via Rossini auf der Vorderseite zusammentraf.

»*Va bene.*« Der Bursche war zäh und wenig gesprächig. »Ich will nicht weiter stören. Sie warten auf jemanden. War nett Sie kennenzulernen, Signor Gentile.«

»Gaetano wartet dauernd auf jemanden.« In der Tür erschien Bruno Bruni und grinste breit. »Ist doch so, oder? Leider verrät er mir nie, auf wen. Darum dachte ich eben, Sie sind seinetwegen gekommen und wären mit ihm auf und davon. Er hat nämlich ein eigenes Atelier, und dort gehen geheimnisvolle Dinge vor, erzählt man sich.« Er zwinkerte und stieß seinen Freund leicht in die Seite, der gequält die Zähne aufeinanderbiss. »Wenn er es nicht macht, darf ich Sie dann entführen? In meine Ausstellung, versteht sich.«

»Sicher.« Federica drückte die angerauchte Zigarette aus und packte sie ein. »Ich bleibe dabei«, sagte sie zu Gentile. »Wir sind uns schon irgendwo begegnet.«

Beim folgenden Rundgang lachte Federica so viel wie seit Wochen nicht mehr. Bruno Bruni war ein amüsanter Erzähler. Um ein Haar hätte sie vergessen, was sie in die Casa Rossini geführt hatte. Erst als Gaetano sich stumm zu ihnen gesellte, rief seine deprimierte Miene es ihr wieder ins Gedächtnis.

»Dieser schreckliche Unfall gestern Abend – haben Sie hier etwas davon mitbekommen?«

Die beiden Männer wechselten einen Blick. Bruni schüttelte den Kopf. »Nein. Was ist denn passiert?«

»Eine junge Frau wurde überfahren. Nur eine Straßenecke entfernt, beim Palazzo Mosca, etwa um halb neun, so stand es in der Zeitung.«

Gaetanos Nase zuckte. Auf seiner Zunge lag noch der morgendliche Geschmack von salzigem Sand und Rotwein. Ihm wurde flau. Vom Strand aus war Bruno mit zu ihm gegangen, um sich schnell frisch zu machen, und dann unmittelbar zur Casa Rossini. Für eine Zeitung oder einen *caffè* war keine Gelegenheit gewesen. Auch für ihn nicht. Sein Magen war leer. Unentwegt musste er trocken schlucken, was er dem Nachbrand zuschob. Doch an dem lag es nicht allein. »Ist sie … tot?«

»Ja.« In knappen Worten fasste Federica das Gelesene zusammen. »Wer sie war, weiß man noch nicht«, sagte sie abschließend, was sich seltsam falsch anfühlte. Durch ihren Kopf spukte die Frau mit dem Holzkästchen in der Tasche, gab der Toten ein Gesicht und eine Stimme.

»*Maledetto.* Wenn ich mir vorstelle, dass wir zur selben Zeit gefeiert haben, fühle ich mich direkt mies.« Bruno Bruni zerraufte sich die Frisur.

»Aber nein, wieso denn? Sie haben ja nichts davon gewusst. Tut mir leid, ich wollte Ihnen nicht den Tag verderben.« Es beschämte Federica, wie unsensibel sie vorgegangen war. Was hatte sie sich bloß dabei gedacht? Hoffentlich war die Tote niemand, den die beiden kannten – eine Studienkollegin oder schlimmer, eine Freundin. Bevor sie es verhindern konnte, rutschte die Frage heraus, die wie ein *peperoncino* auf ihrer Zunge brannte. »Kennen Sie eine Frau, die eine Baskenmütze trägt – und Hosen – so wie ich? Nein, nein, das hat nichts mit dem Unfall zu tun«, behauptete sie schnell, obwohl sie das Gegenteil fürchtete. »Ihretwegen bin ich heute hergekommen. Denn bei dieser Frau – sie war jung und ihre Haare hatten einen hübschen roten Schimmer –, habe ich vergangene Woche eine Einladung zu Ihrer Ausstellung gesehen. Hat sie für Sie Werbung in der Stadt gemacht? Wenn ja, wollte ich nur sagen: Es hat funktioniert.« Erstaunlicherweise kam die Behauptung der Wahrheit ziemlich nah. Federica beobachtete die beiden jungen Männer gespannt. Löste die Beschreibung ein Anzeichen des Erkennens aus?

Von draußen waren Stimmen zu hören.

»Das ist ja perfekt!« In Brunis Augen blitzte es. »Wobei ich gestehe, meine Freunde haben es übernommen, Einladungen zu verteilen. Eine rothaarige Signorina kenne ich leider nicht. Also war es ein wunderbarer Zufall, durch den Sie hier gelandet sind. Ich liebe Zufälle!«

Die Antwort hätte sie enttäuschen können, doch ihre Erleichterung überwog, dass sie nicht in ein Fettnäpfchen getreten war. Brunis Reaktion kam Federica ebenso aufrichtig vor wie sein Erschrecken über den Unfall. Gaetano dagegen hatte sich im für sie falschen Moment dem Eingang zugewandt, sodass ihr sein Gesicht verborgen geblieben war. Auch für einen schlechten Schauspieler hatte er damit genug Zeit geschunden, um jede Spontaneität zu verhindern. Ärgerlich, aber nicht zu ändern.

Ein Herr im gesetzten Alter schob sich herein, dessen Anzug über dem Bauch spannte, im Mundwinkel klemmte eine kalte Zigarre. Er roch geradezu nach Geld.

»Nun muss ich aber los.« Federica reichte Bruni die Hand. »Auf einem kleinen Hügel am Ende der Welt warten meine Pensionsgäste auf mich und auf Sie ein neuer Besucher. Ich wünsche Ihnen viel Erfolg mit Ihrer Kunst. Ihnen beiden.«

Gaetano holte tief Luft und schwieg.

*

Vor der Casa Rossini blieb Federica unschlüssig stehen. Es stimmte, dass sie nach Hause musste, und doch zögerte sie. Ihr Finger spielte am Rädchen des Feuerzeugs, aber sie verkniff es sich, schon wieder zu rauchen. Die Flamme tanzte auf und ab. Bis zur Piazza del Poppolo und der Questura gleich daneben war es nur ein Katzensprung. Doch fehlte es der Katze an einer Maus, die sie dem Commissario vor die Füße legen konnte. Ihre Nachforschung hatte sie nicht weit gebracht. Außerdem war Samstagnachmittag und Garibaldi bestimmt … wo auch immer er sich in seiner Freizeit aufzuhalten pflegte, aber nicht an seinem Schreibtisch.

»Signora Pellegrini?«

»Autsch!« Ein Funke kokelte ihr den Daumen an. Sie drehte sich um. Unmittelbar vor ihr zuckte ein nervöser Kehlkopf, etwas weiter oben Gaetano Gentiles Vogelnase.

»Haben meine Eltern Sie geschickt?«

»Wie bitte?« Federica hob die Augenbrauen. »Sehe ich wie jemand aus, der sich schicken lässt?«

»N…nein, aber … Sie haben gesagt, dass Sie mich kennen –

und d … das Dorf gleich zweimal erwähnt. Und Sie sind Sizilianerin! Also muss Ihre Pension die auf dem Weg zum Kloster sein, außerhalb von Pesaro del Monte –«

»– Monte piccolo Cattolica«, vervollständigte Federica und begriff mit einem Mal den Zusammenhang. »Natürlich, du bist ein Gentile.« Schlagartig offenbarte sich ihr die Familienähnlichkeit. Wenn Gaetano Glück hatte, setzte sich eines Tages die Erblinie seiner Mutter durch und bescherte ihm ein wenig Fleisch auf den Rippen, sodass sich das Knochige auswuchs. »Na sowas. Noch ein Zufall, dass wir uns treffen. Aber sag« – sie musterte ihn prüfend und ging unwillkürlich zum Du über –, »aus welchem Grund hätten deine Eltern mich zu dir schicken sollen?«

Gaetano druckste herum. Die ganze Angelegenheit war ihm sichtlich peinlich. »Um mich zu kontrollieren. Sie glauben, dass ich meine Ausbildung vernachlässige. Mein Umgang macht ihnen Sorgen.«

»Künstler, oder schlimmer noch, Künstlerinnen?« Federica lachte leise, dann wurde sie ernst. Darum also die Betonung auf seinem Status als Schüler. Im Gegensatz zu der im Namen betonten Kunst waren die Fachbereiche des Istituto d'Arte eher praxisorientiert und versorgten die Unternehmen im Umland mit neuen Facharbeitern. Und genauso wollten seine Eltern es sicher haben. Was über Kunsthandwerk hinausging, war unnütze Spielerei und die Stadt ein Sündenpfuhl. Auch Dorfpfarrer Don Pietro sparte sonntags nicht mit entsprechenden Mahnungen. »Verstehe. Von mir erfahren sie kein Sterbenswort. Es sei denn, ich soll etwas ausrichten.«

»Danke«, murmelte er. »Das ist nicht nötig.« Verlegenheit tupfte ihm Flecken über Wangen und Hals, rot wie Feuermale.

»Du hast also ein eigenes Atelier? In dem noch dazu Geheimnisvolles vor sich geht. Ich nehme an, dass im Dorf auch davon niemand etwas weiß.«

»Oh, bitte Signora! Das – das hat Bruno nur so gesagt.«

»Ach ja?« Federica schwächte den Zweifel mit begütigender Geste wieder ab. Der arme Kerl geriet ja wirklich sehr leicht in Panik. Oder er hatte vor seinen Eltern mehr zu verbergen als ein paar Tuben mit Farbe. »Hör zu, es ist das erste Mal, dass ich einen Künstler persönlich kennenlerne. Das macht mich ein bisschen neugierig. Und ich liebe Geheimnisse.« Ihre Gefäße weiteten sich, das Blut strömte schneller, jagte die Temperatur ihres Körpers hoch. »Ein bisschen« war eine maßlose Untertreibung.

»Ich möchte wirklich gern deine Bilder sehen. Das meine ich ernst.« Zum Zeichen des Aufbruchs und seiner damit verbundenen Erlösung von dem Gespräch schwenkte sie ihren Autoschlüssel. »Beim nächsten Mal. *Va bene?*«

Bruno Brunis Bemerkung zu Gaetanos Atelier hatte zwar wie ein Scherz geklungen, dessen Widerspruch jedoch wie eine Lüge.

*

Im Topf auf dem Feuer köchelte ein übelriechender Sud. Rußige Schwaden füllten den halbdunklen Raum. Die Befana schlurfte vom Herd zum Schrank. Vor ihren Füßen flatterte ein braun gefiedertes Huhn hoch und landete auf dem Tisch. Zielsicher zog sie nacheinander mehrere Schübe heraus, warf Blätter und Samen in einen Mörser, führte mit langsamen Bewegungen den Stößel, drehte, rieb, kratzte. Der Sud blubberte, die Luft wurde zunehmend schwerer zu atmen.

Ihr Besucher rutschte hustend auf dem Stuhl herum.

»Musst du nicht umrühren? Es brennt an. Mein Gott, man sieht ja gleich nichts mehr!«

Die Alte strich eine fettige Masse aus einem Holzgefäß in einen Tiegel und rührte den Inhalt aus dem Mörser unter.

»Hör auf zu jammern. Du bist auch am hellen Tag fast blind.

Weil du dich nur auf deine Augen verlässt. Und wegen denen bist du ja nicht gekommen.«

»Mein Rücken«, sagte er schnell. »Der zieht und reißt. Aber was nutzt mir deine Arznei, wenn ich erstickt bin?«

Er sprang auf und eilte zur Tür. Ein Schwall Frischluft verwirbelte mit dem Dunst, ließ durchscheinend graue Gestalten durch die Stube tanzen – die getrockneten Kräuterbündel an der Decke wiegten sich raschelnd im Takt.

»Sag mir, Aldo Baresi, wie kann einer Bürgermeister werden, der so schlecht lügt?« Die Befana gluckste. »Deinem Rücken geht es gut. Aber der Pfaffe läuft seit Tagen krumm. Er soll die Salbe am Abend auftragen, ehe er sich schlafen legt, und zum Mittagsläuten. Und bis nächste Woche ein wenig seltener auf die Knie fallen vor seinem Herrn. Der wird es verstehen.«

Aldo Baresi schnappte schon wieder nach Luft, obwohl der Gestank sich mit den Nebelgeistern verflüchtigte. Was blieb ihm übrig, bei so viel Scharfsinn, als zu nicken?

»Nun sag mir, was dich sonst noch sticht.« Die Befana humpelte näher. »Der Auftrag des Kirchenmannes ist es nicht allein.«

»Meine Frau«, seufzte Aldo. Seit dem Mittag war Maria mal wieder unausstehlich. »Gibt es ein Kraut gegen Eifersucht? Immer fürchtet sie, ich könnte eine andere schöner finden. Nach über dreißig Jahren und vier Kindern!«

»Wo Feuer ist, fliegen Funken. Ohne Feuer wird es kalt«, brummte die Befana. »Genieße die Wärme, Aldo. Oder willst du lieber frieren?«

Kapitel 6

Träge döste Pesaro del Monte piccolo Cattolica in der sonntäglichen Morgensonne. Im leichten Wind wehte ein dünner Glockenton über die Dorfmauer hinaus und zur Pension Vento del mare. Lene schaute aufs Meer, das tief unter ihr am Fuß des steilen Abhangs lag. Das Geräusch der spröden Glocke ging fast in Friedhelm Meyers Übungsfahrt mit dem Roller unter, die er am Samstag aufgeschoben und stattdessen lieber die unmittelbare Umgebung zu Fuß zu erkundet hatte. Nun pendelte er zwischen Pension und Dorf und kurvte in Schlangenlinien um die Schlaglöcher. Beim Frühstück hatte er sein Angebot erneuert, Lene auf dem Sozius mitzunehmen.

Federica trat an Lenes Seite, schnippte Asche ins Gestrüpp unterhalb der Terrasse, auf der die zusammengebundenen Sonnenschirme wärmerer Tage harrten. Der aufgespannte Stoff flatterte, während der Wind sie drehte, ließ ihn knattern wie die Segel alter Fischerboote. Bald schon. Bald.

»Werden Sie seine Einladung annehmen, Signorina Jung?« Sie konnte Skepsis und Ratlosigkeit nachfühlen, die sich in deren Gesicht abzeichnete. Wie schlug man ein solches Angebot aus, ohne unhöflich zu sein?

»Das ist wirklich sehr freundlich von ihm und –«

Es krachte. Beide schnellten herum. Grasbüschel stoben auf, und Meyer ging unsanft zu Boden. Die Vespa schlidderte ohne ihn weiter und pflügte eine Furche in die angrenzende Wiese. Der Gedanke, dass sich das Problem vielleicht gerade ganz von selbst löste, war nicht nett. Frederica tauschte einen erschrockenen Blick mit Lene, der sie zu Verbündeten machte.

Lene half Friedhelm Meyer auf die Füße, der sich verdutzt den Staub von der dunkelgrauen Hose klopfte und dann in Gelächter ausbrach.

»Haben Sie das gesehen, meine Damen? Fast zirkusreif möchte ich sagen, nur beim Abgang muss ich noch üben.«

»Bei der Landung«, verbesserte Federica und richtete die Vespa auf. Spiegel und Lampe waren leicht verbogen, ansonsten aber heil geblieben, ein Kabel baumelte lose herab. »Ich fürchte, auf weitere Kunststücke sollten Sie besser verzichten. Bevor Sie sich mehr als Grasflecken auf der Hose einhandeln.« Sie drohte mit erhobenem Zeigefinger und zog die Augenbrauen streng zusammen, um nicht laut lachen zu müssen. »Jedenfalls kann ich nicht zulassen, dass Sie Signorina Jung mitnehmen, wenn Sie vorhaben, sich bei Ihrem Ausflug den Hals zu brechen!«

Hinter seinem Rücken formten Lenes Lippen stumm ein »Danke«.

»Nichts liegt mir ferner, als den entzückenden Hals von Fräulein Jung in Gefahr zu bringen.« Meyer seufzte mäßig zerknirscht und übernahm die Vespa, um sie zum Haus zu schieben. Er humpelte. »Da habe ich mich ja hübsch dämlich angestellt. Leider muss ich mich dem Machtwort von Signora Pellegrini wohl beugen. Der Roller und ich, wir sind nicht füreinander gemacht, obwohl …« In seine Worte schlich sich der übliche Schalk. »Vielleicht ist es ja wie mit einer guten Ehe: Man muss dran arbeiten und sich zusammenraufen. Wenn Sie mich bei dem netten Herrn Tardelli nicht verraten, werde ich es mit dem wilden Pferdchen später nochmal probieren. Es tut mir leid, Fräulein Jung, ein Versprechen nicht einzuhalten, ist nicht meine Art. Wie kann ich es wiedergutmachen?«

»Das ist doch nicht schlimm. Ich sehe mir das Museum in Pesaro und die Keramiksammlung ein andermal an. Hauptsache,

Sie sind nicht verletzt.« Lene strich ihren schlichten Rock glatt. Mit dem hätte sie sowieso nicht auf den Roller steigen können, und überhaupt war ihr die Vorstellung unangenehm, hinter Herrn Meyer auf die Sitzbank zu klettern und sich an ihm festzuhalten. Er war ein sympathischer Mensch, aber das war ihr körperlich entschieden zu nah.

»Sie wollten in den Palazzo Mosca?« Zu Federicas Überraschung nickte Lene.

»Ich habe in einem Reiseführer etwas über Italienische Majolika gelesen. Die Bemalung soll wunderschön sein.« Wie bei dem Mitbringsel von Tante Hedwigs Cousine, einem kleinen Tellerchen mit Goldschrift und Segelboot. »Wenn man überlegt, wie schnell Geschirr entzweigeht, ist es doch kaum zu glauben, dass es Figuren und Vasen gibt, die hundert Jahre oder älter sind.« Zu Hause hatten sie das gute Porzellan nur zu besonderen Anlässen aus dem Schrank geholt. Gehütet und weggesperrt, damit es ebenfalls hundert Jahre halten sollte. Oder tausend, wenn es nach manchen Leuten gegangen wäre. Unversehrt war es durch zwei Kriege gekommen, im Gegensatz zu ihrem Vater, und dann von ihm zerschlagen worden. Weil die Mutter mit ihrem Ami davon gegessen hatte. Und was der Ami angefasst hatte, das war für ihn verloren. Ein Wunder, dass er nicht gleich den ganzen Hof angezündet hatte.

»Über hundert Jahre alt«, wiederholte Lene und blinzelte Hof und Vater weg. »Da werden Tassen und Schüsseln noch ein paar Tage auf mich warten können.«

»Nein, nein, niemand wartet!« Federica machte eine ausholende Armbewegung, die keinen Widerspruch zuließ. »Sie wollten heute ins Museum? Dann kommen Sie heute ins Museum. Ich bringe Sie hin. Alle beide. *Basta!*«

Wenn das keine göttliche Fügung war, dann hatte gerade eine andere geheimnisvolle Macht ihre Finger im Spiel. Signorina

Jungs Wunsch war zweifellos ein Wink des Schicksals: Federica *sollte* noch einmal zum Tatort gehen.

Während ihre Gäste sich im Museum aufhielten, konnte sie ihrer inneren Stimme folgen, die garantiert etwas zu sagen haben würde, sobald sie in Pesaro angekommen waren.

Sie gab sich größte Mühe, das Museum in den höchsten Tönen anzupreisen, wobei sie es tunlichst unterließ zu erwähnen, dass sie noch nie einen Fuß hineingesetzt hatte. Nur im Innenhof war sie einmal gewesen und dann wieder umgekehrt. So viel geballte Vergangenheit stimmte sie grundsätzlich melancholisch oder bestenfalls sentimental. Beides versuchte sie nach Möglichkeit zu vermeiden. Das schöne Wetter hingegen stimmte sie fröhlich. Pfarrer Don Pietro würde heute in der Kirche ohne sie auskommen müssen.

*

Wenig später schlang Federica im Wagen einen frühlingsbunten Schal um ihre Frisur, und Lene tat es ihr nach, faltete ein wollweißes Kopftuch zum Dreieck und knotete es unterm Kinn. Es war ihr noch gut im Gedächtnis, wie zerzaust sie trotz der geflochtenen Haare bei der Anreise aus dem Cabrio gestiegen war. So wollte sie ganz bestimmt nicht in der Stadt herumlaufen. Auch Friedhelm Meyer drückte seinen Hut fest in die Stirn, nachdem er sich auf dem Rücksitz wie ein Schlangenmensch zusammengefaltet hatte. Womit er eine weitere akrobatische Fähigkeit unter Beweis stellte, wie er höchst vergnügt betonte. Diese Unbequemlichkeit konnte er Fräulein Jung unmöglich zumuten. Dreimal überprüfte er das Zubehör für den Fotoapparat. Professionell sollten seine Bilder werden, schön und überzeugend, für seine eigene kleine Werbekampagne im Reisebüro. Gab es etwas Besseres, um seinen Kunden einen Italienurlaub schmackhaft zu machen, als einen ganz persönlichen Bericht? Alle Aufnahmen original und in Farbe! Es würde ein prächtiger Diavortrag werden, über die neuen Ziele und Attraktionen, die er höchstpersönlich getestet hatte. *Meyers magisches Mittelmeer*. Ein Vorhaben, von dem er unterwegs in bester Laune berichtete. Dazu schmetterte er mit Inbrunst seine Interpretation des Schlagers »Buona sera«.

Federicas innere Stimme schwieg unterdessen, was ihren Gästen eine kleine Stadtrundfahrt durch Pesaro einbrachte, angefangen beim Teatro Rossini, dem ehrwürdigen Opernhaus, dann im weiten Bogen um die Festung Rocca Constanza mit ihrem quadratischen Grundriss und den vier auffälligen Rundtürmen. Der Anblick sorgte für Gänsehaut, denn die dicken Mauern dienten seit fast einem Jahrhundert als Gefängnis.

Schließlich ruckelte das Cabrio über Kopfsteinpflaster zur zentral gelegenen Piazza del Poppolo, wo sie ausstiegen. Üblicherweise schenkte Federica den umgebenden Gebäuden wenig Beachtung. Durch fremde Augen betrachtet wirkten sie mit einem Mal interessanter. Allein die Post nahm eine ganze Seite des Platzes ein.

»Das war früher die Kirche San Domenico«, erklärte Lene eifrig. »Die wurde erst 1914 umgebaut. Und der Palazzo Ducale mit den runden Bögen war der Sitz eines Herzogs und ist – ach ich weiß nicht mehr genau, aber mindestens vierhundert Jahre alt.«

»Ja, das ist richtig. Die Marchigiani rund um Pesaro wurden von Familien mit großem Namen wie Malatesta und Sforza regiert. Dann fiel das Herzogtum an den heiligen Stuhl. Die Medici und einige andere haben mitgehen lassen, was es zu holen gab. Plündern war von jeher eine sehr beliebte Einkommensquelle des Adels.« Federica lachte trocken auf. »Jetzt beherbergt der Herzogspalast einfach unsere Präfektur.«

»Doll, meine Damen, was Sie alles wissen!« Friedhelm drehte

sich begeistert im Kreis. »Ich sollte Sie als Begleitung engagieren, um Besuchergruppen herumzuführen, Fräulein Jung. Nur schade, dass der Platz in der Mitte so trostlos aussieht. Da könnte man mehr draus machen, als nur Autos dort abzustellen, finden Sie nicht?«

Federica krauste die Nase. Ob sie ihm die Stimmung verdarb, wenn sie ihn aufklärte? Höchstwahrscheinlich fand sich auch im Reiseführer von Signorina Jung kein Hinweis darauf, dass es genau an dieser Stelle einen wunderschönen Brunnen gegeben hatte. Mit großem Becken, Wasserspeiern und Fontäne. Bis deutsche Soldaten bei ihrer Flucht die gesamte Wasserversorgung Pesaros lahmgelegt und den Brunnen, der nicht aufhören wollte zu plätschern, mit einer extra Sprengladung in die Luft gejagt hatten. Damals war Federica noch in Sizilien gewesen und fast noch ein Kind. Zum Glück waren die Bruchstücke des Brunnens eingelagert worden und sollten bald endlich wieder zusammengefügt werden.

»Nächstes Jahr, Signor Meyer«, vertröstete sie ihn und beschloss, die Geschichte ein andermal zu erzählen. Stattdessen brachte sie lieber wieder Gioacchino Rossini ins Spiel und erzielte damit den gewünschten Effekt: Friedhelm geriet ins Schwärmen und träumte lautstark davon, eine Aufführung von Otello oder dem Barbier von Sevilla zu besuchen.

Federica klinkte sich aus, als er begann, für Signorina Jung beide Opern in aller Ausführlichkeit zu schildern, und führte sie weiter. Immerhin wusste sie jetzt, dass Rossini der Schlüssel zu ihrer inneren Stimme war. Es zog sie erneut in sein Geburtshaus und zum Bild von der Einladung, die ihr nicht aus dem Sinn ging. Genauso wenig wie Gaetano Gentile, der so offensichtlich etwas zu verbergen versuchte.

Ihre Gäste wussten nichts von dem, was in der Seitenstraße am Museum passiert war, und dabei sollte es besser bleiben. Angestrengt schaute sie geradeaus, um sich nichts anmerken zu lassen. Die Luft kam ihr an der Einmündung zur Via Annunziata kühler vor, ihr Nacken verkrampfte, und sie fröstelte. Wurde sie am Ende noch abergläubisch wie ihre sizilianische Nonna, die fest von der negativen Aura verfluchter Orte überzeugt gewesen war? Das wäre ja noch schöner gewesen! Ärgerlich ging Federica die letzten Schritte bis zum Museumseingang schneller.

Unter dem Torbogen verabschiedete sie sich und versprach, in einer guten Stunde zurück zu sein – sie wollten sich in einem kleinen Cafe an der Ecke wieder treffen. Dort gab es köstlichen Mandelkuchen und klebrig-süße Törtchen.

Federica nahm die Sonnenbrille ab und schob sie ins Haar. Vom Museum aus konnte sie fast zur Casa Rossini spucken. Hoffentlich war Gaetano heute gesprächiger, falls sie ihn dort antraf. Ein Plan wäre schön gewesen, aber Pläne neigten ohnehin dazu, sich zu ändern und der Spontaneität im Weg zu sein. Sie setzte auf ihre Menschenkenntnis und weiter auf ihr Bauchgefühl. Und wenn das Glück sie im Stich ließ, konnte sie immer noch mit Bruno Bruni plaudern, was wahrlich auch kein Unglück wäre.

Gegenüber drückte sich ein Mann mit einer Rose an eine Hauswand, und ein sehnsüchtiges Gefühl streifte an Federica vorüber. Der Frühling und die Liebe. Ihr letzter richtiger Flirt lag viel zu lange zurück. Vielleicht hätte sie sich besser mit einer kleinen Auffrischung befassen sollen an diesem wunderschönen Tag, und den Tod einer Fremden anderen überlassen. Doch die Option stand nicht zur Debatte.

*

Jede verstrichene Minute forderte ihn stärker heraus. Es war ihm schon immer schwergefallen, zu warten, und es kam ihm vor, als bestünde sein Leben zu einem erheblichen Teil aus nichts anderem. Warten aufs Essen, warten auf Prügel, warten auf ein gutes Wort. Doch hier und jetzt wurde es einfach zu viel. In seiner Brusttasche steckte der gefaltete Zettel. Sonntag, halb drei am Mittag, auf der Piazza. Daran hatte er sich gehalten, überpünktlich, und nun stand er sich die Beine in den Bauch. Er kam sich lächerlich vor, ein Narr mit einer Rose in der Hand, ausgestellt auf dem Präsentierteller in aller Öffentlichkeit. War er eigentlich bescheuert gewesen, sich darauf einzulassen? Wenn ihn bloß keiner sah, der ihn kannte! Zum Glück war wenig los, nur vereinzelte Touristen unterwegs.

Er kämpfte den Ärger nieder, zwang sich auszuharren, kämmte nervös die lackschwarzen Haare zurück und tastete seine Taschen ab. Keine Kippen mehr und der falsche Moment, um jemanden anzuquatschen. Überhaupt keine gute Idee, jetzt zu rauchen, weil er dann keine Hand mehr frei hatte. Geduld, nur noch ein bisschen. Schließlich war er bei ihrer ersten Verabredung auch auf die Folter gespannt worden. Und das Warten hatte sich gelohnt. Ein kurzes Lächeln überfiel ihn, und er strich mit der Nasenspitze über den Blütenkelch. Betörend süßer Duft, doch längst nicht so verlockend wie das, was ihn erwartete.

Es musste nichts bedeuten, war vielleicht sogar ein gutes Zeichen, dass in ihrem geheimen Briefkasten keine weitere Nachricht gelegen hatte. Sonntag halb drei war also noch gültig.

Zwei Frauen und ein Mann steuerten von der Via Toschi auf das Quaderportal des Palazzo Mosca zu, blieben darunter stehen, dann trennten sie sich. Während zwei den ersten Innenhof betraten, wo sich die große Blonde nochmal umdrehte, ging die andere Frau allein weiter. Eine zierliche Person in Hosen, auffallend gut gebaut, Typ Gina Lollobrigida, was ihm besonders gut gefiel. Er wandte sich ab, als sie herüberschaute, verfolgte sie aus den Augenwinkeln. Ihre Bewegungen waren selbstbewusst, herausfordernd, ihr Gang geschmeidig. Sie verschwand um die Ecke.

Fünf vor drei.

Ein ausgerissenes Rosenblatt schwebte zu Boden. Dann ein zweites. Ich bin ein Dummkopf, zählte er. *Nein, bin ich nicht.* Seine Beherrschung war begrenzt. *Ich bin ein Dummkopf* …

*

Hier also wohnte Gaetano Gentile. Bei der Ausstellung in der Casa Rossini hatte Federica ihn nicht angetroffen. Ein gemeinsamer Freund von ihm und Bruni, ebenfalls aufstrebender Kunstschüler, war sofort bereit gewesen, ihr die Adresse zu nennen oder sie zu begleiten. Darauf hatte sie lieber verzichtet. Dieser Pino flirtete direkt und herausfordernd aufdringlich. Eine raffinierte Strategie, denn in seiner absichtlichen Übertreibung war er ausgesprochen witzig. Und gutaussehend. Abgeblitzt war er trotzdem. Da nutzten weder sein Gesäusel noch die verführerisch laue Frühlingsluft.

Federica legte den Kopf in den Nacken. Die Hauswand bröckelte. Nur im Erdgeschoss gab es Fensterläden, aber keine Klingeln, und weder das Tor noch der Eingang waren verschlossen. Genau wie von Pino beschrieben.

Federica trat ein. Die Stiege ächzte. Im ersten Stock war leise ein Radio zu hören, und die enge Treppe wurde noch schmaler. Im Obergeschoss klopfte sie an der einzigen Tür. Fades Halbdunkel lag über dem Flur, und ein Geruch – mehr eine Ahnung – von geräucherter Salami. Alte Truhen verstaubten in einem fensterlosen Raum, daneben führte eine kurze Leiter durch eine Luke.

»Gaetano, bist du da?« In der Kammer rührte sich nichts. Sie müsse ganz nach oben, hatte Pino behauptet, und dass dort das Atelier sei. Entweder er hatte sie zum Besten gehalten, oder hier war noch nicht ganz oben. Federica kletterte über die Leiter weiter hinauf und ins Freie. Vor ihr lag eine flache, rechteckige

Fläche, unterbrach die schrägen, mit hellroten und gelblichbraunen Ziegeln gedeckten Dächer. Ein versteckter Winkel, umgeben von unterschiedlich hohen Mäuerchen und Spitzgiebelwänden der benachbarten Gebäude, von unten nicht einsehbar – und vom Himmel geküsst. Sonne flutete den stillen Fleck und einen Verschlag in dessen Mitte. In Fugen und Rissen sprossen Pflanzen, deren Samen vom Wind heraufgeweht worden waren. Überlebenskünstler, die sich mit wenig begnügten. Was offenbar auch auf Gaetano zutraf: Sie hatte sein Atelier gefunden. Der Form nach musste es ein Taubenschlag gewesen sein, bevor er einen großen Teil der Holzbretter durch zusätzliche Scheiben ersetzt hatte. Die Fenster unterschieden sich in Form und Größe, von allen Seiten fiel Licht hinein, das durch darunter gespannte Tücher reguliert werden konnte.

»Gaetano?« Federica klopfte. Sie wollte nicht einfach eintreten und ihn in Verlegenheit bringen. Im Glashaus kratzte etwas über den Steinboden, dann öffnete sich die Tür.

»Signora Pellegrini?« Sein Mund klappte auf und zu. »Wie kommen Sie denn hier her?«

»Ich war zufällig in der Nähe, Stadtbesichtigung mit meinen Pensionsgästen. Einer deiner Freunde in der Casa Rossini, Pino, war so freundlich, mir den Weg zu beschreiben. Störe ich?«

»N… nein. Aber eigentlich –«

»Fein. Das wäre mir nämlich unangenehm. Darf ich?« Sie griff nach der Türklinke, und er machte ihr überrumpelt Platz. Von innen wirkte der Raum größer als von außen, was an der Beleuchtung liegen mochte, und war ordentlicher als erwartet. Auf zwei Seiten je eine Staffelei mit einer angefangenen Arbeit. Ein Stuhl stand herum. Farben, Pinsel und Stifte lagen bereit, Malpapier, Karton und Leinwände waren in Regalen verstaut.

»Was wollen Sie?« Gaetano verschränkte die Arme. Ein dünner Schweißfilm lag auf seiner Haut, Unterhemd und Hose waren fleckig, was ihm klar bewusst war. Dennoch hatte er weder vor, sich etwas überzuziehen noch sich dafür zu schämen.

Eine Spur von Trotz lag in seiner Haltung. Und Stolz.

»Deine Bilder sehen. Bitte.« Federica hob die Schultern. Wie gut sie ihn verstehen konnte. »Du weißt, wer ich bin. Also nehme ich an, du kennst sämtlichen Tratsch, den man sich in Pesaro del Monte piccolo Cattolica über mich erzählt. Das Einzige, was du davon unbestritten glauben kannst, ist, dass ich hartnäckig bin, wenn ich mir etwas in den Kopf gesetzt habe.« Ihr Lächeln sprang nicht auf ihn über. »Das scheinst du auch zu sein. Der Ort, den du dir hier geschaffen hast, ist etwas Besonderes. Kein Wunder, dass deine Freunde dich darum beneiden.« Als er nicht reagierte, wagte sie sich weiter vor. Er richtete den Blick zur Decke, während sie in seinen Arbeiten stöberte.

»Verrätst du mir, wie ein Werk entsteht, worauf es ankommt, das Material, die Technik, die Inspiration? Und bevor du sagst, ich soll besser Signor Bruni fragen, vergiss es. Das werde ich nicht machen.«

»Warum?«

Es war nicht leicht zu erklären. Auch wenn es mit der Baskenmützenfrau und dem Mord zu tun hatte, war das längst nicht alles. »Mir gefällt, was du mit wenigen Strichen aufs Papier bringst. Das ist Kohle, nicht wahr?« Stadtansichten, Landschaften, wilde Wolken über dem Meer, nur vereinzelt Menschen. Ein Gitarrenspieler am Strand, die Augen verträumt in die Ferne gerichtet, der so lebendig aussah, als könne er jeden Moment den Kopf drehen und ihren Blick erwidern. Danach folgten Skizzen, fein ausgearbeitete Körperstudien, Details in unterschiedlichen Variationen – und Akte. Eine liegende Frau im Ginster. »Diese Rückenlinie, die Hüften. Du hast ein gutes Gespür für Proportionen.«

»Die sind nicht alle von mir. Manchmal kommt … ein Freund zu Besuch und …« Gaetano biss die Zähne aufeinander und stöhnte unterdrückt. Jedes Wort war eins zu viel. Er konnte kaum ertragen, wie sie die angedeuteten Muskeln und Rundungen betrachtete.

»Arbeitet ihr mit einem Modell?«

»Das würden sie an der Schule niemals zulassen. Sowas wird dort nicht gelehrt.«

»Keine nackten Tatsachen im Unterricht?« Dann hatte der Schöpfer dieser Zeichnungen eine rege Fantasie. Oder rein private Unterstützung. Federica schlenderte hinüber zum Stuhl und setzte sich. Perfekt positioniert, mitten im Licht. Sie schlug die Beine übereinander. Tassen in verschiedenen Größen und Formen, die meisten angeschlagen oder ohne Henkel, in denen Lappen und Hölzchen steckten, reihten sich an der Wand nebeneinander. Wie ein ausgefallenes Stillleben. »Und hier, bei dir und deinem Freund? Sich weiterzubilden ist doch eine gute Sache. Ich sehe nicht, was jemand dagegen einzuwenden haben könnte. Oder wer.«

»Ich schon.« Gaetano blinzelte. »Aber ich habe kein Modell. Wie sollte ich denn auch?«

Was er meinte, war leicht nachzuvollziehen. Ein Modell kostete entweder Geld oder es entblätterte sich für den Liebsten, mit dem es eine intime Beziehung pflegte. Was Letzteres anging, sah Federica die Chancen klar auf Seiten von Bruno Bruni und Pino. Doch der Freund, der mit ihm malte, schien ein anderer zu sein. Und Geld, das wusste sie, war bei den Gentiles knapp. Ein Wunder, dass Gaetano überhaupt in der Stadt wohnen konnte.

»Nun, es sind doch auch Mädchen an eurer Schule, da dachte ich … an eine mit Baskenmütze vielleicht, die dir beim Zettelverteilen für die Ausstellung geholfen hat?« Einen Versuch war die Frage wert. Eine Bekanntschaft vor seinen Freunden geheim zu halten, konnte durchaus sinnvoll sein. Nicht jeder hatte Skrupel, wenn es darum ging, eine Eroberung zu machen. »Bleibt garantiert unter uns.«

»Mir hat niemand geholfen.«

Er wickelte einen losen Faden vom Saum seines Unterhemds um den Finger, trennte beim Versuch, ihn abzureißen, ein weiteres Stück der Naht auf.

»Lass mich mal.« Federica befreite seine bläulich verfärbte Fingerkuppe, sicherte die Restnaht mit dem Daumen und erledigte das Fadenproblem mit einem Ruck. Es sprach Bände. Und ihren Hinweis auf diese ganz bestimmte Frau hatte er bewusst ignoriert. Sie ließ es auf sich beruhen, aber sie würde es nicht vergessen. Beiläufig wechselte sie das Thema.

»Weiß deine Vermieterin, was du hier oben machst?«

»Sie hat mir erlaubt, den Schlag zu benutzen. Der stand leer, seit die Tauben weg sind, und sie kommt die Treppen zum Dach nicht mehr hoch, um sich um irgendwas zu kümmern.«

Eine umständliche Umschreibung für ein Nein. Federica lächelte, hin und her gerissen zwischen Sympathie und Vorsicht. »Sehr großzügig, genau wie deine Eltern.«

»Denen zahle ich alles zurück! Ich arbeite, so oft es geht, als Kellner, Dekormaler, am Brennofen, ist mir gleich.«

Federica hörte, was seine Worte aussparten. Egal, wie sehr er sich anstrengte, sein Traum zu malen war für seine Eltern wertlos. »Es soll also ein Keramikkünstler aus dir werden?«

Er lachte bitter. »Nicht jeder kann ein Mengaroni sein.«

Die Lebensgeschichte von Ferruccio Mengaroni, mit dessen Namen die Schule sich posthum schmückte, kannte in Pesaro jeder. Der Künstler war ein hochtalentierter, aber schwieriger Zeitgenosse gewesen, der mit seinen beeindruckenden Werken in den Zwanzigerjahren zu großem Ruhm gelangt war. Und das obwohl sein Vater ihn als Kind zu einer Ausbildung in der Töpferei gezwungen hatte – als disziplinarische Maßnahme nach mehreren

Schulverweisen. In der Parallele zu Gaetano, dem genauso unfreiwilligen Handwerker, lag eine gewisse Ironie.

»Ist ja auch nicht erstrebenswert, so zu werden«, höhnte er weiter. »Mengaroni fehlte die Demut eines einfachen Handwerkers. Außerdem war er Atheist.«

Federica rollte die Augen. Ehrgeiz, Selbstüberschätzung und Gottlosigkeit lieferten zu Hause vermutlich schlagende Argumente, um all seine Ambitionen zu verdammen. Doch mit dieser Einstellung war die Welt zum Stillstand verurteilt. Da Vinci, Botticelli, Michelangelo – wie weit wären die mit Demut allein wohl gekommen? »Dann sei eben kein Mengaroni – das willst du doch sowieso nicht: Sei einfach Gaetano Gentile.«

Ihr Blick glitt über die Ausstattung des improvisierten Ateliers, blieb an einem flachen Holzkästchen hängen, das auf dem Boden unter einer Staffelei stand. Im Unterschied zu den meisten anderen Dingen im Raum wirkte es neu. In ihren Ohren summte es. Das Kästchen war lang und breit wie ein Briefbogen und nur wenige Zentimeter hoch. Gerade richtig, um eine Delle in einen Kotflügel zu schlagen. Das Summen wurde lauter.

»Ich kann dein Modell sein«, hörte sie sich wie durch eine Schicht Watte sagen. »Ein einfacher Pakt. Für die Kunst.«

In Gaetanos Gesicht las sie Fragen, die sie nicht beantworten konnte, und solche, bei denen sie es nicht wollte. Ob sie so weit gehen würde, nackt zu posieren, vermochte sie im Augenblick unmöglich zu entscheiden. Nur dass sie sein Geheimnis lüften musste, stand zweifelsfrei fest. Sie erhob sich, deutete bereits zur Tür, als sie den ersten Schritt auf ihn zu machte. Er sollte ihr Angebot auf keinen Fall als Annäherungsversuch missverstehen.

»Du musst nur ja oder nein sagen. Mehr gibt es nicht zu besprechen. Sagst du ja, komme ich wieder.«

Er fuhr mit der Zunge über seine Lippen, die Sehnen an seinem dünnen Hals spannten sich. »Ja«, krächzte er.

»Wann?«

»Morgen, am Nachmittag.« Seine Stimme wurde fester. »Halb fünf, dann ist das Licht besonders gut.«

»Halb fünf«, bestätigte Federica und fragte sich, welcher Teufel gerade in sie gefahren war.

*

Diese Frage beschäftigte Federica für geraume Zeit. Und so hörte sie kaum hin, als ihre Gäste zuerst im Café und auch später beim Abendessen von ihren Eindrücken berichteten. Beseelt von all der zerbrechlichen Schönheit, zwischen floraler Leichtigkeit und goldgefasster Wucht religiöser Motive auf Keramik, die sich bei den im Palazzo Mosca ausgestellten Gemälden fortsetzte.

»Ein Genuss«, betonte Friedhelm Meyer ein ums andre Mal und fuchtelte mit seiner Gabel. »Wie dieses Gericht!«

»Saltimbocca«, erklärte Federica. Einfach und schnell gemacht, Kalbfleisch, Salbei, Parmaschinken. An den Zutaten zu sparen, wäre eine Schande gewesen. »Das bedeutet so viel wie: Spring in den Mund.«

»Hopp, hopp, zwischen meine Zähne, kleines Schnitzelchen, ich hab dich zum Fressen gern!«, rief Meyer und spießte einen Happen auf. »*Mille grazie*, Signora, für diese Köstlichkeit!«

Federica lachte laut auf. Wenn hier etwas köstlich war, dann dieser Mann mit seiner sprühend guten Laune. »Gern geschehen. Doch richtig heißt es: *grazie mille*. Wenn Sie es falsch herum sagen, weiß jeder sofort, dass Sie aus Deutschland kommen.«

»*Grazie mille*«, wiederholte Lene und kaute verträumt. Was so gut schmeckte, verdiente volle Aufmerksamkeit. Da durfte Herr Meyer gern allein reden – was ihm nicht schwer fiel.

Später wechselten sie hinaus auf die Terrasse, obwohl es allmählich kühl wurde. Eine Kerze flackerte auf dem Tisch, der klare Himmel erstreckte sich schwarzblau ins Unendliche – und Friedhelm gab sich weiter seiner Urlaubsverzückung hin.

»Schon der Name dieses Dorfes ist ein Gedicht – wie das fließt, wie das schwingt –, da ist Musik drin, und man weiß sofort, hier wird mehr geboten als anderswo.« Unter Rotweineinfluss kam seine rheinische Sprachmelodie stärker zum Vorschein. »Bei den Tardellis hängt ein Plakat am Tor der Werkstatt: ›Pesaro del Monte piccolo Cattolica – von allem das Beste‹. Großartiger Spruch! Ich bin jetzt schon überzeugt, es stimmt, werde das aber mit Freuden weiter testen. Das bin ich meinen Kunden ja auch schuldig. Sie werden mich doch nicht verraten?« Er zwinkerte. »Für den Moment bleib ich lieber noch inogni… ingogni… inkognito. Ich will schließlich sehen, wie es vor Ort wirklich ist, nicht wahr? Das echte Leben. Darum bin ich ja außerhalb der Saison gekommen, solange noch nicht alles aufgeputzt ist. Ihr Garten, Signora, nur mal als Beispiel, ich wette, im Sommer ist der eine Pracht, auch wenn er jetzt aussieht, als wäre da nichts als Unkraut.«

Lene kicherte in ihr Glas. Im Gegensatz zu Meyer wusste sie, dass in diesem Fall der Schein nicht trog. Doch wozu seine Illusion zerstören? Kommentarlos prostet Federica ihm zu, und Lene tat es ihr gleich. Es juckte sie seit Tagen in den Fingern, dem Unkraut zu Leibe zu rücken. Es bräuchte gar nicht viel, dachte sie, um seine Idee vom blühenden Garten wahr werden zu lassen.

Noch beim Zubettgehen schwirrte Lene der Kopf. All die Eindrücke aus dem Museum, Friedhelm Meyers lustige Art, Sonne und Wind auf ihrer Haut bei der schnellen Fahrt im Cabrio, das Essen und der Wein. Oje, der Wein, von dem hatte sie sich mehr gegönnt, als ihr gut tat. Die Vorhänge bewegten sich sacht. Schon jetzt war es warm genug, um das Fenster die ganze Nacht offen zu lassen. Ein Teppich aus Sternen breitete sich über den Himmel. Sie würde niemals genug von diesem Land bekommen und für ewig in der Sehnsucht nach dem Süden gefangen sein.

Schon halb im Einschlafen flog wie ein Schemen ein Gesicht an ihr vorbei, kantig und männlich, darüber tiefschwarzes Haar. Es kam ihr bekannt und zugleich fremd vor, verschwand in einem Wirbel aus Rosenblättern. Sie streckte die Hände danach aus, doch bekam sie keins zu fassen. Ein Windstoß wehte über den Museumshof, und Lene rannte ihnen hinterher, rannte und drehte sich, drehte sich lachend, bis der Wind sich legte, die Blätter zu Boden sanken und das Gesicht wieder zum Vorschein kam. Fremder noch als zuvor. Mund und Augen weit aufgerissen, das Haupt bedeckt von züngelnden Schlagen. Doch ehe die Angst sie überwältigen konnte, schlich sich Meyers Stimme in ihr Ohr.

»Haben Sie die Frisur gesehen, Fräulein Jung? Doll, diese Italiener!«

Kapitel 7

Vom Flur schwappte das Durcheinander von Stimmen bis zum Büro, gleich einer mächtigen Welle, die ihn hineintrug, um sich dann an der hinter ihm geschlossenen Tür zu brechen. Lorenzo Garibaldi hängte seinen Hut an den Haken. Er war durch den Hintereingang ins Gebäude der Questura gekommen, wie er es besonders montags gern zu tun pflegte. Ein kleiner Trick, um nicht unversehens irgendjemandem in die Arme zu laufen, auf den er nicht vorbereitet war. Überrumpelt zu werden konnte er nicht leiden. Weder privat noch dienstlich.

»Sagen Sie nicht, das sind alles Zeugen, Spadafero.«

»*Buon giorno*, Signor Commissario. Nein, es sind auch Reporter dabei und Angehörige, die jemanden vermissen. Die meisten sind schon fertig. Nur ist es bei manchen schwierig, sie wieder loszuwerden. Sie reden zu gern. Und wollen nichts verpassen.«

Der Ispettore legte ihm einige Seiten Papier auf den Tisch, und Lorenzo bedeutete ihm fortzufahren. Es war nicht nötig, jeden Satz sofort selbst zu lesen, Spadafero wusste, worauf es ankam, und konnte das Wesentliche herausfiltern.

Unter Zeugen gab es immer mehrere Kategorien an Glaubwürdigkeit. In diesem Fall rechnete Lorenzo die Personen, von denen die Tote aufgefunden und die Ambulanz verständigt worden war, der höchsten Stufe zu. Ihre Aussagen deckten sich, obwohl sie sich untereinander nicht alle kannten. Einerseits erfreulich, andererseits schlecht für die Aufklärung, denn keiner von ihnen hatte den Unfall beobachtet, alle waren nahezu zeitgleich eingetroffen, und so bezogen sich ihre Aussagen nur auf den Status quo – Leiche am Boden –, mit dem sie gemeinsam in der Gasse konfrontiert worden waren. Darüber hinaus fanden sich immer Menschen bereit, um aus der Luft gegriffene Vermutungen zu äußern. Dank des Zeitungsberichts war es ein Leichtes, diese mit scheinbaren Fakten zu unterfüttern. Wichtigtuer, Selbstdarsteller und solche, die auf eine Belohnung hofften – niedrigste Stufe. Und dazwischen tummelten sich solche, die aus den unterschiedlichsten Motiven zur Unwahrheit neigten: weil die Polizei ihnen schon mal in die Suppe gespuckt hatte; weil sie sich mit dem Opfer solidarisierten – oder mit dem Täter; weil zu lügen sich in ihrem Leben bewährt hatte.

Doch am schlimmsten für Lorenzo waren jene Zeugen, denen gar nicht klar war, dass sie etwas wussten. Denn die entzogen sich seinem Zugriff.

»Ein dunkler Wagen mit überhöhter Geschwindigkeit wurde an verschiedenen Stellen in der Stadt gesichtet. Beim Kennzeichen gibt es erhebliche Abweichungen: Pesaro, Rom, Neapel – einige waren unsicher beziehungsweise haben nicht darauf geachtet, und zwei waren sich sicher, gar kein Nummernschild gesehen zu haben. Beide sagten übereinstimmend, dass die Scheinwerfer aus waren, konnten aber leider keine Angaben zum Fahrzeugmodell machen.«

»Hört sich nach mehr Sichtungen an, als an dem Abend in ganz Pesaro Menschen auf der Straße gewesen sind«, brummte Lorenzo. Das ging ganz klar auf das Konto der herrschenden Langeweile vor Beginn der Touristensaison. Es war zu wenig los. Die Leute sehnten sich nach Trubel, und plötzlich wollte jeder das Phantomauto gesehen oder gehört haben, das durch die Nacht gerast war. »Moment – kein Nummernschild und unbeleuchtet, wo war das genau?«

»Ganz in der Nähe des Tatorts, auf dem Corso, nördliche Fahrtrichtung. Das dürfte er gewesen sein, nicht wahr?«

»Hmm.« Lorenzo schob den Unterkiefer vor. Raus aus der

engen Altstadt, auf dem schnellsten Weg, sprach für Ortskenntnis – ohne Licht zu fahren für Geistesgegenwart beim Versuch, unerkannt zu bleiben. Das war einem Unfallflüchtigen unter Umständen zuzutrauen – in größter Panik dem reinen Instinkt folgend.

»Wenn er das Kennzeichen abgeschraubt hat, war entweder das Auto gestohlen oder der Fahrer wollte etwas anderes verbergen«, sagte Spadafero, und nahm damit die noch unausgesprochene Überlegung des Kommissars vorweg. »Oder beides. Ich kann eine Liste aktuell gestohlen gemeldeter Fahrzeuge besorgen.«

»Gute Idee. Grenzen Sie den Zeitraum zunächst auf die vergangenen zwei Wochen ein und fragen Sie auch in Cattolica an.« Cattolica lag außerhalb ihres Zuständigkeitsbereichs in der benachbarten Provinz Emilia-Romagna, was Verbrecher nur interessierte, sofern sie daraus einen Nutzen ziehen konnten.

»Gibt es etwas Neues aus dem Cinema Duse?« Der blassgrünen Eintrittskarte waren sie noch am Samstag in das beliebte Lichtspielhaus gefolgt. Die aufgedruckte Nummer passte zur am Freitagabend verkauften Charge. Besondere Vorkommnisse oder Streitereien waren an der Kasse nicht aufgefallen, zankende Pärchen nur im üblichen Rahmen. Und ohne ein Foto war es schier unmöglich herauszufinden, ob die junge Frau dort gewesen war und das Ticket selbst gekauft hatte. Ihre Beschreibung, soweit angesichts der Verletzungen überhaupt möglich, half nicht weiter. Auch das von Lorenzo vorgelegte Portemonnaie rief nur verständnisloses Achselzucken hervor. Ein Allerweltsgegenstand ohne Wiedererkennungswert, auf den niemand achtete.

»Die Aushilfe vom Einlass hat sich gemeldet. Wenn die Karte nicht abgerissen wurde, war sie nicht im Saal, hat der Mann mir versichert. Nach seiner Wahrnehmung – aber das wollte er nicht beschwören – hat es sich niemand kurz vor der Tür anders überlegt. Ganz sicher war er, dass niemand die Vorstellung vorzeitig verlassen hat. Mehr konnte er dazu nicht sagen.«

»Was zu befürchten war, Spadafero«, brummte Lorenzo missmutig. »Was zu befürchten war.« Bei dem Trubel in der Halle unter dem glitzernden Leuchter wäre alles andere ein Wunder gewesen. Und bei dem gezeigten Film »Die schwarze Orchidee« mit Sophia Loren wäre auch er ganz bestimmt bis zum Ende geblieben. Diese Frau besaß Klasse.

*

Die Sonne brach mit Macht durch die Wolken, aus denen in der Nacht ein wenig Regen gefallen war. Ein sachtes Rieseln, das Lene entgangen wäre ohne diesen unverkennbaren Geruch, der im Morgengrauen in ihr Zimmer geweht war und sie aufgeweckt hatte. Feucht, erdig und zugleich leicht, ein Versprechen von Erneuerung. Vogelzwitschern mischte sich darunter und machte Lust auf den kommenden Tag.

Gleiches galt offensichtlich auch für Friedhelm Meyer, den sie von ihrem Fenster aus mit gemischten Gefühlen beobachtete. Sie kniete sich auf den Stuhl, der darunter an einem kleinen Tischchen stand, und hielt den geblümten Vorhang ein wenig zur Seite. Er wollte nicht hinnehmen, dass die Vespa sich ihm widersetzte, und wagte eine weitere Probefahrt. Bis er den Bogen raushatte, war hoffentlich sein Wagen zurück aus der Reparatur.

Lene ließ den Vorhang los. Im Gehen warf sie einen letzten Blick in den Spiegel über dem Waschbecken. Auf ihrer Stirn unter den geflochtenen Haaren zeigte sich schon ein erster Ansatz sommerlicher Bräune, die ihr viel besser gefiel als das, was nach der Feldarbeit auf einen Sonnenbrand folgte. Das Waschbecken im Zimmer – für sie ganz allein – ließ sie wohlig seufzen. Welch ein Luxus! Den übertraf nur noch die cremige Seife, die sie im Dorfladen gekauft hatte. *Sapone alla Violetta* mit frühlingshaftem Veilchenduft statt grober Kernseife! Die Verpackung aus gewachstem Papier lag gefaltet im Schrank bei ihrer Wäsche, damit sie das Stück für die Heimreise wieder darin einwickeln konnte.

Auch heute wollte Lene runter ans Meer. Obwohl es zu kalt zum Baden war, konnte sie davon nicht genug kriegen. Voller Vorfreude hüpfte sie die Treppe hinab. Weil die Signora etwas zu erledigen hatte und es darum am Abend etwas später werden würde, hatte sie darauf bestanden, dass Lene Proviant einpackte, und auch Verpflegung für Herrn Meyer in die Speisekammer gestellt. Belegte Brote – und doch kein Vergleich mit den gekratzten Schwarzbrotscheiben ihrer Mutter. Schon der Name *Tramezzini* zerging auf der Zunge. Aus Lenes Umhängetasche mit der Decke und dem Strandlaken roch es verführerisch nach mediterranen Kräutern und Olivenöl. Das musste die grüne Paste sein, die die Signora *Pesto* nannte.

Auf der Terrasse gönnte Lene sich einen besonderen Moment der Ruhe, stützte sich auf die Balustrade, um die Aussicht wirken zu lassen. Viel zu schnell würde der Urlaub vorbei sein, und sie wollte dieses Gefühl bis in den hintersten Winkel ihres Bewusstseins fließen lassen, es speichern und bevorraten wie Winterkartoffeln und eingewecktes Obst. Für die Zeit danach, die in Lenes Kopf gelegentlich aus dem dunklen Westerwälder Nebel auftauchte und nach ihr zu greifen versuchte.

Die realen Wolken schoben sich endgültig über ihr zur Seite, und der aufgeklarte Himmel entfachte ein silbriges Glitzern auf den leicht gekräuselten Wellen. Rechtsanwalt Krüger, ihr Gift und Galle spuckender Onkel sowie der Jung-Hof, der von Rechts wegen ihr gehörte, gingen geräuschlos darin unter. Das adriatische Meer spielte mit seinen Farben, als wollte es sie verführen, dabei war sie ihm längst verfallen. An der Böschung zu ihren Füßen war der Boden oberflächlich schon wieder abgetrocknet. Eine Eidechse saß starr auf einem flachen Stein. Daneben nahm

Lene eine Bewegung wahr, ein schnelles, geräuschloses Winden. Sie stieß einen erschrockenen Schrei aus.

»Alles in Ordnung, Signorina?« Federica kam vom Schuppen herüber, eine Hand auf dem Fahrradsattel, eine am Lenker. Hinter ihr fiel krachend das Holztor zu. Bei einer solchen Gelegenheit würde die ganze Hütte irgendwann einfach in sich zusammenbrechen, wenn sie nicht bald gegensteuerte und die dringendsten Reparaturen durchführte. »Sie sind ganz blass.«

»Gibt es hier Schlangen?«, fragte Lene und machte einen Schritt weg vom Geländer. Eigentlich war sie nicht zimperlich, was Tiere aller Art anging.

»Jedenfalls keine giftigen.« Federica lächelte beruhigend.

»Gott sei Dank. Sowas Dummes, sonst erschrecke ich mich nicht so leicht. Das liegt an diesem scheußlichen Keramikkopf im Museum.« Lene schüttelte sich. »Von dem habe ich heute Nacht sogar geträumt.«

Friedhelm Meyer stellte neben ihnen den Roller ab. »O ja, die Medusa! Ein beeindruckendes Werk.«

Der riesenhafte Tondo maß im Durchmesser über zwei Meter und hing in einem der Innenhöfe am Treppenaufgang. Am Rand war er wie ein Medaillon reich verziert. Auf tiefrote Kacheln gebettet und umgeben von einer Unzahl dünner Schlangenleiber, starrte der sehr plastisch ausgeformte Medusenkopf den Besuchern entgegen; Mund und Augen waren wie in Panik weit aufgerissen.

»Ich kann Ihnen die Geschichte der Medusa erzählen«, bot Federica an.

»War sie nicht verflucht, und jeder, der in ihre Augen sah, erstarrte zu Stein?« Lene zog die Schultern hoch. »Bei dieser Medusa in Pesaro möchte man es fast glauben.«

»Das stimmt.« Einmal hatte Federica davorgestanden und erinnerte sich sehr lebhaft an den verstörenden Eindruck, die Figur könne bis in ihre Seele blicken. Sie hatte auf dem Absatz kehrtgemacht und sich bis auf den Vorplatz von den Blicken verfolgt gefühlt. Es tröstete zu wissen, dass es anderen genauso erging. »Ist Ihnen auch aufgefallen, dass das Gesicht nicht wie das einer Frau aussieht?«

»Nicht alle Frauen können so schön sein wie die anwesenden.« Friedhelm Meyer grinste. »Obwohl – es war, denke ich, Teil des Fluchs, dass sie ihre Schönheit verlor.«

»In diesem Fall hat der Künstler keine Frau, sondern sich selbst dargestellt. Warum, ist nicht überliefert.« Sein übergroßes Ego, von dem Gaetano gesprochen hatte, mochte dabei eine Rolle gespielt haben. »Ferruccio Mengaroni hat ein schreckliches Ende genommen – wegen dieser Medusa.«

»Jetzt sagen Sie nicht, er hat sich vor seiner eigenen Visage zu Tode erschreckt!« Friedhelm lachte und hob entschuldigend die Hand. »Nichts für ungut.«

»So was gibt es«, sagte Lene ernst. »Man kann sich zu Tode erschrecken. Dann setzt einfach das Herz aus – und Schluss.«

»Es war im Jahr 1925.« Federica senkte die Stimme. Wenn sie schon von der Tragödie erzählte, musste es richtig schön schaurig sein. »Die Medusa sollte in Monza bei einer Ausstellung gezeigt werden. Mengaroni ließ sie in eine runde Spezialkiste verpacken und überwachte den Transport persönlich. Nun, sie kam heil am Zielort an, wo noch eine Treppe zu überwinden war. Doch auf der Rampe geriet sie in Schieflage, drohte zu kippen, und während alle Helfer zur Seite sprangen, warf Mengaroni sich ganz allein zur Rettung seiner Keramik nach vorn. Natürlich war es ihm unmöglich, sie aufzuhalten – und er gab sein Leben: für sie.«

»Er wurde von der Medusa erschlagen?« Lene schauderte.

»Zerquetscht von ihrem riesigen Gewicht. Und als man ihn endlich befreite, so heißt es, lag auf seinem Gesicht der gleiche Ausdruck des Schreckens wie auf dem seiner Medusa.«

Lene schlug sich entsetzt die Hand vor den Mund, und Friedhelm Meyer hob mahnend den Zeigefinger. »Liebste Signora Pellegrini, jetzt wollen Sie uns aber einen Bären aufbinden!«

»Was für einen Bären?«

»Einen Bären ... so heißt das bei uns, wenn man flunkert – ein Lügenmärchen erzählt. Das ist doch ein makaberer Scherz, nicht wahr?«

Federica bekreuzigte sich. »Mit dem Tod macht man keine Scherze, Signor Meyer. Das ist die Wahrheit. Und noch heute fragt man sich, weshalb ein abergläubischer Mensch wie er ausgerechnet eine Keramik der Medusa erschaffen hat. Er trug immer eine ganze Reihe an Amuletten und Talismanen bei sich, denn er war fest vom bösen Blick überzeugt, mit dem man anderen Unheil zufügen kann, ohne auch nur einen Finger zu krümmen. Dennoch er war wie besessen von diesem Projekt: Sogar als der Spiegel zerbrach, den er für die Skizzen seines Selbstporträts brauchte, hat er nicht aufgehört.«

»Du liebe Zeit, dabei sind Spiegelscherben wirklich ein schlechtes Omen«, stimmte Lene zu und zog unwillkürlich den Kopf zwischen die Schultern. »Vielleicht hat er geglaubt, er sei auch verflucht, und wollte den Bann damit brechen.« Im verwilderten Blumenbeet vor ihr raschelte es, und eine Maus huschte vorbei. Demnach war ganz sicher keine Schlange in der Nähe. Lene atmete auf und musste plötzlich lachen. »So oder so, Herr Meyer, die Geschichte ist perfekt für Ihre Reisewilligen in Viersen: Doll, nicht wahr?«

Friedhelm Meyer stutzte, dann lachte er. »Na, Sie sind mir ja eine, Fräulein Jung!«

Es gefiel Federica, dass die Signorina ihre Zurückhaltung mehr und mehr ablegte. Als ob sie unter der italienischen Sonne aufblühte wie eine Pflanze, die lange im Schatten gewachsen war und nun täglich ein neues Blatt entfaltete.

Kurz darauf ruckelte ihr Fahrrad durch die Schlaglöcher zum

Dorf, und ihre Gedanken eilten voraus. Sie brauchte eine aktuelle Zeitung, um sich auf den neusten Stand zu der Toten aus der Via Annunziata zu bringen. Vielleicht war ihr ganzer Einsatz am Wochenende eine Albernheit und vollkommen unnötig gewesen, weil Commissario Garibaldi den Fall längst geklärt hatte. Wer, wenn nicht er, sollte damit betraut sein, den feigen Todesfahrer zu fangen und im Sinne der Toten für Gerechtigkeit zu sorgen? Sie traute ihm einiges zu. Wünschte sie es insgeheim, weil es ihre Verabredung mit Gaetano unnötig gemacht hätte?

Der Fahrradrahmen ächzte, als sie über die Dorfstraße sauste. Vor dem Brunnen bremste sie ab, schwang auf den letzten Metern das Bein über den Gepäckträger und rollte auf einem Pedal stehend aus. Eine klare Antwort blieb sie sich selbst schuldig. Zu kneifen war für sie selten eine akzeptable Möglichkeit gewesen.

Vor der Kirche San Francesco saß ein junger Bursche in der Hocke, Spatzen pickten ihm Brotstückchen aus der Hand. Der Besen, mit dem er eigentlich vor dem Portal fegen sollte, lag vergessen auf den Stufen. Es konnte so leicht sein, Prioritäten zu setzen.

Federica winkte ihm zu und lehnte das Rad gegen den Tisch mit den Gemüsekisten. Aus Iannazzos Laden hörte sie die Stimmen von Maria Baresi und ihrer Busenfreundin Eliza. Das Gezüngel der dorfeigenen Schlangengrube. Eine Medusa, die sie zum Erstarren brachte, war keine von beiden. Ihre Giftzähne konnte man mit Freundlichkeit ziehen.

*

Lorenzo Garibaldi knetete seine Finger. Es lag ihm fern, die Tote von jedem in der Region ansehen zu lassen, der behauptete, eine Angehörige zu vermissen. In den meisten Fällen, die ihnen vorgetragen worden waren, hatten sie einen Zusammenhang schnell ausschließen können. Diesmal sprach jedoch mehr dafür als dagegen. Vor ihm saß ein älterer Herr mit kleinen Augen und auffälligem Backenbart. Alberto Cristante war Barbier und betrieb sein Geschäft unweit der Oper. Er vermisste seine Nichte, die am gestrigen Sonntag ihrer üblichen Verabredung zum Mittagessen ferngeblieben war. Seine Frau hatte gekocht und sich geärgert. Cristante druckste herum, gab zu, er habe sich zuerst wenig dabei gedacht. Immerhin sei seine Nichte mehr als volljährig und bildhübsch. Es konnte also ein Mann hinter ihrem Ausbleiben stecken. Obwohl ihr beides nicht ähnlich sah. Sie war anständig und gut erzogen. Ob das für den Mann, wenn es denn einen gab, auch galt, konnte er natürlich nicht wissen. Dann war es Abend und wieder Morgen geworden, ohne dass sie sich blicken ließ. Und beim morgendlichen *caffè* sei ihnen dann der Zeitungsartikel vom Samstag in den Sinn gekommen. Seine Frau habe keine Ruhe gegeben. Woraufhin er bei der Familie in Fano angerufen hatte. Vielleicht war ihre Nichte dort gewesen und hatte vergessen, Bescheid zu sagen? Sie fuhr nur sporadisch zu den Eltern, wohnte allein in Pesaro, weil sie hier arbeitete. Bei ihrem Arbeitgeber vorzusprechen ging ja nun wirklich nicht an. Wie hätte das denn ausgesehen?

Alberto Cristante schwitzte. Es war kompliziert gewesen, bei dem Telefonat sein eigentliches Anliegen zu verbergen. Seine älteste Schwester war eine schwierige Person, vor der er sich gelegentlich fürchtete, was er allerdings für sich behielt. Sein Backenbart zitterte.

»Ich wollte sie nicht grundlos ängstigen.«

Lorenzo wusste, es war genau das, was er von ihm bestätigt hören wollte: dass seine Sorge ein Hirngespinst war und die Tote auf keinen Fall seine Nichte sein konnte. Er stand auf, strich an der Bügelfalte seiner Hose entlang.

»Sind wir fertig, Commissario Garibaldi?«

»Bald.« In Gedanken ging er schon die übernächsten Schritte durch. Sie brauchten ein Foto, eine Freundesliste und Zugang zur Wohnung. »Wenn Sie mich bitte begleiten?«

»Begleiten – aber wohin denn?«

An einen Ort, wo niemand freiwillig sein wollte, ausgenommen der Dottore und sein Assistent Vigliani. Die Identifizierung konnte Lorenzo dem armen Mann nicht ersparen.

»Was sagten Sie, wo Ihre Nichte beschäftigt ist, Signor Cristante?« Das Formular mit den persönlichen Daten der jungen Frau steckte bereits in der Akte. Darauf lag, Oberseite nach unten, eine Notiz, die Spadafero ihm eben hereingereicht hatte. Ein Anruf aus einem Büro zu einer abgängigen Mitarbeiterin. Zwei Meldungen, ein Name.

»In der Buchhaltung der Maioliche Finello.«

Der Kommissar nickte. »Es tut mir leid.«

Cristantes Knopfaugen weiteten sich ungläubig, als er zu verstehen begann.

Der folgende Besuch in den Räumen der Rechtsmedizin verlief kurz und unerfreulich und brachte ihnen Gewissheit. Vigliani hatte möglichst viele Spuren des Unfalls beseitigt, das Gesicht der Toten von Blut und Schmutz gesäubert, ihre Haare ordentlich gekämmt. Dichtes, langes Haar, das in dunklen Wellen bis über ihre Schultern reichte. Teresa Marchetti musste hübsch gewesen sein.

Lorenzo Garibaldi entließ den vom Anblick seiner Nichte tief verstörten Onkel, der dringend eine Atempause brauchte, und verabredete sich mit ihm für den Nachmittag, um sich gemeinsam Teresas Wohnung anzusehen. Dabei wollte er ihn auf Basis ihrer aktuellen Erkenntnisse gezielter befragen.

Zunächst jedoch würde er der Dame einen Besuch abstatten, von der die zweite Vermisstenmeldung stammte.

*

Das Geräusch eines vorbeifahrenden Zuges füllte die Luft, als Lorenzo vor der Maioliche Finello ausstieg. Auf eine telefonische Anmeldung hatte er verzichtet. Spadafero begleitete ihn und setzte die Mütze auf, die er wegen seiner Größe im Wagen hatte abnehmen müssen. Eine Weile war es dem Ispettore unangenehm gewesen, auf dem Beifahrersitz Platz zu nehmen, wenn sie gemeinsam unterwegs waren. Doch dann hatte er sich daran gewöhnt, dass der Kommissar meistens lieber selbst am Steuer saß.

Der Geruch verfeuerter Kohle wehte über das Gelände und das imposante Verwaltungsgebäude. Linkerhand schloss sich, verbunden durch eine Mauer mit einem eher unscheinbaren Tor für die Werktätigen, ein fensterloser Flachbau an.

Lorenzo streifte das hellgraue Jackett über, das er während der Fahrt auf dem Rücksitz abgelegt hatte, um es vor Falten zu schützen. Sein Äußeres hielt er stets so untadelig, wie es in seiner Macht stand. Eine Marotte, dem früheren Einfluss seiner strengen Mutter geschuldet. Korrektes Auftreten erweckte den Anschein von Kompetenz – nicht bei jedem zu Recht, wie er zugeben musste – und schaffte Vertrauen. Ungleich schwerer war es zu punkten, wenn das erste Bild im Kopf des Gegenübers negativ geprägt wurde. Schlamperei im Äußeren sprach nicht für Ordnung im Inneren, und ein komplexer Kriminalfall duldete kein Durcheinander bei der Bearbeitung. Soweit die Theorie, der er sich nach außen beugte, obwohl er sein eigenes Urteil anders fällte. Es focht ihn nicht an, dass er gelegentlich als eitler Geck wahrgenommen wurde, diesen falschen Eindruck hatte er noch immer schnell zerstreuen können. Denn er *war* kompetent. Und er beherrschte es, das bei den Ermittlungen vor allem zu Beginn unvermeidliche Chaos nicht als solches sichtbar werden zu lassen, es zu überblicken, zu sortieren und fast immer zum erfolgreichen Abschluss zu führen.

Langsam schob er den Unterkiefer vor und zurück. Sich ein

gewisses Maß an Arroganz anzueignen gab einen guten Schutzschild ab. »Kommen Sie, Spadafero.«

Durch ein reich verziertes Portal traten sie ein.

Wenige Sekunden und ein energisches Klopfen später schaute Signorina Simonetta Ragonese in Lorenzos Augen, dann zu Spadafero, der einen Schritt hinter ihm stand. Angesichts des Offensichtlichen hob und senkte ein tiefer Atemzug ihren Brustkorb. Sie bewahrte Haltung, während Lorenzo sprach. Nur ihre Hände verkrampften sich vor ihrem Bauch ineinander. Ihr Blick heftete sich an Spadaferos glänzende Uniformknöpfe, was Lorenzo die Gelegenheit gab, Finellos persönliche Sekretärin ausführlich zu betrachten. Graues Kostüm, Rock kniebedeckend, Bluse mit Stehkragen, der die Zeichen des Alters am Hals verbarg, Hochsteckfrisur, ebenfalls grau, dezentes Make-up, kein Schmuck, abgesehen von einer Armbanduhr. Vermutlich ein Geschenk, auf das sie stolz war. Pflichtbewusst bot sie ihnen eine Erfrischung an und auch, Signor Finello holen zu lassen, der gerade ein Gespräch mit dem Werksleiter außerhalb seines Arbeitszimmers führte. Lorenzo lehnte beides dankend ab. Simonetta Ragonese schwankte kaum merklich auf ihren Pumps, die unbequem aussahen, aber so zwingend zum Kostüm gehörten wie für ihn die Krawatte zum Anzug. Er nötigte sie, sich hinzusetzen.

»Es gibt da einige Fragen, die Sie mir vermutlich besser beantworten können als Signor Finello.« Diskret, fast geräuschlos, nahm Spadafero hinter ihm Notizbuch und Stift zur Hand. »Was für ein Mensch war Teresa Marchetti?«

Simonetta legte die Hände nebeneinander auf die Schreibtischplatte. »Signorina Marchetti kam nie zu spät. Darum war mir sofort klar, dass etwas passiert sein muss.«

Lorenzo nickte. Keine besonders persönliche Einschätzung, doch immerhin ein Anfang. »Sie mochten sie?«

»Sie hat ihre Arbeit geliebt, nicht allein wegen des Geldes.

Korrekt, anständig, zuverlässig. Das findet man nicht mehr oft bei jungen Frauen, Signor Commissario.«

»War sie beliebt in der Firma? Hatte sie Freunde in der Belegschaft, engere Beziehungen – jemanden, den sie auch außerhalb der Arbeit traf?«

»Signorina Marchetti hätte sich nie mit einem aus der Fabrik eingelassen, wenn Sie das meinen. Eine Liebschaft am Arbeitsplatz zu unterhalten, wäre ihr nicht eingefallen. Sie stammt aus gutem Haus und wusste sich zu benehmen. Und ich hätte so etwas auch nicht durchgehen lassen.«

»Das wollte ich keinesfalls unterstellen. Ich dachte eher an eine Freundin, eine Kollegin aus dem Büro vielleicht?«

»Nein. Sie war lieber für sich. Was ihr Privatleben anbelangt, kann ich Ihnen keine weiteren Auskünfte geben. In der Maioliche Finello werden Sie niemanden finden, der etwas Schlechtes über Signorina Marchetti zu berichten hat.« Simonetta Ragonese legte die Hände übereinander. »Wenn Sie gestatten, würde ich das weitere Gespräch nun doch gern Signor Finello überlassen. Es dauert nur eine Minute, ihm in der Werkstatt Bescheid zu geben.«

»Einverstanden.« Lorenzo neigte den Kopf. »Es ist nicht notwenig, dass er sich ins Büro bemüht. Eine reine Formsache, ihn persönlich zu informieren: Wir begleiten Sie.«

Unter Lorenzos Beobachtung erhob sich Signorina Ragonese steif. Ihre Fassade war eine Bastion, die keine Gefühle durchließ, stärker noch als seine. Uneinnehmbar wie Rocca Constanza. Und vielleicht genauso sehr ein Gefängnis.

*

Auf dem Tisch wartete das Mittagessen. Nudeln zur Vorspeise, dann Fisch. Etwas Leichtes sollte es sein, wenn Vittorio anschließend wieder zur Arbeit ging, und schnell musste es gehen. Er blieb nie lange, wenn er mit ihr allein aß. Anders als bei seinen Geschäftspartnern, mit denen er Stunden verbrachte, trinkend, rauchend im angeregten Gespräch.

»Es tut mir leid, Emilia.«

Sie band die Schürze ab. Ihre Finger kneteten den Stoff. Kein Ton kam über ihre Lippen.

»Sie hatte einen Unfall.« Vittorio schaute an ihr vorbei auf die Terrine.

War das alles, was er zu sagen hatte? Emilia grub die Fingernägel in ihre Handflächen. Wieso machte er keinen Versuch, sie in den Arm zu nehmen und zu trösten? *Es tut mir leid.* Wieso konnte er nicht wenigstens so tun, als ob er es ernst meinte? Und wieso glotzte er dauernd diese dämliche Schüssel an? Emilia hatte der Haushälterin frei gegeben und selbst gekocht, für sich und ihn. Obwohl sie schon am Wochenende kaum einen Bissen hatte essen können. Immer war da dieses Blut vor ihren Augen gewesen. Nass und glänzend auf dem Pflaster. Endgültig und unabänderlich.

»Die Polizei kam ihretwegen in die Firma.«

Neben Vittorios Mund gruben die steilen Falten sich tiefer in die Haut als sonst. Hart sah er aus, verbissen und alt. Ihr Vittorio, der geschworen hatte, sie auf Händen zu tragen, und dem sie ihr Herz geschenkt hatte. Für alle Zeit, bis dass der Tod euch scheidet.

»Hast du mich gehört? Die Polizei war in der Firma.«

Ausdruckslos starrte sie ihn an. Es klang, als nähme er es Teresa übel. Ihr Tod ein Schandfleck in der makellosen Firmengeschichte.

»Signorina Ragonese hat in der Questura angerufen, weil deine Freundin nicht zur Arbeit erschienen ist. Sie hat sich gesorgt.« Vittorio beobachtete Emilia. Ihr Gesicht wirkte versteinert, und zugleich war sie befremdlich gefasst. Seit Simonetta ihn zwischen den Regalen im Lager aufgespürt hatte, diesen Garibaldi im Schlepptau, hatte er dieses Gespräch gefürchtet. Ihm fehlten die richtigen Worte und an die seiner Sekretärin erinnerte er sich nicht. Nur dass sie dem Kommissar um Haaresbreite zuvorgekommen war und ihm so die Möglichkeit gegeben hatte, diesem gegenüber eine angemessene Reaktion zu zeigen.

»Setz dich doch und iss. Es wird ja alles kalt.« Emilia trug Lippenstift, und ihr Mund lächelte. Sie öffnete die Terrine. Eine aus der eigenen Kollektion. Erste Wahl, handbemalt, klassisches Motiv. »Du willst sicher nicht hungrig zurück ins Büro.«

»Wie kannst du jetzt ans Essen denken?« Ruppig nahm er ihr den Deckel aus der Hand. »Was geschehen ist, ist schrecklich und ich – ich bedaure das sehr.«

»Du?« Sie hob den Kopf und schaute ihm in die Augen. »Du mochtest Teresa doch gar nicht. Weißt du, dass du sie nie beim Namen nennst? Immer nur: deine Freundin, oder die Contessa, wenn du dich lustig machen willst. Triffst du wieder deine Contessa? Lass dir von der Contessa keine Flausen in den Kopf setzen. Deine Contessa hat –«

»Sei still, Emilia. Sei still.« Er packte sie an den Schultern, schüttelte sie kurz und kräftig. »Glaubst du etwa, dass es mir leichtgefallen ist, dir diese Nachricht zu überbringen? Dass es mich kaltlässt? Du bist meine Frau! Ihr habt einander so nah gestanden …« Sein Blick suchte den ihren, doch sie wich ihm aus. Es verletzte ihn zu sehen, wie weit sie sich von ihm entfernt hatte. Sogar ihren Schmerz behielt sie lieber für sich allein. Dabei hätte er ihn gern mit ihr geteilt, dem Schrecken eine Wendung zum Guten gegeben. Für sie beide. Ihre Kälte griff auf ihn über.

»Der Unfall war vor drei Tagen. Als ich bei diesem Geschäftsessen war und du zu Hause geblieben bist. Ein Autounfall am Freitagabend, sicher hast du davon in der *Gazetta* gelesen – oder liest du keine Zeitung mehr, Emilia?«

Die Morgenausgabe lag unangetastet auf dem Stapel, auch die

vom Samstag hatte sie nicht angerührt. Er schlug die Seite mit den Regionalnachrichten auf und hielt sie ihr hin.

Unbekannte Tote, noch immer nicht identifiziert.

Wieso zwang er sie, das anzusehen? Was erwartete er? Wie sollte sie seine Worte verstehen? Lag eine Drohung darin? Wusste er, wo sie gewesen war? Dass sie *dort* gewesen war … Emilia vergaß zu atmen. Die Schrift verschwamm vor ihren Augen, tropfte blutrot auf den kreiselnden Fußboden, der näher und näher kam. In ihrem Kopf ein Flüstern, dessen Ursprung sie nicht zuordnen konnte, während sie ins Dunkel fiel. *Es tut mir leid, das wollte ich nicht, bitte verzeih …*

*

Zu dritt wurde es eng in Teresa Marchettis kleiner Wohnung, die nur aus einem Raum mit Waschbecken und Kochgelegenheit bestand. Die Toilette auf halber Treppe teilte sie sich mit den Nachbarn. Für eine alleinstehende Person reichte das bequem aus und wäre Lorenzo in keiner Weise ungewöhnlich erschienen. Wäre da nicht die Tatsache gewesen, dass die junge Frau einem Adelsgeschlecht entstammte, wie er von ihrem Onkel wusste, der sie mit seinem Ersatzschlüssel eingelassen hatte. Die Marchettis aus Fano blickten auf einen langen Stammbaum zurück, in den Alberto Cristantes Schwester eingeheiratet hatte.

»So schrecklich es klingt, Signore: Wir müssen in Betracht ziehen, dass der Täter vorsätzlich gehandelt hat.« Lorenzo Garibaldi sah sich um, während Spadafero Kommodenschubladen öffnete und schloss, mit der Hand unter Kleidungsstücken entlangfuhr.

»Nein, nein, das ist doch Unsinn.« Die Situation überforderte Alberto Cristante. Seine Nichte war tot – und dieser Kommissar und sein Helfer schnüffelten in ihrer Wäsche herum, statt nach dem Unfallfahrer zu suchen! Es widerstrebte ihm, hier sein zu müssen, weitere Fragen zu beantworten, dazu verdammt, ihnen zuzusehen. Nicht zuletzt, weil seine Schwester sicher genau das von ihm erwartete: ihnen auf die Finger zu sehen, damit nichts wegkam. Er knetete seinen Hut.

»Wer sollte Teresa denn etwas Böses gewollt haben? Sie war ein nettes Mädchen und hat ihren Eltern nie Kummer gemacht – auch mir und meiner Frau nicht. Ganz im Gegenteil, es war eine Freude, sie im Haus zu haben. Sie hat viel gearbeitet, war anständig und fleißig.«

»Niemand bezweifelt das.« Lorenzo nahm ein schmales Büchlein aus dem Regal. Nach seinem kurzen Gespräch mit Finello hatte er Spadafero einige Stimmen aus der Belegschaft sammeln lassen, die das einhellig bestätigten, ehe der Werksleiter, Finellos jüngerer Bruder Ercole, intervenierte, dem die Arbeitsunterbrechung zu lange dauerte. Teresa wurde als Signorina Ragoneses Nachfolgerin gehandelt.

»Um herauszufinden, welches Motiv den Fahrer angetrieben haben könnte, ist es wichtig, so viel wie möglich über Ihre Nichte zu wissen. Wie sie ihre freie Zeit verbrachte, mit wem sie gesellschaftlich verkehrte, ob sie an dem Abend verabredet gewesen ist. Wenn ich Sie richtig verstanden habe, hatte sie keinen Verlobten oder festen Freund?« Zwischen den Seiten des Gedichtbandes klemmten mehrere dünne Stoffbändchen. Er schlug zwei Stellen auf, überflog einige Zeilen, die einander ähnelten. Romantische Lyrik voll unerfüllter Liebe, Zurückweisung und Verzweiflung, das klassische Drama. Wer kannte das nicht? »Kann es sein, dass ihre Nichte sich kürzlich von einem Mann getrennt hat, gab es einen Verehrer – vielleicht einen unerwünschten –, von dem sie mal erzählt hat?«

»Nein. Das sagte ich doch bereits! Sie hatte keine Männergeschichten. Sie werden von niemandem etwas anderes hören.«

Ungelenk stand Cristante im Weg. Die vielen Fragen brüskierten ihn zunehmend, doch Lorenzo hatte keine Wahl. Keine Beziehung zu haben war etwas anderes, als keine Beziehung zu wollen – so wie er. Und jeder Mensch verspürte von Zeit zu Zeit gewisse Bedürfnisse. Ob die sich nun schickten oder nicht.

Er sah einen Stapel Zeitschriften durch. Gut gekleidete Frauen saßen lächelnd in makelloser Umgebung, präsentierten Heim, Garten und perfekt drapierte Mahlzeiten oder nicht minder gelungenen Nachwuchs. Diese Welt passte wunderbar zu den Liebesgedichten und zu Teresas Herkunft, doch ihre Wohnung zeigte eine andere Realität. Nicht arm, aber bescheiden. Die Möblierung war bis auf wenige Ausnahmen alt: eine Stehlampe mit kühn geschwungenem Bogen und gleich zwei trichterförmigen Schirmen sowie ein Sesselchen mit halbhoher Lehne. Bei ihrer Kleidung bewies sie guten Geschmack, stilsicher, ohne aufdringlich zu sein, was ihn sofort an Signorina Ragonese erinnerte. Ihr Einfluss war unverkennbar. Einige wenige Stücke wirkten teurer, und die Parfumflakons auf der Ablage am Spiegel ließen darauf schließen, dass Teresa sich gelegentlich eine persönliche Freude gegönnt hatte. Einen Hauch von Luxus. Auch das war ein sehr menschliches Bedürfnis.

Vor dem Fenster reckten Geranien in Tontöpfen ihre noch geschlossenen Blüten empor. Sie schaukelten am Ende der dünnen Stiele wie kleine Köpfe auf zu langen Hälsen, die sie miteinander teilen mussten.

»Commissario, ich glaube, ich habe etwas.« Spadafero reichte ihm einen Kalender in der Größe eines gewöhnlichen Briefumschlags. »Der steckte in einer der Handtaschen im Schrank. Es gibt eine Eintragung am Freitag. Ihre Papiere sind auch in der Tasche. Und dann ist hier noch ein Werbezettel.«

Lorenzo blätterte einige Seiten vor und zurück. Die Notiz zum Freitag war knapp gehalten, weder der Titel des Films noch eine Verabredung gingen daraus hervor, lediglich der Beginn der Vorstellung stand neben dem Wort Kino. Wieso war Teresa nicht dort geblieben, nachdem sie die Karte gekauft hatte? Was konnte sie stattdessen in dieser Gasse am Museum gewollt haben? Davon abgesehen kannte er keine Frau, die ohne Tasche ausging. Doch bei Teresas Leiche war keine gefunden worden. Die aus dem Schrank war weiß, an den oberen Ecken abgeschrägt mit zwei kurzen Tragegriffen und der gleichen Art Schnappverschluss wie an der Geldbörse.

»Ist das die Handschrift Ihrer Nichte?« Er zeigte Cristante den Kalender. »Lassen Sie sich Zeit. Sehen Sie genau hin.«

»Ich denke schon, ja. Sie wollte ins Kino? Ich habe wirklich keine Ahnung, ob sie verabredet war. Früher, als sie noch bei uns gewohnt hat, während ihrer Ausbildung, da hätte ich Ihnen alles sagen können: wohin sie ging, wann und mit wem. Na ja, meistens mit ihrer Freundin, der kleine Esposito, die dann bald geheiratet hat. Hör auf deine Mutter und such dir auch einen Mann, habe ich Teresa gesagt. Einen, der dich versorgt. Du bringst einen guten Namen mit. Aber sie wollte lieber ihr eigenes Geld verdienen und frei sein. Frei – was heißt das heute überhaupt? Sie ist ausgezogen und seitdem … Sie war erwachsen, Commissario Garibaldi.« Er wischte sich die Augen. »Kann ich nun bitte endlich gehen?«

»Der Werbezettel«, warf Spadafero dazwischen. »Sehen Sie sich das Datum an, bitte.«

»Einen Moment noch, Signor Cristante«, bat Lorenzo und nahm das kleine bedruckte Blatt entgegen, das der Ispettore aus der Tasche gefischt hatte. Es musste wichtig sein, denn Ungeduld war sonst nicht Spadaferos Art. Eine Veranstaltung in der Casa Rossini am besagten Abend. In der Tat, das war wirklich interessant. »Sagt Ihnen der Name Bruno Bruni etwas?«

»Nein. Wer soll das sein?«

»Ein Absolvent des Istituto d'Arte. Hat Ihre Nichte sich für Kunst interessiert?«

»Nicht genug, wahrscheinlich.« Cristante zuckte die Achseln. »Deshalb ist sie ja auch in die Buchhaltung gegangen. Also, ich glaube nicht, dass sie diesen Bruni kannte, bei den vielen Schülern. Außerdem ist es ja schon Jahre her, dass sie ihren Abschluss gemacht hat.«

»Warten Sie – Teresa hat dieselbe Schule besucht: Istituto d'Arte Ferruccio Mengaroni?«, hakte Lorenzo überrascht nach und nannte den vollen Namen der Lehranstalt, um ganz sicher zu gehen.

»Ja, so ist es. Deswegen kam Teresa ja von Fano nach Pesaro. Für eine gute Ausbildung: Hauswirtschaft und ein bisschen Kunsthandwerkliches. Ihre Mutter meinte, so was steht jeder Frau, auch wenn sie sich später gut verheiratet. Letztlich lagen Teresa andere Fächer aber mehr. Sie hat ein Gespür für Zahlen, ganz wie meine Schwester.«

Lorenzos Hände wurden feucht, und sein Herz schlug einen schnelleren Takt. Eine Ausstellung, die am Tatabend eröffnet worden war, ein Tatort in unmittelbarer Nähe, und eine Einladung in der Tasche des Opfers. Er nickte Spadafero kaum merklich zu. Bruno Bruni war die fehlende Spur, Irrtum ausgeschlossen. Obwohl ihm die passende Idee fehlte, was genau das bedeutete.

»Diese Handtasche da«, sagte Alberto Cristante, während er sich den Hut in die Stirn drückte, um unmissverständlich klar zu machen, dass er nun aufzubrechen gedachte. »Mit der kam sie im letzten Herbst an. Ich erinnere mich, weil ihre Tante – meine Frau – sie so bewundert hat.« Und er hatte ein fürchterliches Theater am Hals gehabt, bis er ihr eine ganz ähnliche gekauft hatte.

»Und?« Lorenzo wartete.

Cristante kratzte sich den Backenbart und schüttelte den

Kopf. »Das kam mir nur in den Sinn, weil Sie nach Teresas Bekanntschaften fragten und die Tasche ein Geschenk von ihrer Freundin Emilia war. Außer ihr fällt mir wirklich keine ein. Das ist alles. Entschuldigen Sie mein Geplapper, Commissario Garibaldi.« Er winkte ab und riss die Wohnungstür auf. »Meine Frau wartet, und ich stehle Ihre Zeit. Sie waren in der Firma und wissen das ja längst. Emilia war immer ein nettes Ding, und ist es auch geblieben, als sie durch die Hochzeit mit Finello zu Geld gekommen ist. Dabei holt Geld doch eigentlich das Schlechteste im Menschen ans Licht, ob er nun zu viel oder zu wenig davon hat. So was gibt es nicht oft.«

»Nein, Signor Cristante. Ganz gewiss nicht.« Lorenzo klopfte ihm auf die Schulter und verschanzte sich hinter einem hölzernen Lächeln, um nicht laut zu fluchen. Maledetto! Weder Signorina Ragonese noch Vittorio Finello hatten es für nötig gehalten, diese langjährige Freundschaft ihm gegenüber zu erwähnen. Sicher gab es dafür einen aus ihrer Sicht plausiblen Grund. Allerdings bezweifelte er stark, dass er diesen Grund ohne Weiteres gelten lassen würde.

*

Was für ein Streich! Gianfranco würde sich schlapplachen – und dieser dämliche Bulle, der nach Bruno suchte, kam mit den Auskünften, die er ihm gegeben hatte, keinen Schritt weiter. Es war so einfach gewesen, diesen Tropf reinzulegen! Pino grinste. Nachdem er den Uniformierten im Sekretariat der Schule gesehen hatte, brauchte er bloß draußen zu warten und dann so zu tun, als wolle er schnell verschwinden. Sofort war er einkassiert und ausgefragt worden. Ein bisschen Herumgedruckse, dann hatte er sich der Staatsmacht gebeugt und geplaudert. Das Blaue vom Himmel.

Leider vermasselte er Gaetano damit wohl sein heutiges Rendezvous. Obwohl der natürlich bestritten hatte, dass es überhaupt eins war. Aus ihm herauszuquetschen, weshalb er nach dem Unterricht keine Zeit hatte, war ganz schön knifflig gewesen. Mann, hatte der sich geziert! Dabei war Damenbesuch doch was Feines! Pino grinste noch breiter. Eine kleine Unannehmlichkeit, ein peinlicher Zwischenfall, schlimmer würde es nicht werden. Darüber kam der schon weg. Falls die hübsche Signora, die ihn bei Brunos Ausstellung verschmäht hatte, seinen kauzigen Freund nicht sowieso versetzte.

KAPITEL 8

Tauben gurrten auf dem Dachvorsprung unterhalb des Mäuerchens, auf dem Federica sich niedergelassen hatte und wo sie nun ihr Gesicht der Sonne entgegenhielt. Ein Bein auf dem schmalen Grat ausgestreckt, eins leicht angewinkelt, die Hände hinterm Rücken abgestützt, zur besseren Balance. Sie war zu früh, was ihr selten passierte. Und das trotz ihres Abstechers ins *dipinti e pittura*, wo die Einladung in die Casa Rossini im Fenster klebte. Dort führte man eine ganze Anzahl an Holzkästchen für Stifte oder Farben, die dem in Gaetanos Atelier und in der Tasche der Baskenmützen-Signorina ähnelten. Je nach Ausführung schwankte der Preis erheblich. Griffbereit lagen einige Handzettel für Bruno Brunis Ausstellung neben der Registrierkasse, waren dort von einem jungen Mann platziert worden, bei dem es sich zweifellos um Gaetano handelte. Der Inhaber hatte ihr bereitwillig Auskunft erteilt. Dann allerdings war ihre Unterhaltung ins Stocken geraten und mit Kopfschütteln zu Ende gegangen. Sein Blick hatte sie und ihre seltsamen Fragen zum Teufel gewünscht, sobald ihm klar geworden war, dass sie nichts zu kaufen gedachte.

Die geheimnisvolle Frau entzog sich ihr einmal mehr, dabei wäre ihr Name ein perfektes Mitbringsel für Garibaldi gewesen. Laut Zeitung vom Morgen tappte der noch immer im Dunkeln. Jetzt ruhten ihre Hoffnungen auf Gaetano. Das Holzkästchen schuf eine vage Verbindung. Ein Maler, eine Malerin. Falls sie genau wie er das Istituto d'Arte besuchte, musste ihr Fehlen heute bemerkt worden sein. Dann wusste er vielleicht etwas.

Unten im Haus knallte eine Tür, Schritte rannten die Treppe herauf, ein Schlüssel klapperte, so nah, dass es nur der zu Gaetanos Zimmer sein konnte. Federica lauschte dem Rumoren, ohne sich zu bewegen. Ihre Pose war zu dekorativ, um sie aufzugeben, schließlich wollte sie den jungen Künstler inspirieren. Und in wohl dosiertem Maß herausfordern und durcheinanderbringen. Niemand konnte auf allen Ebenen aufmerksam sein. Wenn viele Sinne zugleich angesprochen wurden, gab er vielleicht unfreiwillig etwas Spannendes preis.

Erst als die Leitersprossen knarrten und Gaetano den Kopf durch die Dachluke streckte, öffnete Federica die Augen. Seine Schultern und die magere Brust folgten, heute in einem frischen Hemd. Unter ihrem Lächeln färbte sein Gesicht sich rot, und er strich die zerzausten Haare aus der Stirn.

»*Buona sera.*« Federica schwang die Beine von der Mauer und schob die Füße in ihre flachen Schuhe. »Ich wusste nicht genau, was ich anziehen soll.« Sie hatte sich für eine schmal geschnittene Hose und eine lockere Bluse entschieden, wie meistens. Lieblingsstücke, in denen sie sich wohlfühlte. Die bevorstehende Sitzung machte sie unruhiger als erwartet.

»D… das ist nicht so wichtig.« Gaetano reichte ihr die Hand zum Aufstehen. Sie war kalt, trotz der fast sommerlichen Wärme auf dem Dach, und ein wenig feucht. Sein fahriger Blick machte ihr das Absurde der Situation bewusst: Er fürchtete sich mindestens genauso sehr wie sie. Konnte es sein, dass er die Wahrheit gesagt und noch nie mit einem Modell gearbeitet hatte? Oder war sie es – sie ganz persönlich –, die ihm Angst einjagte? Wenn dem so war, konnte es unterschiedliche Gründe dafür geben. Gute und weniger gute, doch Federica war entschlossen, ihren Plan durchzuziehen.

»*Allora.*« Sie drückte seine Hand etwas fester. Seine Unsicherheit konnte ihre Stärke sein. »Wir gehen es langsam an, ja?«

Er schluckte und nickte.

Im Atelier machte sich Gaetano an den Schnüren zu schaffen,

an denen die Tücher aufgehängt waren. Mittels des ausgeklügelten Seilzugsystems ließ er auf zwei Seiten direktes Licht hereinfallen, während es andernorts sanft gefiltert wurde. Der Effekt war erstaunlich.

Federica legte ihre Umhängetasche ab, halb auf dem Holzkästchen unter der Staffelei. Dann steuerte sie die Zeichenmappen an und schlug wahllos eine auf. »Woher hast du eigentlich dein Material?«, fragte sie beiläufig, während ihre Gedanken sich selbst überholten. Zwei Staffeleien, das Kästchen aus dem *dipinti e pittura*, all die Farben. Hatte die Unbekannte für ihn oder seinen Freund eingekauft – oder etwa im Laden geklaut? Es hätte manches erklärt. Auch dass er leugnete, eine Frau mit Baskenmütze zu kennen. »Das alles muss doch ganz schön –«

»Nichts anfassen, bitte.« Gaetano biss sich auf die Lippe. »Nichts fragen und nichts ansehen. Sie wollten wissen, wie etwas Neues entsteht, und … na ja … dafür muss mein Kopf frei sein von Altem. Würden Sie sich einfach hinsetzen?«

Federica gehorchte seinen Anweisungen, drehte sich nach links und rechts, hob das Kinn, senkte die Schultern. Für geraume Zeit huschte Gaetanos Zeichenstift über den Skizzenblock, abwechselnd klemmte seine Zunge oder die Unterlippe zwischen seinen Zähnen. Außer dem leichten Schaben des Grafits war nur das gelegentliche Gurren der Täubchen zu hören, die wahrscheinlich früher vom Hausbesitzer gefüttert worden waren.

»Ich bin so weit.« Gaetano legte den Stift weg.

»Wie – das war es schon?«

»N… nein, nur die Vorbereitung. K… könnten Sie …?« Sein Adamsapfel drohte aus der Kehle zu springen, wie eine zu heftig angestoßene Kugel vom Billardtisch. Er deutete das Entblößen ihrer Schultern an.

Als sie den ersten Knopf öffnete, sprang Gaetano auf und wühlte in einer Kiste.

»Sie müssen sich nicht komplett ausziehen«, sagte er. »Also schon, aber nicht vor mir.« Von einem Moment zum anderen war das leichte Stottern verschwunden. Er förderte eine große Stoffbahn zu Tage, die er zwischen ihnen anhob.

»Danke.« Sein improvisierter Sichtschutz brachte Federica zum Lächeln. Er gab sich wirklich Mühe, es ihr leicht zu machen. Sie schälte sich aus Bluse und Hose, fühlte im selben Moment, wie sich das Tuch um ihren Körper legte. Ganz weggesehen hatte er demnach nicht.

Gaetano verknotete den Stoff, berührte den weißen Träger über ihrer Schulter – nur den Träger –, den ein Hauch von Spitze schmückte.

»Jetzt den Rest«, sagte er und wandte sich ab. »Und lassen Sie Ihr Haar herunter.«

Federica entfernte die Haarnadeln und löste den aufgedrehten Knoten. Mit zittrigen Fingern, die nur wenig mit ihrer bevorstehenden Nacktheit zu tun hatten, legte sie die Unterwäsche ab. Sie musste wachsam bleiben. Auch und gerade, weil Gaetano ihr sympathisch war.

»Einen Moment noch.« Sie raffte das Tuch zusammen und ging vor ihrer Tasche in die Hocke, in die sie Schlüpfer und Büstenhalter stopfte. Das war die Gelegenheit, eine zweite würde sich vielleicht nicht so einfach ergeben. Auch aus der Nähe sah das Holzkästchen nagelneu aus, genau wie sie gestern vermutet hatte. »Ich hab es gleich!«, rief sie über die Schulter, die ihr Tun vor Gaetano abschirmte, und klapperte extra laut mit Schlüssel und Puderdose herum, während sie mit der anderen Hand das Kästchen abtastete. An einer der unteren Ecken war das Holz beschädigt. Volltreffer. Ein Splitter grub sich unter ihren Fingernagel. »Au!«

»Haben Sie sich wehgetan?«

»Nicht der Rede wert.« Sie packte ihre Haarbürste und federte hoch. Der schmerzhafte Tribut stützte ihre Theorie, dass Gaetano bezüglich der Baskenmützen-Signorina etwas zu verheimlichen hatte und sie eben doch kannte.

»Zeigen Sie mal her.«

Gaetano stand unmittelbar hinter ihr. Sie drehte sich um, sah einen Leberfleck über seinem Schlüsselbein, jede Pore in seinem Hemdausschnitt, fühlte überdeutlich, wie ihre eigene Haut sich zusammenzog und sich die feinen Härchen aufrichteten. Vorsichtig untersuchte er den Finger. Zwischen ihnen kein Raum, nur Körperwärme. Das lief anders, als es sollte.

»Lass gut sein.« Federica entzog ihm ihre Hand. »Ein kleines Opfer für die Kunst. Das wird uns nicht aufhalten.« Mit kräftigen Bürstenstrichen bearbeitete sie ihre Locken, und Gaetano wich zurück. Seine Mimik erschloss sich ihr nicht. Lag darin Resignation oder Erleichterung? Und was hatte sie vorhin gespürt? Sie misstraute ihrer Wahrnehmung und seinen widersprüchlichen Signalen.

»*Va bene.*« Er nickte und dirigierte sie ins perfekte Licht, bog sie konzentriert zurecht wie eine Gliederpuppe, drapierte den Stoff in der Art einer römischen Toga.

Diesmal wählte er Kohle, deren Schwarz sich weich aufs Papier legte. Mal zupfte er hier am Umhang, mal dort, suchte ihren Blick und ihr Einverständnis, ohne zu lächeln, drehte sie, während sie den Atem anhielt und das Tuch immer weniger von ihr bedeckte. Ihre Anspannung ging in einen neuen Status über, eine Art Euphorie, weit entfernt von erotischer Erregung oder Angst. Es riss sie mit, wie tief Gaetano im Rausch seiner Arbeit gefangen war, bemüht, so viel wie möglich aus ihrer begrenzten Zeit zu schöpfen, während der die Beleuchtung stimmte. Material zu schaffen, auf dem er aufbauen konnte, auch ohne sie, falls sie nicht wiederkam. Es ging keinerlei Gefahr von ihm aus, dessen war sie sicher. Nicht in diesem Moment.

Ihre Arme streckten sich umeinander gewunden nach oben, ihr Kopf lag im Nacken, das Tuch um ihre Hüften gab den Ansatz ihrer Pobacken frei.

Vor dem Verschlag gurrten die Tauben, flogen mit schnellen, lauten Flügelschlägen auf, kreuzten das Fenster über ihr. Etwas musste sie erschreckt haben.

»Ich glaube, draußen ist jemand.« Federica horchte genauer hin. »Gaetano, hörst du? Da kommt irgendwer!«

»Hm? Ja, kann sein. Nein – bitte, Signora –, nicht bewegen, nur noch eine Sekunde – eine Sekunde!« Gaetanos Flehen ging in Fluchen über. »*Maledetto!* Halten Sie still!«

Federica hörte das Knacken zerbrechender Kreide, fast gleichzeitig klopfte es, und die Tür wurde geöffnet.

»Guten Abend.«

Die vertraute Stimme fuhr Federica in den Magen. Eilig ließ sie die Arme sinken, wickelte sich, von Gaetano halb verdeckt, bis zum Hals in das Tuch ein. Himmel, dieser Stoff war wirklich verdammt dünn, ihre Blöße darunter schwer zu übersehen.

»Commissario Lorenzo Garibaldi. Ich bin auf der Suche nach Bruno Bruni – sind Sie das?«

»N… nein, bin ich nicht. Der ist nicht hier.«

»Und wer ist dann hier?«

Federica schloss kurz die Augen. Die gedehnt gestellte Frage, die leise Süffisanz … wie vertraut ihr das noch war. Sie hatte sich auf ein Wiedersehen gefreut, doch diese Umstände entsprachen nicht ihrer Vorstellung.

»Gaetano Gentile. D… das ist mein Atelier.«

Der arme Kerl, ganz Ehrenmann, versuchte sich vor ihr breiter zu machen. Doch damit konnte er Garibaldi nicht beeindrucken. Um die Situation in ihrem eigenen Interesse zu retten, musste sie in die Offensive gehen.

»Ist schon gut«, flüsterte sie Gaetano zu. Er war rot geworden bis in den Nacken. Sie berührte kurz seine Schulter und schob sich vor ihn. »Wie sagten Sie, ist Ihr Name, Signor Commissario?« Beschwörend hob sie eine Augenbraue, kam noch einen Schritt näher. Hoffentlich verstand Garibaldi ihre Signale und spielte mit. »Federica Pellegrini, Sie werden sicher verzeihen, wenn ich meine Hände dort lasse, wo sie gerade sind.« Einen Arm schlang sie über ihre Brüste, der andere lag entsprechend tiefer, bündelte den Stoff vor ihrer Scham zu dichten Falten. »Kann ich Ihnen irgendwie weiterhelfen?«

»Ziehen Sie sich etwas an, Signora«, sagte Garibaldi nahezu unbewegt. »Und dann lassen Sie mich mit Signor Gentile allein.«

»Wie Sie meinen. Wenn ich die Herren dann bitten dürfte?« Federica bedeutete ihnen, sich umzudrehen. Ihre Gedanken schlugen Kapriolen, denen sie selbst kaum folgen konnte. Garibaldis Erscheinen war zwar hochgradig peinlich, darüber hinaus jedoch über alle Maßen aufregend. »Was genau führt Sie denn hierher? Sind Sie ein Kunstliebhaber, so wie ich? Die Ausstellung von Bruno Bruni, den Sie gerade erwähnt haben, kann ich sehr empfehlen. Nur raus mit der Sprache: Ich helfe wirklich gern.«

»Mir wäre am meisten geholfen, wenn Sie sich beeilen.«

Federica schloss die Haken des Büstenhalters und angelte nach ihrer Hose. Ohne Informationen konnte sie sich auf keine Seite schlagen, und Eile war ein schlechter Ratgeber.

»Es tut mir leid, dass wir für heute abbrechen müssen, Gaetano. Wann sehen wir uns wieder? Am Freitag vielleicht? Vorher passt es mir schlecht.«

»Ich brauche nicht lange«, sagte Lorenzo. »Sie können draußen warten und dann weitermachen – womit auch immer.«

In Anbetracht der Situation konnte Federica seine Fehlinterpretation nachvollziehen. Durfte sie sich davon geschmeichelt fühlen? Wohl eher nicht.

Sie schloss drei Knöpfe, stopfte die Blusenzipfel nachlässig in den Hosenbund und hängte ihre Tasche um.

»Also Freitag zur gleichen Zeit, Gaetano?« Federica lächelte aufmunternd, als er nickte, drehte die Haare um ihre Hand zu einem Knoten, den sie am Hinterkopf befestigte. Dann schüttelte sie umständlich ihre letzte *Nazionali* aus der Packung. »Falls du Ärger hast, weißt du, wo du mich findest«, fügte sie mit Fingerzeig in Richtung des Kommissars hinzu. Ihr Feuerzeug flammte auf, und sie pustete im Gehen den ersten Zug an diesem vorbei.

Garibaldis Mundwinkel zuckte. Das genügte ihr. Sie hatten eine Verabredung.

*

Lorenzo sah ihr nicht nach, wartete, bis die Tür sich schloss und ihr Duft nach Parfum und herbem Tabak verwehte. Seit ihrer ersten Begegnung war Federica Pellegrini eine Herausforderung für ihn gewesen, doch dieses Zusammentreffen stellte alles andere in den Schatten.

»Eine interessante Person, diese Signora«, sagte er vage. Gaetano Gentile war nicht der Mann, an dessen Seite er sie vorzufinden erwartet hätte. Widerwillig wandte er sich dem Grund seines Kommens zu. »Sie ist eine gemeinsame Freundin von Ihnen und Signor Bruni?«

»N… nein, so kann man das nicht sagen.« Gaetano schüttelte den Kopf. »Wieso suchen Sie ihn – und wieso bei mir?«

»Es heißt, dass sie das Atelier miteinander teilen.«

»Aber das stimmt nicht.«

Lorenzo rieb sich die Stirn. Briatore hatte die Information an der Kunstschule, aus einem – wie er es ausdrückte – herumlungernden Taugenichts herausbekommen. Der Vice-Ispettore war ganz erpicht darauf gewesen, diesen Teil der Nachforschung zu übernehmen, sobald der Name Bruno Bruni gefallen war. »Den kenne ich, Commissario Garibaldi! Passen Sie auf, sein älterer Bruder ist Kommunist – in der Partei –, und er selbst ist auch einer, da wette ich. Die wiegeln die jungen Leute auf, machen Propaganda. Fragen Sie ihn, der wird sich bestimmt an mich erinnern! Bruni und seinesgleichen haben wir früher regelmäßig kontrolliert.« Bevor die Schule aus den zu kleinen Räumlichkeiten gegenüber der Questura an ihren neuen Standort umgezogen war.

Lorenzo konnte sich lebhaft vorstellen, wie Briatore die Schüler mit stolzgeschwellter Brust und der Hand am Knüppel seine Macht hatte spüren lassen. Er seufzte leise. Gut möglich, dass der »Taugenichts« sie absichtlich in die Irre geschickt hatte. Die Ausstellung in der Casa Rossini war montags geschlossen, wie das gesamte Museum, und Bruni wohnte in Gradara, eine gute halbe Autostunde entfernt. Darum war er zuerst hierher gekommen. Wenn jemand für Bruni Zeit schinden wollte, war es ihm gelungen. Nur, wozu? Und was hatte Federica Pellegrini bei diesem mageren Würstchen Gentile verloren, noch dazu halbnackt, in einer Pose, die er um seiner Nachtruhe willen besser nie gesehen hätte?

»Waren Sie am Freitag bei der Eröffnung von Brunis Ausstellung?«

»Ja, den ganzen Abend.«

»Und Signora Pellegrini?«

Lorenzo hob den Deckel einer Mappe an. Noch eine Nackte. Lang hingestreckt lag der mit wenigen Strichen angedeutete Körper am Boden, weiß und schwarz, umrahmt von gelb blühendem Ginster. In den wallenden Locken ein Tupfer Rot. Sein Atem stockte. Das ausgebreitete Haar der Liegenden erinnerte ihn an den Anblick der Toten auf dem Tisch in der Rechtsmedizin.

Und an Federica Pellegrinis aufgelöste Frisur über ihren nackten Schultern.

»Nein, die Signora ist nicht dort gewesen. Wir sind uns Samstag zum ersten Mal begegnet.«

Zwei Tage, und schon gab sie sich in dieser merkwürdigen Umgebung hüllenlos preis. »Finden Sie Ihre Modelle immer so schnell, Signor Gentile?«

»Sie verstehen das falsch. Die Signora ist …« Gaetano unterbrach sich.

»Nur zu, wir sind unter uns.« Lorenzo beobachtete sein Zögern mit Unmut. Eine ungefilterte Antwort wäre ihm sehr viel lieber gewesen. Was gab es da so lange nachzudenken?

»Sie ist eine besondere Frau. Das heute war ein Experiment zu Studienzwecken, sehr spontan. Wir kennen uns kaum.«

»Und was ist mit dieser hier?« Lorenzo drehte die Mappe um.

»D… das ist sie nicht und auch kein Bild von mir.«

Lorenzo unterzog die Kurven einer erneuten Betrachtung. »Verzeihen Sie, Signore«, sagte er freundlich. »Womöglich habe ich mich geirrt. Aber die beiden haben eine gewisse Ähnlichkeit, das müssen Sie zugeben. Wer hat das gemalt, wenn Sie es nicht waren? Vielleicht doch Ihr Freund Bruni?«

Gaetano Gentile schwitzte.

»Teresa Marchetti«, sagte Lorenzo unvermittelt. »Ist sie die Frau im Ginster? Eine besondere, spontane Freundin, wie Signora Pellegrini?« Sein Gegenüber presste die flachen Hände an die Oberschenkel, was Lorenzo als Maßnahme deutete, diese nicht zu Fäusten zu ballen. Ein Zeichen mühsam kontrollierter Gefühle.

»W… was wollen Sie eigentlich von mir? Bruno Bruni müssen Sie woanders suchen. Und ich k… kenne keine Teresa.«

»Von wem ist diese Zeichnung, Signor Gentile?«

Rote Flecken überzogen Gaetanos Haut, er schluckte trocken und schloss die Augen. »Ja, also schön: Es ist meine. Sie ist m… mir nicht gelungen, und ich wollte sie vergessen. D… die Frau ist niemand, nur Fantasie, das schwöre ich.«

»Mit dem Schwören sollten Sie vorsichtig sein«, sagte Lorenzo kühl und rückte die Zeichnung gerade. »Teresa Marchetti ist übrigens tot. Seit Freitagabend.«

Er sah, wie Gaetano Gentile jede seiner Bewegungen verfolgte und aufatmete, als er die Mappe zuschlug. Darüber hinaus war jedoch trotz aller Nervosität keine weitere Reaktion zu erkennen. Im Gegensatz zu der Zeichnung ließ Teresa Marchettis Tod ihn scheinbar kalt.

Lorenzo gab auf. Er hatte keine Lust, noch mehr Zeit zu verschwenden. Bei Teresas bester Freundin hätte er womöglich mehr erreicht. Doch Vittorio Finello hatte seine Anfrage abgeschmettert. Seine Frau sei unpässlich und stehe für ein Gespräch nicht zur Verfügung, die Freundschaft sei im Übrigen irrelevant im Bezug auf das Unglück. Eine Annahme, die Lorenzo nach dieser Bemerkung erst recht in Zweifel zog.

Er richtete seinen Hut. Blieb fürs Erste noch Federica Pellegrini.

*

Auf dem Dach hätte sie es bequemer gehabt, aber sie wollte kein Risiko eingehen. Federica wartete an der Straßenecke. Wie gut für sie, dass Gaetano nur wenig mit seinen Eltern redete, sonst wäre ihre kleine Täuschung sofort aufgeflogen. Dann nämlich hätte er von Garibaldis letztjährigen Ermittlungen im Dorf gewusst und von ihrem Kontakt mit ihm, der für viel Gesprächsstoff gesorgt hatte. Wobei nicht auszuschließen war, dass die gottesfürchtigen Gentiles ihrem Sohn zwar von dem Mord erzählt, Federicas Namen jedoch unerwähnt gelassen hatten. Die Gerüchte über ihr lasterhaftes Leben hielten sich hartnäckig. Manchmal wünschte sie direkt, es wäre mehr als nur ein Funke Wahrheit dahinter.

Seit Matteo hatte es ein paar Männer gegeben, belanglose Affären für eine Nacht. Aber nie – nicht ein einziges Mal – war es jemand aus dem Dorf oder einer ihrer Hausgäste gewesen. Und auch kein Polizist.

Der Kommissar trat durch das Tor auf die Straße und sah sich suchend um. Sie zerdrückte die Zigarette an der Hauswand, hob kurz die Hand. Mit langen Schritten kam er heran, und sie seufzte vernehmlich unter seiner schweigenden Musterung.

»Spucken Sie es schon aus, Signor Commissario. Wollen Sie predigen oder etwas von mir wissen?«

»Haben Sie denn etwas zu sagen?«

»Habe ich. Und ich wäre gleich zu Ihnen gekommen, im Grunde war ich schon unterwegs.«

»Unterstehen Sie sich, das zu beschwören. Ein Meineid pro Tag reicht mir. Ihr junger … Bekannter lügt, sobald er den Mund aufmacht. Gehen wir ein Stück.« Er fasste ihren Ellbogen, dirigierte sie um die Ecke. »Nun bitte, ich höre.«

»Sie freuen sich kein bisschen, mich zu sehen. Und Sie sind ärgerlich. Mein lieber Garibaldi, das habe ich nicht verdient. Und jaha, ich erinnere mich, dass ich nicht *mein lieber Garibaldi* sagen soll.« Federica zog eine Schnute und zupfte an seinem Revers. Sie hatte sich wie Sherlock Holmes gefühlt, doch er weigerte sich, Watson zu sein. »Wir haben Mambo getanzt, als der Fall abgeschlossen war. Wissen Sie noch?« Sie tänzelte ein paar Schritte vor ihm her, aber er behielt seine abweisende Miene bei. Bedauerlich, aber wenn er es unbedingt so wollte, konnte er es auch humorlos haben.

»Sie suchen wegen der Toten vom Freitagabend nach Bruno Bruni. Das können Sie sich sparen, der hat mit dem Unfall so wenig zu tun wie Gaetano. Beide waren bei Brunis Ausstellung, was Sie natürlich wissen. Neu dürfte Ihnen sein, dass es bereits am vergangenen Mittwoch beinahe eine Tote gegeben hätte. Ich vermute stark, dass es sich um denselben Täter handelt – und um das gleiche Opfer. Was naheliegend ist. Weil sie die erste Attacke überlebte, hat er es nochmal versucht. Vorausgesetzt natürlich, Sie haben es nicht mit einem Irren zu tun, dem es gleich ist, welche Frau er über den Haufen fährt.«

Lorenzo Garibaldi schwieg, während sie den Vorfall so detailliert wie möglich schilderte – das Antesten des Gaspedals, die verrutschte Baskenmütze, die ungebremst fortgesetzte Fahrt. Sie ergänzte ihre anschließende Recherche, bei der sie es mit den Einzelheiten weniger genau nahm. Es war immer von Vorteil, noch einen Pfeil im Köcher zu behalten, und ganz besonders, sich nicht ohne Not angreifbar zu machen. Ein Punkt, bei dem sie erheblich im Hintertreffen lag. Jeder Satz über Gaetano wollte wohlüberlegt sein, zumal sie in ihrer eigenen Einschätzung mehr als unschlüssig war. Von seiner Herkunft aus Pesaro del Monte piccolo Cattolica durfte sie sich nicht beeinflussen lassen. Obwohl die ein Gefühl der Verbundenheit zwischen ihnen hergestellt hatte, machte sie *per se* keinen besseren Menschen aus ihm. Der Kommissar würde sie deshalb für voreingenommen halten – und es selbst sein. Folglich schützte ihr Schweigen zu diesem Punkt seine Objektivität.

»Sie wissen, wer die Tote ist?« Lorenzo hielt den Blick stur auf sein Notizbuch gerichtet.

»Nein.« Federica mühte sich vergeblich, etwas zu entziffern. »Wo steckt Spadafero? Seine Schrift ist viel schöner als Ihre und besser lesbar«, murrte sie. »Er ist doch hoffentlich noch in Ihren Diensten – oder haben Sie einen neuen Helfer?«

»In einem Mordfall braucht es viele fleißige Hände, an vielen Orten«, erklärte Lorenzo. »Ich an Ihrer Stelle würde jedoch keinen Wert auf weitere Zeugen Ihrer zweifelhaften Zurschaustellung legen. Sie können von Glück reden, dass ich allein war, als ich Sie in diesem – soll man das wirklich Atelier nennen? – vorgefunden habe. Was um ein Haar anders gekommen wäre. Ein sehr eifriger Kollege, der sich Bruno Bruni gern zur Brust genommen hätte, hat die Adresse ausfindig gemacht. Sie erinnern sich an Vice-Ispettore Briatore?«

Federica rümpfte die Nase. Auf Briatore war sie schlecht zu sprechen, was auf Gegenseitigkeit beruhte, nachdem sie bei den Ermittlungen im vergangenen Sommer heftig aneinandergeraten waren. Halbnackt von ihm überrascht zu werden, hätte wahrscheinlich in Handschellen geendet. Mit einer übertriebenen Anzeige wegen Unzucht, einer gerechtfertigten wegen Beleidigung einer Amtsperson und womöglich mit einer gebrochenen Nase. »Das sagen Sie nur, um mich zu ärgern. Verraten Sie mir jetzt, wer die Tote ist?«

»Sobald Sie mir verraten, was das Theater im Atelier sollte.«

»Meine *Zurschaustellung* – oder dass ich getan habe, als kenne ich Sie nicht? Wie soll Gaetano mir vertrauen, wenn er fürchten muss, dass ich Dinge an die Polizei ausplaudere?«

»Dann halten Sie ihn also doch für verdächtig? Und trotzdem ziehen Sie sich vor ihm aus und gebärden sich als seine Muse?« Trotzdem oder deswegen. Lorenzos Kiefergelenk knackte. Diese Frau war völlig verrückt.

Federica schüttelte den Kopf. »Gaetano ist talentiert, aber auch ein sehr unsicherer, sensibler junger Mensch.«

»Und Sie belügen ihn, um sein Zutrauen zu erschleichen. Ist das weibliche Logik oder warum verstehe ich es nicht?«

»Garibaldi!« Sie gab ihm einen Klaps auf den Arm. »Tun Sie doch nicht so! Mein Instinkt sagt, er könnte etwas Wichtiges wissen. Doch das finde ich nur heraus, wenn ich an ihm dranbleibe – als Modell und gute Freundin, die sich nicht vom Besuch eines Commissarios in die Flucht schlagen lässt.«

»Das kann ich nicht erlauben, Signora Pellegrini.«

»Oh, das macht nichts. Es reicht aus, wenn *ich* es mir erlaube. Gaetano ist ein Lämmchen«, behauptete sie mit mehr Überzeugung in der Stimme als in ihrem Herzen. »Ich biete Ihnen meine fleißigen Hände für Ihren Mordfall.« Sie stockte für einen Sekundenbruchteil. Mordfall. In der Tat, der Kommissar hatte dieses Wort benutzt, womit ihr richtiger Riecher bewiesen war. Ein ganzes Heer aufgeregter Ameisen rannte ihre Wirbelsäule entlang. Sie würde sich nicht abschütteln lassen, was am besten gelang, wenn sie die Angelegenheit herunterspielte und ein kleines Scharmützel zur Ablenkung inszenierte. »Wir haben uns erst für Freitag wieder verabredet, wie Sie wissen. Lösen Sie den Fall vorher, haben Sie gewonnen, weil es für mich nichts mehr herauszufinden gibt. Dann kann ich mich ganz aufs Modellstehen konzentrieren.«

»Sie wollen selbst dann damit weitermachen?«

»Na, warum denn nicht? Wir haben doch gerade erst angefangen. Gaetano ist wirklich sehr –«

»Talentiert, das sagten Sie bereits.«

»Einfühlsam. Seine Augen und die Hände. Ganz besonders die Hände, daran erkennt man den Künstler.« Federica grinste verstohlen. Der Kommissar überragte sie ein ganzes Stück, sodass ihm ihr Gesichtsausdruck verborgen blieb. Im Gegensatz zu seiner gepressten Atmung, die ihr ein Fest war.

»Verschonen Sie mich mit Einzelheiten seiner Qualitäten.«

Federica lachte hell auf. »Wir sprechen von Kunst, Garibaldi, Kunst! Mein Beitrag ist nur ein bisschen Haut und Form, das ist alles. Davon abgesehen, was wäre so schlimm daran, wenn es anders wäre?«

»Wie alt ist Ihr kleiner Freund Gaetano?«, fragte er zurück. »Haben Sie keine Angst, sich lächerlich zu machen?«

»Nein, hätte ich nicht, wenn es so wäre.« Federica hakte den widerstrebenden Kommissar unter. »Seien Sie nicht spießig. Im 19. Jahrhundert lebte in Pesaro eine gewisse Marchesa Vittoria Mosca, in deren Palazzo die Stadt heute ihre Museen unterhält. Wie der Zufall es will, genau am Tatort. Sie war zweiundvierzig und ihr Mann Vincenzo Toschi neunundzwanzig, als sie heirateten – aus reiner Liebe. Mein Altersunterschied zu Gaetano dürfte ein ähnlicher sein. Doch zu ihrer Beruhigung nochmals in aller Deutlichkeit: Wir haben kein Verhältnis. Ich bin sein Modell, er darf mich ansehen – mit den Augen eines Malers, und nur mit diesen. Weitere Studien sind nicht vereinbart.«

Lorenzo knirschte mit den Zähnen. Federica Pellegrini machte sich lustig, und er fand kein Mittel, ihr Einhalt zu gebieten. Kein Mann konnte gegen ihre Ausstrahlung immun sein! Selbst wenn sie bezüglich ihrer Beziehung zu Gentile die Wahrheit sagte, war es nur eine Frage der Zeit, bis der magere Jüngling alle Abmachungen vergaß und seine talentierten Hände …

»Freitag«, sagte er unvermittelt. »Vorher gehen Sie nicht mehr zu ihm. Und Sie versprechen mir, vorsichtig zu sein.«

»Soll ich diesmal schwören?« Ihre langen Wimpern bewegten sich herausfordernd auf und ab. »Damit Sie mir endlich den Namen sagen und was Sie sonst noch über die Tote wissen?«

»Das ist eine laufende Ermittlung, Signora Pellegrini. Ich begleite Sie zu Ihrem Auto. Wo haben Sie geparkt?« Mit Genugtuung sah er sie Atem holen, doch er kam ihr zuvor.

»Schon gut. *Ich* halte meine Zusagen. Teresa Marchetti, siebenundzwanzig, alleinstehend, und sie trug weder eine Baskenmütze noch kann ich mich erinnern, in ihrer Wohnung eine gesehen zu haben. Somit bleibt Ihre Annahme, dass es sich bei beiden Autoattacken um dasselbe Opfer handelt, eine reine Hypothese, und Ihre Spürnase hat mit Bruno Bruni beziehungsweise Gentile wohl einfach nur einen Zufallstreffer gelandet, eine nebensächliche Überschneidung.«

»Das stimmt nicht, und Sie wissen das. Eine Mütze wird leicht übersehen, vergessen oder geht verloren. Geben Sie sich einen Ruck, Commissario, und mir ein Schnipselchen mehr an Informationen. Vielleicht ist diese Teresa vor jemandem davongerannt. Aber woher kam sie? An dem Ort kann die Mütze liegen geblieben sein und noch mehr.« Federica blieb stehen. »Denn bei ihrem Tod – so stand es in der Zeitung – war sie für die Polizei eine Unbekannte, ohne Tasche oder Papiere. Und die müssen ja auch irgendwo sein.«

»Sie würden nie ohne eine Handtasche ausgehen?«

»Wo sollte ich denn dann all die Kleinigkeiten unterbringen? Geld, Schlüssel, Lippenstift, Zigaretten … Männer haben es da leichter. Sie tragen weniger mit sich herum und haben dennoch die größeren Kleidertaschen.« Federica drehte die Innenseite ihrer engen Hosentaschen auf links. »Sagen Sie selbst, was soll da hineinpassen?«

»Dachte ich mir. Es käme wohl keine Frau auf die Idee.«

Es bereitete ihm sichtliches Kopfzerbrechen, dass am Tatort keine Tasche gefunden worden war, doch schien er nicht gewillt, ihr den Grund zu nennen, und zu ihrem Ärger lief ihr die Zeit davon. In der Pension würde es heute ohnehin ein spätes Abendessen geben, was ihre lieben Gäste zum Glück bestimmt gelassen hinnahmen.

Im langen Schatten zwischen den Häusern parkte Federicas Cabrio. Ein Lautsprecherwagen fuhr vorbei und kündigte für die kommende Woche den ersten Tanzabend im Kursaal an. Sehnsüchtig schaute Federica ihm nach und fischte ihren Schlüssel heraus. Ihr letzter Tanz war zu lange her.

»Glauben Sie, dass er es mit Absicht getan hat – um zu töten? Oder war es ein grässliches Spiel, wie eine Mutprobe, bei der es darum ging, im letzten Moment auszuweichen?« Ein Hasenfußrennen, nur mit einem fremden Leben statt dem eigenen als

Einsatz. *Denn sie wissen nicht, was sie tun.* Im Kino war sie bei der Szene mit dem Autorennen starr vor Angst gewesen. Noch heute ging ihr die Ironie nah, dass James Dean zu jenem Zeitpunkt im echten Leben bereits tödlich verunglückt war, während er im Film überlebte. Und wenig später war Matteos Wagen aus einer Kurve geflogen.

»Schwer zu sagen.« Lorenzo öffnete die Fahrertür für sie. »Ich konnte keine Bremsspuren entdecken.«

»Nein, ich auch nicht.«

»Sie waren am Tatort?«

»Natürlich. Wenn er nicht gebremst hat, muss er seinem Opfer ins Gesicht gesehen haben. Die Angst in ihren Augen könnte sein Antrieb gewesen sein.« Ob es Zuschauer gegeben hatte, wie im Film? Hatte sie am Mittwoch beim ersten Angriff seine Zuschauerin sein sollen? »Jedenfalls hat er ein Automobil als Waffe benutzt. Und ich weiß, was das über den Täter aussagt: dass er ein Feigling ist. Ein mieser, elender Feigling.«

Lorenzo war geneigt, ihr Recht zu geben. Aufs Gas zu treten erforderte weit weniger Überwindung, als zum Beispiel mit einem Messer zuzustoßen. Es brauchte keine Körperkraft, nur den Willen – nicht einmal Wut. »Überlassen Sie es mir, das zu klären. Sie fahren jetzt in Ihre Pension, bleiben dort und benehmen sich ausnahmsweise so, wie man es von einer Frau in Ihrer Position gern hätte. Und halten Sie sich von Pesaros Straßen fern.«

»Soll das ein Witz sein?« Verärgert piekte Federica einen Zeigefinger in seine Brust. Er wusste, wie wenig sie es schätzte, weggeschickt zu werden, und der Hinweis auf gängige Konventionen war seiner nicht würdig. »Das werde ich weder schwören noch versprechen, mein lieber Garibaldi.«

»Tun Sie's einfach«, sagte er ernst. »Mir zuliebe.«

*

Es war schwierig, dem Kommissar zu folgen, der ihm zwischendurch sogar kurz entwischte. Renato Dini ging dabei ein hohes Risiko ein. Und dann tauchte diese Frau auf. Er kam nicht nah genug ran, um der lebhaften Unterhaltung zu folgen oder überhaupt irgendwas herauszuhören. Gelegentlich sah es aus, als stritten die beiden, dann wieder wirkten sie fast vertraut. Er hätte geschworen, ihr in den letzten Tagen schon mal begegnet zu sein, und zermarterte sich das Hirn darüber, wo. Kurzentschlossen schwenkte er um, als sie allein in ein Cabriolet einstieg. Der Kommissar würde heute nichts Weltbewegendes mehr unternehmen. *Sie* war es, an der er dranbleiben musste. Er stülpte sich den Helm über, der rund wie eine Kanonenkugel auf seinem Kopf saß, und schob die getönte Brille vor die Augen.

*

Auf der kurvigen Strecke außerhalb der Stadt bemerkte Federica nach einer Weile im Rückspiegel ein Moped, das hinter ihr blieb, obwohl es leicht gewesen wäre, zu überholen. Vielleicht genoss der Fahrer die Abendstimmung oder er war ein Anfänger, der sich nicht traute. Kurz dachte sie an Friedhelm Meyer, der seine Rollerfahrversuche zum Glück eingestellt hatte. Sie schaute nochmal hin. Das hatte er doch hoffentlich wirklich getan und nicht etwa die Vespa gegen eine größere Maschine getauscht?

Kopfschüttelnd richtete sie ihre Aufmerksamkeit wieder nach vorn. Es gab wahrhaft Wichtigeres, worüber sie nachzudenken hatte. Beispielsweise Lorenzo Garibaldis merkwürdigen Gesichtsausdruck beim Abschied. Sorgte er sich etwa um sie? Das wäre zwar reizend, aber völlig unnötig und hinderlich für ihre Zusammenarbeit. Am ersten Abzweig zum Dorf setzte sie den Blinker. Das Moped blieb auf der Straße Richtung Cattolica, verschwand erst aus dem Rückspiegel, dann aus ihrem Bewusstsein.

*

Mit unverminderter Geschwindigkeit fuhr Renato Dini an dem Sträßchen ohne Wegweiser vorbei, wendete nach etwa zweihundert Metern. Das Cabrio kam nicht zurück. Es war nicht nötig, länger an der Signora dranzubleiben. Weiter den Hügel hinauf fuhr um diese Zeit nur, wer in einem der gottverlassenen Nester auf den Klippen wohnte. Er konnte jederzeit wiederkommen. Und dann würde er sie dort finden.

Kapitel 9

Kletterpflanzen umrankten die weißen Säulen neben dem Eingang in der Viale Dante Alighieri, steinerne Ornamente zierten die Fensterumrandung. Eine Hausangestellte mit gestärkter Schürze führte Lorenzo Garibaldi in die Eingangshalle und verschwand nahezu geräuschlos.

»Was fällt Ihnen ein, hier aufzukreuzen, Garibaldi?« In Vittorio Finellos Hemdkragen steckte eine Stoffserviette.

»Guten Morgen, Signore.« Lorenzo überging die unhöfliche Begrüßung mit betonter Freundlichkeit. »Ich habe Fragen an Ihre Frau, wie Sie wissen. Mir liegt daran, es ihr so angenehm wie möglich zu machen. Ein Besuch schien mir sinnvoller, als sie in die Questura zu bestellen.«

Finello schüttelte ärgerlich den Kopf, dann bedeutete er Lorenzo, ihm ins Esszimmer zu folgen, setzte sich an den Tisch und nahm sein Frühstück wieder auf. Er riss ein Cornetto in grobe Fetzen, schob einen in den Mund.

»Emilia ist unpässlich, schon seit einigen Tagen, wie ich Ihnen gestern bereits mitgeteilt habe«, nuschelte er und goss sich *caffè* nach. »Kopfschmerzen.«

Die bitteren Bohnen dufteten verlockend.

»Was gibt es so Wichtiges, dass Sie meine Frau unbedingt belästigen müssen? Sagen Sie es mir, wir haben keine Geheimnisse voreinander.«

»Das bezweifle ich. Bei allem Respekt. Zwischen Mann und Frau gibt es immer Geheimnisse.« Lorenzo verschränkte die Arme hinterm Rücken, ließ die kleine Spitze wirken, ehe er sie entschärfte. »Kleinigkeiten, wie sie Freundinnen eben untereinander besprechen. Belanglosigkeiten, die für Männerohren weder bestimmt noch interessant sind.«

»Ich bedaure, ich sehe nicht, wie das Ihre Ermittlungen voranbringen sollte, und werde Emilia in ihrer momentanen Verfassung kein Gespräch zumuten. Ihre Nerven sind äußerst angespannt.«

»Du machst dir unnötige Sorgen um mich, Liebling.« Nahezu geräuschlos war Emilia hereingeschwebt. Sie hauchte ihrem Mann einen Kuss auf die Wange, dann legten sich ihre Finger federleicht in Lorenzos Hand. »Bitte, setzen Sie sich doch. Commissario Garibaldi, nehme ich an?«

Ihr Haar war streng zurückgebürstet. Sie trug flache Schuhe und ein weit schwingendes Kleid, das ihre zierliche Taille betonte. Als wolle sie gleich zum Tanzen gehen. In Lorenzos Kopf setzte eine Kapelle ein. Ihre Aufmachung wirkte seltsam fehlerhaft. Zu bunt, zu fröhlich, als müsse sie damit etwas beweisen, sie unterstrich jedoch ihr angegriffenes Aussehen, statt es zu überspielen. Mechanisch langte sie nach der *Caffettiera*. Heiße Flüssigkeit gluckerte in eine Tasse, die Lorenzo erfreut entgegennahm.

»Danke, Signora Finello. Ich werde Ihre Zeit nicht lange beanspruchen.« Der Mamborhythmus der Rasseln und die Trompete verstummten.

In Emilias Lächeln lag kein Leben. Sie schob Lorenzo einen Teller mit einem Cornetto zu. »Was möchten Sie wissen?«

Er nippte am *caffè*, bekundete sein Beileid zum Verlust ihrer Freundin, kreiste das Thema allmählich ein und strafte sein Versprechen, sich kurz zu fassen, damit Lügen. Es war nicht zu übersehen, dass Finello ihn gern beschleunigt hätte. Er saß auf dem Sprung ins Büro und wollte doch auf keinen Fall auch nur einen Satz ohne sein Beisein zulassen. Lorenzo kannte seine Grenzen.

»Bei Signorina Marchetti wurde eine Einladung in die Casa Rossini gefunden, zur Ausstellung von Signor Bruno Bruni. Wissen Sie, ob Ihre Freundin den Mann kannte, oder plante, am Freitagabend hinzugehen?«

Emilia zog die Schultern hoch und behielt sie oben, als wolle sie sich dazwischen verstecken. »Das denke ich eher nicht. Teresa hatte ein Gespür dafür, was handwerklich gut ist und qualitativ hochwertig. Speziell im Bereich der Keramik. Die Künstler hinter dem Werk hielt sie im Großen und Ganzen für selbstverliebte Träumer, die sich als Person zu wichtig nehmen.« Emilias Blick streifte Vittorio. »In diesem Punkt war sie mit meinem Mann einer Meinung. Teresa war … sie war sehr bodenständig. Sie wäre niemals eine Beziehung mit einem Künstler eingegangen, falls Sie darauf hinauswollen. Und Malerei hat sie sowieso nie interessiert.«

Lorenzo registrierte den klitzekleinen Fehler. Von Malerei war bisher keine Rede gewesen. »Demnach sagt Ihnen der Name Bruno Bruni etwas? Da Sie die Malerei erwähnen …«

»Was soll denn dieser Unsinn, Commissario? Steht meine Frau etwa unter Verdacht? Fragen Sie als Nächstes nach ihrem Alibi? Das ist lächerlich! Oder wollen Sie lieber meins? Ich war bei einem Geschäftsessen.«

Lorenzo brach ein Stück des Cornettos ab. Dunkelrote Marmeladenfüllung quoll aus dem Hörnchen. »Sind Sie und Signor Bruni miteinander bekannt, Signora Finello?«

Ihr verkrampfter Oberkörper begann sachte zu schaukeln.

»Kennen wäre übertrieben. Wir sind uns, denke ich, einmal bei einer Veranstaltung am Istituto d'Arte begegnet.«

Finello zerrte die Serviette aus seinem Ausschnitt, warf sie auf den Tisch und schob dabei den Stuhl geräuschvoll ein Stück zurück. »Da hörn Sie's: eine flüchtige Bekanntschaft. Was spielt das für eine Rolle?«

Lorenzo ignorierte auch diesen Einwurf, kaute langsam und schluckte. Ganz sicher wünschte Signor Finello, der Bissen möge ihm im Halse stecken bleiben. »Also hat Ihre Freundin nie mit Ihnen über Bruni und die Ausstellung gesprochen?«

Emilia hielt im Schaukeln inne. »Daran erinnere ich mich wirklich nicht, obwohl es sein könnte. Diese Einladungen wurden in der ganzen Stadt verteilt. Ich habe auch eine eingesteckt, als ich zum Einkaufen auf dem Gemüsemarkt war. Möglicherweise habe ich ihr gegenüber angedeutet, dass ich am Sonntag hingehen wollte – mit meinem Mann.«

»Mit mir?«

Lorenzo sah Finellos Verblüffung mit stiller Genugtuung.

»Es sollte eine Überraschung werden. Aber dann kam diese schreckliche Migräne, und ich lag fast zwei Tage im dunklen Zimmer. Da war ich direkt froh, die Idee nicht vorher ausgeplaudert zu haben, sonst hätte ich sie zurücknehmen müssen. Es tut mir so leid, dass ich das ganze Wochenende verdorben habe. Du arbeitest so hart.« Zaghaft legte Emilia eine Hand auf die ihres Mannes, und eine Träne rollte über ihre Wange. Sie zitterte. »Aber ich begreife nicht, was das mit Teresas Unfall zu tun haben könnte.«

»Wir versuchen herauszufinden, ob sie am Freitagabend verabredet war. Gab es jemanden, mit dem sie sich traf?«

»Nein, niemanden. Sie ging selten aus, eigentlich immer nur mit mir. Aber nicht am Freitag. Ich war zu Hause. Wäre ich doch bei ihr gewesen … Bin ich schuld? Weil ich sie auf die Idee gebracht habe, zu der Ausstellung zu gehen? Bin ich … ist sie meinetwegen …?« Emilias Stimme erstarb.

Lorenzo rieb sich übers Kinn. Ihre Tränen waren ausgesprochen dekorativ, das gesamte Schauspiel bühnenreif. Wobei schwer zu unterscheiden war, an welcher Stelle die Inszenierung einsetzte und für wen. Etwas sagte ihm jedenfalls sehr deutlich, dass auch Emilia Finello an der Wahrheit drehte. An den geplanten Sonntagsausflug zur Ausstellung glaubte er keine Sekunde.

Es ergab keinen Sinn, mit einem Mann Gemälde ansehen zu wollen, der Malerei wenig schätzte. Davon abgesehen hätte der den Vorschlag höchstwahrscheinlich rundheraus abgelehnt. Bei aller Fürsorge, die er Emilia gegenüber zeigte, war seine Rolle als Hausherr doch unübersehbar. Und seine Frau fügte sich.

»Es reicht jetzt. Verlassen Sie mein Haus. Sie sehen, was Sie angerichtet haben. Was sollen diese Andeutungen? War es Ihre Absicht, meiner Frau eine völlig absurde Schuld einzureden?«

»Nein, gewiss nicht.« Lorenzo trank aus und erhob sich. Er hätte die Signora gern nach Gaetano Gentile gefragt. Doch er musste sich eingestehen, dass er keine Chance auf ehrliche Antworten hatte, solange Vittorio wie ein Wachhund an Emilias Seite geiferte. Und ihr wollte Lorenzo tatsächlich keinen unnötigen Ärger einhandeln. Die Beziehung der Freundinnen musste sehr eng gewesen sein. Teresas Tod traf sie tief, und unter all den Lügen war ihre Trauer echt.

»Verzeihen Sie die Unannehmlichkeiten. Wir stehen ganz am Anfang unserer Rekonstruktion. Sollte Ihnen noch etwas einfallen, wäre ich Ihnen dankbar, wenn Sie sich bei mir melden.« Wenn Finello sich einbildete, er käme langfristig um die Überprüfung seines ungefragt gegebenen Alibis herum, hatte er sich geschnitten. »Signorina Marchetti scheint eine sehr zurückhaltende Person gewesen zu sein, umso schwieriger gestaltet es sich, ein Motiv zu erkennen. Denn leider müssen wir annehmen, dass ihr Tod kein Unfall war, sondern vorsätzlicher Mord.«

Emilia sackte tiefer in sich zusammen, während die Sehnen an Vittorios Hals noch stärker hervortraten.

Lorenzos letzte Aussage würde Wirkung entfalten und er unterdessen jeden einzelnen gesagten Satz noch einmal von allen Seiten beleuchten und das Gegenteil in Betracht ziehen. Besonders in Bezug auf Teresa Marchetti. Eine anständige Frau, strebsam und ohne Männergeschichten, wie man ihm gegenüber nicht müde wurde zu betonen. Für seinen Geschmack eindeutig einmal zu oft, um glaubwürdig zu sein, wie auch der Hinweis auf ihre Haltung zur Malerei und zu Künstlern.

Lorenzo eilte aus dem Haus. Es war eine Tugend, nicht schlecht über Tote zu reden. Sie posthum reinzuwaschen, um ihren Ruf zu schützen – eine Unart, die seine Ermittlungen nicht zum ersten Mal erschwerte. Als Nächsten würde er Teresa Marchettis Arzt aufsuchen. In der Praxis erwartete er auf ähnliche Hemmnisse zu stoßen: diskretes Schweigen, Berufsethos, vorgeschobene Vertraulichkeit. Nichts, womit sie ihn abwimmeln konnten. Denn unter den wenigen Eintragungen in Teresa Marchettis Kalender war für diese Woche ein Termin vermerkt. Der zweite innerhalb von drei Wochen.

*

Es war eine Frage von Ehre und Anstand, sich an Absprachen zu halten. Doch je dicker der Fisch, desto schneller bildete er sich ein, die Regeln brechen zu können. Aber so lief das nicht. Nicht mit ihm. Renato Dini war es leid. Drei Tage Warterei waren mehr als genug, und überall trieb sich die Polizei herum. Er grinste missmutig und verfolgte im Rückspiegel jede Bewegung vor dem Anwesen. Wenigstens wusste er dank des Kommissars mit ziemlicher Sicherheit, an wen er sich zu wenden hatte. Polizei in der Fabrik, das war uneindeutig. Doch privat suchte man einen wie Finello nur mit triftigem Grund auf.

Nach dem Kommissar verließ eine Hausangestellte das Grundstück. An ihrem Arm baumelte ein Korb, und sie studierte eine Einkaufsliste, was darauf hoffen ließ, dass sie länger weg sein würde. Hinter dem Tor lag seine Zukunft, die man ihm vorenthalten wollte. Der kleine Zettel auf seinem Knie würde ihm einbringen, was ihm zustand. Ein Wertpapier der besonderen Art.

Der Fisch stinkt vom Kopf her, sagte man. Und nun, da er den Kopf ausfindig gemacht hatte, konnte der Fisch an seiner Angel zappeln, wie er wollte: Bluten musste er doch.

Weitere zehn Minuten verstrichen, dann fuhr Finellos Limousine aus der Einfahrt. Renato verstaute den Zettel in der Innentasche. Dann eben so. Ihm war es gleich, mit wem er redete. Und vielleicht war das keine schlechte Lösung.

Eine Tabakwolke quoll mit ihm aus dem Wagen, und er spuckte die heruntergerauchte Kippe in den Rinnstein, trat sie genüsslich aus, drehte die Schuhspitze, bis nur noch Fetzen übrig waren. So machte man das, wenn man die Macht hatte. Ihn würde keiner mehr treten.

Er drückte die Fäuste in die Jackentaschen und schlenderte auf das Tor zu. Ein rascher Blick die Straße rauf und runter, dann war er drin, sprintete zum Eingang. Weiße Säulen! Was war das hier – ein Tempel? Verächtlich verzog er das Gesicht. Am Ende huldigten sie alle dem gleichen Biest. Er ließ die Glocke unnachgiebig schrillen und nahm den Daumen erst runter, als die Tür aufsprang.

»Hast du deinen Schlüssel vergessen, Vittorio?« Unter Emilia Finellos Augen lagen Schatten von Schlaflosigkeit. Ihr Geist schwamm im ersten Nebel des Beruhigungsmittels, das Vittorio ihr aufgedrängt und sie dann zu Bett geschickt hatte. Hoffentlich wurde er nicht ärgerlich, wegen der Warterei, bis sie die Treppe heruntergekommen war. Schweratmend schaute sie ihn an und benötigte einen Moment, um zu begreifen, dass es nicht Vittorio war, der da vor ihr stand. Schwarzes Haar, kantige Züge, braune Iris – nicht blau. Das fremde Gesicht lächelte.

»Verzeihen Sie, Signora, heute habe ich keine Rose dabei.«

Verwirrt glitt ihr Blick zu seinen leeren Händen, die im selben Moment nach der Tür griffen, in dem sie diese instinktiv schließen wollte. »Wer sind Sie? Was wollen Sie?«

»Zahltag, Signora«, sagte er. »Ich habe meinen Teil getan. Auftrag ausgeführt. Sie sind dran. Mein Geld, bitte.«

»Ich weiß nicht, wovon Sie sprechen. Mein Mann ist nicht zu Hause. Gehen Sie weg, verlassen Sie unser Gründstück!«

»Verarschen Sie mich nicht.« Er pfiff durch die Zähne, zog eine Handkante an seiner Kehle vorbei. »Parole Medusa«, zischte er. »Parole: Medusa!«

Bilder flimmerten an Emilia vorbei. Züngelnde Schlangen, ein abgeschlagener Kopf, ein in Panik erstarrtes Gesicht, dessen Anblick noch immer töten konnte, Blut überall … überall auf dem Straßenpflaster.

»Nein«, flüsterte sie. Dann brüllte sie es. »Nein!« Brüllte mit Wut, Verzweiflung und Macht, um weder zu Stein zu werden noch sich der Schwäche zu ergeben, die sie in die Knie zwingen wollte. Er hatte … Er hatte Teresa umgebracht! Und jetzt stand er vor ihrem Haus. Ein gekaufter Mörder. Sie bäumte sich auf, warf sich gegen die Tür, sah ihn verdutzt schwanken, als der Spalt sich schloss. Die Angst verlieh ihr Kraft, sie nutzte den Vorteil, ehe er die seine einsetzen konnte. Die Tür traf seine Hand, die den Rahmen gepackt hatte. Emilia drückte fester zu, mit aller Wucht, die ihr Körper aufbringen konnte, setzte Füße und Schultern ein, bis etwas knirschte, ließ erst nach, als der Gegendruck unter Aufheulen verebbte, nur gerade so weit, dass der Mann seine Hand nach draußen ziehen konnte. Das Schloss rastete ein.

Zitternd in der plötzlichen Stille trat Emilia zurück. Bewegte sich der Knauf? Schritt für Schritt ging sie rückwärts. Lauschte. War er noch da? Sie erreichte die Mitte der Halle, wusste rechts hinter sich die Treppe, die keinen Ausweg darstellte. Es gab kein sicheres Versteck, wenn er erst im Haus war. Was jetzt?

Ein donnernder Faustschlag erschütterte die Tür. Emilia schrie auf. Zum Telefon! Linkerhand zum Greifen nah. Sie taumelte, stieß gegen die Bodenvase, nahm den Hörer ab. Die Wählscheibe klackerte beim Drehen.

»Vittorio«, murmelte sie. »Vittorio.« Er musste diesen Wahnsinn beenden, er musste kommen und … Ja, was dann? Ihr Finger auf der Gabel unterbrach den Anruf. Er konnte noch nicht in der Firma eingetroffen sein, und überhaupt: Was wollte sie ihm sagen? Aus einem kleinen Riss in ihrem Leben war ein Ozean geworden, der zwischen ihr und Vittorio lag. Tiefes, finsteres Wasser. Wie gefährlich war es, darin zu schwimmen? Sie vertraute ihm nicht mehr. Und er …?

Während ihre Gedanken noch um die Vergangenheit kreisten, um Vittorio, das Haus und den gepackten Koffer, der unerreichbar weit weg im ersten Stock unterm Bett des unnützen Kinderzimmers lag, folgte ihr Körper wie von selbst dem Impuls zur Flucht. Der schreckliche Mensch vor dem Eingang konnte jederzeit auf die Idee kommen, sein Glück auf der Rückseite zu versuchen. Sie rannte hinaus in den Garten. Ein welker Blütenteppich umgab die Magnolie, klebte sich an ihre Schuhe. Forsythien leuchteten gelb, unter denen sie abtauchte, um über den Zaun zu klettern. Blätter und dürre Ästchen verfingen sich in ihrem Haar, ein Nylonstrumpf verhakte sich im Gehölz, zog eine Laufmasche über ihre Wade. Vom Nachbargrundstück aus gelangte sie unbehelligt in die Parallelstraße. Sie strich das bunte Sommerkleid glatt, das um ihre Knie wippte, fröhlich und leicht verhöhnte es ihre Gefühle. Jede Bewegung des Stoffes klagte sie an, sprach sie schuldig. Parole Medusa. Ein Knäuel aus Schlangen wand sich enger um ihr Herz, dessen Schläge sie weitertrieben. Weiter und weiter, auf ein Dach mit gurrenden Tauben und einem verglasten Schlag, hinter dem sie sich in eine Mauernische kauerte.

*

Ein strammer Fußmarsch führte Lene entlang der alten Mauern auf der Landseite um Pesaro del Monte piccolo Cattolica herum. Jeder Schritt offenbarte Neues, und doch tat sie sich auch nach fast einer Woche noch schwer, ihren gewohnten Trott hinter sich zu lassen. Sie stand früh auf, sah überall Arbeit liegen. Nur unten am Meer, gefangen im endlosen Rauschen, fiel alles von ihr ab.

Lene folgte seinem zwischen den Bäumen aufscheinenden Blau. Als sich über dem Abhang der Blick nach unten öffnete, setzte sie sich ins Gras neben einen flachen Stein, auf dem sich eine Eidechse in der Sonne wärmte, und wünschte sich Friedhelm Meyers Fähigkeit, völlig unbeschwert zu genießen. Doll. Einfach sensationell. Sie lachte auf, und die Eidechse flitzte davon.

»Tschuldigung!«, rief Lene ihr nach und zuckte im gleichen Moment zusammen. Mit einem geschmeidigen Satz landete eine Katze auf dem Stein, geräuschlos und nachtschwarz, richtete prüfend ihre grünen Augen auf sie.

»Na so was! Wo kommst du denn her? Du siehst ja genau aus wie meine Mieze.«

»Micia«, brummte es hinter ihr, und sie drehte den Kopf. Auf dem Pfad stand eine alte Frau. Leicht gebückt, eine Kiepe auf dem Rücken und einen knorrigen Stock in der Hand, mit dem sie auf die Katze zeigte. »Micia.«

Die Katze sprang auf Lenes Schoß, rieb sich schnurrend an ihrer Schulter. Was die Alte als Nächstes sagte, verstand Lene nicht, aber es klang freundlich, also lächelte sie.

»So, so, eine Katzenfrau. Das erkennen sie gleich, die Samtpfoten, und die schwarzen erkennen es vor allen andern. Und sie wissen, wann sie gebraucht werden.« Die Befana fasste Lenes Hand, schob den Zeigefinger an ihrer Lebenslinie entlang. »So, so«, brummte sie wieder. »Hat keine Angst vor mir, die Katzenfrau. Siehst du, Micia? Nur vor dem Morgen, weil ihr das Gestern noch in den Kleidern steckt. Dabei ist alles eins und geht nicht ohne das andere.« Die Katze maunzte, und Befanas Blick glitt suchend zum Meer, das jedoch keine Antwort gab. Was es noch zu sehen gab, verbarg sich vor ihr. Auf den Stock gestützt kramte sie ein Amulett aus der tiefen Tasche ihrer Schürze. Sie murmelte einen Segensspruch und bedeutete Lene, das kleine Stoffsäckchen einzustecken.

»Danke.« Der aufgerichtete Katzenschwanz fegte über Lenes Gesicht, und als sie Micia nachschaute, war die mit der alten Frau schon zwischen Licht und Schatten der Büsche verschwunden.

Verblüfft schüttelte Lene den Kopf. Neben ihr auf dem Stein saß wieder eine Eidechse, und wäre nicht das Amulett gewesen, hätte sie die Begegnung für einen Traum gehalten. Würziger Duft stieg aus dem Gewebe auf, und sie drückte die Nase an den Stoff. Mieze, dachte sie, meine Mieze. Dir verdanke ich, dass ich heute hier bin.

Glasklar wie das Blau der Adria unter ihr stiegen die Bilder aus ihrer Erinnerung auf.

Es war der 6. Januar gewesen, der Dreikönigstag. Moschrod verharrte in einem düsteren Winterschlaf, und auch wenn es nicht allzu viel schneite, machte der Westerwald seinem Ruf alle Ehre. Den ganzen Tag brannte Licht, um das triste Grau aus der Küche zu vertreiben, in dem draußen alles versank. Lene hatte die Uhr angehalten, deren Ticken zu laut geworden war. Morgens früh hatte ihre Mieze eine Maus mitgebracht, und sie war erst am Abend dazu gekommen, sich zu bedanken. Das tiefschwarze Fell glänzte, und die Katze schnurrte eingerollt auf ihrem Schoß. Ihr Trost bedurfte keiner Worte, verlangte keine Erklärungen. Menschen dagegen wollten immer eine. Auch auf dem Friedhof, kaum dass die Erde den Sarg bedeckte. Die ganze Gemeinde war versammelt gewesen.

Was machst du denn jetzt, ohne den Vater? Du musst heiraten, hättest du schon längst müssen. Darfst nicht so wählerisch sein. Eine Frau allein mit dem Hof, wie soll das gehen?

Die schiefen Blicke taten weh, auch wenn die Schmähungen gegen ihre Mutter ausgeblieben waren. Wenigstens dieses eine Mal.

Aus der Schublade unter der Tischplatte hatte Lene ihre Schätze hervorgeholt. Der Touropa-Katalog war zwei Jahre alt, genau wie die Zeitungsartikel über Italien. Ausrangiert und weggeworfen von Tante Hedwig und von Lene bei einem Besuch aus dem Müll gefischt, um ihre unsinnige Sehnsucht nach der Adria zu füttern. Ein unglaublich blaues Meer unter einem noch blaueren Himmel, Sonnenschirme im Sand, leicht bekleidete Menschen auf Liegestühlen. Vor ihren Augen hatten sich mit einem Mal die Wellen bewegt, sie hatte Gelächter gehört und eine wunderbar melodische Sprache, von der sie sich forttragen ließ. Dorthin, wo sie nie sein würde. Weg von ihrem schäbigen kleinen Hof und dem heimischen Boden, den sie beackerte, seit sie denken konnte. Hin zu Bäumen voll reifer Zitronen, rosa Mandelblüten und sattgelbem Ginster. Bis die Mieze ihre Glieder streckte und hinaus in den Flur sprang. Lene folgte und öffnete die Tür. Schneidend kalter Wind fegte herein. Der Dreikönigstag ging zu Ende. Das Kreidezeichen vom vergangenen Jahr war verblasst. *Christus segne dieses Haus.* Alles hat seinen Grund, auch wenn wir den Sinn nicht immer verstehen, hatte ihre Mutter oft gesagt. Die Sternsinger waren heuer nicht gekommen. Vielleicht hatte auch das eine Bedeutung. Es lag schon lange kein Segen mehr über dem Hof. Lene stand im heulenden Wind, der die Baumwipfel zauste. Allein auf der Welt. Allein mit dem Hof und dem Wind und der Mieze, die nochmal maunzend um ihre Beine strich, als wolle sie ihr etwas sagen, und dann in der hereinbrechenden Nacht verschwand. Lene hatte verstanden: Es war Zeit für sie zu gehen. Für sie beide.

Von diesem Tag an war ihr Plan gewachsen, und nun war sie in Italien. Niemand würde ihr mehr reinreden. Sich daran zu gewöhnen war schwieriger als erwartet. Aber sie würde es schaffen. Wenn sie wollte, konnte sie jetzt Roller fahren lernen oder eine Hose kaufen, wie die Signora sie trug. Lene klopfte Gras von ihrem braunen, altbackenen Rock und steckte das duftende Amulett ein. Zumindest bei der Hose war sie ganz sicher.

*

Giovanni Spadafero kniff die Augen zu Schlitzen zusammen und legte den Kopf schief. Selbst für ihn war Commissario Garibaldis Handschrift in dem kleinen Notizbuch diesmal eine Herausforderung. Ein Graphologe hätte sicher Aufschlussreiches herauslesen können, was die Eigenheiten seines Vorgesetzten anbelangte. Diese Forschungsdisziplin interessierte Giovanni brennend, wie überhaupt die wissenschaftliche Annäherung an den menschlichen Charakter und auch die aktuellen Ansätze der Psychoanalyse, obgleich er mit einigen getroffenen Annahmen und Verallgemeinerungen haderte. Für das vorliegende Schriftbild musste er jedoch weder Experte noch neutral als Gutachter sein: Es sprach für Eile, Schreiben ohne Ablagefläche und emotionalen Stress. Wobei er – unabhängig von seiner Art zu schreiben – bei Garibaldis Charakter auf Dominanz, Beherrschtheit und eine Spur Narzissmus getippt hätte.

Giovanni spannte den Protokollbogen in die Schreibmaschine, setzte das Datum des vergangenen Mittwochs sowie die Uhrzeit ein. Zeugenaussage betreffs verkehrsgefährdender Fahrweise. Name der Zeugin, Federica Pellegrini. Er stutzte.

Vor seinem Schreibtisch lief der Kommissar auf und ab, soweit die Telefonschnur es zuließ, dabei rauchte er und wurde ungewöhnlich laut. Rasch beugte Giovanni sich wieder über die

Schreibmaschine. Es musste sich bei der Zeugin um jene Signora Federica Pellegrini handeln, die sie in Pesaro del Monte piccolo Cattolica kennengelernt hatten. Es war nicht nur eine Frage der Wahrscheinlichkeit, was den übereinstimmenden Namen betraf, sondern auch eine logische Erklärung für Garibaldis Verhalten.

Giovanni grinste unterdrückt. Der brauchte Baldrian. Oder einen *caffè corretto* mit einem ordentlichen Schuss Anisschnaps und dazu süße Biscotti. Da sich Alkohol im Dienst verbot, würde er gleich nach dem Protokoll loslaufen, um ihm wenigstens Mandelplätzchen zu beschaffen. Wobei er noch keine gefunden hatte, die annähernd so lecker waren und Garibaldi so schnell ins Gleichgewicht brachten wie die Amaretti morbi und Occhi di angeli mit Aprikosen aus der Bäckerei in Signora Pellegrinis Dorf.

»*Si*, Dottore – *si!* Selbstverständlich ist mir das bekannt. Ein eindeutig durch das Fahrzeug verursachter Tod bedeutet, dass es keine Obduktion geben wird.« Lorenzo hasste es, vom Leiter des rechtsmedizinischen Instituts wie ein Anfänger behandelt zu werden.

»Wieso verschwenden Sie dann meine Zeit? Hat Ihnen ein Vögelchen geflüstert, ich hätte Langeweile oder Sehnsucht danach, mich anklagen zu lassen, weil ich sinnloserweise den Leib einer Verstorbenen geöffnet habe?«

»Ich halte es nicht für sinnlos.«

»Ach, neuerdings sind also Sie der Experte? Mein Bericht liegt Ihnen vor. Wie kommen Sie auf die abenteuerliche Idee, die Signorina könnte bereits tot am Boden gelegen haben?«

»Weil ich an alle Optionen denken muss, auch dass ein inszenierter Unfall diese Tatsache überdecken und uns in die falsche Richtung lenken soll.« Und weil er mit der Annahme durchsetzen wollte, was man ihm auf anderem Wege verwehrte. »Sie könnte betäubt gewesen sein – mit Alkohol oder Medikamenten.« Wenn

Federica Pellegrini richtig lag und es zwei Tötungsversuche gegeben hatte, lief in der Stadt vielleicht ein Frauenhasser frei herum, dem dieser eine Mord nicht ausreichte. Oder es ging um etwas Persönliches. Eine sehr intime Angelegenheit, wie Teresa Marchetti sie gegenüber ihrem Arzt angedeutet hatte. Vage allerdings und rein hypothetisch. Erwartungsgemäß hatte der sich zunächst ausgiebig gesträubt, mit dieser Auskunft herauszurücken, und dann mehrfach darauf verwiesen, dass in seiner Praxis weder eine gynäkologische Untersuchung noch ein Hogben-Test zur Bestätigung einer Schwangerschaft durchgeführt worden war. Für diese Prozedur wurden ein Froschweibchen und Urin der potenziell werdenden Mutter benötigt, was Lorenzo gar nicht so genau wissen wollte. Allerdings mussten seit der Empfängnis bereits mehrere Wochen verstrichen sein, um ein zuverlässiges Ergebnis zu erzielen. Vielleicht hatte Teresa deshalb noch gewartet.

Eine Obduktion hätte ihnen das pikante Geheimnis, wenn es denn existierte, sozusagen nebenbei offenbart.

Am Telefon hob der Rechtsmediziner zu weiterem Lamento an, das Lorenzo stumm über sich ergehen ließ. Ihm lag wahrhaft nichts daran, das Andenken der jungen Frau zu beschmutzen. Menschen waren anfällig für Fehler, ließen sich verführen, träumten. Das warf er niemandem vor. Selbst wenn Teresa sich doch als heimliche Muse von Gaetano Gentile herausstellte, lag es ihm fern, sie dafür zu verurteilen. Ihm war die seltsam flirrende Atmosphäre des Ateliers noch sehr gegenwärtig – knisternde Wellen zwischen Künstler und Modell –, die er beim Eintreten gestört und nur noch in ihrem Nachhall gespürt hatte, wie ein Vibrieren in der Luft. Seitdem wollte er Gentile als Lügner entlarven und als Mann, der Gelegenheiten in jeder Hinsicht zu nutzen wusste: die Hitze eines erotischen Augenblicks – oder den Schutz einer dunklen Gasse, um sich der Folgen desselben zu entledigen.

»… kann Vigliani von mir aus eine Froschprobe machen – wobei ich zweifle, dass die noch funktioniert. Das ist mein letztes Wort. Für alle anderen Sperenzchen müssen Sie sich an die Angehörigen wenden. Ich wünsche gutes Gelingen«, spottete der Doktor. »Signorina Marchettis Leichnam wurde von mir freigegeben und ist so gut wie weg. Die armen Eltern werden es mir danken, dass ihre Tochter unversehrt geblieben ist. Sie wissen, wie ich das meine, Garibaldi: den Umständen entsprechend. Der Bestatter wird sich ins Zeug legen müssen und er hat wenig Zeit. Die Beisetzung ist für morgen angesetzt. An Ihrer Stelle würde ich es dabei belassen. Nun entschuldigen Sie mich, ich bin zum Mittagessen verabredet. Der stellvertretende Bürgermeister hat sich ein neues Automobil angeschafft, das er mir vorführen möchte. Einen Engländer – mit dem Lenkrad auf der rechten Seite –, weil er den Linksverkehr früher lieber mochte. Ein verrückter Hund!«

Lorenzo beendete das Gespräch und verpasste dem Tisch einen Tritt. Spadafero hielt die Schreibmaschine fest, deren Schlitten zum Zeilenende rutschte und klingelnd anschlug.

»Schlechte Nachrichten, Signor Commissario?«

»Nur was zu erwarten war, Giovanni.« Zum wiederholten Male fragte er sich, wie der Dottore an seinen leitenden Posten gekommen war. An Arbeitseifer und Engagement konnte es nicht liegen. Eher am guten Stall, dem er entstammte, oder den schmutzigen kleinen Geheimnissen, die ihm in irgendwelchen Hinterzimmern bei einer guten Zigarre zu Ohren gekommen sein mochten. Sein Hang zum Motorsport und zu schnellen Autos im Allgemeinen war legendär. Gerade diese uneingeschränkte Begeisterung ging Lorenzo im Zusammenhang mit dem Fall besonders gegen den Strich. Das Verhalten des Mediziners entsprach zweifelsfrei den Vorschriften. Es lag an ihm, Lorenzo, dass es ihm falsch und oberflächlich erschien, an seinem Widerwillen, sich mit der routinierten Abwicklung zufriedenzugeben. Er sollte den Dottore darum beneiden, dass er die Tote in den Räumen der Rechtsmedizin zurücklassen konnte, ohne ihre Geschichte mit sich herumzutragen. Ihm wollte es immer seltener gelingen. Mit gerade Mal vierzig konnte er sich keine Schwäche erlauben, sonst wäre es wohl besser gewesen, den Dienst zu quittieren.

Alberto Cristante hatte sich nach der Identifizierung gestern freiwillig bereit erklärt, seine Schwester zu informieren. Ein schwerer Gang, zu dem er sich verpflichtet fühlte, da seine Nichte viele Jahre Teil seines Haushalts gewesen war. Kaum jünger als seine eigenen Kinder, die bei ihrem Einzug schon langsam flügge geworden waren und inzwischen längst ihr eigenes Leben lebten. Fünf Enkelkinder waren sein ganzer Stolz, eines von ihnen, so hoffte er, würde eines Tages in seine Fußstapfen treten und Barbier werden. Sein Sohn Silvio hatte leider zwei linke Hände. An der Stelle war Cristante vor der Tür des rechtsmedizinischen Instituts kurz verstummt, um gleich darauf ein neues Loblied auf Teresa anzustimmen. In einer solchen Ausnahmesituation war erhöhter Redebedarf keine Seltenheit.

Lorenzo war ihm für das Überbringen der Todesnachricht dankbar, mehr noch, nachdem er inzwischen selbst versucht hatte, telefonischen Kontakt mit den Eltern aufzunehmen. Der Conte und die Contessa Marchetti stünden für ein Gespräch mit der Polizei nicht zur Verfügung, hatte man ihn wissen lassen, weder heute noch morgen oder irgendwann. Lorenzo hatte dem Adel noch nie viel abgewinnen können. Er dachte gar nicht daran, sich mit dieser Ansage abzufinden. Es ging um Mord. Sie würden mit ihm reden müssen.

»Lassen Sie sich Zeit mit dem Protokoll, Giovanni. Das brauche ich erst morgen. Sie müssen noch etwas anderes für mich tun. Beschaffen Sie mehr Informationen über Emilia Finello, aus der Zeit, als sie noch den Namen Esposito trug.« Sie war mindestens fünfzehn Jahre jünger als Vittorio. Ihr Ehemann warf einen mächtigen Schatten, in dem sie fast unsichtbar wurde – wodurch man beinah vergaß, dass sie nicht erst mit ihrer Heirat zu existieren begonnen hatte.

*

Mehl färbte den Küchentisch weiß, auf dem Federica den Teig für die nächste Portion Sacchetti mit dem *mattarello* auswalkte. Das lange, dünne Nudelholz brachte sie ordentlich ins Schwitzen. Seitdem sie ohne Matteo klarkommen musste, der mit wahrer Hingabe für ihre Gäste gekocht hatte, war ihr das Kochen lange schwergefallen, geradezu eine Belastung gewesen. Ihre innere Blockade war so weit gegangen, dass sie sich eingeredet hatte, kein Talent dafür zu haben, eine schlechte Hausfrau zu sein. Zugegeben, auch heute noch bevorzugte sie es, in einem guten Buch zu schmökern, und Fenster zu putzen war eine selten gezogene Option, bei Leibe keine Leidenschaft. Doch irgendetwas war im vergangenen Jahr passiert, und mitten im Stress des Mordfalls, der das Dorf damals in Aufruhr versetzte, hatte sie die Küche wieder für sich entdeckt. Einen Teig zu kneten, Zutaten zu einem harmonischen Ganzen zusammenzufügen, machte ihren Geist auf andere Art frei, als es ihre Bücher vermochten. Beim Kochen konnte sie ihre Gedanken neu sortieren. So wie ihre Hände den Nudelteig in gleichmäßige Rechtecke teilten und über der Füllung zu kleinen Säckchen schlossen, fügten sich in ihrem Kopf Bruchstücke zu komplexen Überlegungen.

Im Augenblick wollte ihre Füllung – im übertragenen Sinn – jedoch partout nicht gelingen, schien ihr fade und dünnflüssig. Federica tauchte den Zeigfinger in die Mischung aus fettem Ricotta und weichgekochten Birnenstücken, lutschte seufzend. Die allerdings war ziemlich perfekt. Sie würzte mit einer Prise schwarzem Pfeffer nach. Und genauso perfekt hätte sie Lorenzo Garibaldi gern ihre Erkenntnisse aufgetischt. Die Sacchetti auch, zusammen mit einer guten Flasche Wein. Federica schätzte Garibaldis Korrektheit und seinen Anstand – und zugleich hasste sie beides.

Durchs offene Fenster drang das Knattern eines Rollers, gleich darauf klopfte es am Eingang.

»Bin in der Küche!«, rief sie und rieb die Handflächen gegeneinander, bis die festgeklebten Rückstände des Mehl-Teiggemischs sich in kleinen Röllchen lösten.

»Darf ich reinkommen?« Gaetano Gentiles verlegenes Lächeln geriet zur Grimasse. Wenn er sie überraschen wollte, war ihm das gelungen, aber sie freute sich, ihn zu sehen.

»Natürlich. Setz dich.« Federica deutete zur Bank am Fenster, wo zwischen den ausgebreiteten Küchenutensilien noch eine Handbreit frei war. Genug für die streunende Katze der Befana, die sich vorhin eine Weile dort zusammengerollt hatte, und für Gaetanos schmales Hinterteil. »Wie geht es dir? Tut mir leid, dass ich gestern nicht vor dem Atelier warten konnte, bis der Kommissar weg war.« Eine kleine Flunkerei, die sie gut mit ihrem Gewissen vereinbaren konnte.

Gaetano ließ den Kopf hängen. »N… nein, ich muss mich entschuldigen. Dafür, wie er Sie gesehen hat, weil ich einfach …« Er zuckte die Schultern. »Nicht aufgehört habe.«

Federica schenkte ihm aus einem Krug ein Glas frisches Zitronenwasser ein. »Was wollte er denn von deinem Freund Bruno Bruni und von dir?«

Das Fleckenmuster auf Gaetanos Haut flammte auf und er trank hastig einen Schluck. »Es ging um den Unfall. K… kann sein, dass ich an dem Abend sogar eine Ambulanz gehört habe. Nur habe ich mir dabei nichts gedacht.«

»Diese tote Frau – wart ihr befreundet?« Sie unterdrückte den

Impuls, ihm übers Haar zu streichen, als er den Kopf schüttelte und tief Luft holte.

»Ich brauche Ihre Hilfe, Signora Pellegrini. Haben Sie für ein paar Tage ein Zimmer frei? Gegen Bezahlung natürlich.«

»Du willst dich bei mir vor der Polizei verstecken?«

»Nein! Das Zimmer ist für eine B… Bekannte. Ihr geht es gerade nicht so gut und zu Hause … Sie muss dort weg. Es ist kompliziert.« Seine Stirn legte sich in sorgenvolle Falten. »Bitte, Signora. Sie weiß niemanden, zu dem sie gehen kann. Und ich weiß nur Sie.«

Offensichtlich waren die Gründe heikel und untauglich, um damit an seine Eltern heranzutreten. Die waren vielleicht sogar Teil des Problems. Eine Frau, ganz gleich welche, die geeignet war, Gaetano mit ihren Reizen von seiner Ausbildung abzulenken, war bei den Gentiles nicht willkommen.

»*Va bene.*« Sie lächelte. Amouröse Verstrickungen, dafür hatte sie ein Herz. Es versprach eine Ablenkung von den trüben Gedanken. »Wann will sie kommen?«

»Sie ist schon da. Sie wartet beim Roller.«

»Madonna, du lässt deine unglückliche Freundin draußen stehen? Na los, hol sie rein!« Federica scheuchte ihn aus der Küche und wusch sich am Spülstein die Hände. Im Kopf rechnete sie die Anzahl ihrer Teigsäckchen hoch, überschlug die zusätzlich benötigte Soßenmenge und wählte das Zimmer.

Zwei Minuten später standen die beiden jungen Leute im Flur, der durch den Treppenaufgang oft ein wenig düster wirkte. Es brannte kein Licht, nur vom Eingang fiel ein heller Streifen herein, traf auf ein bunt gemustertes Kleid. Nicht die beste Wahl, um sich zu verstecken. Die junge Frau musste es wirklich eilig gehabt haben. Auch das fehlende Gepäck sprach für eine Kurzschlusshandlung.

»Willkommen im Vento del mare!«, rief Federica ihr zu, legte das Handtuch weg und trat aus der Küche. Am besten machte sie kein großes Aufhebens um die Angelegenheit. Sie drückte auf den Lichtschalter. »Kommen Sie, ich zeige Ihnen Ihr Zimmer. Gleich hier unten, da sind Sie –« Federica stockte. Einzelne, feine braune Haare hatten sich aus der streng nach hinten gebürsteten Frisur gelöst, krausten sich wie unter Feuchtigkeit. Die Lampe an der Treppe verlieh ihnen einen magischen Schimmer. Rostrot. »Da sind Sie ganz ungestört. Meine anderen Gäste wohnen alle oben.« Sie zwang sich zu einem lockeren Tonfall und rang um Fassung. Die Frau mit der Baskenmütze lebte! Und sie war Gaetanos Freundin. »Aber Sie haben mir etwas voraus, Signor Gentile hat Ihnen bestimmt verraten, wer ich bin.«

Die beiden hielten vorsichtigen Abstand zueinander, tauschten einen raschen Blick. Gaetano nickte.

»Emilia ...«, sagte die Frau, schöpfte hörbar Atem, zögerte.

»Ein schöner Name.« Federica streckte die Hand aus und half ihr über die Verlegenheit hinweg. Wen interessierte schon ein Nachname? »Sie haben da einen Riss im Kleid und ein paar Flecken, um die wir uns besser bald kümmern. Ersatzweise findet sich in meinem Schrank bestimmt etwas Passendes für Sie.«

In Emilias großen Augen las Federica Dankbarkeit, aber kein Erkennen. Was verständlich war, schließlich hatte sie bei ihrer ersten Begegnung auf dem Straßenpflaster sicher einen Schock erlitten. Ihre Aufmachung war eine völlig andere als bei dem glimpflich verlaufenen Unfall, doch Federica war zu hundert Prozent sicher, dieselbe Frau vor sich zu haben. Vorläufig würde sie das Thema jedoch nicht anschneiden. Zuallererst musste sie sich darüber klar werden, was sie daraus schließen sollte. Wurde der Vorfall jetzt belanglos, weil die Frau mit der Baskenmütze offensichtlich noch lebte, oder veränderte sich nur seine Bedeutung? Dass in der Via Annunziata eine andere gestorben war, wischte den Bezug zur Ausstellung nicht vom Tisch, sondern verstärkte ihn womöglich sogar. Bei dieser Emilia hatte sie selbst eine Einladung gesehen, und Garibaldi ermittelte in Bruno Brunis Umfeld. Folglich gab es auch eine Verbindung zwischen Bruni und dem tatsächlichen Todesopfer Teresa Marchetti. Wie ärgerlich, dass sie versäumt hatte, bei Garibaldi auf mehr Informationen zu bestehen! Doch er war verflucht stur, wenn er nicht reden wollte. Und was war mit Gaetano? Warum die Geheimnistuerei bei ihrer Frage nach der Frau mit der Baskenmütze – mit der er nun gemeinsam vor ihr stand? Was wusste sie eigentlich über ihn?

»Sie sind wunderbar, Signora Pellegrini«, sagte der im gleichen Moment.

Die Flecken auf seiner Haut und die nervös vibrierende Stimme machten es ihr schwer, etwas anderes als einen verliebten jungen Mann in ihm zu sehen, der seinem Beschützerinstinkt gehorchte. Der Gedanke stimmte sie nachgiebig. Freundschaft und Liebe rechtfertigten viele Lügen. Und die meisten Menschen logen aus weit weniger ehrenwerten Gründen. Sie war gewiss die Falsche, um über derlei zu richten.

Federica öffnete das zur Landseite gelegene Gästezimmer am Ende des Flurs. Es war das größte im Haus und für einige Monate an einen festen Untermieter vergeben gewesen. Nach ihm hatte niemand mehr darin gewohnt. Federica glaubte, noch einen Hauch von Rasierwasser und Rosmarin zu riechen, riss die Fensterflügel weit auf, und eine frische Brise fegte herein. Wind strich ums Haus, rauschte fast wie die Meeresbrandung – der besonderen Lage auf der Klippe geschuldet. Eine harmlose Täuschung. Sie drehte sich um.

Emilia musste knapp über Mitte zwanzig sein, fünf oder sechs Jahre älter als Gaetano. Und somit im gleichen Alter wie die Tote. Federica lächelte das merkwürdige Gefühl beiseite. Sie würde schon dahinterkommen, was hier los war. Ein gutes Essen, ein Schlückchen Wein und nette Gesellschaft konnten Wunder wirken. Friedhelm Meyer, der seinen Wagen aus Tardellis Werkstatt zurückbekommen hatte, machte eine ausgedehnte Spritztour durchs Umland, was reichlich Gesprächsstoff für den Abend versprach. Er würde Emilia ganz sicher in die Unterhaltung einbeziehen.

»Ich lasse euch kurz allein. Du kommst nochmal in der Küche vorbei, ehe du gehst, Gaetano? Ich seh mich in der Zwischenzeit nach einem Kleid für Sie um, Signorina Emilia. Oder lieber nach einer Hose?« Sie biss sich auf die Zunge, die wieder mal zu schnell gewesen war. Dabei hatte sie sich mit Andeutungen doch zurückhalten wollen. Aber Emilia merkte nichts und nickte nur unbestimmt.

Federica ließ die Tür offen, wie es der Anstand gebot. Vom Fuß der Treppe sah sie, wie die junge Frau zu Gaetano aufschaute, der neben ihr groß und schrecklich unbeholfen wirkte. Zu dumm, dass sie kein Wort verstehen konnte.

*

»Du irrst dich«, sagte Emilia leise und nahm Gaetanos Hände. »Im Grunde ist Vittorio kein schlechter Mensch.«

»Und warum bist du dann abgehauen?«

»Weil ich durcheinander bin und nachdenken muss. Dieser Kerl hat mir schreckliche Angst gemacht. Hätte ich etwa Vittorio davon erzählen sollen? Parole Medusa! Wie klingt das denn? Er denkt sowieso schon, dass ich langsam verrückt werde. Oder noch besser: Sollte ich gleich den Kommissar einschalten? Das muss ein schlechter Scherz oder ein Missverständnis sein und wird sich bald aufklären.« Während ihr alles zu entgleiten und um sie auseinanderzufallen drohte, gab Gaetanos Nähe ihr Halt. Trotz ihres unlogischen Verhaltens stand er ihr bei. Doch sie spürte, dass er schwankte. »Ich bin dir wirklich dankbar für deine Hilfe.«

»Das tu ich gern. Nur kann ich nicht versprechen, wie lange ich durchhalte. Mir ist beinah das Herz stehen geblieben, als der Commissario die Zeichnungen angesehen hat – die Aktbilder. Wenn der wiederkommt und noch mehr Fragen stellt, das übersteh ich nicht. Am besten hau ich auch ab.«

»Unsinn. Du bist stark, Gaetano, er wird nichts merken. An deinen Bildern ist doch nichts … falsch. Außerdem hat er keinen Grund für einen zweiten Besuch, denn du hast ein Alibi. Bitte verrate niemandem, was ich dir erzählt habe!« Emilia strich sanft über seine Wange, und er schloss die Augen. »Das alles ist schrecklich. Und mir geht so vieles durch den Sinn, was Teresa gesagt hat. Sie war immerzu misstrauisch, witterte überall Gefahr – für mich. Ich frage mich die ganze Zeit, ob sie wohl geahnt hat, dass sie sterben wird. Und ob sie wusste, warum. Aber das führt zu nichts.« Sie seufzte. »Wir müssen weiter zusammenhalten, Gaetano. Gib mir ein paar Tage. Alles bleibt, wie wir es uns versprochen haben. Du bewahrst mein Geheimnis und ich deins.«

Er nickte ergeben und löste sich von ihr, als Federica die Treppe herunterkam. »Ich muss los. Pino braucht seinen Roller zurück. Bleib hier und versprich, vorsichtig zu sein.«

»Das bin ich.«

*

Beim Abendessen stellte Federica Emilia als Besuch aus Sizilien vor; eine Nichte aus dem Familienzweig ihres verstorbenen Mannes.

»Mein Matteo starb bei einem Autounfall«, fügte sie wahrheitsgemäß – und scheinbar versehentlich auf Italienisch – hinzu. Emilia zuckte so heftig zusammen, dass es alle bemerkten. Aus ihren fest zusammengepressten Lippen wich jegliche Farbe. Eine

Reaktion, die Federica nicht unkommentiert lassen konnte. Sie improvisierte, während Friedhelm Meyer für Lene übersetzte.

»Entschuldige. Ich weiß, du wirst ungern daran erinnert. Und bevor Sie falsche Schlüsse ziehen, liebster Signor Meyer: Matteos Tod hatte nichts mit der Mafia zu tun, nur mit zu hoher Geschwindigkeit in einer zu engen Kurve.«

Ihre fremde Nichte zuckte schon wieder, starrte blinzelnd auf ihr Essen, die Hände auf dem Schoß ineinander verschlungen. Federica fühlte Mitleid. Trotzdem war es notwendig gewesen, mit dem Thema eine Reaktion zu provozieren, und sie sah sich bestätigt: Der Beinahe-Unfall und Teresa Marchettis Tod waren ganz sicher zwei Seiten derselben Geschichte. Und an ihrem Tisch saß die Lösung des Rätsels. Zumindest ein Teil davon.

Kapitel 10

Der Stehtisch im Café wackelte unter ihren Ellbogen. Lorenzo beugte sich tief über die Fotografien, die Vigliani, der Assistent aus dem rechtsmedizinischen Institut, ihm einzeln zuschob und die sie aus gutem Grund mit ihren Rücken vor den anderen Gästen abschirmten. Nicht nur auf nüchternen Magen waren die blauen Flecken der Prellung, die Abschürfungen und das Blut schwer verdaulich. Lorenzo beschränkte sich auf *caffè espresso*, von dem er per Handzeichen zwei weitere bestellte. Vigliani kaute an einem Cornetto. Ihr Treffen vor Dienstbeginn an diesem Mittwochmorgen lief eher inoffiziell.

»Sehen Sie sich die Streifen auf den Beinen an, Garibaldi. Die dürften vom Kühlergrill stammen.«

»Deswegen hatten Sie ausgeschlossen, dass das Opfer vorher schon tot am Boden lag, ich weiß. Also sind all diese Verletzungen normal für einen frontalen Aufprall?«

»Schwer zu sagen. Einen Fall wie diesen hatte ich noch nicht. Aber genau das ist der Punkt: Mir kommt das Ausmaß sehr heftig vor. – *Grazie!*« Vigliani bedeckte rasch die Bilder mit einer Tageszeitung, als der *caffè* abgestellt wurde. Dann holte er den nächsten Stapel heraus. »Jetzt wird es hässlich.«

»Wie viele haben Sie denn noch?«

»Das sind jetzt alle, nur ein paar mehr als üblich. Der Dottore wird es nicht merken, die Inventur mache ich, und die Rechnungen fürs Material prüft er nie. Es reicht ihm, wenn er sich beklagen kann, dass alles viel zu teuer ist.«

Lorenzo verzog das Gesicht. Aus dem Schultergürtel ragten vorn Splitter des Schlüsselbeins heraus, über Hals und Wange verlief ein schmutzigbrauner Streifen. Leider kein deutlicher Abdruck, aus dem er auf Details hätte schließen können, genau wie auf den ersten Fotos, die ihm schon am Montag zugegangen waren.

Vigliani deutete auf die Reifenspur, dann spreizte er Daumen und Zeigefinger, und legte die Spanne am eigenen Körper an. »Ist klar, woran ich denke? Der Dottore wollte davon nichts hören, aber –«

»Denken Sie laut, Vigliani.«

»Die Verletzungen sind breiter als ein normaler Reifen. Mir fällt dafür keine Erklärung ein. Es sei denn, der Wagen wurde nochmal zurückgesetzt.«

Lorenzo rührte eine Extraportion Zucker in die Tasse, trank und nickte. Das war wirklich hässlich; Vigliani hatte nicht zu viel versprochen. »Da wollte jemand ganz sicher gehen. Kann ich Sie um einen weiteren Gefallen bitten? Bringen Sie die Bilder zu Spadafero und erklären Sie ihm jedes Detail, das Ihnen aufgefallen ist. Er soll alles zusammentragen, was uns dem Tatfahrzeug näherbringen könnte. Ich habe noch was zu erledigen, bevor ich in die Questura komme.«

»Wird gemacht.« Vigliani schob die Fotos auf einen Haufen und den Espresso beiseite, ein leises Bedauern im Blick, das auch dem angebissenen Hörnchen galt.

»Immer mit der Ruhe.« Lorenzo rückte die Tasse wieder an ihren Platz und legte genügend Lire für ihrer beider Rechnung auf den Tisch. Ein *prima colazione* zu unterbrechen war eine Sünde. »Austrinken nicht vergessen.«

*

Eine halbe Stunde später fuhr der Kommissar am Firmensitz der Maioliche Finello vor. Er musste mit Emilia über Teresas mögliche Schwangerschaft sprechen, doch in ihrem Haus in der Viale Dante Alighieri hatte er sie nicht angetroffen und zu ihrer Rückkehr nur eine sehr ausweichende Auskunft erhalten.

Schwungvoll brachte er seine schnittige Giulietta direkt neben Finellos Limousine zum Stehen, die dagegen schwerfällig und gediegen wirkte. Lorenzo grinste sparsam. Irgendwie passte das. Genau wie der stechende Geruch, der ihm entgegenschlug.

Im Büro im ersten Stock beeindruckte ihn die penible Ordnung auf Simonetta Ragoneses Schreibtisch. Unter ihrem Regiment zu arbeiten war sicher kein Zuckerschlecken. Zum Glück saß sein Anzug faltenfrei, und die Krawatte schmiegte sich tadellos unter den Hemdkragen. Er sah es ihr an, dass er damit punktete, und revanchierte sich. Ein kleines Kompliment, ein warmer Händedruck, bei dem er sich nach ihrem Befinden erkundigte, und schon meldete sie ihn per Gegensprechanlage bei Finello an. Lorenzo hörte ihn gedämpft durch die schwere Kassettentür, die sich gleich darauf öffnete.

»Fassen Sie sich kurz. Ich habe Termine.«

»Und ich habe nur eine Frage. Wo finde ich Ihre Frau?«

»Was wollen Sie schon wieder von Emilia?«

»Damit will ich Sie nicht aufhalten. Sagen Sie mir, wo sie ist, und ich bin weg. Ihre Hausangestellte schien etwas unsicher, wann sie zurückerwartet werden kann.«

Vittorio Finellos Lippen verhärteten sich, dann wies er Lorenzo wortlos an, ihm in sein Büro zu folgen. Signorina Ragonese tippte vielsagend auf ihre Armbanduhr.

»Fünf Minuten, Simonetta. Keine Störungen.«

Lorenzo trat an den Plattenspieler, auf den er schon beim ersten Besuch ein Auge geworfen hatte, und spitzte anerkennend die Lippen. Ein feines Stück moderner Technik, mit einem Regler auf drei Geschwindigkeiten einstellbar. Angelegentlich begutachtete er die Knöpfe, dann die Langspielplatten und Singles, die griffbereit zwischen zwei Stützen klemmten. Mario Lanza, Pat Boone, Paul Anka. Finello offenbarte eine überraschende Vorliebe.

Aufreizend langsam zog Lorenzo eine Hülle heraus. »Ist das Ihre Auswahl oder die Ihrer Gattin?«

»Ich habe nicht vor, meinen Musikgeschmack mit Ihnen zu diskutieren. Was wollen Sie, Garibaldi? Emilia ist labil. Der Tod von Signorina Marchetti hat sie sehr aufgewühlt.«

»Das ist mir bewusst. Dennoch kann ich auf das Gespräch nicht verzichten. Es gibt neue Aspekte, zu denen sie als engste Vertraute mir hoffentlich mehr sagen kann.«

»Ganz unmöglich.«

»Muss ich Sie daran erinnern, dass es sich um einen Mord handelt?«

»Nein.« Finello rang sichtlich mit seiner Antwort. »Also gut. Meine Frau ist verreist. Seit gestern. Sie muss sich von dem Schock erholen. Es sind ihre Nerven, die spielen verrückt, verstehen Sie? Und nun versetzen Sie sich für einen Moment in meine Lage! Würden Sie wollen, dass jeder davon weiß? Es wird zu viel geredet. In der Hinsicht ist auch auf Hauspersonal kein Verlass.«

»Sie befindet sich in einem Sanatorium?«

Abwehrend schüttelte Finello die Hände. Eine Geste, die jedes Nachhaken abschmetterte und sowohl ja als auch nein bedeuten konnte.

Lorenzos Zunge glitt über die Kante seiner Schneidezähne. »Dann werden *Sie* mir helfen müssen. Es gibt ein Gerücht – und vielleicht wissen Sie mehr, Ihre Frau könnte es erwähnt haben –, dass Signorina Marchetti ein Kind erwartete.«

Finello lehnte sich an die Schreibtischkante und verschränkte die Arme. »Ich wäre Ihnen sehr verbunden, wenn Sie mit meinen Platten vorsichtig umgehen und sie wieder zurückstellen. Und Gerüchte sind nichts, worüber wir uns zu unterhalten pflegen. Mit Frauengeschichten jeglicher Art verschont Emilia mich dankenswerterweise. Sollte ihre Freundin in Schwierigkeiten geraten sein, wäre das außerordentlich bedauerlich. Unter den Umständen hätten wir ihr leider kündigen müssen. Derlei verträgt sich nicht mit den Firmenprinzipien.«

»Über die Sie allein entscheiden? Oder besitzt Ihr Bruder als Werksleiter Mitspracherecht?« Mario Lanzas Haartolle verschwand zwischen den anderen Platten.

»Ercole teilt meine Auffassung. Ganz besonders in der Verwaltung wäre eine ledige Mutter untragbar. Die Nähe zur Geschäftsleitung, auch wenn sie nur theoretischer Natur ist, verlangt nach einer einwandfreien Lebensführung. Unter den Arbeiterinnen findet sich wohl die eine oder andere, auf die das nicht zur Gänze zutrifft. Sie sehen, wir sind keine Unmenschen. Doch diese Damen wurden bereits mit ihrem *Problem* eingestellt – sie haben es sich nicht eingehandelt, während sie für uns tätig waren. Ein kleiner und, wie Sie zugeben werden, wichtiger Unterschied.«

Lorenzo verweigerte ein Zeichen der Zustimmung. Ein moralisierender Anstrich für einen knallharten Rauswurf, das war erbärmlich. Der Ruf der Firma duldete keine Ausnahme. Es schien wenig verwunderlich, dass Emilia Finello ihren Mann nicht ins Vertrauen gezogen hätte, sollte sie über den möglichen Zustand ihrer Freundin Bescheid gewusst haben. Spadaferos Recherche zufolge war sie im Waisenhaus der barmherzigen Schwestern aufgewachsen. Daher der Name Esposito, der traditionell an Findelkinder vergeben wurde. War die Ehe mit ihr als weiterer Beweis für Vittorio Finellos *Menschlichkeit* zu betrachten?

Die unterkühlte Abgeklärtheit, mit der dieser sich umgab, war fast so durchsichtig wie das Glas der Vitrine mit der prächtigen Deckelvase, auf der sich goldverzierte Pfauen und Schmetterlinge tummelten. Doch noch konnte Lorenzo nicht erkennen, was er so mühsam vor ihm versteckte.

Auf den unteren Böden der Vitrine lagen Werkzeuge; Spachtel, gezackte Schaber, eine langer Draht mit Griffen, Klingen. Kunst und Handwerk, in der Majolikatechnik untrennbar verbunden.

»Dieser Geruch, das Beißende, woher kommt das? Als ich am Montag hier war, konnte ich nur Kohlenfeuer riechen.«

»Lüsterfarben«, erklärte Finello widerwillig. »Eine spezielle Mixtur für den metallischen Glanz, wie in den Pfauenfedern auf der Vase. Die enthaltenen Lösungsmittel verbrennen gleich zu Beginn des Prozesses. Aber bleiben Sie beim Thema, Garibaldi. Sie stehlen meine Zeit!«

»Sie kannten Signorina Marchetti, als Freundin Ihrer Frau, zumindest ein wenig über das rein Berufliche hinaus. Halten Sie es für möglich? Und bei allem Verständnis für den Wunsch Ihrer Frau, Teresa Marchetti gut dastehen zu lassen: Diese Künstlersache – was denken Sie darüber? Mochte sie diese Art Leute wirklich nicht? Eine Schwangerschaft erfordert nunmal zwei, und es heißt, sie hätte Modell gestanden. Hüllenlos.« Lorenzo bluffte, malte mit dem Finger eine Linie in die Luft.

Finello lachte laut auf, umrundete kopfschüttelnd seinen Schreibtisch und setzte sich. »Da hat sich jemand einen Scherz mit Ihnen erlaubt, Garibaldi. Die Contessa – nackt vor einem Möchtegern-Michelangelo? Wer sollte das gewesen sein? Etwa dieser – wie heißt der noch – Bruno Bruni?«

Lorenzo ließ die Antwort offen. »Ich dachte mir schon, dass wir da aufs Glatteis geführt werden sollten. Wir prüfen alles, was uns zu Ohren kommt. Das ist unsere Pflicht.«

Es klopfte. Signorina Ragonese lächelte streng und zugleich entschuldigend. »Signor Commissario? Bitte.«

»Natürlich. Das war es auch schon, Signor Finello. Grüßen Sie Ihre Gattin. Ich wünsche baldige Genesung.« Neben der Sekretärin hielt er inne. »Eine Sache noch. Der Lancia draußen auf dem Parkplatz, das ist Ihrer, nicht wahr?«

Vittorio Finello runzelte die Stirn. »Was soll die Frage?«

»Nichts. Das ist rein privat. Ich bin ein Autonarr, verrückt nach Fakten wie PS, Hubraum und Beschleunigung. Haben Sie die im Kopf?«, fuhr Lorenzo fort, ohne mit der Wimper zu zucken. Seine Fragen sollten Finello nervös machen, ihm vielleicht sogar Angst einjagen. Das hatte der nicht anders verdient. Trotz seines Alibis und des fehlenden Motivs. »Na ja, ich will Sie nicht aufhalten. Ein echtes Prachtstück, das wollte ich nur sagen. Gut gepflegt, blitzsauber.«

»Die Chauffeure sind angehalten, den Wagen regelmäßig zu waschen«, erklärte Simonetta an Finellos Stelle und legte mit leichtem, aber unmissverständlichem Druck eine Hand an Lorenzos Oberarm. »Jeden zweiten Tag, und gerade gestern geschehen. Unsere Produktion wirbelt viel Staub auf.«

»Uh – aufgewirbelter Staub! Der ist ganz schlecht für glänzende Oberflächen.« Lorenzo zog eine Grimasse, während Finello zunehmend versteinerte. »Eine Plage. Fast so schlimm wie ein Kratzer. Der tut uns Männern mehr weh als einer auf der eigenen Haut.«

*

Am Fenster stehend verfolgte Vittorio Finello, wie der Kommissar das Gebäude verließ. Dieser miese Hund stellte keine Frage ohne einen Hintergedanken. Und jetzt lachte er sich ins Fäustchen. Weil Vittorio ihn beobachtete. Weil er wissen musste, ob der Kommissar den Lancia auf Spuren untersuchte und ihn verdächtigte. Doch Garibaldi tat nichts dergleichen, stieg einfach ein und fuhr los.

»Ich brauche sämtliche Personalakten unserer Aushilfen.«

»Was ist mit Ihrem Termin?«

»Die letzten fünf Jahre auf meinen Tisch, direkt im Anschluss, Simonetta.«

»Wonach suchen Sie, vielleicht kann ich es –«

»Auf meinen Tisch, ohne Ausnahme.« Vittorio machte auf dem Absatz kehrt. »Lassen Sie meinen Besucher zehn Minuten warten. Ich bin ein vielbeschäftigter Mann. Bringen Sie uns Kaffee und eine Flasche *Mistrà*«, sagte er auf der Schwelle. »Den *Mistrà* sofort. Und danach schließen Sie die Tür.«

Sie rekrutierten regelmäßig Aushilfen an der Kunstschule. Wie viele mochten es wohl sein? Vorwiegend junge Männer, die wie alle in ihrem Alter darauf brannten, eine Frau nackt zu sehen. Die unter dem Deckmantel der Kunst mit naiven Träumen spielten und in Wahrheit doch nur um ihre Körper buhlten.

Emilia war viel zu zart für diese raue Wahrheit, vor der er sie immer zu schützen versucht hatte. Und jetzt sollte sich also die Contessa für irgendeinen Pinseler ausgezogen haben. Oder war die Behauptung nur eine Finte des Kommissars gewesen? Weil es bei den Gerüchten in Wahrheit um Emilia ging – seine Emilia –, deren Wünsche ins Verderben führen mussten? Er raufte sich die Haare, ließ sich in den Sessel fallen. Wie konnte eine Frau eine Künstlerin sein, wenn Frauen doch so wenig von der Welt verstanden? Dafür waren sie nun mal nicht geschaffen. Es gab sogar wissenschaftliche Studien, die belegten, dass an der gottgegebenen Ordnung etwas dran war. Als wären die Unterschiede zwischen den Geschlechtern nicht ohnehin offensichtlich! Nur ein Narr oder eine Frau konnten sich einbilden, männliche und weibliche Gehirne seien gleich in ihrer Befähigung. Mit dem Frauenwahlrecht hatte es angefangen. Plötzlich setzte sich eine Keramikmalerin, die immer nach Vorlagen gearbeitet hatte, ein Studium in den Kopf! Oder eine weitere Ausbildung an der Schule. Emilia bettelte geradezu darum. Ein himmelschreiender Unsinn, mit dem sie sowohl sich selbst als auch ihn lächerlich gemacht hätte. Und all das war bloß eine Folge ihrer Kinderlosigkeit. Ein Haus voller *bambini* hätte ihr die Hirngespinste schnell ausgetrieben. Denn Mutter zu sein war die Aufgabe einer Frau, und ohne die verkümmerte sie.

Vittorio konnte sehen, wie Emilia unter der Situation litt. Tat er nicht alles, was in seiner Macht stand? Angesichts ihrer wiederkehrenden Forderung nach einer, wie sie es nannte, sinnvollen Betätigung befürchtete er, sie könne in eine Form von Hysterie abgleiten, weshalb er einen Arzt konsultiert hatte. Auf dessen Anraten sorgte er noch mehr als zuvor für ihr Wohlbefinden, für Ruhe – sie musste im Haushalt keinen Finger krumm machen – und Zerstreuung, in der Oper oder bei Ausflügen. Er sparte an nichts. Wobei er zuletzt den gemeinsamen Aktivitäten eher aus dem Weg gegangen war. Aber konnte man ihm das verdenken? Er arbeitete hart, da hatte auch er ein Recht auf ein wenig Vergnügen. Unkompliziert und erholsam.

Er presste beide Fäuste auf seine geschlossenen Augen, hörte Simonetta mit Flasche und Gläsern hantieren. Ein sattes Gluckern, das ihm spontanen Speichelfluss bescherte, dann glitt sie geräuschlos hinaus.

Sogar einen Privatlehrer hatte er in Betracht gezogen und nicht des Geldes wegen verworfen. Bitter lachte er auf. Ein Künstler hinter verschlossener Tür, allein mit seiner Frau. Den Teufel unterm eigenen Dach würde er zu verhindern wissen. Doch wer garantierte ihm, dass das überhaupt noch von Belang war? War alles längst zu spät? Hatte er Emilia an einen anderen verloren? Eingewickelt mit schönen Worten, und dann ausgezogen, bis auf die nackte Haut, um Modell zu stehen? Emilias Lüge, sie habe mit ihm zu dieser Ausstellung gewollt, verschlug ihm noch immer die Sprache. Eine Farce! Und doch hatte er sie vor Garibaldi gedeckt und keine Erklärung eingefordert. Weil er die Antwort fürchtete.

War sie mit diesem Bruno Bruni auf und davon? Seit wann trieb sie es schon hinter seinem Rücken? Ob er den Kerl als Aushilfe auch noch dafür bezahlt hatte, dass der sich an seine Frau heranschleichen konnte? Wenn ihre Besuche in der Manufaktur womöglich einem anderen galten und nicht ihm, wenn insgeheim alle über ihn lachten … Er hieb die Faust auf die Sessellehne. Niemand machte ihn ungestraft zum *Cornuto*. Niemand! Er würde sich die alten Unterlagen genau ansehen – ganz genau. Auch wenn er nicht sicher wusste, was er dort zu finden erwartete. Das typische Anis-Aroma des *Mistrà* stieg ihm in die Nase, die Schärfe des Alkohols, die seinen rasenden Zorn befeuerte.

Sie ist so oft allein. Glaubst du, sie ist dir treu? Wach auf, Vittorio, wach auf! Du weißt nichts über sie.

In seiner Kehle brannte ein Feuer und fraß sich lodernd immer tiefer. Sie war fort, ohne eine Nachricht. Fort, genau wie die Contessa. Ein kalter Schauer packte ihn. Emilia würde zurückkommen. Sie musste einfach. Sie war seine Frau! Das Glas zerschellte an der Wand neben dem Porträt seines Vaters. Er zählte bis drei, und es klopfte.

»Ein neues Glas, Signorina Ragonese. Und einen Handfeger«, sagte er und sah dabei aus dem Fenster. »Ich kümmere mich selbst um die Scherben.«

*

Zu Mittag war Friedhelm Meyer in der Trattoria am Dorfplatz eingekehrt, als einziger Feriengast. Das einfache Essen schmeckte vorzüglich, der Wein war schwer und süffig. Das nannte er Urlaub! Sonne tropfte durchs junge Grün der gezackten Platanenblätter. Sein Fotoapparat fing die Flecken aus Licht und Schatten unter den alten Stämmen ein, die eine Seite des Platzes in einer Doppelreihe säumten wie Alleebäume. Einige ältere Männer bereiteten darunter die Bahn für ihre Boccia-Runde vor. Ein tägliches Ritual mit wechselnden Teilnehmern, dem Friedhelm schon mehrfach zugesehen hatte.

Entspannt lehnte er sich zurück und winkte dem Kellner. An einem Stehtisch vor dem Eingang entdeckte er Davide Tardelli in seiner Mechanikermontur mit einem anderen jungen Kerl, in dem er den Koch vermutete. Er trug eine Schürze, sprach sehr schnell, lispelte und gestikulierte heftig.

»*Un expresso, per favore*«, bestellte Friedhelm gut gelaunt und deutete dann zu Davide. »Für die beiden Herren bitte auch einen. Jeweils einen, natürlich.« Er hielt den Kellner am Ärmel fest, während er am nächsten Satz feilte. »Und könnten Sie ihnen bitte ausrichten, dass ich mich freuen würde, wenn sie einen Augenblick zu mir herüberkämen?«

Kurz darauf hob Davide Tardelli aus der Entfernung die Espressotasse in Richtung des Spenders. »Ist ein ganz netter Typ, für einen Deutschen, obwohl er redet, als hätte er ein hundert Jahre altes Schulbuch verschluckt. Tut mir fast leid, dass ich ihm einen Reifen geplättet habe. Aber was soll ich machen? Noch ist die Zapfsäule nicht in Betrieb, und richtig Geld bringt uns die Tankstelle sowieso erst in der Hauptsaison.« Er stieß seinen Freund in die Rippen. »Komm mit, der beißt nicht. Bin gespannt, was er will.«

»Sich über das Essen beschweren? Nee, lass mal. Ich geh wieder in die Küche.«

»Klar, und weil er sich beschweren will, gibt er einen aus. Mach dir nicht ins Hemd.« Davide grinste, doch sein Zureden nützte nichts. Also fand er sich allein an Meyers Tisch ein, der das Essen trotzdem überschwänglich lobte. Dem Espresso folgte ein Kräuterschnaps, wegen der besseren Verdauung.

»Elvis Presley hat genau die gleiche Frisur wie Ihr Freund aus der Küche«, sagte Friedhelm amüsiert. »Wenn ich das in Viersen erzähle, werden die jungen Damen begeistert sein. Sagen Sie, singt er auch? Das wäre großartig!«

Davide lachte. »Nein, Signore: Das wäre furchtbar. Glauben

Sie mir. Eigentlich arbeitet er im Ristorante Zaccardo, aber das macht erst in zwei Wochen auf. Dort spielt manchmal einer Mandoline, der kann gut singen.«

Friedhelm nickte langsam. Mandolinen und Mondschein, sowas kam auch gut an. Doch der lispelnde Koch hätte für jüngere Leute weit mehr hergemacht. »Der Elvis ist ja jetzt einer von uns, sozusagen. Vorübergehend, weil er in Deutschland dient seit letztem Jahr«, erklärte er und wischte das Schnapsglas mit dem Finger aus. »Oktober 1958, in Bad Nauheim, aber das sagt Ihnen wohl nichts. Ein Spektakel war das wegen dem Kerl, als wäre es ein Staatsbesuch. Aber – was wollte ich jetzt gleich? Ach ja: Viersen. Dort betreibe ich ein Reisebüro. Sie sind ein schlauer Kopf, Signor Tardelli. An wen muss ich mich wenden, wenn ich im Dorf in Sachen Tourismus ins Geschäft kommen will?«

Davide klappte kurz das Kinn runter. »Was meinen Sie genau damit: ins Geschäft?«

»Eine Kooperation würde ich meinen wollen, von der alle profitieren. So wie die großen Reiseveranstalter, nur ein bisschen kleiner. Euer Dorf wird mein Geheimtipp. Sobald der erste Bus voll Rheinländer hier gewesen ist, läuft das wie von selbst. Wir sind ein geselliger Menschenschlag.«

»Ein ganzer Bus?« Davide pfiff durch die Zähne. »Rühren Sie sich nicht vom Fleck, Signor Meyer. Ich schätze, es gibt da einige Leute, die sehr gern mit Ihnen reden werden. Habe ich Ihnen schon erzählt, dass mein Vater und ich ein Rollertaxi zum Strand planen?«

»Gesegnet seien die Fußlahmen und Bequemen. Mein lieber Junge, ich sehe schon, bei Ihnen bin ich an der richtigen Adresse. Wir verstehen uns!«

Während Friedhelm auf Davides Rückkehr wartete, forderten ihn die Herren mit den Boccia-Kugeln zu einem Spiel auf. Nichts zahlte sich besser aus, als ein gutes Geschäft mit einer gewissen

Leichtigkeit zu beginnen. Und dieses ließ sich großartig an. Er wog die Kugel in der Hand, drehte das Gelenk, wie er es sich in den letzten Tagen abgeguckt hatte, dann entschied er sich anders und schickte sie mit zu viel Schwung über die Bahn. Die Kugel drehte eine Kurve an der viel kleineren Zielkugel vorbei, wurde immer schneller, ehe sie weit entfernt vom *Pallino* mit einem lauten Tock gegen den Stamm einer Platane prallte.

Entschuldigend hob Friedhelm die Schultern und grinste. Das hätte er besser gekonnt, doch als Neuling war es geradezu seine Pflicht, zu verlieren. Er organisierte Gläser und eine Flasche Schnaps, die sich zügig leerte. Der Kies knirschte, die Kugeln rollten, und die Spieler warfen sich stolz in Positur, wenn er den Fotoapparat zückte. Sie lachten viel, plauderten über dieses und jenes.

Als Davide sich mit seinem Vater Gino wieder einfand, hatte Friedhelm seinen Wurf bereits deutlich verbessert, was ihm Anerkennung einbrachte. Er bedankte sich aufrichtig, verteilte den letzten Rest Schnaps und verzichtete selbst. Fürs Geschäft musste sein Kopf klar sein.

Als Nächste gesellten sich Ladenbesitzer Iannazzo und Bürgermeister Baresi dazu, den Davide aus einem Nickerchen nach dem Essen gerissen hatte. Sein Haar glänzte feucht und frisch gescheitelt. Nachdem der Gemeinderat vollzählig war, zogen sie ins Innere der Trattoria um. *Butter bei die Fische.*

Friedhelm knackte mit den Fingergelenken. Jetzt ging der Spaß erst richtig los. Beim Verhandeln war er ganz in seinem Element. Unterkünfte, Konditionen, Erwartungen und ein bisschen internationaler Klüngel. Sein gestelztes Italienisch wurde weiter von einer konsequent falschen Betonung durchzogen, untermalt von deutschen Einsprengseln. Eine charmante Schwäche, die ihm Sympathie einbrachte – und den Vorteil, unterschätzt zu werden.

Nach einer knappen Stunde war man so gut wie handelseinig.

Die Zukunft für Pesaro del Monte piccolo Cattolica sah golden aus, und sie rollte aus Viersen an, mit Friedhelm Meyers Bus.

*

»Entscheidend ist die Frontpartie, Höhe der Stoßstange, Form des Kühlergrills, Position der Lampen, Bodenabstand, Reifenbreite und so weiter, das unterscheidet sich von Modell zu Modell, wobei es natürlich auch Übereinstimmungen gibt«, fasste Giovanni Spadafero die Ausgangslage zusammen. Rechtsmedizinassistent Vigliani und er hatten auf Basis der Fotografien vom Tatort und der Leiche unterschiedliche Variationen durchgespielt, vermessen und berechnet.

»Hundertprozentig auf ein Fahrzeug festlegen können wir uns nicht. Nur der Typ lässt sich eingrenzen. Signora Pellegrinis Cabrio beispielsweise hat gar keinen Kühlergrill, scheidet also aus. Bei Signor Finellos Lancia ist es schwieriger. Allerdings dürfte da, wie bei den meisten Fahrzeugen, die Stoßstange der entscheidende Faktor sein, der dagegen spricht. Weil sie den Erstkontakt aufnimmt. Signorina Marchetti wurde aber klar von den Querstreben des Kühlers getroffen.«

Lorenzo betrachtete die Schemazeichnungen und Zahlenkolonnen mit einer Mischung aus Bewunderung und Ratlosigkeit. Er war froh, dass es ihm erspart geblieben war, die Reifenbreite auf der Haut der Toten nachzumessen. »Wir suchen also ein Auto ohne Stoßstange?«

»Oder mit vorspringendem Kühler. Tut mir leid, Signor Commissario, ich fürchte, so richtig wissen werden wir es erst, wenn wir ihn vor uns haben. Ohne Stoßstange sehen sich die Fronten vieler Wagen ähnlich, da ist es fast gleich, ob es ein Lancia oder ein Mercedes Benz gewesen ist. Wegen der Höhe ist eine Limousine wesentlich wahrscheinlicher als ein flacher Sportwagen.«

»Der Granluce des Dottore scheidet damit aus?« Lorenzo rieb sich das Kinn und grinste matt. »Schade eigentlich.«

»Obwohl sein Fahrstil passen würde«, ergänzte Vigliani.

»Halten wir fest: Es bleibt bei der Limousine, wie sie die Zeugen beschrieben haben. Die Nummernschilder wurden entfernt, was eine gewisse Weitsicht belegt. Was sollte den Täter also davon abgehalten haben, auch den Stoßfänger zu demontieren?«

Spadafero verstand sofort. »Eine praktikable Lösung, um dem Opfer schwerere Verletzungen zuzufügen. Passt zum Zurücksetzen. Der Täter riskiert damit zwar auch einen Schaden am Wagen, aber erstens nur in geringem Umfang, und zweitens lässt der sich schnell kaschieren. Sobald die Stange wieder angeschraubt ist, sind Verunreinigungen und Kratzer unsichtbar. Die kann man später beseitigen. Eine Delle im Stoßblech ist im Vergleich viel auffälliger.«

»Autsch! Ein Knick im Chrom?« Vigliani saugte zischend die Luft durch die Zähne. »Das bringt harte Männer zum Weinen.«

Auch wenn Lorenzo nicht annähernd so verliebt in seinen Alfa Romeo war wie der Dottore in seinen Granluce, konnte er nicht mit gutem Gewissen widersprechen. »Sehr gute Arbeit. Danke meine Herren.« Hätten sie die Theorie schon etwas früher aufgestellt, hätte er Finellos Wagen am Morgen tatsächlich unter die Lupe genommen. Lorenzo betrachtete das helle Grau seines Anzugs und relativierte seine Annahme: Er wäre in die Hocke gegangen, um mit dem Taschentuch an der Blechkante entlangzuwischen. Aber gewiss nicht auf Händen und Knien, schon gar nicht auf dem Rücken liegend, um die Unterseite des Chassis zu inspizieren. Spadafero hätte das getan. Oder noch besser Briatore. Eine nette Vorstellung, leider müßig und fernab der Realität. Ohne konkreten Verdacht wäre er Finello damit unnötig auf die Zehen getreten, und die Wahrscheinlichkeit, an einem gründlich gewaschenen Wagen noch brauchbare Spuren sicherzustellen, schätzte er als mäßig ein. Andererseits hatte es Charme, Finello aufzuscheuchen. Er würde gründlich darüber nachdenken, ob ein Affront sich lohnte. Doch davon abgesehen, dass es an einem Motiv fehlte, hätte Finello sicher nicht den eigenen Wagen benutzt. Mit diesem, das war inzwischen von einem Restaurantmitarbeiter bestätigt worden, war er am Freitagabend bei seinem Geschäftsessen vorgefahren. Natürlich hätte zwischenzeitlich jemand den Lancia für die Tat verwenden und wieder zurückbringen können, bewacht wurde der Parkplatz nicht. Jemand mit einem Zweitschlüssel, ein Chauffeur, sein Bruder Ercole …?

In Überlegungen vertieft stand Lorenzo auf, zog den Riemen seiner Umhängetasche über den Kopf, ergriff Hut und Mantel.

»Soll ich mitkommen, Signor Commissario?«

»Hm? Oh, nicht nötig, Giovanni. Machen Sie pünktlich Feierabend. Ich werde länger weg sein. Das Protokoll wegen des Vorfalls am vergangenen Mittwoch muss von der Zeugin noch unterschrieben werden.«

»Warten Sie.« Spadafero öffnete eine Schublade und reichte ihm ohne weiteren Kommentar eine graue Mappe.

»Vielleicht besteht ja doch ein Zusammenhang«, brummte Lorenzo. Es war ihm peinlich bewusst, wie sehr der Satz nach einer Rechtfertigung klang. Und jetzt wäre er beinahe ohne das besagte Protokoll losgefahren! Bisher hatte er dem Ispettore die Umstände vorenthalten, unter denen Federica und er einander im Atelier wiederbegegnet waren. Wenn kein Wunder geschah, musste er das über kurz oder lang ändern.

»Sagen Sie Signora Pellegrini viele Grüße.«

Lorenzo nickte knapp.

»Doch nicht *die* Signora Pellegrini – aus dem Dorf mit dem unentschlossenen Namen?«

Viglianis Stimme hallte ihm nach, doch er überließ es Spadafero, zu antworten. Sein Ispettore hielt sich immer an die Fakten und schmückte nichts aus. Und er würde niemals laut darüber spekulieren, wieso sein Vorgesetzter sich wie ein Idiot aufführte, kaum dass diese Frau ins Spiel kam. Lorenzo konnte jedoch getrost ausschließen, dass dieser Umstand Spadafero entgangen war.

Kapitel 11

Lorenzo Garibaldi trat härter aufs Gas als üblich, nahm dann den Schleichweg entlang der Olivenplantage, der ihn ohne Umweg durch das Dorf zur Pension Vento del mare führte, die einsam an diesem Ende des Hügelplateaus lag. In seinem Magen grummelte ein merkwürdiges Gefühl von Nervosität. Nur noch eine Kurve, dann kam das kleine Haus an der Klippe in Sicht. Schroffer Stein, von Kletterpflanzen umrankt, die im Sommer märchenhaft blühten.

Er konnte es kaum erwarten, auszusteigen und auf die Terrasse zu laufen, ließ Mantel, Hut und sogar die Krawatte auf dem Beifahrersitz zurück. Obwohl er am Meer aufgewachsen war, machte der Ausblick ihn auch heute wieder sprachlos. Himmel und Adria waren eine Nuance dunkler als an den Hochsommertagen seines letzten Besuchs, das Licht des Frühlings milder.

Ans Geländer gelehnt atmete er tief ein. Im stetigen leichten Wind lag der honigsüße Duft weißer und rosaroter Blüten. Bald schon würden sich Ginster- und Kräuternoten daruntermischen. Obwohl es unmöglich war, glaubte er die gischtige Brandung auf der Zunge zu schmecken, Salz, Tang und Muscheln …

»Sehnsucht, Garibaldi?« Federica war leise an seine Seite getreten und schnupperte mit gerümpfter Nase. »Puh, ich hätte den Eimer wohl besser nicht hier auskippen sollen.« Sie schaute ins Beet, wo das Waschwasser aus der Küche langsam versickerte. »Wollen Sie zum Essen bleiben? Es gibt Spaghetti alle Vongole.«

»Sie desillusionieren mich«, beschwerte er sich. »Ich dachte, ich rieche das Meer.«

»Haben Sie am Ende doch eine romantische Ader?« Seine

Umhängetasche ließ anderes als einen Freundschaftsbesuch vermuten. Darin steckte seine berufliche Ausrüstung, auf die er nur selten verzichtete.

»Das wäre mir neu. Ich habe ein Protokoll Ihrer Aussage dabei, mit Grüßen von Ispettore Spadafero. Romantischer wird es nicht.«

»Sie sind furchtbar, Garibaldi.«

»Man tut, was man kann.« Er grinste.

»Wenn das so ist, nehme ich Sie beim Wort. Machen Sie sich nützlich.« Sie zupfte ihn am Ärmel. »Raus aus dem feinen Zwirn. Sie können Petersilie und Zwiebeln schneiden. *Avanti, avanti!*«

Federica scheuchte Lorenzo ins Haus, der sich das erstaunlich gelassen gefallen ließ. Ohne Umschweife legte er in der Küche das Jackett ab, krempelte die Ärmel hoch und nahm sich der aufgetragenen Arbeit an. Federica schnippelte unterdessen das weitere Gemüse für den zweiten Gang. Sie beobachtete ihn aus den Augenwinkeln. Trotz Emilias Anwesenheit gefiel es ihr, ihn hier zu haben. Vorläufig würde sie ihm die junge Frau wie allen anderen als ihre Nichte vorstellen. Erst sobald sie selbst mehr wusste, wollte sie ihn aufklären. Bislang war ihr geheimnisvoller Hausgast leider sehr schweigsam und widerstand sogar Friedhelm Meyers Fröhlichkeit.

In der Stille summte ein Insekt.

Federica legte das Messer weg. »Ich kann förmlich sehen, wie etwas in Ihnen arbeitet, Garibaldi. Und das sind nicht nur die Zwiebeldämpfe. Wie lange wollen Sie noch warten, bis Sie damit herausrücken?«

»Es fällt mir nicht leicht«, sagte er. »Also dann: Signora, ich brauche Ihren Rat, Ihre weibliche Sicht auf eine heikle Angelegenheit. Jetzt ist es raus, und Sie dürfen das gern feiern.«

»Das ist wirklich eine Überraschung.«

Eine Tür klappte, dann huschte Emilia herein, ihr gewaschenes und getrocknetes Kleid in der einen, eine Nähnadel in der anderen Hand. »Mir ist der Faden ausgegangen, kann ich bitte noch …« Mit aufgerissenen Augen starrte sie Lorenzo an, dessen *»Buona sera«* wie eine Frage klang.

»Der Korb mit dem Garn steht auf der Bank.« Federica bemühte sich, der Situation einen Anschein von Normalität zu verleihen. »Darf ich vorstellen, Signor Garibaldi? Das ist meine Nichte.«

»Was machen Sie denn hier, Signora Finello?«

Das Märchen von der sizilianischen Nichte zerplatzte, ehe es richtig aufgetischt war. »Sie kennen Emilia?«

»Allerdings.« Lorenzo stand auf. »Hätte eine der Damen die Güte, mir das zu erklären?«

»Ich bin nicht sicher, ob ich das kann.« Federica schaute fragend zu Emilia. »Finello, wie die Keramikmanufaktur?«

»Genau so.« Lorenzo schloss die Küchentür.

Emilias Nasenflügel bebten. Unter dem kritischen Blick des Kommissars kauerte sie sich auf die Bank, nahm den Nähkorb auf den Schoß. Auf der Suche nach Worten tasteten ihre Finger fahrig über den geflochtenen Henkel. »Es tut mir leid, Signor Commissario. Aber ich war völlig durcheinander, nach dem, was mit Teresa passiert ist. In Pesaro konnte ich nicht aufhören, an sie zu denken. Alles, was ich will, ist ein wenig Ruhe, um mich zu erholen.«

Das deckte sich mit Finellos Aussage, obwohl das Vento del mare nicht gerade als Sanatorium durchging. »Wann hat Ihr Mann Sie hergebracht?«

»Vittorio? Nein, er …« Emilia verstummte.

»Sie sind ohne sein Wissen hier? Das müssen Sie mir erklären. Und auch, wie Sie ausgerechnet auf diese Pension gekommen sind. Echte Familienbande stecken ja offenbar nicht dahinter.«

»Beides war nicht meine Idee.« Federica beugte sich vor und

nahm Emilias Hand. »Trotzdem bist du hier genau richtig.« Das vertrauliche Du behielt sie bei, auch wenn ihre Tarnverwandtschaft keinen Bestand mehr hatte. »Du hast die Ärmste gekannt, die in der Via Annunziata überfahren wurde? Kein Wunder, dass es dir schlecht geht.«

»Bitte, Signora Pellegrini, überlassen Sie mir die Fragen und die Schlussfolgerungen. Also, Signora Finello: Wieso?«

»Vittorio ist ein wunderbarer Mensch, aber manchmal, da erdrückt er mich mit seiner Fürsorge. Ein Freund, der Signora Pellegrini kennt, hat die Pension empfohlen.« Sie zögerte, fuhr sich mit bebender Hand über die Stirn. »Bitte, sagen Sie meinem Mann nicht, wo ich bin. Und nichts von dem Freund.«

»Gaetano Gentile«, klärte Federica auf.

»Na, sieh mal an.« Lorenzo verzog spöttisch die Lippen. »Ich kann nicht behaupten, dass mich das noch überrascht.«

»Hattest du seinetwegen Streit mit deinem Mann?«

»Nein. Wir hatten keinen Streit. Und Vittorio hat keine Ahnung, dass wir befreundet sind. Gaetano ist wie ein kleiner Bruder, aber das würde Vittorio niemals glauben. Sie haben ihn erlebt, Commissario Garibaldi. Er ist schrecklich eifersüchtig und wittert überall Gefahren, als wäre ich zerbrechlich wie eine Majolika; meine Freunde sind ihm suspekt. Als Sie Brunis Ausstellung erwähnten, da habe ich Angst bekommen.«

»Angst wovor?«

»Dass Vittorio etwas merkt. Am Freitagabend wollte ich eigentlich mit Gaetano in die Casa Rossini zur Eröffnung, während mein Mann bei seinem Geschäftsessen war. Ich wäre rechtzeitig vor ihm zurück gewesen. Doch dann hat Teresa aus dem Büro angerufen, sie sagte, wir müssten uns unbedingt vorher allein treffen. Sie war schrecklich aufgeregt, wollte am Telefon aber nicht sagen, warum. Es hat mir Angst gemacht. Und nun ist sie tot.«

»Das Treffen fand nicht statt?«

»Nein.« Emilia schniefte. Ihre Augen glitten haltlos durch den Raum, dann schlug sie die Hände vors Gesicht.

Lorenzo beobachtete sie aufmerksam und, wie es Federica schien, äußerst distanziert. Seine Stimme dagegen war sanft.

»Überlegen Sie ganz genau. Sie als beste Freundin müssten doch wenigstens eine Ahnung haben, was in ihr vorging.«

»Teresa wurde zum Schweigen gebracht.« Emilia schaukelte vor und zurück.

»Das klingt mir ein bisschen zu theatralisch, ganz ohne Anhaltspunkt, was genau sie Ihnen zu sagen gehabt haben könnte.«

Lautlos formten Federicas Lippen seinen Namen – *Garibaldi!* –, und ihre Augenbrauen verdichteten sich unheilvoll über der Nasenwurzel. Er antwortete mit einem ebenfalls stummen: Was?

»Wissen Sie, mich irritiert besonders eine Kinokarte, die Teresa bei sich trug. Für die Abendvorstellung im Cinema Duse, die sie kurz zuvor kaufte. ›*Die schwarze Orchidee*‹ mit Sophia Loren.« Ein Drama um die junge Witwe eines Gangsters, die sich neu verheiraten wollte. Er vermied es, Federica bei dem Gedanken anzusehen. »Kann es sein, dass Teresas Aufregung bereits abgeklungen war? Denn nach Panik sieht das für mich nicht aus. Gab es bei ihr häufiger solche Stimmungsschwankungen? Oder wollte sie vielleicht nur über ihre mögliche Schwangerschaft reden? Wobei ich *nur* keineswegs abwertend meine. Eine Schwangerschaft ist eine ernste Angelegenheit und versetzte Ihre Freundin in eine heikle Lage, in vielerlei Hinsicht.«

Emilia ließ die Hände sinken und riss die Augen auf. »Teresa – schwanger? Wie kommen Sie darauf? Das ist ganz unmöglich. Sie hatte keinen Freund. Davon hätte ich gewusst. Ganz sicher.«

Federica warf Lorenzo einen weiteren warnenden Blick zu, bloß nicht nochmal nachzubohren. Emilias Zähne schlugen klappernd aufeinander, ihre Nerven lagen blank.

»Sie wollten also Freitagabend heimlich zur Ausstellung«,

fuhr Lorenzo unbeirrt fort. »Um dort Gentile und vorher Teresa zu treffen, haben jedoch beide versetzt. Oder habe ich das falsch verstanden, und sie waren zu dritt verabredet?« Er runzelte die Stirn. »Tut mir leid, aber mir ist der Ablauf noch unklar. Zuerst zu Teresa – die es vorzog, anschließend allein ins Kino zu gehen –, dann in die Casa Rossini und zu Gentile. Räumlich liegt der Tatort dazwischen. Wie verhält es sich mit der Zeit? Wann und wo genau waren sie mit ihrer Freundin verabredet? Und wie gut haben ihre Freunde einander eigentlich gekannt?«

Federica verstand sehr genau, was er bezweckte, und auch seine berechtigte Skepsis. Seiner Unnachgiebigkeit musste sie eine sanfte Komponente entgegensetzen. Sie neigte sich an Emilias Ohr.

»Überlass den Commissario mir und vergiss ihn fürs Erste«, flüsterte sie laut genug, dass er sie verstehen konnte. »Du legst dich jetzt hin, und ich koche dir einen Tee. Johanniskraut und Minze mit einem großen Löffel Honig, das beruhigt. Bis zum Abendessen wird es dir besser gehen.«

Emilia nickte dankbar und stand schwankend auf.

»Wir waren vor dem Cinema Duse verabredet«, sagte sie und richtete den Blick zu Boden. »Nur wir beide. Teresa und Gaetano, das sind zwei verschiedene Welten, Commissario Garibaldi. Auch wenn ich mit beiden befreundet bin – befreundet war –, sie kannten einander nicht.«

Lorenzo schwieg, während Federica Teewasser aufsetzte und die getrockneten Blätter aufgoss, die sie wie auch den Honig von der alten Befana erstanden hatte. Die Kräuter der Heilkundigen und der Segen des Pfarrers vereint in einer Tasse. Sie lächelte beim Gedanken an die halb heidnischen, halb katholischen Rituale des Dorfes. Offiziell nahm keiner die Dienste der angeblichen Hexe in Anspruch, doch jeden Sonntag trug irgendwer eins ihrer Mittel gut verborgen unterm Gewand zur Kirche, damit Don Pietro das Seine hinzufügte. Federica empfand diese Vorgehensweise als äußerst vernünftige Lösung, die sowohl ihrem Pragmatismus als auch ihrer sizilianischen Seele entgegenkam. Wer konnte schon wirklich sagen, warum eine Medizin ihre Wirkung entfaltete?

Sie trug die Tasse in Emilias Zimmer und stellte sie auf dem Nachttisch neben dem Bett ab. Emilia wandte ihr den Rücken zu. Ihre Haare lagen in Wellen auf dem Kissen. Ausgebreitet wie bei der Frau im Ginster auf der Zeichnung in Gaetanos Atelier. Federica hielt einen Moment inne, dann zog sie sich leise zurück. So sehr sie sich wünschte, es könnte eine glückliche Lösung für die von ihr vermutete Romanze geben, es wollte ihr keine einfallen. Eine Ehe verpflichtete. Wer auszubrechen wagte, zahlte einen hohen Preis.

In der Küche war Lorenzo inzwischen dazu übergegangen Knoblauchzehen aus der Knolle zu lösen, mit dem Messer leicht anzudrücken und in die Kasserolle auf dem Herd zum Gemüse zu werfen. Die Petersilie lag gehackt auf dem Schneidbrett. Federica öffnete eine Flasche Wein, den sie später angießen wollte, und füllte zwei Gläser.

»Sie sind sauer, liebster Garibaldi. Das sehe ich sogar von hinten. Aber das bringt uns nicht weiter.« Sie schob sich zwischen ihn und die Arbeitsfläche, was ziemlich nah war, da er keine Anstalten machte auszuweichen. Er würde nicht zum Essen bleiben, das sah sie ihm an, schon gar nicht zum Frühstück. Kurz blieb ihr die Luft weg. Etwas zu heftig drückte sie ein Glas in seine Hand. Es gab Dinge, die sie besser nicht denken sollte.

»Erst trinken, dann reden. Nur einen Schluck zur Versöhnung. Sie wollten meinen Rat, den können sie kriegen. Außerdem hole ich alles aus Emilia raus, was Sie wissen wollen. Nur am besten nicht mehr heute. Sie braucht wirklich eine Schonfrist.«

Irritierend lang schaute der Kommissar ihr in die Augen, dann trank er den Wein in einem Zug aus.

»Gehen wir nach draußen.«

Hinter dem Unkrautbeet wandte Garibaldi sich auf dem Pfad an der Böschung nach rechts. Federica folgte seinen schnellen Schritten und warf im Laufen eine Strickjacke über.

»Unter welchem Namen würde ich die Signora eigentlich in Ihrem Gästebuch finden?«, fragte er bissig, als sie fast bei ihm angelangt war, und achtete darauf, dass ein kleiner Abstand erhalten blieb. »Finello? Esposito? Oder etwa Gentile, das wäre aufschlussreich.« Ihre Unwissenheit, wem sie da Unterschlupf gewährte, war ihm ein kleines Fest, und auch, dass sie ihm nachlaufen musste. Eine lächerliche, kleine Retourkutsche, doch die hatte sie verdient. »Sie wissen, ich kann das jederzeit prüfen.«

»Unter gar keinem. Emilia ist mein Privatgast und offiziell eine Nichte meines Mannes, wobei ich es gern belassen möchte. Ja, grinsen Sie nur, damit ist's gleich vorbei!«, schimpfte sie atemlos. »Dass sie *die* Finello ist – geschenkt, da waren Sie mir voraus. Aber wussten Sie auch, dass Emilia meine Frau mit der Baskenmütze ist?«

Abrupt blieb er stehen, und sie prallte gegen ihn.

»Die Baskenmütze?«

»Unterstehen Sie sich, Emilia darauf anzusprechen! Sie hat mich nicht erkannt, was wir unbedingt zu unserem Vorteil nutzen sollten.«

»Wir?«

»Natürlich wir! Kommen Sie, Commissario Garibaldi: Es ist ein Glücksfall, dass sie bei mir gelandet ist, das müssen Sie zugeben. Ein weiterer Beweis für meine feine Nase und dass es sich auszahlt, freundlich zu anderen zu sein. Sonst hätte Gaetano sich kaum so vertrauensvoll an mich gewandt. Sie sollten das unbedingt auch mal ausprobieren.«

Lorenzo knirscht mit den Zähnen. Gaetano. Dieser Name

wirkte wie ein rotes Tuch, was ihm zu seinem Leidwesen deutlich ins Gesicht geschrieben stand. Geflissentlich wechselte er das Thema und stapfte weiter.

»Signorina Marchetti wurde heute in Fano beigesetzt. Bislang waren ihre Eltern wenig kooperativ, dennoch werde ich ihnen persönlich meine Aufwartung machen und indiskrete Dinge ansprechen müssen.« Von Angesicht zu Angesicht, weil es dadurch schwerer wurde, ihn abzuweisen. Es war nur ein Gebot des Anstands gewesen, zu warten, bis die Familie sich von der Toten verabschiedet hatte. Obwohl seine Bitte, einer Obduktion zuzustimmen, dadurch so gut wie aussichtslos geworden war. Die Ruhe eines Grabes zu stören erforderte verdammt gute Argumente.

»Ein gewaltsamer Tod, eine ledige Schwangerschaft. Sicher, die Eltern werden Sie mit offenen Armen empfangen.« Federica feixte. »Wenn ich berücksichtige, wie ruppig Sie eben mit Emilia umgesprungen sind, sehe ich schwarz, dass Sie auch nur mit einer einzigen Antwort zurückkehren. Wahrscheinlicher ist, dass man Sie vom Hof jagt. *Va bene*, ich komme mit und übernehme das für Sie.«

»Signora, ich will einen Rat, wie ich das Thema am besten angehe – nicht Ihre Begleitung.«

»Ich wollte auch schon eine ganze Menge im Leben. Bekommt man aber nicht immer.« Sie blieb dicht neben ihm. Durch seine Größe gab er einen prima Windschutz ab. Ihn unterzuhaken erschien ihr im Moment allerdings unangemessen. »Wo wir gerade dabei sind, ich vermute die Finellos haben keine Kinder? Dabei würde man das doch erwarten. Emilia ist jung.«

»Interessanter Ansatz. So gesehen könnte Teresa die Schwangerschaft aus Rücksichtnahme verschwiegen haben.«

»Oder Emilia plante schon länger, ihren Mann, vor dem sie sich offensichtlich fürchtet, zu verlassen. Wenn Teresa sie am

Freitagabend warnen wollte, dass er dahintergekommen ist, passt das perfekt. Eifersüchtige Männer neigen zu unkontrollierter Wut. Die beste Freundin und Mitwisserin wurde als Erste aus dem Weg geräumt und – wie Emilia sagte – zum Schweigen gebracht.«

Lorenzo bemühte sich vergeblich, nicht zu grinsen. »Zu viele Romane, Signora?« Er hatte ihr volles Bücherregal genau vor Augen. »Es ist selten so kompliziert. Und Signor Finello hat ein Alibi. Offen gesagt halte ich Emilia eher für überspannt als für glaubwürdig. Außerdem haben Sie in Ihrem Szenario Teresas Schwangerschaft außer Acht gelassen.«

»Dazu wollte ich gerade kommen.«

Wieder blieb Lorenzo stehen. Er wurde ernst. »Mir ist klar, dass Sie das nicht hören wollen. Aber naheliegender ist eine Kurzschlusshandlung des Kindsvaters. Was mich unweigerlich wieder zu Gentile führt.«

»Was haben Sie bloß gegen Gaetano?«

Dazu bezog er besser keine Stellung. Über saftigem Gras tanzten Insekten. Etwas tiefer, am steilen Pfad zum Strand, wiegten sich Aprikosenbäume.

»Mich macht es stutzig, dass ein bester Freund und eine beste Freundin einander unbekannt sein sollen.«

»Es macht einen Unterschied, ob ich von jemandem weiß, ihm mal begegnet bin – dann ist er mir bekannt –, oder ob ich mit ihm Umgang pflege – dann kenne ich ihn.« Ihr Zeigefinger tippte an seinen oberen Hemdknopf. »Sie kenne ich. Der Dottore aus der Rechtsmedizin ist mir dagegen nur aus Ihren Erzählungen bekannt.«

»Das ist Haarspalterei. Gentile pflegt nachweislich Umgang mit mehr als einer Frau. Wenn Emilia Finellos Beziehung zu diesem Maler rein platonisch wäre, ließe die Eifersucht ihres Mannes sich sicher zerstreuen. Sie hat für Gentile posiert, das würde ich wetten, und ihre Freundin Teresa hat das womöglich ebenfalls getan. Ein Kind war in seinem Plan nicht vorgesehen. Nur das Vergnügen mit seinen willigen Modellen und –«

»Sie sind jetzt besser still, wenn Sie nicht vorhaben, mich auch noch zu beleidigen!«

Lorenzo lief rot an wie ein Schuljunge. »Verzeihen Sie, Signora Pellegrini. Das war gewiss nicht meine Absicht.« Ihre Pose im Atelier bereitete ihm nach wie vor Bauchschmerzen. Wenn zwei Menschen einander auf engstem Raum in solcher Weise begegneten, schien es ihm unmöglich, dass das ohne Folgen blieb. Jeder normale Mann musste in Versuchung geraten und jede unbescholtene Frau alles abstreiten.

»Ihre Aktbilder waren nicht die ersten, Signora«, legte er zu seiner Verteidigung noch einmal nach.

»Sie können sich gar nicht vorstellen, dass Ihnen jemand die Wahrheit sagt, oder?«

»Eine Frage der Erfahrung.«

Dem konnte Federica schlecht widersprechen. Zumal sie sich ihm gegenüber in der Vergangenheit selbst einige kleine und größere Unwahrheiten geleistet hatte. Sie deutete zum Horizont, wo ein Flugzeug seinen milchigen Kondensstreifen ins Blau malte. Verheißungsvolle Wirbel, weiß wie die Schleppe eines Brautschleiers, und genauso schnell verschwunden wie der Zauber des sehnsüchtig gegebenen Schwurs am Altar, dem nicht selten Ernüchterung folgte. Die Ewigkeit war lang und manchmal eine zähe Angelegenheit. »Ist das nicht wunderschön? Es macht die Welt klein und gleichzeitig riesengroß, dass wir überall hinreisen könnten, hätten wir nur einen Koffer voller Lire. Sagen Sie, wie weit war Signorina Marchettis Schwangerschaft fortgeschritten?«

Lorenzo legte den Kopf in den Nacken, um dem Flugzeug mit seinem Blick zu folgen, und kniff ein Auge zu. Ihre Lässigkeit bei der Besprechung solch intimer Themen beeindruckte ihn immer wieder. Darin war sie ihm deutlich voraus. »Ich ahne, dass Ihre Frage mich in eine Falle führt. Rein äußerlich war bei der Leichenschau nichts zu sehen. Sie hatte ihrem Arzt Entsprechendes angedeutet und für diese Woche einen Termin.«

»Also gibt es keinen gesicherten Befund. Und alles könnte ganz anders sein. Bleiben wir bei meiner Theorie, dass Emilia in ihrer Ehe unglücklich ist. Dann will sie kein Kind. Und ihre Freundin, als Komplizin, holt an ihrer Stelle diskret entsprechende Informationen ein.«

»Entsprechende Informationen?«

»Zur Vermeidung einer Empfängnis. Glauben Sie mir, sie wäre nicht die Erste, die sich der Vermehrung verweigert. Vielleicht hat sie erkannt, dass das Finellos Hauptgrund war, sie zu heiraten: weil er einen Erben braucht. Dann hat sie sich in einen anderen verliebt und mit Hilfe ihrer besten Freundin endlich den Mut zur Flucht gefunden.«

»Ist das Ihre Vorstellung von Romantik?« Lorenzo rollte die Augen. »Signora Finello hat mit der Heirat eine gute Partie gemacht. Das ist ein Fakt. Alles Weitere ist Spekulation.«

Was auch für die unterschwellige Annahme zutraf, dass die gute Partie den gewünschten Nachkommen einschloss. Ein gängiges Ehekonzept, das auf einem Handel basierte.

»Sie haben kein Herz, Garibaldi! Was ich sehe, ist eine tragische junge Liebe, der unsere vorsintflutliche Rechtssprechung im Wege steht. Wie viele unserer Landsleute werden tagtäglich ins Unglück gestürzt, weil sie an den falschen Menschen gebunden sind? Denken Sie nur an Carlo Ponti und Sophia Loren, die deswegen nach Amerika gegangen sind! Und trotz offizieller Papiere bleibt Ponti für den Papst ein Bigamist und ihr gemeinsames Glück illegitim. Anderswo in Europa, da trennt man sich schon seit Jahrzehnten mit Anstand. Und sind diese Länder vom

Glauben abgefallen und untergegangen? Nein!« Sie fuchtelte erbost in Richtung der Klosterruine. Don Pietro mussten bei ihrer Tirade die Ohren klingeln, und sie würde zum Ausgleich in seiner Kirche eine Kerze anzünden.

»Mein Herz, Signora, schlägt vielleicht ein wenig ruhiger als Ihres. Aber ich versichere Ihnen: Es schlägt. Und für die tragische Liebe und den grausamen Ehemann gibt es, wie ich das sehe, bisher keinen Beleg. Signora Finello selbst streitet beides ab. Bis auf Eifersucht und Fürsorglichkeit hat sie ihrem Gatten nichts angelastet. Und beides kann man durchaus auch positiv bewerten, finde ich. Daher sehe ich keinen Grund, den Eintrag in Signorina Marchettis Kalender und in der Praxis – einen Arzttermin auf ihren eigenen Namen – als etwas anderes zu deuten.«

»Sie … Sie grässlicher, elender … Rechthaber!« Ärgerlich stampfte Federica mit dem Fuß auf. Sein Argument nahm ihr den Wind aus den Segeln. Mit kühlem Kopf betrachtet konnte sich Teresas angenommene Mitwisserschaft sogar in ein Mordmotiv für das heimliche Paar verwandeln. Wer sagte denn, dass Teresa bereit gewesen war, die Liaison zu decken?

»Sie wollten meinen Rat.« Federicas geballte Faust legte sich sanft auf die Brust des Kommissars und sie senkte die Wimpern. Die Tote war für sie ein unbeschriebenes Blatt, was sich dringend ändern musste, um die Lage besser beurteilen zu können. »Nehmen Sie mich mit nach Fano. Ich meine das ernst: Mit Ihrer Polizeisprache und Ihrem Auftreten werden Sie die armen Eltern vor den Kopf stoßen. Dabei ist es wichtig, ganz behutsam vorzugehen und bloß nicht so zu tun, als wären Sie sicher. Fakten dürfen maximal als Andeutung einer Möglichkeit im Raum stehen. Zeigen Sie Verständnis, fragen Sie nach einem Verlobten – um ihm Ihr Beileid aussprechen zu können, auch für das ungeborene Kind –, nach den Plänen der Eltern für ihre Tochter. Die Marchettis müssen Sie als Teresas Verteidiger betrachten, nicht als ihren Ankläger. Oh, bitte, Garibaldi, sehen Sie es ein: Sie brauchen mich dort.«

Er nahm ihre Hand in seine und hauchte einen Kuss darüber. »*Cara* Signora, das kann ich nicht verantworten. Sie müssen unbedingt auf Ihre Nichte aufpassen. Vergessen Sie nicht den Vorfall mit dem Wagen, den Sie vergangene Woche beobachtet haben. Finden Sie heraus, warum Emilia das mit keiner Silbe erwähnt hat. Hat sie es vergessen oder selbst als unwichtig eingestuft? Es gibt – das werden Sie zugeben – eine Menge Rüpel im Verkehr, die sich wenig um die Sicherheit von Fußgängern scheren. Nehmen wir trotzdem an, es handelte sich weder um Unachtsamkeit noch um puren Zufall, dann könnte es ein Mordanschlag gewesen sein. Und wir dürfen keinen weiteren riskieren.«

»Jetzt also *wir*, um mich abzuhängen?« Sie wäre ihm gern böse gewesen, aber der Schalk in seinen Augen machte es ihr unmöglich. »*Maledetto!* Wenn Sie Emilia nicht an ihren Ehemann verpfeifen, wer soll sie dann auf diesem gottverlassenen Hügel aufspüren?« Im Geiste erhöhte sie die Anzahl der Kerzen für Don Pietro auf zwei. »Sagen Sie schon, Garibaldi: Wer?«

*

Renato Dini fläzte in einem zierlichen Sessel, den er aus dem Wohnraum in die Eingangshalle getragen hatte. Einer von dreien in unterschiedlichen Farben, die sich mit dem Sofa um einen Nierentisch gruppierten, dem gegenüber ein Fernsehapparat mit riesiger Bildröhre thronte.

»Parole Medusa.« Renato grinste den Hausherrn an, der mit dem Schlüssel in der Hand erstarrte, als stünde wahrhaftig die Medusa vor ihm. Betont gelassen streichelte Renato über das Polster. Ausgesprochen bequem. Sehr viel angenehmer, als sich schon wieder die Beine in den Bauch zu stehen, das Grundstück vom Wagen aus zu belauern oder eine eingeklemmte Hand zu riskieren. Jede Minute kostete ihn Nerven und bares Geld, denn wenn er hier war, konnte er nicht woanders sein und seiner Arbeit nachgehen.

»Was tun Sie in meinem Haus? Wie sind Sie hereingekommen?«

»Hintertür.« Renato wies über die Lehne des Cocktailsessels. »Nur'n kleiner Schaden. Nichts, was Ihnen weh tut.« Herausfordernd streckte er die Beine aus, folgte Finellos Blick und schüttelte missbilligend den erhobenen Zeigefinger. »Tztztz, nicht doch. Das Telefon vergessen Sie mal schnell. Hat auch'n kleinen Schaden. Und ich glaub nicht, dass Sie wirklich die Polizei alarmieren wollen. Oder ist Ihnen eher nach Weglaufen – so wie Ihrer Frau?«

»Emilia? Was haben Sie mit Emilia zu schaffen? Wo ist sie? Haben Sie sie entführt? Ich bring Sie um, wenn ihr etwas –«

»*Sie* bringen *mich* um?« Das Grinsen verschwand aus Renatos Gesicht. Er stand auf. »Parole Medusa. Ein Mann von Ehre zahlt seine Schulden.«

»Um Himmels willen! Wofür soll ich jemandem etwas schuldig sein, und was? Hören Sie auf, in Rätseln zu sprechen!«

»Sie haben also keine Ahnung?« Renato kam näher, aber Finello wich nicht zurück, hielt still und seinem Blick stand, als er ihn am Mantelkragen packte. »Dann war es wohl tatsächlich das liebe Frauchen, das mich engagiert hat. Strengen Sie mal Ihre Birne an, wofür. Emilia, Emilia. Wollen wir sie fragen?« Verächtlich stieß Renato ihn von sich. »Ach nein, geht ja nicht, die feine Emilia ist ja fort. Schade. Ich habe oben nachgesehen. Sie ist nicht zurückgekommen. Aber ich sag Ihnen was, Finello: Ist mir egal, wo sie steckt. Und genauso egal, warum die andere sterben musste. Denn weil Sie wollen, dass ich wieder aus Ihrem

Leben verschwinde, werden nun eben Sie für den Kopf der Medusa zahlen. Sonst werden Sie mich nicht los.« Mit jedem Satz, den Vittorio Finello ohne Gegenwehr einsteckte, wurde Renato mutiger. Was nutzte aller Reichtum, wenn man ein Trottel war? Dieser Jammerlappen hatte keine Ahnung, was seine Frau hinter seinem Rücken trieb und wozu sie fähig war. Kaum zu glauben, bei einer so zarten Person. Ihre grobe und verflixt schnelle Reaktion an der Tür, die abgebrühte Art, ihn reinzulegen und sich dann dumm zu stellen, fuchste Renato immer noch. Anklagend hob er seine verbundene Hand. »Dafür ist Ihre feine Frau auch verantwortlich, sie hat mir fast die Pfote gebrochen. Das kostet extra Schmerzensgeld.«

»Wie viel, sagen Sie schon, wie viel?« Kraftlos schloss Finello die Augen, seine Stimme klang gepresst. »Beenden wir diese Posse.«

Spontan verdoppelte Renato die vereinbarte Summe, zeigte zwei Finger, dann fünf, malte Nullen in die Luft. Entweder Finello schluckte das, oder er musste Farbe bekennen. »Eine viertel Million.«

»Das ist eine verdammte Menge Geld.«

»Jede Lira wert, Signore. Bedenken Sie meine Unkosten, das Risiko. Und Ihre Frau, na ja, die hat dann nichts mehr damit zu tun. Ihr Name bleibt sauber, das Frauchen, die Firma – Sie, alle kriegen eine weiße Weste. Ist'n feines Geschäft.«

Vittorio schwitzte und ballte die Hände zu Fäusten. Es war ihm gleich, dass dieser dreiste Hund beides bemerkte. Ein Skandal musste um jeden Preis vermieden werden, damit hatte er leider recht.

»Ich brauche Zeit, um das Geld zu beschaffen. So viel habe ich weder hier noch in der Firma.« Seine Kehle schnürte sich zu. Parole Medusa. Ein abgeschlagener Kopf, blutiges Gemetzel. Doch Perseus war gestärkt daraus hervorgegangen, als Sieger –

und genau das bedeutete der Name Vittorio. Kaum merklich straffte er die Schultern, legte seine Geldbörse in die auffordernd ausgestreckte Hand, beobachtete mit Abscheu, wie sein Gegenüber zählte.

»Zweihundert Lire? Armselig. Die nehm ich als Anzahlung auf einen Finger. Wann und wo kriege ich den Rest?«

»Freitagabend«, sagte Vittorio nach kurzem Zögern. »Halb neun auf dem Firmengelände. Am Tor auf der Rückseite der Fertigungshalle, um diese Zeit ist keiner mehr da.«

»Wie komme ich rein?«

Vittorio klappte seine leere Geldbörse zu. »Lassen Sie sich etwas einfallen. Sie sind der Verbrecher.«

»*Si*, Signore.« Renato grinste. »Sehen Sie: Jetzt haben Sie es verstanden.«

*

In der Kasserolle dufteten Weißwein, Knoblauch und die von Lorenzo Garibaldi gehackte Petersilie. Federica drehte Spaghetti zu kleinen Nestern, die sie in die Tellermitte setzte und mit dem leichten Sud tränkte. Zum Schluss fügte sie jeweils eine große Portion Muscheln dazu, deren geöffnete Schalen klapperten.

»Wie wäre es morgen mit einem kleinen Ausflug? Es gibt da eine hübsche alte Stadt, die Ihnen gefallen müsste, Signor Meyer. Ich nehme Sie gern alle mit.« Vorausgesetzt, sie waren bereit, sich wie Sardinen in eine Büchse zu pferchen.

»Verlockend, wie dieses Gericht!« Friedhelm fächelte sich gewohnt übertrieben den Duft zu. »Wohin soll es denn gehen?«

»Nach Fano, sogar mit meinem Cabrio keine zwei Autostunden entfernt. Eine schöne Strecke, ab Pesaro geht es immer an der Küste entlang. *Buon appetito!*«

Skeptisch zupfte Lene mit der Gabel eine Muschel heraus.

Außen gesprenkelt wie ein braunes Hühnerei, innen ein glitschiger Körper wie der einer Schnecke. Sie war nicht sicher, was sie davon halten sollte, und auch nicht, ob sie auf eine lange Autofahrt Lust hatte. Verstohlen musterte sie Signora Pellegrinis Nichte, der es ähnlich zu gehen schien. Ausdruckslos starrte sie auf ihr Essen, führte sehr langsam einen Bissen zum Mund. Zu schade, dass sie sich kaum verständigen konnten.

»Niemand muss sich sofort entscheiden, und ich fahre sowieso.« Federica lächelte in die Runde und fasste auf Italienisch für Emilia zusammen. Ihr Vorschlag war mehr als nur eine Kinderei, um sich dem Kommissar zu widersetzen. Trotz allem Gestichel wussten sie einander zu schätzen. Sie hatte ihm ihre Spürnase angeboten und wollte beim nächsten Mal mehr über Emilias Glaubwürdigkeit sagen können. Dabei bedurfte es des einen oder anderen Kniffs.

»Fano ist übrigens die Stadt der Glücksgöttin Fortuna und in der Antike aus einem ihr geweihten Tempel entstanden.«

»Wenn das so ist, bin ich dabei.« Friedhelm mühte sich mit einer einzelnen Nudel, die ihm immer wieder entwischte. »Das sind doch beste Vorraussetzungen. Dort gibt es dann wohl kein Museum mit einer gruseligen Medusa? Eine ganze Stadt voll glücklicher Menschen! *Tutti solo gente felice a Fano. E no Medusa!*«

Emilia sprang auf und rannte, eine Entschuldigung murmelnd, aus dem Zimmer.

»Was hat sie denn?« Erschrocken schaute Lene ihr nach.

»Im Moment wenig Glück«, erklärte Federica ausweichend und spürte den Druck ihres Gewissens. Das arme Ding. Nach den unschönen Geräuschen aus der Toilette auf halber Treppe zu urteilen, würde sie nicht mehr an den Tisch zurückkehren. Schade um das gute Essen, von dem sie kaum gekostet hatte.

»Machen Sie sich keine Sorgen.« Sie legte eine Hand aufs Herz. »Die Liebe, da sind wir machtlos, nicht wahr? Mögen Sie noch ein paar Muscheln? Die sind ganz frisch. Heute Morgen vor der Klippe aus dem Wasser gezogen.«

Die Vongole schmeckten Lene überraschend gut, weich wie ein Suppenhuhn, salzig wie Gischt. Sie nickte nachdenklich. Mit Emilia spürte sie eine seltsame Verbundenheit, obwohl sie von Liebeskummer bisher verschont geblieben war. Was das Glück anbelangte, kannte sie sich besser aus. Es war eine zweischneidige Angelegenheit. Wie der vom Vater geerbte Hof, um den ihr Onkel erbittert mit ihr stritt. Am liebsten hätte er sie mit ihrem eigenen Vetter verkuppelt, für ein paar Hektar Land, das er haben wollte, ohne dafür zu zahlen. Er faselte von Heimaterde und Familienzusammengehörigkeit, dabei hatte er sich nie um irgendetwas gekümmert, brüllte vom Grundbesitz, den man unter keinen Umständen aus der Hand gab. Es sei denn, man war verrückt, wie die Tochter der Amischlampe, und gehörte entmündigt. Doch da war Rechtsanwalt Krüger vor. Lene drehte eine Gabel Nudeln auf. Wenn sie verkaufte, dann ganz sicher nicht an ihren Onkel.

*

Später am Abend saß Federica mit einer weiteren Tasse Tee auf Emilias Bettkante. Sie schwiegen lange.

»Niemand hat verstanden, weshalb Teresa sich mit mir angefreundet hat«, sagte Emilia leise. »Vor allen anderen hat sie sich abgeschottet. Und jeder dachte, sie wäre stark und selbstbewusst, aber das war sie nicht. Sie hat furchtbar darunter gelitten, dass ihre Eltern sie weggeschickt haben. Weißt du, dass sie eine Contessa war? Ein reiches Mädchen, das zwischen gewöhnlichen Leuten einen Beruf lernen musste. Sie hat deswegen so viel Spott und Häme ertragen müssen. Nicht, dass es ihr jemand ins Gesicht gesagt hätte, nein. Aber es war immer zu spüren, dass es eine Distanz gab. Sie gehörte nicht dazu, und es wurde so lange davon geredet, dass sie sich für etwas Besseres hält und die Nase hoch trägt, bis sie genau das gemacht hat. Über mich haben sie auch gelacht. Ich sei nur ihr Anhängsel, ihre Zofe.« Sie umfasste die Tasse mit beiden Händen. »Das schweißt zusammen. Als wir beide einen Arbeitsplatz als Dekormalerinnen in der Keramikmanufaktur bekamen, dachten wir, alles wird besser.«

»Wurde es nicht?«

Emilia hob die Schultern. »Manches schon. Anderes wurde schwieriger. Auch durch Vittorio. Zuerst haben Teresa und ich uns richtig gefreut, dass sie in die Buchhaltung durfte, die Arbeit dort gefiel ihr besser als die am Maltisch. Allerdings haben wir uns dadurch seltener gesehen, und das Gerede über ihre Hochnäsigkeit fing wieder an. Dabei ist doch nichts falsch daran, wenn man sich Ziele setzt und nicht mit jedem Burschen ausgeht. Oder?«

Federica nickte.

»Irgendwann, als Vittorio immer wieder fragte, habe ich schließlich ja gesagt. Der Firmeninhaber! Wie sah das aus? Teresa meinte später, dass sie nur mir die Stelle im Büro verdankt. Es sei sein Trick gewesen, uns zu trennen, um mich leichter für sich gewinnen zu können. Was er ja auch geschafft hat. Und inzwischen denke ich immer öfter, dass es vielleicht ein Fehler gewesen ist, ihn zu heiraten.«

»Wieso?«

»Weil es keinem von uns Glück gebracht hat. Obwohl es klingt wie ein Märchen: das Mädchen aus dem Waisenhaus und der reiche Mann. Alle denken, ich habe es nur des Geldes wegen getan. Sogar seine Sekretärin lässt es mich spüren, ganz subtil, wenn keiner dabei ist. Ich weiß, dass sie mich verachtet. Dabei würde ich gern arbeiten. Das habe ich immer getan. Signorina Ragonese wäre es bestimmt lieber gewesen, Vittorio hätte sich Teresa ausgesucht. Ein Adelstitel, das hätte der Firma gut gestanden. Auch ihre Eltern wären entzückt gewesen. Bestimmt hätte dann niemand ein Wort über den Altersunterschied verloren. Aber er hat sich in mich verliebt. Und nun ist sie tot.«

»Verliebt ist das richtige Stichwort«, sagte Federica und nahm ihr die leere Tasse ab. »Es lässt sich nicht steuern, in wen man sich verliebt – oder wann. Und auch nicht, ob die Liebe bleibt.« Abwartend ruhte ihr Blick auf der im Bett zusammengekauerten Gestalt. Manchmal schlug die Liebe Irrwege ein, von denen es kein Zurück mehr gab.

»Meine ist noch da«, beteuerte Emilia und schlang ihre Arme um die angezogenen Beine. »Ich weiß nur nicht, wo seine hin ist. Vittorio kommt immer öfter spät nach Hause und macht mir hinterher Geschenke. Von Teresa weiß ich, dass seine Sekretärin die besorgt – und auch Geschenke, die ich nie bekommen habe, Blumen und Parfum. Manchmal hat Teresa vorher angerufen, wenn sie etwas herausgehört hatte. ›Simonetta ist ein Drache‹, hat sie immer gesagt, ›aber mir frisst sie aus der Hand. Wenn ich erst ihren Job mache, dann wird dein Vittorio sich umstellen müssen.‹« Emilia drückte die Nase an ihr Knie und schniefte. »Teresa hat mir die Augen geöffnet und mich gewarnt. Eine Geliebte könnte in mehrerer Hinsicht eine ernstzunehmende Gefahr sein. Für meine Ehe, vielleicht sogar für mein Leben. Sie meinte, ich sollte drüber nachdenken, selbst den ersten Schritt zu tun, ihn zu verlassen, bevor etwas passiert. Ich hab's nicht hören wollen, aber sie ließ sich nicht davon abbringen, der Sache weiter nachzugehen.«

Es brauchte keine besonders ausgeprägte Fantasie, um den Gedanken zu Ende zu führen. War Teresa auf etwas gestoßen, wofür sie hatte sterben müssen? Kein Wunder, dass Emilia sich schuldig fühlte. Doch ein echter Beweis fehlte, ganz zu schweigen von einem konkreten Verdacht, wer Vittorios Geliebte sein könnte. Die Frau oder Tochter eines Geschäftspartners? Eine Dame der gehobenen Pesareser Gesellschaft? Wenn jemand etwas darüber wusste, dann wohl Finellos Sekretärin, die auch mit

Teresa ziemlich vertraut gewesen war. Federica trommelte nachdenklich an die Teetasse, deren schlichte Glasur an einer Stelle gesprungen war. Eins nach dem anderen. Sollte ihr Ausflug nach Fano keine neue Erkenntnis bringen und Garibaldi sich weiter in Bezug auf die Zusammenarbeit zieren, kam die Maioliche Finello als Nächstes an die Reihe. Sie klopfte nochmal, hörte den kleinen Fehler im Klang heraus, was für einen durchgehenden Sprung sprach, der irgendwann zum Bruch führen würde.

Misstöne begleiteten so manches Geheimnis. Obwohl Emilia sich ein wenig geöffnet hatte, verfestigte sich Federicas Eindruck, dass es noch mehr gab, was diese verheimlichte. Beispielsweise, wie es genau um ihre Beziehung zu Gaetano bestellt war und um seine zu Teresa.

»Hier bist du sicher«, bekräftigte Federica und verzichtete für den Moment darauf, weitere Antworten einzufordern. Nur wer ohne Sünde war, dachte sie, durfte die Stimme gegen Vittorio und seine Geliebte erheben. Es war unfair, sein Verhalten mit anderem Maß zu messen als Emilias. Eine leidenschaftliche Romanze, eine ungeplante Liebe, das musste sie ihm genau wie ihr zugestehen. Amouröse Verstrickungen konnten jeden erwischen. Ein Unterschied bestand in der Echtheit der Gefühle und darin, wer welche Konsequenzen folgen ließ. Beides konnte sie bisher unmöglich beurteilen.

*

Schummrige Beleuchtung hüllte die Bar La Luna in gnädige Unschärfe, versteckte die Narben des Alters. Nur über dem Billardtisch brannte eine hellere Lampe. Zigarettenrauch hing in blaugrauen Schlieren darunter. Aus der Jukebox dröhnte Rock'n'Roll, zu dem ein einzelnes Paar auf der kleinen Freifläche tanzte. Mitten in der Woche war wenig los.

Gaetano stützte sich auf sein Queue und guckte gedankenverloren zu, wie Bruno eine Kugel nach der anderen versenkte. Bei Bruno lief überhaupt alles rund. Gianfranco hockte rauchend auf der Kante über einer Ecktasche, reichte ihm die Zigarette.

»Was'n los? Stresst dich Brunos Glückssträhne, oder knabberst du immer noch an dem Polizeibesuch im Atelier?«

Gaetano atmete stumm den Rauch ein. Was sollte er dazu sagen? Pino hatte sich zu seinem boshaften Scherz bekannt, dem er selbst Garibaldis Fragen zum denkbar ungünstigen Zeitpunkt verdankte: als Signora Pellegrini sein Modell und fast nackt gewesen war. Er würde Pino nicht so bald wieder etwas anvertrauen. Für Bruno war die Lüge, dass sie sich das Atelier teilten, dagegen gut gewesen. Sie hatte ihm eine Polizeibefragung im Haus seiner Eltern erspart. Eltern fürchteten immer gleich das Schlimmste. Ob sie nun in Pesaro del Monte piccolo Cattolica wohnten oder im Bahnwärterhäuschen von Gradara. Garibaldi war an dem Abend nicht mehr hingefahren. Erst anderntags war Bruno von einem Ispettore in der Casa Rossini abgepasst worden, der sich nach Teresa Marchetti erkundigt hatte, nach Auffälligkeiten am Freitagabend, weiteren Gästen und möglichen Zeugen.

Der Rauch schmeckte bitter. Gaetano ließ ihn langsam entweichen. Brunos Alibi war auch seins. Dabei wäre Teresa nicht im Traum auf die Idee gekommen, sich eine Ausstellung anzusehen oder irgendwo hinzugehen, wo er sich aufhielt. Emilias beste Freundin hatte ihn nie leiden können. Ganz im Gegenteil. Er hustete.

»Du bist ja wieder mal sehr gesprächig, Tano.« Gianfranco nahm ihm die Kippe aus dem Mund. Seine braunen Augen kamen ganz nah – viel zu nah –, und Gaetano wich ihnen aus. Sein Herzklopfen übertönte die Musik, dröhnte in seinen Ohren. Wie jedes Mal, wenn Gianfranco ihn so anguckte.

»Alles in Ordnung«, log er und griff nach der Cola, die Pino spendiert hatte. Als Entschädigung für die Ateliersache. Seiner Entschuldigung war eine ausführliche Beschreibung dessen gefolgt, was er an Gaetanos Stelle getan hätte, wäre er mit Signora Pellegrini allein gewesen. Dem Kommissar wäre die Spucke weggeblieben, so viel stand fest.

»Es wird Zeit, dass der Sommer kommt.« Pino fasste sich vielsagend in den Schritt. »Ich sag euch, ich habe ordentlich Druck. Die Mädels aus dem kalten Norden können sich freuen, denen werden wir wieder zeigen, wie feurig wir Italiener sind.«

Gaetano stöhnte, genervt von der dämlichen Prahlerei mit den Eroberungen des letzten Jahres, bei denen Pino und Gianfranco versucht hatten, einander zu überbieten. Den ganzen Winter ging das schon so.

»Ohne mich.« Bruno verpasste der letzten Kugel einen Stoß, die über drei Banden ins Leere lief. Obwohl er gewonnen hatte, schien er nicht ganz bei der Sache. »Wenn alles glatt geht, bin ich in drei Wochen weg.« Er legte den Billardstock auf den dunkelgrünen, fadenscheinigen Filz. »Mein Kumpel in Cattolica – ihr wisst schon, aus dem Reisebüro – hat ein Bahnticket übrig von einem Kunden, der es sich anders überlegt hat und lieber fliegen will. Das kann ich haben. Ich nehme das Preisgeld, das ich von der Schule für den besten Abschluss bekommen habe, und schau mal, was ich noch zusammenkratzen kann. Außerdem habe ich heute ein Bild verkauft. Echt wahr! An einen Medizinmann aus der Klinik. Für die ersten Wochen wird es reichen. Was danach kommt, ist mir gleich. Irgendeinen Job werde ich finden.«

»Glückssträhne, habe ich es nicht gesagt?« Gianfranco stieß Gaetano an und richtet sich dann an Bruno. »Wohin fährst du und wann kommst du wieder?«

»London.« Bruno holte tief Luft und schaute von einem zum andern. »Der Fahrschein gilt nur in eine Richtung. Ich komm nicht zurück.«

Während Pino und Gianfranco ihn bestürmten, mehr zu erzählen, schwieg Gaetano lange. »Der Commissario könnte dir einen Strich durch die Rechnung machen«, sagte er dann. »Weil er denkt, du haust wegen Teresa Marchetti ab.«

»Ist doch Unsinn. Keiner von uns kannte die, außerdem waren wir an dem Abend alle zusammen. Und er fährt schließlich nicht gleich morgen.«

»Ich mein ja nur, Pino.« Gaetano zog mit der Schuhspitze einen Bogen über die Fliesen, die sich klebrig anfühlten, als wäre ein umgekipptes Getränk eingetrocknet.

»Was du immer meinst! Ist doch egal, was der Commissario sich einbildet, wenn Bruno erst in England ist. Der muss ja vorher nichts davon erfahren.« Pino stellte den Hemdkragen auf und zwinkerte der Bedienung zu, die vom Alter her seine Mutter hätte sein können. »Wobei – irre ich mich, oder hieß es, diese Teresa war bei Finello in der Buchhaltung? Jung, ledig, hübsch. Also, wenn ich mir dort was dazuverdient hätte, wäre sie mir garantiert aufgefallen. Und euch ist klar, wie das ausgegangen wäre.« In Pinos Tonfall lag die übliche Selbstgefälligkeit. »Da hätte ich diesen Ispettore glatt anlügen müssen, um den Kopf aus der Schlinge zu ziehen.«

Gaetano hörte heraus, was Pino nicht aussprach – den Spott, weil er das dauernde Gequatsche über Sex nicht mochte.

Ich hätte sie gekannt, an deiner Stelle. Ich hätte sie erobert, an deiner Stelle. Und was hast du gemacht, Gentile?

Er knallte das Queue auf den Tisch, und Gianfranco warf ihm einen fragenden Blick zu, der ihm das Blut ins Gesicht schießen ließ. »Was hast du, Tano?«

Gelogen. Ja, verdammt nochmal, auch er hatte gelogen.

*

Nach dem ebenso unerwarteten wie unangenehmen Besuch in seinem Haus war Vittorio Finello für eine Weile wie gelähmt gewesen. Jetzt aber, am späten Mittwochabend, fühlte er sich mehr als lebendig. Er war mächtig und unbezwingbar, und kein dahergelaufener Hanswurst nahm ihm seine Frau weg! Bei den Aushilfen auf Signorina Ragoneses Liste stand Bruno Bruni nicht, dafür war ihm ein anderer Name ins Auge gefallen, der ihm bekannt vorkam. War es Emilia selbst gewesen, die ihn erwähnt hatte? Sein Bruder Ercole oder der Kommissar? Offenbar ein fleißiger Arbeiter, der immer wiederkam. Ein verfluchter Kunstschüler, wie er es geahnt hatte. Er biss sich an dem Namen fest, bis ihm der Zusammenhang wieder einfiel.

Gentile bedeutete nett und freundlich. Und genauso würde er Signor Gaetano Gentile jetzt zur Rede stellen, ganz nett und freundlich fragen, ob er zufällig der Bastard war, der es für eine gute Idee hielt, seine Frau zu besteigen.

Vittorio polterte ins Haus. Am ersten Treppenabsatz guckte ein Mann im weißen Achselhemd aus seiner Wohnung. Schlecht rasiert, barfuß, die Hose ausgeleiert.

»Gentile?«

»Unterm Dach. Oder obendrauf, im Taubenschlag.«

Vittorio stieg nach oben, wummerte an die Tür mit dem Namensschild und warf sich mit der Schulter dagegen, bis es schmerzte. War sie hier? In diesem Raum, im verlausten Bett dieses Habenichtses? Er wartete einen Moment, ob er Gentile drinnen aufgeschreckt hatte oder ob er Emilias ängstliches Flüstern hörte. Doch es blieb still, also kletterte er über die Leiter durch die Luke hinaus. Klare Nachtluft streifte ihn, frischer als unten in der Gasse, ließ ihn innehalten. Es war spät und er ziemlich betrunken. Machte er sich zum Narren, oder wurde er zum Narren gemacht? Vor dem dunklen Himmel sah er den Umriss eines Aufbaus, in dem sich Mondlicht spiegelte. Ein Liebesnest für Turteltauben. Sein Atem schlug sich auf der Fensterscheibe nieder, als er versuchte, hineinzuspähen. Er legte die flache Hand ans Glas, mühsam beherrscht, nicht zuzuschlagen, dann brach er stattdessen das einfache Schloss auf.

Schatten und spärliches Licht spielten mit seiner Wahrnehmung, gaukelten ihm Bewegungen vor, die sein Geist zu Figuren formte. Hinter der Staffelei versteckt, unter dem Tisch, jenseits des Regals. Harmlose Gemälde umtanzten ihn in einem höhnischen Reigen. Was für ein erbärmlicher Ort. Er konnte nicht fassen, was Emilia an dieser schäbigen Umgebung fand. Wie konnte sie ihm das antun?

Ziellos drehte er sich im Kreis. Nichts sollte ihm verborgen bleiben. Er zerrte, wühlte, riss heraus, wollte alles sehen – alles. Und als er es sah, dieses eine Bild unter all den anderen, war nichts mehr wie zuvor. Sparsame Konturen, die Farbe wie zufällig hingetupft, der weiße Leib ausgestreckt im blühenden Ginster. Kein Gesicht. Und doch war sie es, unzweifelhaft sie, am Ort ihrer heimlichen ersten Vereinigung. Seine Finger strichen über ihr Haar. War sie mit Gentile dort gewesen, damit er sie zeichnete? Von wegen *zeichnete*! Damit er es machte, mit ihr. Vor Vittorio erwachte das Bild zum Leben, wie ein Film, so deutlich, als wäre er dabei. Erst im Ginster, dann in diesem Raum. Hier, wo er gerade stand, waren sie zusammen gewesen, hatten sich miteinander vergnügt, zwischen Leinwänden und Farbtuben über den Boden gewälzt. Er hörte leises Lachen und Flüstern, zärtliche Worte, eine Stimme, die einen Namen stöhnte. Dann seinen. *Vittorio, oh, Vittorio!* Gesichter schoben sich übereinander, verschwammen, verschmolzen. Er sah sich aufbäumende Körper auf einem weißen Laken, das sich vor seinen Augen in ein Leichentuch verwandelte. Blutgetränkt. Vittorio ging in die Knie. Sie war sein. Sein! Niemand besaß das Recht, sie ihm wegzunehmen. Es war seine Entscheidung, sie gehen zu lassen – oder nicht.

Keuchend fiel er nach vorn auf seine Hände, stieß dabei den Stuhl um. Das Geräusch des Aufschlags holte ihn zurück und jagte die Schatten der Angst ins Dunkel. Zugleich entfesselte es seinen Zorn. Seine Welt wankte. Doch Vittorio war nicht bereit, sich geschlagen zu geben. Er erhob sich, sein Verstand arbeitet so klar wie seit Tagen nicht mehr. Verächtlich trat er gegen einen Keilrahmen, zündete eine Zigarette an; das angerichtete Durcheinander verschaffte ihm einen Anflug von Zufriedenheit. Einen Funken, mehr brauchte es nicht.

Emilia war seine Frau, und er trug das Medusenhaupt in der Hand, um sie in Schach zu halten. Eine blutige, entsetzliche Fratze, die ihn bis ins Mark erschütterte. Doch das Zittern würde vergehen.

Kapitel 12

Mit dem Daumen rieb Giovanni Spadafero die Uniformknöpfe an den Manschetten blank, während er auf Signorina Ragoneses Rückkehr wartete. Er blieb stehen, die Füße auf Schulterbreite auseinander, die Dienstmütze auf dem Kopf, was ihn ihr gegenüber zum Riesen machte. Ihre Absätze klapperten aufgeregt über Treppe und Flur, dann mäßigte sie das Tempo, hielt kurz inne, ehe sie ins Vorzimmer eintrat.

»Das ist die Aufstellung aller Aushilfen des vergangenen Jahres.« Ihr Atem ging ruhig, sie sprach leise, was die Anstrengung überdeckte. Eine Technik, die sie sich im Laufe der Jahre angeeignet hatte. Diesmal fiel es ihr schwer. Es beunruhigte sie, dass der Kommissar fast dieselben Unterlagen zu sehen verlangte, die Vittorio Finello sich gestern von ihr hatte holen lassen. Den Grund dafür behielten beide für sich. »Brauchen Sie eine Abschrift?«

»Das wäre sehr freundlich.«

Stoisch verharrte der Ispettore vor dem Schreibtisch, bis sie die Namen heruntergetippt hatte, dann ging er die Liste durch, las einen nach dem anderen halblaut vor. Dabei verglich er ihre Kopie akribisch mit dem Original.

Simonetta drehte am Armband ihrer Uhr. Es beleidigte sie, egal ob er ihr mit seinem Verhalten mangelnde Sorgfalt oder vorsätzliche Abweichungen unterstellte.

»Was bedeuten die Sonderzeichen in den hinteren Spalten?«

»Ob es ein Neuzugang ist, wie oft er bereits für uns tätig war, wo er eingesetzt wurde. Und wer sich disqualifiziert.«

»Nehmen wir den hier.« Spadafero deutete in eine Zeile und ließ sich seine Interpretation der Markierungen bestätigen, schob dann den Finger auf einen anderen Namen. Seine Hände wurden feucht. »Gaetano Gentile. Erinnern Sie sich an ihn? Ein junger Mann, etwa meine Größe, sehr schlank und künstlerisch ziemlich talentiert.« Er beschrieb Gentile exakt so, wie der Kommissar es angeordnet hatte. »War er mit Signorina Marchetti befreundet?«

»Wie ich Ihrem Vorgesetzten bereits sagte: Sie pflegte keine Männerbekanntschaften. Es ist unwahrscheinlich, dass sie diesem Herrn je begegnet ist. Mit der Einstellung von Aushilfen hatte sie nichts zu tun, und im Werk war sie nur äußerst selten. Wie kommt Ihr Commissario bloß darauf, es könne ein Zusammenhang zwischen Teresas Unfall und ihrer Arbeit bestehen? Das ist geradezu absurd.« Simonetta faltete die Hände. Unter ihrem dezenten Puder wallte jäh Hitze auf.

Spadafero zückte sein Notizbuch und blätterte geschäftig, wie der Kommissar es zu tun pflegte, obwohl es nichts gab, was er nachschlagen musste. »Nun, Signorina Marchetti hatte nichts außer der Arbeit – kein nennenswertes Privatleben –, wie uns übereinstimmend von mehreren Personen berichtet wurde. Auch Sie selbst haben es mehrmals betont. Wo sonst sollten wir also den Täter suchen, wenn nicht hier?«

Simonetta Ragonese presste die Lippen aufeinander. Eine Unverschämtheit, geradezu eine bodenlose Frechheit, mit der er die Firma in den Dreck zog, und sich dabei ausgerechnet auf sie berief. »Wenn das jetzt alles ist, Ispettore? Mehr kann ich dazu nicht sagen und ich habe zu arbeiten.«

Spadafero packte Notizbuch und Namensliste ein, bestätigte ihre Worte mit schneidigem Nicken. Einerseits widerstrebte es ihm, die Sekretärin weiter zu provozieren – in Anbetracht ihres Alters, das zwar schwer zu schätzen war, aber sicher über dem seiner Mutter lag, die ihm respektvolles Verhalten beigebracht hatte. Andererseits galten im Dienst eigene Regeln, besonders wenn jemand versuchte, ihn für dumm zu verkaufen. Obwohl der Kommissar ihn nicht in alle Einzelheiten eingeweiht hatte, war das Ziel dieses Besuchs für ihn leicht zu erkennen. Niemand würde ihnen nachsagen, sie hätten sich frühzeitig auf einen Täter festgelegt oder Unterschiede aufgrund der Herkunft gemacht. Die Wahrheitsfindung besaß oberste Priorität. Es gefiel ihm, dass Garibaldi sich nicht scheute, jedem auf die Füße zu treten, dem er misstraute. Egal ob kleines Licht wie Gentile, dessen Alibi auf den Schultern seiner engsten Freunde ruhte und daher mit einem kleinen Makel behaftet war, oder Firmeninhaber, der bezüglich des Verschwindens seiner Ehefrau die Unwahrheit sagte. Sogar die Ehefrau selbst stand in ihrem Versteck unter Beobachtung.

Finellos Lancia parkte vorm Gebäude und Spadafero war fast sicher, dass der sich nicht außer Haus aufhielt, sondern nebenan im Büro verschanzte. Um ganz sicher zu gehen, dass er gleich dabei beobachtet werden würde, wie er Stoßstange, Kühler, Frontblech und Heck untersuchte, warf Spadafero seine letzte Frage in den Raum: »Sagen Sie, Signorina Ragonese, können Sie eigentlich Autofahren? Und dürfen Sie – mit dem Wagen von Signor Finello?«

*

Zur gleichen Zeit biss Commissario Lorenzo Garibaldi sich in Fano an Signora Marchetti die Zähne aus. Das Landgut vor den Toren der Stadt hatte bessere Tage gesehen, darüber konnten auch die Zypressen vor dem Eingang nicht hinwegtäuschen, die Wachsoldaten gleich Spalier standen, drei auf jeder Seite, schlank und exakt in Form geschnitten. Der Erhalt des Gemäuers musste kostspielig sein, ein Fass, aus dessen Löchern mehr herauslief, als man hineingießen konnte. In einem Salon mit dunklen, schwerfälligen Möbeln, die so unbequem waren, dass gewiss kein Gast länger als unbedingt nötig verweilte, war er von der Contessa empfangen worden. Ausgesprochen frostig, wie es zu dem düsteren Raum passte, dessen Längsseite ein Wandteppich schmückte. Das prunkvolle Stück, auf dem eine Jagdgesellschaft stolz ihre Beute präsentierte, erfreute inzwischen vor allem die Motten.

Bereits nach drei Sätzen war klar, dass Lorenzo seine Zeit verschwendete. In Contessa Marchetti, die darauf bestand, mit ihrem Adelstitel angesprochen zu werden, hatte er nicht nur eine trauernde Mutter vor sich, sondern auch die alleinige Verwalterin des Gutes. Sie wachte über Familie, Geld und Ansehen. Der Verlust einer ihrer Töchter schmerzte, und doch schien das Ungemach der polizeilichen Ermittlungen ihr die größeren Kopfschmerzen zu bereiten. Folglich war es Lorenzo, der allein mit seiner Anwesenheit Teresas Ansehen beschmutzte. Seine Fragen wurden zur Ungeheuerlichkeit, noch ehe er sie aussprach, und er zum Monstrum, das sich an ihrem Elend weidete.

Er rief sich Federica Pellegrinis Ratschlag ins Gedächtnis und tränkte seine Worte mit Honig, wohlwissend, dass er gleich Öl ins Feuer gießen würde. Eine uneheliche Empfängnis für denkbar zu halten, dazu sein Ansinnen, dies durch eine Obduktion nach Exhumierung zu klären – das hatte wahrlich Potenzial für einen Rauswurf. Unter dem starren Blick der in Schwarz gekleideten Contessa hörte er sich selbst von Wahrheit und Gerechtigkeit reden, von Aufklärung und Verpflichtung gegenüber dem ungeborenen Kind, wob den imaginären Verlobten ein – und wünschte sich weit fort.

*

In der Pension Vento del mare herrschte ungewohnte Stille. Lene schlich über den Flur. Aus dem Esszimmer drang ein dumpfes

Geräusch. Etwas schabte, langsam und ruckelnd. Papier raschelte, dann schabte es wieder. Eilig sah sie sich um, ergriff eine leere Blumenvase von der Kommode unter der Treppe, schweres Steinzeug, genau richtig, um notfalls zur Verteidigung eingesetzt zu werden. Mit der anderen Hand verbreiterte sie den Türspalt. Ihr eingeschränktes Blickfeld zeigte den Tisch mit einem Zipfel Spitzendecke und einen Stuhlrücken. Wenigsten war sie auf dem Fliesenboden sicher vor knarrenden Brettern. Ein weiteres Schaben endete abrupt. Ehe sie sich entschließen konnte, ob sie sich zurückziehen oder vorpreschen sollte, wurde ihr die Entscheidung abgenommen und die Tür von innen aufgerissen. Statt eines Einbrechers stand ihr Emilia gegenüber, an Stelle der Vase einen Wasserkrug zum Schlag bereit erhoben. Für eine Schrecksekunde starrten sie einander an, dann senkten sie peinlich berührt die Waffen.

»Na so was. Ich dachte ich wäre allein hier.« Offenbar hatten sie beide angenommen, die andere säße mit im Cabrio nach Fano. Lene stellte die Vase zurück. Sie konnte nicht umhin, Friedhelm Meyers Worten vom vergangenen Abend zuzustimmen: Emilia wirkte auch jetzt irgendwie traurig und verloren. Blass wie ein kränkelndes Hausgespenst, was kein Wunder war, hatte sie doch sowohl das Abendessen als auch das Frühstück ausgelassen. Nun, daheim auf dem Hof hatte Lene noch jedes Lebewesen wieder hochgepäppelt, ob Kalb oder verlassenes Kätzchen, sogar einen angefahrenen Hund und einen Igel.

»Lass mal sehen, was von heute Morgen noch zu essen übrig ist, und danach schaffen wir dich an die frische Luft. Ein bisschen Bewegung und Sonne werden dir gut tun.«

Entschlossen zog sie Emilia in die Küche und redete unbeirrt weiter. Auf den Tonfall kam es an, Sprache und Inhalt waren nicht so wichtig. In der Speisekammer wurde sie schnell fündig, sichtete Vorräte, holte Messer und Geschirr aus den Schränken, als wäre es ihr Zuhause. Du bist, wer du bist, fuhr es ihr durch den Sinn. Du bist die Summe aus dem, was gewesen ist, und denen, die vor dir waren. Und darum stand sie nun in einer Küche in Italien und strich Butter auf ein luftiges *Panino*. Ja, sie schmierte ein Butterbrot, das durfte doch nicht wahr sein! Ihr Seufzen huschte übers Meer und um den halben Globus zu ihrer Mutter nach Amerika. Dabei wollte sie doch mehr vom Leben. Lene säbelte eine dicke Käsescheibe ab und legte sie obendrauf. Es kam ihr seltsam vor, die Nichte der Signora wie ein Kind zu behandeln, schließlich war diese kaum jünger. Aber Emilia schien es gerade nötig zu haben.

»Iss das.«

Folgsam biss Emilia ein kleines Stück ab und kaute, legte dabei die Hand auf den Magen und verzog das Gesicht.

»Du traust dem Frieden nicht so richtig, gell? Weil gestern nichts drin geblieben ist. Geht mir genauso, wenn alles zu viel wird, um es auszuhalten. Als meine Mutter damals durchgebrannt ist und der Vater alles kurz und klein geschlagen hat, hab ich tagelang keinen Bissen runtergebracht. Aber das vergeht. Wirst sehen, der Appetit kommt wieder.«

Emilia lauschte mit verständnislos gerunzelter Stirn, doch sie lächelte, sobald Lene lächelte. Das genügte. Ob sie wohl die zweiteilige Kanne auf dem Herd bedienen konnte? *Caffettiera* nannte Signora Pellegrini das Wundergerät, mit dem sie ihren starken Kaffee braute. Der weckte sämtliche Lebensgeister, vielleicht sogar Tote, und räumte in den Eingeweiden auf wie ein Magenbitter. Lene war das blubbernde, matt silberne Ding ein Rätsel, doch das Ergebnis schätzte sie sehr. Nach einigen sehnsuchtsvollen Blicken hatte Emilia begriffen, und kurz darauf erfüllte Kaffeeduft die Küche. Käsebrot und Espresso zeigten schon bald Wirkung: Ihr Gesicht nahm ein wenig Farbe an, und die Rötung ihrer Augen verschwand.

Als die Kanne geleert war, brachen sie auf. Eingeschworen auf *mare e sole* – Meer und Sonne. Mit genug Proviant, um einer Belagerung standzuhalten, sowie Bleistift und Papier, wonach Emilia in den schwergängigen Schubladen der Esszimmeranrichte gesucht hatte.

Obwohl Signora Pellegrini immer alles offen ließ, sperrte Lene sorgsam die Haustür ab. Man konnte nie wissen, wer sich auf einem so einsamen Hügel herumtrieb. Ihr hätte es jedenfalls nicht gefallen, wenn ein Fremder durch die Zimmer spaziert wäre. Während sie noch grübelte, wohin damit, nahm Emilia ihr den Schlüssel ab, reckte sich auf die Zehen und platzierte ihn auf der vorspringenden Steinkante des Türstocks.

Vom höchsten Punkt der Kuppe aus folgten sie dem schmalen Pfad, der die Felsbänder des Abhangs querte und steil in die Tiefe führte. Jede Kurve gab neue Ausblicke frei, und ebenso rasch wechselte die Vegetation. Struppige Büsche und filigrane Blumen, wie sie das Porzellan im Palazzo Mosca schmückten. Ein Aprikosenhain, Pinien und vereinzelte Olivenbäume, die vom Versuch der Urbarmachung des Steilhangs übrig geblieben waren. Dazwischen schimmerte immer wieder Blau durchs Geäst, und unten erwartete sie das Meer. Fast glatt in der Ferne, rollte es unermüdlich murmelnd über den Sand, brach sich am Fuß der Klippe in weiß schäumenden Fontänen. Möwen kreisten, und weiter draußen ankerte ein Kahn, auf dem jemand arbeitete.

Am Ufer waren sie allein. Bei den umgedrehten Ruderbooten schlugen sie ein Lager auf, legten ihre Sachen auf flache Steine, um sie vor Feuchtigkeit zu schützen. Das stetige Auf und Ab der Wellen besänftigte Lenes ständigen Drang, etwas Nützliches tun zu müssen, wenngleich es ihn nicht gänzlich wegzuspülen vermochte.

Für eine ganze Weile saßen die beiden Frauen still auf der ausgebreiteten Decke, doch schließlich packte Emilia Papier und Stift aus. Das weiße Blatt verwandelte sich in Landschaft, eine Klippe wuchs aus dem Nichts, und das Nichts verwandelte sich in Wogen und Gischt. Dann zog sie die staunende Lene auf die Füße, brachte sie an einem der Ruderboote in Position, eine Hand auf dem Kiel, und löste ihr die kunstvoll zum Kranz geflochtenen Zöpfe. Sofort packte der Wind zu, aber sie hielt tapfer stand, während Emilia zeichnete. Der Stift flog übers Papier wie die aufgewirbelten Strähnen in jeder neuen Bö.

Das fertige Bild war beeindruckend. Wenngleich Lenes Erwartung eine andere gewesen war.

»Ach du liebes bisschen! Das soll ich sein? Wo sind denn meine Kleider?« Zur Verdeutlichung zupfte sie an ihrer Bluse. »Die da ist ganz nackig! Und da oben, das sind ja schon wieder Medusenhaare.« Entsetzt tippte sie auf die Stellen, an denen sie in ihren wilden Locken Augen zu erkennen glaubte. »Ich will keine Haare mit Schlangenköpfen drin!«

»Medusa? *No, questa non è la Medusa.*« Emilia wurde weiß um die Nase, während sie auf Italienisch widersprach. »Das ist nicht die Medusa.« Ihr Finger umkreiste die vermeintlichen Schlangen. »Das sind Muscheln – und die Frau – du – bist die Göttin Venus, wie bei Botticelli.«

Lene verstand wenig von der Erklärung, das Wort *Vongole*, weil sie das vom gestrigen Abendessen kannte, und das Nein zur Medusa, was sie leidlich beruhigte. Trotzdem wäre es ihr lieber gewesen, auf dem Bild etwas anzuhaben. Diesen Nackedei mit dem Strubbelkopf – *la Venere* – sollte besser niemand mit ihr in Verbindung bringen. »Eine Muschel-Medusa.«

Urplötzlich schossen Emilia Tränen in die Augen, salzig wie Meerwasser, in dem die blonde Venus allmählich versank. Es war nicht ihre Absicht gewesen, Lene zu verärgern, die sich so nett und fürsorglich kümmerte. Wie eine Freundin. Wie Teresa, die sie nie wiedersehen würde, die über Emilias Angst vor Ferruccio Mengaronis tödlichem Meisterwerk gelacht und die Keramik im Gegensatz zu ihr geliebt hatte. *Hast du dir nie gewünscht, mit einem Blick zu töten?* Wenn Mengaroni sich zur Medusa machen konnte – ein Mann –, dann konnte eine Frau das erst recht. Für Teresa verkörperte sie einen wehrhaften Racheengel, eine Schutzheilige. Bestraft für einen Fehltritt, den nicht sie begangen hatte.

Emilia zitterte; sie konnte die Ähnlichkeit auf der Zeichnung nicht leugnen, manifestiert in den Schlangenkopf-Muscheln. Dabei hatte sie das gar nicht gewollt. Niemals. Ihr Unterbewusstsein spielte ihr einen bösen Streich.

»Keine Medusa«, flüsterte sie. Teresa war überall, in jedem Atemzug, jedem Gedanken. »Keine Medusa.« Dann sackte sie ohnmächtig zu Boden.

*

Sonnenschein brachte den weißen Marmor zum Leuchten, verlieh dem Friedhof den gewünschten Hauch von Leichtigkeit und fing sich in der Scheibe hinter dem Gitter am Eingang der Familiengruft. Für die letzte Ruhestätte der Grafen Marchetti war an nichts gespart worden. Engel, Rosenornamente und im schmiedeeisernen Bogen weithin sichtbar der Namenszug in goldenen Lettern.

Federica legte die mitgebrachten Chrysanthemen auf der Stufe ab.

»Von Emilia«, sagte sie leise und faltete die Hände. Der Besuch ging ihr seltsam nah. Eine der inneren Flügeltüren des Totenhauses stand fast einladend offen. Ein schwerer Geruch von feuchtem Grün, Blumen und Weihrauch strömte heraus, und Federica fröstelte. Etwas unterbrach die Lichtreflektion im Türglas, doch als sie sich umdrehte, regte sich nichts. Mit einem Mal hatte sie es eilig, diesem Ort und seinen Toten zu entkommen, von denen sie sich geradezu beobachtet fühlte. Sie setzte die Sonnenbrille auf, als müsse sie sich dahinter verstecken, und dachte an Friedhelm Meyers dauerndes Geplapper von tödlichen Medusenblicken. Ohne sich noch einmal umzusehen, schritt sie durch das Spalier der Grabmale und Schiebegräber zum Ausgang.

Erst in der Altstadt schüttelte sie das Unbehagen ab. Eine Schulklasse rannte an ihr vorbei in Richtung des Augustusbogens, Kindersandalen platschten auf die Pflastersteine. Wie eine Schar Spatzen stoben sie durcheinander und versetzten ihre Lehrerin, die Mühe hatte hinterherzukommen, in helle Aufregung.

Vor einem hübschen, kleinen Straßencafe setzte Federica sich an einen runden Tisch. Was für ein wunderbar quirliger Ort voller Leben! Diesen Kontrast konnte sie jetzt gut vertragen. Sie bestellte einen Espresso und hielt Ausschau nach Herrn Meyer, den sie vor dem Friedhofsbesuch mitten in der Stadt ausgesetzt hatte. Doch er war nirgends zu sehen.

Zwei Tische weiter fing ein Knie ihre Aufmerksamkeit ein, das auf und ab wippte, schnell wie eine Nähmaschine. Ein dunkelgraues Hosenbein schaukelte über einem staubigen Schuh. Beides gehörte zu einem Mann mit schmalem Oberlippenbart, der sie seinerseits musterte. Beim ersten Blickkontakt schnellte er hoch.

»Verzeihen Sie, Signorina«, sagte er und zeigte eine Reihe gleichmäßiger Zähne. »Es tut mir leid, wenn ich Sie angestarrt habe. Aber wie kann ein Insekt dem Licht widerstehen, eine Biene einer duftenden Rose?«

»Oder ein Fisch einer Fliege«, ergänzte Federica mit leisem Sarkasmus und bewunderte die Dreistigkeit, mit der sich der Mann einen Stuhl heranrückte und ihr gegenüber Platz nahm. Einen weiteren Fliegenvergleich behielt sie für sich und korrigierte auch die falsche Anrede nicht. Wenn der Kerl flirten wollte, durfte er sich gern ins Zeug legen. Leicht würde sie es ihm nicht machen.

»Sie sind nicht aus Fano, sonst wären wir uns sicher schon mal über den Weg gelaufen. Was führt Sie in die Stadt?«

»Der Tod«, sagte sie und sah, wie er schluckte. »Kennen Sie die Familie Marchetti?«

»Jeder in Fano kennt die Familie Marchetti.«

»Dann wissen Sie, warum ich hier bin.«

Die Bedienung brachte auch ihm einen *caffè* und fragte nach weiteren Wünschen, die sie beide verneinten.

»Waren Sie eine Freundin von Teresa?« Sein Knie nahm das nervöse Zappeln wieder auf.

»Die Freundin einer Freundin. Ich habe Blumen vorbeigebracht.« Sein unruhiges Blinzeln verstärkte ihren Verdacht. »Das wissen Sie schon, nicht wahr? Es war kein Zufall, dass wir uns begegnet sind. Auf dem Friedhof habe ich gespürt, dass jemand hinter mir ist. Das waren Sie. Warum sind Sie mir gefolgt?«

»Schicksal?« Er lächelte schief. »Eine so schöne Frau trifft man nicht jeden Tag, und ich … Ja, schon gut. Eine Fremde mit Blumen an Teresas Grab, da war ich neugierig.«

»Und wieso haben Sie sich lieber versteckt, als mich gleich dort anzusprechen?«

»Eine Vorsichtsmaßnahme. Weil ich unsicher war, ob Sie eine Verwandte sind, denn denen geh ich lieber aus dem Weg. Ich habe mich von Teresa verabschiedet, dann sind Sie aufgetaucht. Was sollte ich tun, außer beobachten?«

»Das ist gelogen«, sagte sie geradeheraus. »Oder sind Sie etwa mit leeren Händen hingegangen?« Zu einer Frau, die er mit melancholischer Stimme beim Vornamen nannte. Außer Emilias Chrysanthemen war am Grab heute nichts abgelegt worden. Kein Blütenblatt oder Talisman, nicht mal ein Fußabdruck staubiger Schuhe auf der blanken Stufe vor der Gruft hatte auf einen früheren Besucher hingedeutete. Sie konnte es nicht leiden, für blöd gehalten zu werden. »Weshalb waren Sie wirklich dort, Signore?«

»Flavio Bauso.« Er seufzte nachdrücklich. »Sie sind nicht nur schön, sondern auch klug. Wissen Sie, dass das eine gefährliche Mischung ist? Für uns Männer, meine ich. Wir kommen damit nicht gut klar.«

»Federica Pellegrini aus Pesaro«, antwortete sie fast wahrheitsgemäß und lächelte mit einer Spur Bedauern. Jetzt, wo er den richtigen Ton traf, galt ihr Interesse bereits mehr den Informationen, die er zu bieten hatte, als einem Flirt. »Und ja, ich weiß: Männer mögen es schlicht. Also?«

»Es heißt, dass Teresa ermordet wurde.« Sein Gesicht verhärtete sich jäh. »Hinter vorgehaltener Hand, versteht sich. Bei der Beisetzung habe ich mir angesehen, wer alles zum Grab kommt und wer fehlt. Ob einer heuchelt oder so. Die Schwestern und ihr Anhang waren vollzählig, außerdem eine Menge Onkel und Tanten. Auch Alberto Cristante, bei dem sie in Pesaro lange gewohnt hat, und sogar sein Sohn, das schwarze Schaf. Allerdings stand Silvio näher bei mir als bei der Sippe. Womöglich war seine Anwesenheit ein Zugeständnis an Teresa. Die mochte ihn nämlich. Oder man hat ihn geduldet, um einen Tumult zu vermeiden. Denn er hätte sich das Kommen bestimmt nicht verbieten lassen. Nicht so wie ich. Jedenfalls ist die ganze Zeit nichts Auffälliges passiert. Und ich dachte, ein Mörder, der kommt vielleicht lieber später, um mit ihr allein zu sein und zu triumphieren. Also bin ich bis zum Abend geblieben und heute früh wieder gekommen.« Flavio Bauso schüttelte den Kopf. »Warum erzähle ich Ihnen das eigentlich alles?«

»Weil Teresa Ihnen offenbar etwas bedeutet hat und Sie nach Antworten suchen«, mutmaßte Federica. »Die hätte auch Teresas Freundin gern, in deren Auftrag ich hier bin. Reden schadet also nicht. Manchmal hilft ein Ohr, das zuhört, egal wessen Ohr es ist. Sie kennen die Marchettis ziemlich gut. Sind Sie auch ein schwarzes Schaf? Und was genau haben Sie angestellt, dass Sie bei der Familie in Ungnade gefallen sind?«

»Dazu gehört nicht viel.« Flavio lachte und schüttelte seine Haare in Form. »Ich war mal furchtbar verliebt in Teresa und bildete mir ein, eine Chance zu haben. Wir waren noch Kinder. Später hat sie mir zu verstehen gegeben, dass ich meine, vor allem aber ihre Zeit verschwende, wenn ich ihr nachlaufe. Ganz eine Marchetti. Sie hat die Arroganz mit der Muttermilch aufgesogen. Gefüttert wurden Natterngift, Neid und Ehrgeiz. Irgendwann zeigt das Wirkung.« Er grinste. »Oh, bitte, bedauern Sie mich nicht. Mein Stolz war tief gekränkt, das gebe ich zu, aber ich bin lange drüber weg.« Er hob die rechte Hand, an der ein Ring blitzte. »Wir haben drei Kinder, und meine Liebste würde mir die Hölle heiß machen, wenn sie wüsste, dass ich am Grab war und jetzt hier mit Ihnen sitze. Wissen Sie, es tut mir einfach furchtbar leid, dass Teresa nie ihr Glück gefunden hat. Sie war schwierig, aber angesichts des Drucks, unter dem sie stand, war das kein Wunder. Ihre Eltern hatten große Erwartungen.«

Seinen Flirtversuch trotz Ehering nahm Federica nicht übel. Der war Mittel zum Zweck gewesen, und sie hätte es an seiner Stelle genauso gemacht.

Federica schaute auf die Uhr. Zum Denken brauchte sie eine nahrhafte Grundlage, und für ein Mittagessen war es noch zu früh. Sie bestellte ein Panino mit Ziegenkäse und saftigen Tomaten. Flavio Bauso schloss sich ihr an. Sie würde ihn bestimmt nicht bremsen, wenn er mehr erzählen wollte. Mit etwas Glück spuckte er weitere Information aus, die sie Lorenzo Garibaldi später servieren konnte, als Beilage zu Silvio, dem schwarzen Schaf aus Pesaro.

*

Während Federica sich noch ihren Imbiss schmecken ließ, rief Lorenzo von der Polizeidienststelle Fano aus in der Questura bei Ispettore Spadafero an. Der setzte ihn über einige erstaunliche Fakten in Kenntnis. Gaetano Gentile aus Pesaro del Monte piccolo Cattolica arbeitete regelmäßig als Aushilfe für die Maioliche Finello, womit er bereits begonnen hatte, als auch Emilia noch unter den Keramikmalerinnen gewesen war. Und Teresa Marchetti, die angeblich nichts mit den Aushilfen und Arbeitern zu tun gehabt hatte, führte die Einsatzlisten. Jedes ihrer Kreuzchen konnte einen Unterschied machen, von der Entlohnung bis zur Wiedereinstellung.

Lorenzos Unterkiefer verkrampfte beim Zuhören. Das Gentile aus dem kleinen Dorf über der Klippe stammte, war eine Bagatelle. Ein winziges, bedeutungsloses Nichts, das ihn gerade deshalb nachhaltig erschütterte. Es gab keinen Anlass, ihm das zu verschweigen. Auf dem *gottverlassenen Hügel* in Federica Pellegrinis Pension befand Signora Finello sich in Sicherheit. Diesem Argument hatte er vertraut. Doch wenn jemand Emilias enge Beziehung zu Gentile und dessen Herkunft kannte, konnte er sie dort aufspüren. Falls ihr tatsächlich etwas zustieß, geriete Lorenzo in Erklärungsnot. Gleiches galt, wenn Gentile mit ihrer Unterbringung in der Pension etwas ganz anderes bezweckte, als sie in Sicherheit zu bringen. Die angebliche Gefahr lieferte ihm einen Vorwand, dort zu sein, freien Zugang, Zugriff auf beide Frauen … ob er nun Böses oder nur Unanständiges im Schilde führte.

Lorenzo starrte die schmucklose Wand an, auf die seine Erinnerung eine wohlgeformte Silhouette projizierte, von Stoff umspielte Hüften, einen nackten Rücken. Sogar die in der Bewegung leicht zur Seite geneigten Schulterblätter glaubte er erkennen zu können, als feine Linie unter der Haut, umflossen von langem dunklen Haar.

»Bereiten Sie alles vor, Spadafero: Einvernahme und Durchsuchung.«

Seine Entscheidung war gefallen. Irrational und aus dem Bauch, da machte er sich nichts vor. Bei der Ausführung würde er dagegen professionell vorgehen und ganz besonders gründlich.

Sie hätte es ihm einfach sagen müssen.

Kapitel 13

»Tut mir leid, dass ich Ihnen solche Umstände verursache.«

Friedhelm Meyer machte ein unglückliches Gesicht. Sein linker Arm hing in einer improvisierten Schlinge aus Federicas Seidenschal. Unter dem kurzen Ärmel ragte seitlich der blutige Ellbogen heraus und weichte allmählich den notdürftigen Verband mit seinem Stofftaschentuch durch. »Wenigstens habe ich mir nicht das Hemd ruiniert.«

Federica beneidete ihn um seine Einstellung und Gelassenheit. Seine Fähigkeit, in jeder Situation etwas Positives zu sehen, war ungebrochen und der Arm glücklicherweise auch. Trotzdem bestand sie darauf, den Ausflug abzubrechen, um die Wunde ordentlich versorgen zu können. Sie war mit ihren Nachforschungen ohnehin längst fertig.

»Mir tut es leid für Sie. Konnten Sie sich denn einen brauchbaren Eindruck von Fano verschaffen?«

»Und ob! Alles bildlich festgehalten.« Nach knapp drei Stunden waren Friedhelms Kopf, sein Magen und ein weiterer Film fast gefüllt. Am Ende des Urlaubs würde er ein kleines Vermögen für die Entwicklung der Bilder hinblättern. »Sogar im Sturz habe ich noch auf den Auslöser gedrückt. Bin gespannt, was auf dem Foto zu sehen ist.« Bei einem schönen Motiv konnte er nie widerstehen. Das hatte ihn unvorsichtig werden lassen. Er klopfte mit dem Fingerknöchel an seine Stirn, dann auf das Objektiv. »Toi, toi, toi, die wichtigen Teile sind heil geblieben. Nur die ollen Knochen ein bisschen ramponiert.«

Lachend schüttelte Federica den Kopf, während er geradezu verliebt von dem Zitronenbäumchen schwärmte, das ihm an einer versteckten Stelle eine Klettertour abverlangt und ihn dabei zu Fall gebracht hatte. Kopfüber mit Landung auf einem Privatgrundstück. Eine kleine Peinlichkeit, aufgewogen vom Stolz über seine unbemerkte Flucht. Sein schlechtes Gewissen hielt sich in Grenzen. Sein Leiden auch.

Spontan schlug Federica außerhalb der Stadt einen kleinen Haken. Den Umweg konnte sie ihm zumuten. Dank Flavio Bauso hatte sie in kurzer Zeit weit mehr erfahren, als sie je für möglich gehalten hätte, auch die genaue Lage des Palazzo Marchetti. Wenigstens von außen wollte sie das Gebäude auf sich wirken lassen, um das man Bausos Meinung nach am besten einen großen Bogen machte. War sie deswegen voreingenommen?

Von den geschlossenen Fensterläden ging etwas Abweisendes aus, was genauso gut ein Zeichen von Trauer sein konnte wie von genereller Abschottung. Oder sie dienten lediglich dem Schutz der Einrichtung vor allzu viel Sonnenlicht.

Federica fuhr rechts ran. Ein wenig hatte sie gehofft, hier auf Garibaldi zu treffen. Hatte sie sich vorgestellt, hupend an ihm vorbeizurauschen, um ihren Ungehorsam zu beweisen? Ein klitzekleines bisschen vielleicht.

Meyer philosophierte unterdessen ausschweifend über Verfall und Moderne, pittoresken Charme und marode Schönheit.

»Sehen Sie nur, dieser Garten! Welche Pracht und Fülle. Wer verschwendet da einen Gedanken an bröckelnde Substanz?«

Wie recht er doch hatte. Es war so leicht, sich von der Oberfläche ablenken zu lassen. Von dem, was jemand sagte und offen zeigte. Es bedurfte des Einfühlungsvermögens eines Künstlers, um ohne Worte zu erfassen, was in tieferen Schichten verborgen lag. Garibaldi verfügte über diese Gabe, obwohl auch er sich manchmal blenden ließ. Kriminalisten und Künstler waren eben auch nur Menschen.

Federica trat aufs Gas, die Tanknadel zuckte. Während das

Cabrio über die Landstraße nach Pesaro del Monte piccolo Cattolica schoss, nahm ihr Plan Kontur an. Liebend gern hätte sie sich sofort mit Garibaldi ausgetauscht, und ohne Friedhelm Meyers Missgeschick wäre sie einfach bei einem Zwischenstopp in die Questura geplatzt. Doch Meyers Arm musste versorgt werden, und der Rest des Mannes brauchte eine weiche Unterlage und einen Grappa, denn ganz allmählich schwand die aufputschende Wirkung der ersten Erleichterung, und er färbte sich grün um die Nase. Also zuerst Wasser, eine Pinzette zum Säubern der Wunde, ein wenig Salbe gegen die zu erwartenden Blutergüsse. Dann Garibaldi. Hoffentlich.

In einer schwungvollen Kurve schwenkte sie schließlich vor dem Vento del mare ein und ahnte schon beim Aussteigen, dass es anders kommen würde.

Auf der Terrasse vorm Haus saß Lene mit der alten Befana, die genüsslich einen Kaffee schlürfte. Eine Gänsehaut kroch über Federicas Arme. Obwohl sie die Kunst der Alten sehr schätzte, war sie ihr unheimlich. Auch wegen ihrer Fähigkeit, immer dort zu erscheinen, wo sie gebraucht wurde, selbst wenn niemand sie gerufen hatte.

»Ach du liebes bisschen!« Lene hob die schwarze Katze von ihrem Schoß und sprang auf, als sie Friedhelms lädierten Arm sah. »Was für ein Tag: erst Emilia und nun Sie!«

»Was ist mit Emilia?« Federica wurde es heiß und kalt. Hatte Garibaldi recht gehabt, und sie hätte bleiben und aufpassen müssen? Sie schalt sich dafür, Emilia ausgerechnet jenes Zimmer gegeben zu haben, in dem zuletzt ein Toter gelegen hatte. Dann schalt sie sich für den abergläubischen Gedanken. Verfluchte Orte gab es nicht. Ihr Blick glitt zur Befana, die leise gluckste. Unter ihrem dunklen Kleid trug sie dicke Wollstrümpfe und ausgetretene Schuhe. Ein schwarzes, unterm Kinn verknotetes Kopftuch umrahmte ihr runzliges Gesicht. Eine Kiepe lehnte an der Hauswand, gefüllt mit allerlei Wildkräutern und Wurzeln.

»Ein Schläfchen macht sie. Der Kopf muss ruhen, der Körper auch, aber krank ist sie nicht. Nein, nein, ganz gesund. Muss es noch begreifen. Und wollen.« Die Befana kramte eine erdige Wurzel aus ihrer Schürzentasche. »Da soll sie morgens drauf kauen, oder einen Sud draus brühen und trinken, bevor sie etwas isst. In drei Wochen hört die Übelkeit auf.«

Verblüfft nahm Federica die Wurzel entgegen.

»Ohnmächtig ist sie geworden«, erklärte Lene unterdessen dem angeschlagenen Meyer und entfernte mit spitzen Fingern das blutige Taschentuch. »Unten am Strand. Ich schäme mich wirklich, dass ich sie überredet habe, den ganzen steilen Weg hinunterzuklettern. Aber ich dachte, Sonne und Seeluft tun ihr gut. Erst als sie da lag, kam ich drauf, dass ihr gestern vielleicht gar nicht wegen der Muscheln schlecht war. Unsere Nachbarin in Moschrod, die muss ja auch immer speien, wenn sie schwanger ist. Auf dem Rückweg haben wir die alte Dame getroffen, was für ein Glück. Sie ist wohl von der Klosterruine gekommen, wo all die wunderbaren Heilkräuter wachsen. Jedenfalls stand sie plötzlich da und wusste genau, was zu tun ist.« Lene betastete Friedhelms geschundenen Ellbogen. »Tut es sehr weh? Was haben Sie bloß wieder angestellt?«

»Da war dieser Duft«, begann er seine Geschichte und lächelte leicht gequält. »Zitronen, Fräulein Jung! Blüten und Früchte zur selben Zeit am selben Stamm!«

Sprachlos begann Federica währenddessen zu begreifen. Wie hatte sie so blind sein können? Eine Schwangerschaft erklärte vieles und warf neue Fragen auf. Zum Beispiel die nach dem Vater.

Die Befana erhob sich und schulterte ihre Rückentrage. »Meine Augen werden schwach und die Finger ungeschickt. Die

Signorina soll auch seinen anderen Arm untersuchen, sie macht das gut. Sieh doch, wie er die Schulter hochzieht. Ihr müsst die Wunden desinfizieren, sonst entzünden sie sich. Und beeilt euch besser. Du hast viel zu tun.«

Federica war geneigt, ihr zuzustimmen, obwohl sie sicher an unterschiedliche Dinge dachten. Sie fühlte sich unbehaglich, als die Alte ihre Hand nahm, um mit dem Daumen über die Linien der Handfläche zu tasten.

»Schwierige Tage sind das«, brummte die Befana, drehte den Kopf zum Land, dann zum Meer. »Und zu viele Leute. Wie soll ich da etwas klar erkennen? Gestern und morgen am gleichen Ort. Kein heute. Verrenn dich nicht. Denk mit deinem Herz.«

»Hast du keinen besseren Ratschlag?« Federica zog ihre Hand zurück. Wohin das führte, hatte sie oft genug erlebt.

*

»Bringen Sie den Mann zur Vernunft, Signora Pellegrini!«

In der Esszimmertür stand Maria Baresi. Die Frau des Bürgermeisters wusste, wie man eine Szene machte, und war für ihre anmaßenden Auftritte bekannt. Dieser fiel dennoch aus dem Rahmen. Abgesehen davon, dass es sie wie üblich nicht scherte, ob sie ungelegen kam. Bisher war sie nur ein einzig Mal im Vento del mare gewesen und das unfreiwillig. Ihrer Aufmachung nach kam sie direkt aus der Amtsstube im Rathaus, doch sie musste zu ihrem Roller gerannt sein. Unter den Achseln färbte sich ihre altrosa Bluse dunkel von Schweiß, die bereits abgelegte Kostümjacke schleifte achtlos über den Boden. Nur die aufgebauschte Frisur saß dank Elizas Haarspray betonfest. Maria schnappte nach Luft und blendete das Durcheinander in der Pension aus, über das sie an normalen Tagen sichtbar die Nase gerümpft hätte. Auf dem Tisch lag sauberes und benutztes Verbandsmaterial, mit dem Federica und Lene eben noch Friedhelm Meyer versorgt hatten, inklusive der von ihm bis dahin unbemerkten Schramme am rechten Oberarm, in der ein großer Stachel tief unter der Haut steckte.

Emilia war hereingehuscht, Sekunden vor Maria und ohne die Chance, den Mund aufzumachen. Ihre Anwesenheit schien Maria zwar unangenehm, bremste sie jedoch nicht.

»Bitte«, setzte sie nach, warf die Jacke auf einen Stuhl und legte eine Hand auf ihren wogenden Busen, um die Kette mit dem Kruzifix zu umfassen. »Ich – bitte – Sie.«

Steinschwer fielen die Worte in den Raum. »Wollen Sie, dass ich es nochmal sage, oder muss ich auf die Knie gehen?«

Eindringlich sah die Frau des Bürgermeisters Federica an, der gerade der Humor fehlte, um den Kniefall einzufordern. Es musste Maria große Überwindung gekostet haben, überhaupt ins Vento del mare zu kommen.

»Mir wäre lieber, Sie erklären mir, worum es geht. Welcher Mann, und wie sollte ich Ihnen helfen können?«

»Garibaldi! Wer sonst? Sie haben ihn ins Dorf geholt, Sie haben mit ihm …« Ihre Arme ruderten. »Gearbeitet und haben Einfluss auf ihn. Das kann er doch nicht ernst meinen!«

»Setzen Sie sich bitte.« In der Fehleinschätzung, was ihren direkten Draht zu Garibaldi anbelangte, und Marias Vorstellung, sie sei über all seine Aktivitäten informiert, lag Zündstoff. Unter anderen Umständen wäre Federica darauf eingestiegen und hätte auch den überfallartigen Besuch nicht einfach geschluckt. Doch Marias derangiertes Auftreten mahnte zu erhöhter Aufmerksamkeit. War das ein Moment für ihr Herz, wie die Befana es wollte?

»Ich verstehe immer noch nicht, Signora Baresi. Was genau hat der Commissario getan?«

Emilia schenkte wortlos ein Glas Wasser ein, das Maria herunterstürzte und mit einem Fingerzeig zur Grappaflasche zurückgab. An der bernsteinfarbenen Flüssigkeit, holzig, beißend und schwarz gebrannt, nippte sie jedoch nur. »Vorhin kam ein Anruf herein, etwas Dienstliches, dachte ich, aber es war Donata, eine Großtante von Aldo. Der war zum Glück nicht da. Eigentlich ruft sie nie an, weil das Telefon ja im Bürgermeisteramt steht und nicht bei uns zu Hause. Und wenn doch, dann brüllt sie in den Hörer, dass sie sich den Anruf eigentlich sparen und stattdessen direkt aus dem Fenster über den Monte San Bartolo schreien könnte. Na ja, sie ist fast taub.« Maria sammelte sich. »Sie hat ein Haus in Pesaro und einen Teil davon vermietet. Vor ungefähr drei Jahren habe ich einem meiner Patenkinder – ein Junge aus dem Dorf – ein Zimmer bei ihr vermittelt, damit er nicht jeden Tag stundenlang zur Schule unterwegs ist. Und nun … nun hat Ihr Kommissar ihn heute ins Gefängnis werfen lassen! Donata ist außer sich. Jetzt soll ich das Gaetanos Eltern beibringen. Können Sie mir verraten, wie?«

»Gaetano Gentile wurde verhaftet?«, versicherte sich Federica und murmelte einen Fluch, als Maria nickte und Emilia ihr unterm Tisch fast die Hand zerquetschte. »Davon wusste ich nichts.«

»Gaetano Gentile, genau. Es überrascht mich, dass Sie ihn kennen. Haben Sie vielleicht eine Zigarette für mich?« Dankend nahm Maria die *Nazionali* entgegen und fuhr nach dem ersten Zug fort: »Seine Mutter und ich, wir waren Nachbarskinder. Sie ist so fleißig und der Junge auch. Ich habe ihn übers Taufbecken gehalten, da war er noch ganz winzig. Ein bisschen eigen ist er, redet wenig und träumt zu viel. Aber sind die jungen Kerle in dem Alter nicht alle so? Wenn man ihm etwas vorwerfen kann, dann dass er zu schüchtern ist. Nie hat der ein Mädchen auch nur angeguckt. Und nun behauptet Ihr Garibaldi, er hätte mit dem Tod einer Frau zu tun. Gaetano bringt doch niemanden um!«

Federica wünschte sich, mit der gleichen Vehemenz zustimmen zu können. Sein Stottern klang ihr noch im Ohr – und wie es urplötzlich verschwand, als er sie für seine Studien in Positur brachte; sie sah seinen nervösen Kehlkopf und die Sicherheit, sobald er zu zeichnen begann. Derselbe Mensch und doch so verschieden.

»Machst du uns einen *caffè*?«, bat sie Emilia, die mit den Tränen kämpfte. In der Küche würde sie sich beruhigen können.

Maria, die Emilia anscheinend erst jetzt richtig zur Kenntnis nahm, sah ihr stirnrunzelnd hinterher.

»Ich werde sehen, was ich bei Garibaldi ausrichten kann«, versprach Federica schnell. »Allerdings scheint mir die Sache kompliziert. Wir brauchen einen Plan. Denn auch der Kommissar ist ein Mann und somit: ein bisschen eigen.« Nebenan war es still. Sehr still. »Ich muss kurz nachsehen, ob meine Nichte sich zurechtfindet. Sie ist erst seit ein paar Tagen da.«

In der Küche kauerte Emilia auf der Bank am Fenster, die *Caffettiera* wie ein Wickelkind vor die Brust gepresst. Jung und zerbrechlich sah sie aus. Aber war sie das auch? Federica dachte an ihre erste Begegnung. Eine Frau mit Hosen und Baskenmütze, die zwar erschrocken, aber keineswegs panisch auf den Unfall reagiert hatte. Eine Waise und eine Klosterschülerin, der von den Ordensschwestern sicher kein Selbstbewusstsein beigebracht worden war, sondern Tugenden wie Dankbarkeit, Demut und Duldsamkeit. Was sie nicht davon abhielt, ihren Ehemann zu hintergehen – wenngleich auch nur mit einer angeblich rein platonischen Freundschaft. War es dennoch wirklich Liebe – oder suchte Emilia in Finello vielmehr den Vater, den sie nie hatte? Derselbe Mensch und doch so verschieden, das traf nicht nur auf Gaetano zu, sondern ebenso auch auf sie.

Federica verfluchte das Misstrauen, das immer mehr Raum einforderte. Noch hielt sie daran fest, beiden glauben zu wollen. Zumindest solange Signora Baresi nebenan saß. Diese unerwartete Gelegenheit, sich mit ihr zu verbünden, musste sie nutzen. Erst recht, wenn es der Wahrheit diente.

»Ich habe gelogen«, sagte Emilia in diesem Moment dumpf. »Und Gaetano auch.«

Federica nahm ihr die Kanne ab und setzte Wasser auf. Dass sie es geahnt hatte, machte es nicht besser. Sagte überhaupt mal irgendwer die Wahrheit? Sie lauschte auf ihr Herz. Doch das schwieg.

*

Der Zugriff hatte reibungslos funktioniert und Gaetano Gentile keinen Widerstand geleistet. Stattdessen war er in stummer Fassungslosigkeit erstarrt. Erst im Treppenhaus unter den Augen seiner Vermieterin war ihm offenbar klar geworden, was eine Hausdurchsuchung bedeutete. Gentile war in die Knie gegangen, aber zum Reden hatte der Schreck nicht gereicht. In seinem Beisein betraten sie den Verschlag auf dem Dach, in dem es aussah, als sei ein Tornado durchgefegt. Seiner Reaktion nach war ihm das Chaos vertraut, auch wenn er behauptete, dafür nicht verantwortlich zu sein. Ein Einbruch am Abend, den er am Morgen bemerkt, aber nicht gemeldet hatte. Als Begründung lieferte er ein Schulterzucken. Darüber hinaus beteuerte er seine Unschuld.

»Sie könnten uns allen das Leben erleichtern, wenn Sie mit mir reden.« Lorenzo lief in der Questura auf und ab, umrundete Gentile manchmal, der auf einem harten Stuhl sitzend immer wieder den Kopf drehen musste. Seine Vorgehensweise war durchaus zweifelhaft. Er bluffte und setzte darauf, dass Gentile sich in Widersprüche verstrickte und ihm so die fehlenden Argumente für eine Verhaftung frei Haus lieferte. Sie machten es ihm unbequem. Spadafero, der inzwischen über Signora Pellegrinis

Modellstehen informiert war und auf jeglichen Kommentar dazu verzichtet hatte, saß mit Schreibzeug am Tisch.

»Ich versteh nicht, was Sie von mir wollen. Wieso sollte ich Teresa Marchetti etwas antun? W… wir kannten uns kaum.«

»Kaum heißt, sie kannten sich doch. Was Sie beim letzten Mal noch bestritten haben. Aus welchem Grund sollte ich Ihnen jetzt glauben?« Immerhin war er nachweislich in der Nähe gewesen.

»Weil es eigentlich gar n… nicht zählt. Es war n… nur vom Sehen, aus der Manufaktur, und als Emilias Freundin. Sie hat höchstens dreimal ein paar W… Worte mit mir gewechselt. Sie mochte mich nicht besonders.«

»Das ist schon wieder eher ungünstig für Sie. Gab es einen Anlass für Signorina Marchettis Abneigung?«

Der Bursche redet sich mehr rein als raus. Wie erhofft.

»Es war nur so ein Gefühl, als ob ich nicht gut genug bin. Was ja a… auch stimmt. Teresa war Emilias beste Freundin und hat sie immer unterstützt. Bei allem.«

»Auch wenn es ihr nicht gefiel? Das soll wohl heißen, sie wusste von den heimlichen Treffen mit Ihnen.« Was die Verabredung in der Casa Rossini anbelangte, hatte Emilia es selbst erwähnt. Den Rest reimte er sich aus seiner Debatte mit Federica Pellegrini zusammen. »Sie hat diese Rendezvous gedeckt, obwohl sie dagegen war. Eine verheiratete Frau in angesehener Position, ein mittelloser Schüler. Wie muss ich mir das vorstellen?« Sein provokanter Ton traf einen Nerv. »Hat Emilia Ihnen Geld gegeben, eine kleine finanzielle Unterstützung?« Gentile wäre nicht der Erste, der sich von einer gelangweilten reichen Frau aushalten ließ.

»Es geht nur um Kunst!«

»Nackte Kunst. Die Teresa Marchetti vielleicht doch zu weit ging? Und die Beweise haben Sie weggezaubert.« Mit seinen talentierten, magischen Händen. Allerdings mit mäßigem Erfolg.

Einige Zeichnungen steckten zerrissen im Müll. Eine Mappe mit Aktbildern und Skizzen war in seinem Zimmer gefunden worden, versteckt in einem Spalt zwischen Schrank und Bett. Die liegende Frau im Ginster war jedoch ganz verschwunden. Ausgerechnet jenes Bild, das Lorenzo als Beweis hatte sicherstellen wollen, um es mit den Tatortfotos und Teresa Marchettis Leiche zu vergleichen und auf diese Weise nach Übereinstimmungen zu suchen. Natürlich war die Aussagekraft begrenzt, doch die Zeichnung hatte etwas in ihm ausgelöst und eine Verbindung hergestellt.

»I… ich weiß nicht mal, was alles fehlt.«

Lorenzo glaubte ihm kein Wort. Jemand mit einem solchen Auge fürs Detail erinnerte sich vermutlich an jeden einzelnen Strich, den er je zu Papier gebracht hatte, egal ob aus der Realität oder Vorstellungskraft geboren. War die Frau im Ginster nur ein Fantasiegebilde, wie er behauptete? Ein erotischer Traum – oder seine Vorstellung von einem Mord?

»Teresa Marchetti drohte Ihr Verhältnis mit Emilia Finello auffliegen zu lassen, wenn Sie es nicht beenden. Darum musste sie sterben.«

Gaetano legte das Gesicht in beide Hände, doch er sagte keinen weiteren Ton.

*

Eine ganze Weile hörte Federica nur zu, wie Maria Baresi für ihr Patenkind die Lanze brach. Sie betonte sein Talent, das Gespür für Farbe und Form, das ihn schon früh ausgezeichnet hatte. Dazu attestierte sie ihm eine fast zu ausgeprägte Feinfühligkeit und auf der anderen Seite eine soziale Unbeholfenheit, die ihm das Leben erschwerten. Die beiden Frauen saßen allein hinter verschlossener Tür. Es war schwierig gewesen, Emilia davon zu überzeugen, dass sie draußen bleiben musste. Doch nur so war gewährleistet, dass Maria keinen Verdacht schöpfte.

»Sein Vater ist ein rabiater Kerl. Grün und blau hat er den Jungen manchmal geschlagen. Aber dann ist Gaetano gewachsen und war plötzlich größer als er. Es war nur eine Frage der Zeit, dann wäre die Lage eskaliert. Darum habe ich mich eingemischt und versucht, Gentile klar zu machen, dass sein Sohn eine anständige Ausbildung braucht, bei seinen Fähigkeiten. Mehr, als er ihm an seiner alten Töpferscheibe mitgeben konnte. Natürlich war er gekränkt, und zuerst sah es aus, als hätte ich alles schlimmer gemacht.«

Es war ungewohnt, Maria Baresi kleinlaut zu sehen. Den Grappa setzte sie wie ein Riechsalz ein, statt ihn zu trinken. Es war, als klärte er ihre Sinne.

»Warum er seine Meinung geändert hat, ist mir zwar ein Rätsel, aber vollkommen gleichgültig. Gaetano durfte ins Istituto d'Arte nach Pesaro. Dort vermitteln sie Handwerk und Kunst auf ganz praktische Weise, damit man anschließend arbeiten kann. Jeden Morgen ist er gegen fünf mit dem Rad hinunter zum Bahnhof nach Gradara gefahren. Mit dem ersten Zug kam er viel zu früh in der Schule an, aber mit dem zweiten zu spät. Und am Nachmittag ging es genauso zurück, am Ende den ganzen langen Hügel hinauf, nur um dort dem Vater noch in der Werkstatt zur Hand zu gehen. Die Schule hat ihn glücklich gemacht, aber das Drumherum zehrte ihn aus.«

»Also haben Sie wieder eingegriffen und ihm das Zimmer besorgt.« Aus dem Buffetschrank holte Federica eine kleine Karaffe, zähflüssiger Likör schwappte hinter geschliffenem Glas. »Trinken Sie lieber den. Der Grappa taugt nur zum Möbelabbeizen.« Und um Friedhelm Meyer bei der Wundversorgung abzulenken, zur inneren Desinfektion.

Der Rest von Marias Lobeshymne kam Federica weitgehend

bekannt vor, doch sie hörte weiter zu, ohne zu unterbrechen. Es gab keine Abweichung von dem, was man ihr bisher berichtet hatte, einschließlich Gaetanos Arbeit in der Manufaktur. An der Maioliche Finello führte kein Weg vorbei, sie war das verbindende Element zwischen Gaetano, Teresa und Emilia.

Drei Menschen, ein Ort. Sich dort umzutun, erhöhte ihre Chance auf neue Informationen erheblich. Vorausgesetzt, sie schaffte es hinein. Wenn sie nicht über den Zaun klettern wollte, würde es allerdings schwierig. Sie musste an der Sekretärin vorbei, und laut Emilia war die Dame anspruchsvoll. Ungeduldig klopfte sie mit einem Fingernagel gegen ihre Schneidezähne. Es bedurfte eines überzeugenden Türöffners, etwas, das der Sekretärin nützlich schien.

»Also gut.« Die Idee gewann an Kontur. »Ich brauche ein Empfehlungsschreiben, das mich für eine Tätigkeit im Büro qualifiziert. Ein Zeugnis mit möglichst unzweifelhaftem Anschein, beispielsweise vom Bürgermeister ausgestellt.«

»Urkundenfälschung?« Marias Nase bebte. »Ist das Ihr Preis, damit Sie Gaetano helfen? Dabei macht Aldo niemals mit.«

»Was denken Sie denn von mir? Ich habe keinen Preis. Die Sache mit dem Büro tue ich für Gaetano. Denn leider muss ich dem Kommissar mehr bieten als einen Augenaufschlag und weibliche Reize: Er will Beweise für Gaetanos Unschuld.« Sie hoffte inständig, etwas zu finden, das ihn entlastete und auch ihre eigenen Zweifel beseitigte. Den lästigen Vorwurf der Urkundenfälschung überging sie. »Zufällig weiß ich, dass bei der Maioliche Finello eine Stelle in der Buchhaltung frei ist. Das Schreiben wäre die perfekte Eintrittskarte, um mich dort unauffällig einzuschleusen und nachzuforschen: in Gaetanos Interesse. Gleich morgen früh.«

Ihr sogenannter Plan bestand aus großen Löchern, die sie durch Intuition und Improvisation ergänzen musste. Außerdem benötigte sie Marias Zusicherung, zu schweigen und auch jetzt nicht weiter nachzubohren. Federica war noch lange nicht bereit, ihr Gegenüber in vollem Umfang ins Vertrauen zu ziehen. Sie legte kurz den Finger an die Lippen. »Wir tun es für Ihr Patenkind. Ein paar wohlwollende Zeilen, ein Stempel, eine unleserliche Signatur. Was ist schon dabei? Wenn wir den Bürgermeister dazu nicht brauchen, muss er meinetwegen nie davon erfahren. Alles bleibt zwischen Ihnen und mir.«

Maria Baresi fischte eine weitere Zigarette aus der Packung auf dem Tisch und griff nach dem Feuerzeug.

»Aldo mag es nicht, wenn ich rauche«, sagte sie. Ein kleines Lächeln kräuselte ihre Mundwinkel. »Er wird nicht mal selbst merken, dass es nicht seine Unterschrift ist. Sie versprechen mir, das Zeugnis nicht aus der Hand zu geben und anschließend zu vernichten?«

»*Parola d'onore*, Signora Baresi.«

»Was unternehmen wir sonst noch? Was sag ich den Eltern?«

»Vorläufig gar nichts. Commissario Garibaldi wird Gaetano freilassen. Wenn nicht heute, dann morgen. Es gibt keinen Grund, die Gentiles zu beunruhigen, das bringt den Jungen nur zusätzlich in Schwierigkeiten. Oder meinen Sie, sein Vater würde ihm das je verzeihen, auch wenn sich alles als Irrtum herausstellt?«

*

Über dem Stuhl lag das bunte Sommerkleid, darunter die flachen Schuhe, die sie bei ihrer Ankunft im Vento del mare getragen hatte. Ans Fenster gelehnt starrte Emilia nach draußen, vor dem Leib die Arme verschränkt, die sie immer fester zog. Schwanger. Das Wort dröhnte in ihrem Kopf. Pulsierte mit dem Blut durch ihre Adern und drängte stetig stärker in ihr Bewusstsein.

Es lähmte sie, machte sie unfähig zu denken oder auf irgendetwas einzugehen, das Federica Pellegrini sagte.

Ihre Fingerspitzen berührten die Handflächen, sie spürte wieder das Brennen der Haut, nach dem Sturz unweit des *dipinti e pittura*. Ein Luftzug, ein Knall. Angst legte sich bleischwer auf ihre Schultern.

Hast du den Fahrer gesehen oder den Wagen erkannt?

Hast du auch sterben sollen?

Was hast du an diesem Tag getan – getarnt mit einer Baskenmütze und einer Tasche mit Malzubehör?

Signora Pellegrinis Fragen beschworen ihre Erinnerung, appellierten an ihre Stärke, mit der sie gegen ihren Ehemann aufbegehrte. An Vernunft, Aufrichtigkeit und Freundschaft zu Teresa und Gaetano. Doch in ihrem Innern fand Emilia nur Leere. Und das irritierende Gefühl, ihren Körper mit einem anderen Lebewesen teilen zu müssen. Sie wusste nicht, was ihr mehr Furcht einflößte.

Ein Kind. Sie legte die Hand auf ihren Bauch. Nach allem was geschehen war, würde Vittorio ihr niemals glauben, dass es seins war.

*

Federica sah, wie Emilia sich tiefer in sich selbst verkroch. In ihrem Haus, in ihren Kleidern, während sie selbst sich abmühte, zu helfen. Federica schob es auf die Schwangerschaft. Oder ließ sie sich in dieser ganzen vertrackten Angelegenheit nur ausnutzen? Von Emilia, Gaetano – oder beiden? Machten die zwei gemeinsame Sache? Oder nutzte einer von ihnen alle anderen aus?

Kapitel 14

Mitten in der Nacht war Federica aufgeschreckt. Auf ihrer Decke ein schmaler Streifen Mondlicht, wie ein Fingerzeig. Im gestrigen Durcheinander zwischen Meyers Unfall, Emilias Schwangerschaft und Gaetanos Verhaftung war ihr sang- und klanglos entglitten, was sie in Fano herausgefunden hatte. Dabei konnte es wichtig sein und Garibaldi auf eine neue Spur bringen, die ihr selbst erst in diesem Moment richtig bewusst wurde. An Schlaf war danach nicht mehr zu denken gewesen. Es gab viel für sie zu tun, genau wie die Befana gesagt hatte.

Mit dem gefälschten Empfehlungsschreiben und einer Reihe guter Ratschläge zum angemessenen Auftreten einer Schreibkraft im Gepäck, verließ sie am frühen Freitagmorgen das Vento del mare. In der Werkstatt der Tardellis empfing Davide sie mit strahlender Laune, die sich bei der Erwähnung von Friedhelm Meyer noch verbesserte. Dessen Reisebüro in Viersen leuchtete vor seinen Augen wie der Weihnachtsstern über der Krippe, der statt irgendwelcher Hirten die erhofften Touristenströme ins Dorf führen würde. Sein Glanz färbte auf Federica ab. Ein kleiner Zahlungsaufschub für die von ihr benötigte Tankfüllung war somit kein Problem. Der Winter hatte bei jedem an den Reserven gezehrt. Sobald die Saison endlich angelaufen war, würden sie alle aufatmen.

Wenig später schritt sie in Pesaro zielsicher am Empfang der Questura vorbei, ohne sich anzumelden, und den Flur hinunter zu Garibaldis Büro. Sie hoffte, dass er ihren Einsatz in der Fabrik unnötig machen würde, weil er Gaetano bereits entlassen hatte, war neugierig und zugleich nervös.

»*Buon giorno*, Ispettore! Schön Sie zu sehen – geht es Ihnen gut?«, rief sie dem überrumpelten Spadafero beim Eintreten zu. Aus der Papiertüte, die sie ihm auf den Tisch legte, stieg der unverkennbare Duft noch backofenwarmer Amaretti Morbi. »Ist er da drin?«

Federica raschelte mit der zweiten Tüte aus dem *pane & dolce*, klopfte und stieß die angelehnte Tür zum Büro des Kommissars auf.

»Wie war es in Fano?« Sie erwischte Lorenzo Garibaldi in der Bewegung, halb aus dem Stuhl erhoben, dabei, sein Jackett zu schließen. »Eine hübsche Stadt, nicht wahr? Ich sehe, Sie sind ohne blaues Auge davongekommen. Glückwunsch.«

»Signora Pe-«

Ein lockeres Mandelplätzchen, das sie ihm unversehens in den Mund stopfte, unterbrach seine Begrüßung.

»Occhi di angeli, Engelsaugen mit Aprikosenmarmelade«, fuhr sie fort. »Kleiner Gruß aus Pe-Mo-Ca, ich weiß, die mögen Sie. Haben Sie einen Beweis gegen Gaetano in der Tasche? Oder haben Sie ihn nur eingesperrt, um zu verhindern, dass ich ihm wie verabredet heute Nachmittag Modell stehe?« Ihre Augenbraue hob sich mit einem fragenden Lächeln. Doch eigentlich war ihr gar nicht nach Scherzen zumute.

»Ihr Feingefühl ist unvergleichlich«, nuschelte Lorenzo. Ihn durchströmte beim Kauen ein tiefes Wohlbefinden, das dank seiner Besucherin erfahrungsgemäß von kurzer Dauer sein würde. »Und Ihr Ego auch. Danke trotzdem für die Amaretti. – Alles in Ordnung.« Er nickte Spadafero zu, der mit betretenem Gesicht in der Tür stand. Gegen Signora Pellegrinis Temperament war jeder normale Mensch machtlos. »Es gibt Verdachtsmomente gegen Ihren Künstlerfreund, der sich leider unkooperativ zeigt. Würde er vernünftig mit mir reden, könnte er längst wieder frei sein. Da er das nicht tut, sondern abwechselnd lügt oder schweigt, muss ich davon ausgehen, dass ihn die Wahrheit belastet. Und da Sie es erwähnen: Haben Sie mir bezüglich Signor Gentile und *Pe-Mo-Ca* noch etwas zu sagen?«

»Es ist irrelevant, woher jemand stammt«, antwortete Federica mit leisem Trotz. »Und ich wollte verhindern, dass Sie voreingenommen sind – und *mich* dafür halten.«

»Mit der ersten Annahme liegen Sie falsch und haben außerdem Ihr Ziel gleich doppelt verfehlt.«

Auch diese Reaktion des Kommissars hatte Federica befürchtet. Sie ließ sich auf der Schreibtischkante nieder und schlug die Beine übereinander, wippte herausfordernd mit dem Fuß. Ihr Rock gab das Knie frei, das der Saum im Stehen gerade noch bedeckte. Nur ein paar Zentimeter weiter, dann käme der Rand ihrer Strümpfe in Sicht – aus Französischer Seide –, die in der Pension vergessen oder liegen gelassen worden waren. Vielleicht, weil die Vorbesitzerin moderne Feinstrumpfhosen bevorzugte, wie sie seit Kurzem in Frankreich den Markt eroberten.

»Machen wir ein Geschäft?« Mit einer Hand hielt sie den Rock fest und langte mit der anderen in die Papiertüte. »Ein Informant hat mir den Namen einer Person geflüstert, die Sie sich ansehen sollten. Den gebe ich Ihnen im Austausch gegen Ihre Verdachtsmomente Gaetano betreffend.«

»Modell und Rechtsbeistand in Personalunion, wie hat der Kerl das verdient?«, grummelte Lorenzo und wich ihrem Plätzchen-Angriff diesmal rechtzeitig aus. Er konnte nicht fassen, wie nervös ihn die Sache mit dem Atelier immer noch machte. Dieser klapprige Gaetano, für den sie sich so einsetzte, konnte unmöglich ihr Liebhaber sein. »Will ich mehr über Ihren Informanten wissen?«

»Das nehme ich doch an. Vorher sollten Sie sich aber das schwarze Schaf der Familie Marchetti ansehen. Mein Informant sagt, er heißt Silvio Cristante, ist angeblich vorbestraft, aber seine

Cousine Teresa stand ihm nah. Sie hat in Pesaro längere Zeit im Haus seiner Eltern gelebt.«

Lorenzo horchte auf. War das der Sohn des Barbiers? »Haben Sie auch sein Motiv für mich? Oder ist Voreingenommenheit in diesem Fall akzeptabel und der Mann nur verdächtig, weil er in der Vergangenheit Fehler gemacht hat?«

»*Touché*. Das Motiv überlasse ich Ihnen. Teresa galt ja als sehr anständig. War sie auch naiv und vertrauensselig? Könnte sein, auch wenn mein Informant das ein bisschen anders sieht. Vielleicht hat Silvio sie in etwas reingezogen, und dann war sie im Weg, weil sie zu viel wusste. Und wurde zum Schweigen gebracht – genau wie Emilia behauptet hat.«

»Wie geht es Signora Finello?«

»Den Umständen entsprechend.« Federica klatschte sich an die Stirn. »Madonna! Das wissen Sie ja noch gar nicht: Signora Finello neigt zum Spucken und zur Ohnmacht. Was für ihren Zustand ziemlich normal ist.« Ihre Hand beschrieb den Bogen eines gewölbten Bauchs, und Lorenzo riss die Augen auf.

»Sie ist *auch* schwanger?«

»Ob auch, ist schwer zu sagen. Die Obduktion von Signorina Marchetti fällt ja wohl flach, sonst hätten Sie mir das sicher sofort erzählt. Bei Emilia gibt es jedenfalls keinen Zweifel: Die Befana hat es gesehen.«

Lorenzo raufte sich die Haare. Das Wissen der Alten nahm er als gegeben hin, ihr Blick sah tiefer als der jedes anderen Menschen, dem er je begegnet war. »Haben Sie mit Emilia darüber gesprochen?«

»Versucht habe ich es.« Federica hob die Schultern. »Offen gestanden, weiß ich nicht, was ich von ihr halten soll. Nachdem sie von Gaetanos Verhaftung erfahren hatte, war kaum noch ein Wort aus ihr herauszubekommen.« Die eingestandenen Lügen zu seiner Bekanntschaft mit Teresa waren dem Kommissar längst bekannt. »Wir haben also eine lebende Schwangere, die sich vor ihrem Ehemann versteckt. Und eine tote beste Freundin. Glauben Sie etwa an einen Zufall?«

Lorenzo schüttelte den Kopf. Doch seine Schlüsse daraus würden ihr missfallen. »Nehmen wir an, Emilia Finellos Kind stammt nicht von ihrem Gatten. Nehmen wir weiter an, dass ihm diese Tatsache bekannt ist.«

»Zeigen Sie mir den Mann, den das kalt lässt!«

»Davon ist keine Rede. Es erklärt, weshalb Emilia Angst vor ihm hat. Bleibt die Frage: Wieso stirbt Teresa Marchetti? Ihr Tod bringt Finello keinen Vorteil. Mit Gentile dagegen geht die Rechnung auf. Teresa mochte ihn nicht, das hat er selbst zugegeben. Nehmen wir nun also an, dass er der Vater von Emilias Kind ist, dann hat er die Frau beseitigt, die zwischen ihm und seiner Geliebten stand. Die Emilia vielleicht geraten hat, sich gegen ihn zu entscheiden.«

In knappen Worten gab Lorenzo wieder, was sie am gestrigen Tag im Atelier und im Zimmer des jungen Mannes vorgefunden hatten, und ergänzte dessen spärliche Antworten.

Federica hörte zu, ohne nochmal zu unterbrechen.

»Hat er eine intime Beziehung zugegeben?«

»Die Aktbilder sprechen für sich.« Widerstrebend packte Lorenzo die Zeichenmappe auf den Tisch; es bereitete ihm Unbehagen, diese schlüpfrigen Skizzen gemeinsam mit Federica zu betrachten. Jene, auf denen sie zu sehen war, lagen vorsorglich aussortiert in seiner Schublade. Über ihren Verbleib würde er später entscheiden.

»Das ist kein Beweis, Commissario. Zu sehen sind darauf immer nur Körper, im Grunde lediglich Konturen, kein Gesicht. Oder reine Anatomie.«

»Um einen Apfel zu malen, sodass andere ihn als Apfel erkennen, sollte man schon mal einen gesehen haben. Aber Gentile behauptet, um bei der Metapher zu bleiben, Sie seien für ihn der erste Apfel gewesen.«

»Punkt für Sie. In der Tat.« Federica lachte leise auf. »Allerdings muss man zum Malen weder zwingend wissen, wie der Apfel sich anfühlt, noch wie er schmeckt. Ja, ich habe Gaetano und Emilia zu Anfang eine Romanze zugeschrieben. Doch vielleicht habe ich mich geirrt. Wenn wir nackt sind, gleichen wir Menschen einander in erstaunlicher Weise, ist Ihnen das noch nie aufgefallen? Besonders in der Rückansicht. Soll ich es Ihnen beweisen?«

»Unterstehen Sie sich!«

»Auch wenn ich meine Kleider anlasse?« Ihre Hand spielte an einem Blusenknopf. »Schon gut, schon gut. Alles, worum ich Sie bitte, ist, Gaetanos Unschuld in Betracht zu ziehen.«

»Wenn Sie dieses eine Bild gesehen hätten, das er erst verleugnet hat und das nun fehlt … Die Ähnlichkeit mit der Leiche war auffällig – nur dass die Nackte zwischen Ginsterbüschen lag.«

Federica erinnerte sich deutlich. Kohle und Grafit. Ein paar Tupfen Farbe. Ganz ähnlich wie auf den jetzt vor ihr ausgebreiteten Zeichnungen. Nur wieso hätte Gaetano eine Frau malen sollen, die er nicht mochte? Irritiert runzelte sie die Stirn. »Aber die Leiche war doch nicht nackt? Andernfalls hätte ich davon in der Gazzetta gelesen.«

Lorenzo biss sich auf die Zunge. In der Kühlkammer der Rechtsmedizin war sie es gewesen. Es brachte ihn an seine Grenzen, über solche Dinge mit einer Frau zu debattieren, zumal Spadafero durch die halb geöffnete Tür zuhörte.

Mit dem deutlichen Gefühl, etwas übersehen zu haben, löste Federica den Blick von den feinen Strichen. »Teresa war sicher, dass Vittorio Finello seine Frau betrügt, und wollte das unbedingt beweisen. Sie fürchtete, dass er Emilia loswerden will. Somit profitiert Finello sehr wohl von Teresas Tod. Und seine Geliebte natürlich auch, denn Teresa kann nichts mehr ausplaudern. Das habe ich mir nicht ausgedacht – das weiß ich von Emilia. Meine Strategie, ihr Vertrauen durch Geduld zu gewinnen, geht langsam auf.« Eine kühne Behauptung.

»Einspruch, Signora Pellegrini. Obwohl die These von der Geliebten in sich logisch erscheint. Aber wieso erzählt Signora Finello das erst jetzt, nachdem sie ihren Gatten bisher so vehement verteidigt hat? Mir kommt es vor, als ob sie immer genau dann ein neues Detail aus dem Hut zaubert, wenn es nötig wird. Kleine Häppchen, die den einen oder anderen Beschützerinstinkt ansprechen und Mitleid erregen – für sie selbst oder ihren Liebhaber.«

Federica stibitzte ein Biscotto und verteilte Krümel auf dem Tisch. Musste er immer den Finger in die Wunde legen? Ihre Gefühle Emilia betreffend waren durchaus zwiespältig. Deren Eingeständnis, dass auch Gaetano der Polizei gegenüber gelogen hatte, konnte ein opportunistischer Versuch sein, die eigenen Lügen in ein besseres Licht zu rücken – oder schlimmer, ihn zu belasten.

»Wie auch immer. Ich habe mein Wissen mit Ihnen geteilt, nun muss ich gehen. Denn von allein und vom Herumstehen löst sich *unser* Fall nicht.« Sie lächelte, als der Kommissar bei ihrer Betonung die Augen verdrehte. Wenigstens seiner war sie ganz sicher. Bei aller Gegensätzlichkeit konnten sie sich aufeinander verlassen. Ihm vertraute sie uneingeschränkt.

»Ich schulde Ihnen noch einen Namen«, sagte sie und hängte ihre Handtasche über den Arm. »Mein Informant heißt Flavio Bauso, ist ein verheirateter Ex-Verehrer von Teresa, ein netter Kerl aus Fano und ein Lästermaul, das gern tratscht. Von der anhaltenden Freundschaft mit Emilia hat er sich überrascht gezeigt. Anscheinend war Teresa in dieser Hinsicht früher anders. Jedenfalls hat er mich neugierig gemacht, ob Teresa, außer anständig und strebsam zu sein, noch weitere Facetten besaß. Darum werde ich mich ein wenig umhören. Ich sage Ihnen das, weil ich fair sein will – und ich verzichte auch diesmal auf Ihre Erlaubnis. Lassen Sie mir ein bisschen Freiheit, Garibaldi. Wir wollen doch dasselbe. Ich werde kein Risiko eingehen und den kriminellen Cousin Ihnen überlassen.«

»Was haben Sie vor?«

»Arbeiten.« Federica drückte ihm zum Abschied einen Kuss auf die Wange. Für eine Sekunde lagen ihre Lippen auf seiner Haut, die nach Seife und Rasierwasser duftete. Kurz genug, um den Anstand zu wahren, und doch geeignet, ihn aus dem Konzept zu bringen, bis sie verschwunden war. Ihre Fingerspitzen berührten seinen Hemdkragen, dann den blassen Abdruck ihres Lippenstifts. Auge in Auge.

Dass dieser Moment sie selbst noch länger beschäftigen würde, hatte sie nicht eingeplant.

*

Das Geräusch ihre Absätze wurde leiser und verklang auf dem Flur. Der Kommissar stand still. Es klopfte zweimal, bevor er reagierte.

»Ja?« Er räusperte sich ausgiebig, als Spadafero mit einem Bogen Papier in der Hand eintrat. »Was haben Sie da?«

»Alles, was wir über Silvio Cristante wissen.«

Lorenzo winkte ihn näher. Wieder einmal zeigte der Ispettore seine Qualitäten. War die Tür offen, hörte er mit und reagierte, wenn es sinnvoll war.

»Er ist der Sohn von Alberto Cristante, dem Bruder von Teresa Marchettis Mutter. Er war bereits zu Hause ausgezogen, als die Signorina zur Ausbildung nach Pesaro kam.«

Lorenzo nickte. Soweit erinnerte er sich. Die Familie, einschließlich Silvios Schwester, die jetzt in Ascona lebte, schien keinen eng Kontakt zu ihm zu pflegen.

»Er ist neunundzwanzig, ledig, hat aber mehrere Kinder, wohnt in der Nähe des Hafens und schlägt sich mit Gelegenheitsjobs durch. Ich war dort, habe ihn jedoch nicht angetroffen. Und dann …« Verlegen nahm Spadafero Haltung an. »Es tut mir leid, Signor Commissario. Zum Zeitpunkt des Unfalls … der Tat … war Cristante auf See. Darum habe ich ihn nicht genauer überprüft. Er saß wegen kleinerer Betrügereien und Eigentumsdelikten eine Weile ein. Das ist schon ein paar Jahre her, seitdem ist er sauber – soweit wir wissen.«

»Schaffen Sie ihn her. Ich will nur reden, er steht derzeit nicht unter Verdacht. Machen Sie ihm das klar, wenn Sie allein mit ihm sind.« Das Meer war groß und schweigsam, der Hafen eine eigene Welt mit eigenen Regeln. Man blieb unter sich und stellte keine Fragen. Ein Uniformierter stolperte dort eher über ein Schiffstau ins Hafenbecken als über eine brauchbare Auskunft. Freiwillig mit der Polizei zu kooperieren gehörte zu den Tugenden, derer man sich besser nicht rühmte. »Sollten andere Seeleute dabei sein, drohen Sie ihm sofort laut mit irgendwelchen Schikanen – egal womit. Fordern Sie den Namen des Schiffs, eine Liste der Crew, die gefahrene Route, Frachtpapiere oder die Anzahl der gefangenen Fische, für den Fall, dass er sich weigert. Dann kann er einlenken, ohne das Gesicht zu verlieren.«

»Wird sofort erledigt.« Spadafero nickte, dann tippte er sich an die Wange, ohne eine Miene zu verziehen. »Sie haben da … etwas. Ich bring Ihnen ein feuchtes Tuch.«

*

Über den Dorfplatz in Pesaro del Monte piccola Cattolica schwappten die Geräusche eines geschäftigen Vormittags. Hammerschläge auf Nägel, die in Holz getrieben wurden, das Schellen einer Fahrradklingel, dem eine melodische Verwünschung folgte, das Zischen von Bratfett aus einem geöffneten Küchenfenster. Aus einem Wagen wurden Kisten in den Laden getragen, vor dem Angelo Iannazzo unter der grünen Markise den Lappen beiseitelegte, mit dem er wie jeden Vormittag seine Blechschilder polierte.

Am plätschernden Brunnen wartete Lene darauf, dass der Lieferant, der den Eingang versperrte, wieder abzog, und machte sich unterdessen an den Blumentöpfen zu schaffen.

»Ich mag Signora Pellegrinis Nichte ja wirklich gern«, sagte sie zu Friedhelm Meyer, der sie bei ihrem Spaziergang ins Dorf begleitet hatte. »Aber irgendwas an ihr ist seltsam. Finden Sie nicht auch?« Sie befühlte die Erde und die Pflänzchen, zerbröselte ein trockenes Blatt. In den größeren Terrakottagefäßen hielt sich die Feuchtigkeit besser als in den kleinen. »Ich mache mir ein bisschen Sorgen.«

»Das ist so Ihre Art, nicht wahr?« Friedhelm half ihr, einen Topf auf den Brunnenrand zu heben. Dann befeuchtete er seinen Kamm, um die widerspenstige lange Haarsträhne über seiner Stirn in Form zu zwingen. Trotz reichlich Brillantine wollte die einfach nicht am Hinterkopf halten und verrutschte beim kleinsten Lüftchen.

Er hatte blendend geschlafen und war in allerbester Stimmung, die kleinen Blessuren vom Vortag waren schon fast vergessen. Der Befana, dem Grappa und Fräulein Jungs zarten Fingern gedankt. Er lächelte. »Sie sorgen sich um alles und jeden. Das finde ich wunderbar.«

So war sie erzogen, sie konnte es sich gar nicht anders vorstellen. Mit hohlen Händen schöpfte Lene Wasser und tränkte die durstige Pflanze, dann deutete sie auf den Pfarrer, der sie vom Kirchenportal aus beobachtete. »Hoffentlich sieht er das auch so und nicht als Einmischung in seine Angelegenheiten.«

»Wenn alle Menschen wären wie Sie, Fräulein Jung, wäre die Welt ein besserer Ort!« Friedhelm tauschte den gewässerten Topf gegen einen anderen aus. »Wer könnte dagegen etwas einzuwenden haben?«

Seine Worte brachten Lene in Verlegenheit, aber nicht aus dem Konzept. »Dann helfen Sie mir. Nicht nur mit den Blumentöpfen und dem Pfarrer. Emilia sieht so unglücklich aus! Solange ihre Tante unterwegs ist, sollten wir besser ein Auge auf sie haben.« Signora Pellegrini hatte um Verständnis gebeten, falls es am Abend mit dem Essen wieder einmal später würde. Und Lene war spontan mit dem Angebot herausgeplatzt, für alle zu kochen. Ein willkommener Anlass, den anstrengenden Müßiggang zu unterbrechen.

»Ein Auge oder auch zwei«, bestätigte Friedhelm. »Wie die Ermittler bei ›Stahlnetz‹.« Er verpasste keine Folge der Polizeiserie, in der echte Verbrechen nachgespielt wurden und die den Namen Straßenfeger absolut verdiente. Wohl dem, der einen Fernsehapparat besaß oder jemanden kannte, zu dem er sich gesellen konnte. Die halbe Nachbarschaft traf sich folglich in seinem Wohnzimmer, knabberte abwechselnd Salzstängel und an den Fingernägeln und fieberte gemeinsam der Überführung des Täters entgegen. Sogar Freddy Quinn mit seiner Gitarre hatte schon mitgespielt. Gleich im vierten Fall mit der Toten im Hafenbecken. Ein Jammer, erst musste sie sich als Prostituierte durchschlagen, dann war sie tot und keine dreißig Jahre alt geworden. Ungefähr so alt wie Fräulein Jung und die unglückliche Nichte der Signora.

»Mein liebes Fräulein Jung, Sie können sich auf mich verlassen.« Wenn er ihr damit eine Freude machen würde, dann sollte es so sein. Bisher war das einzig Ungewöhnliche, das er an Signorina Emilia hatte feststellen können, ihre unitalienische Zurückhaltung und Schweigsamkeit. Die junge Dame war eine ausgesprochen hübsche Person, dafür war er sehr empfänglich. Ihr mehr Aufmerksamkeit angedeihen zu lassen, würde ihm leicht fallen.

»Wir brauchen einen Schlachtplan«, verkündete er. »Da unsere Signora anderswo jemandem aus der *Petrullie* hilft, übernehmen wir vor Ort an ihrer Stelle.«

Der Witz mit der Bredouille hatte es ihm angetan, und Lene lachte auch diesmal artig darüber.

»Wenn es recht ist, übernehme ich am Nachmittag.« Vorher wollte er Souvenirs besorgen, den einen oder anderen Plausch halten und bei seinen künftigen Geschäftspartnern ein wenig Kundenpflege und Bauchpinselei betreiben. Vielleicht noch ein paar Kugeln werfen mit den alten Herren auf der Bocciabahn. Ihm wurde warm ums Herz. Wie konnte es sein, dass er sich schon jetzt in diesem Dorf so heimisch fühlte?

»Das ist das italienische Fieber«, behauptete Lene, als er die Frage laut stellte. »Es schlüpft durch die Augen, die Ohren und den Magen, und eh man sich's versieht, ist man infiziert bis in die Seele. Ich fürchte, es gibt kein Gegengift.« Das Einzige, was half, war wiederzukommen. Sie wässerte die letzte Pflanze und steckte Friedhelm eine abgebrochene Blüte ins Knopfloch. »Wir sind hoffnungslos verloren.«

»Da sagen Sie was, da sagen Sie was!« Er küsste ihr die Hand und zwinkerte. Sie standen immer noch unter Beobachtung. »Überlassen Sie den Gottesmann mir.«

»Danke.« Eilig schnappte Lene den Einkaufskorb und verschwand in Iannazzos Laden, während Friedhelms Stimme hinter ihr über den Dorfplatz dröhnte.

»*Bon Tschorrno!*«, schmetterte er Don Pietro entgegen. »Ist das nicht ein himmlischer Tag, Monsignore?«

*

Ihr Kostüm, graublau wie das Gefieder einer Taube auf dem Dach vor Gaetanos Atelier, war schlicht und zeitlos. Ihr abschätziger Blick unbestechlich wie der einer Gefängnisaufseherin. Federica atmete auf, als Simonetta Ragonese mit den gefälschten Unterlagen in Vittorio Finellos Büro verschwand. Ein puderiger Duft blieb von ihr zurück.

Aufmerksam sah Federica sich um. Zwei Fenster, ein Übertopf aus hauseigener Keramik, keine persönlichen Gegenstände. Durch die angelehnte Tür drang eine leise Unterhaltung. Papier raschelte. Neben dem Telefon stand eine nagelneue Gegensprechanlage mit mehreren Knöpfen. Wie die wohl funktionierte? Sie reckte den Hals, neigte sich immer weiter vor.

»Signor Finello empfängt Sie jetzt.«

Federica geriet aus dem Gleichgewicht und drehte eine halbe Pirouette, um sich abzufangen.

»*Grazie mille!*« Eilig schob sie Bewunderung nach. »Sie haben ein wirklich schönes Büro – und so modern!«

Die Sekretärin deutete stumm zur Tür. Unter der kühlen Distanz lag eine Ablehnung, die andere Frauen Federica häufig entgegenbrachten. Wie Maria, aus eifersüchtiger Angst um ihren Aldo. Was im Umkehrschluss bedeutete, dass sie mit Finello leichtes Spiel haben würde. Seufzend ging sie an Signorina Ragonese vorbei und blieb kurz hinter der Türschwelle stehen.

»Danke, dass Sie mich anhören, Signor Finello.«

»Bedanken Sie sich bei Bürgermeister Baresi, der hält ja große Stücke auf Sie«, sagte er ohne aufzusehen. »Und fassen Sie sich kurz. Sie suchen also Arbeit im Büro?«

»*Sì*, Signore. Aber ich nehme auch jede andere Stelle an. Ich bin verwitwet, und das Leben ist teuer.«

Er hob den Kopf. Mit einem Wimpernschlag pulverisierte Federica seine Vorstellung von einer Witwe, die händeringend nach Arbeit suchte.

»Was wissen Sie über unsere Firma und unser Handwerk?«

»Dass Sie sehr schöne Dinge herstellen.«

»Haben Sie das gehört, Simonetta?«

Sein Lachen klang herablassend. Er war ein durchaus attraktiver Mann, doch wenn er nicht aufpasste, würde er in ein paar Jahren genauso herrisch und verkniffen aussehen wie der alte Herr auf dem Porträt hinter ihm an der Wand.

»Mit Keramik kenne ich mich nicht aus, das gebe ich zu.« Federica behielt ihr Lächeln bei. »Aber ich kann Maschine schreiben und ziemlich gut rechnen. Außerdem lerne ich schnell. Wenn Sie mir die Chance geben, werde ich es Ihnen beweisen.«

»Also gut. Warum nicht?« Vittorio Finello schloss im Aufstehen sein Jackett. »Wir machen einen kleinen Rundgang. Ich erzähle Ihnen von meinem Unternehmen und den *schönen Dingen*, die wir produzieren. Danach gibt Signorina Ragonese Ihnen einige Aufgaben zur Bearbeitung.« Er wandte sich an seine Sekretärin, die dicht hinter Federica stand. »Sie sind so gut und bereiten in der Zwischenzeit etwas vor, ja? Was in der Buchhaltung eben so anfällt.«

»Selbstverständlich.« Simonetta verzog keine Miene.

»Das Unternehmen Maioliche Finello wurde von meinem Großvater gegründet und von unserer Familie stetig ausgebaut«, dozierte Vittorio, öffnete die Tür zum Flur und ließ Federica den Vortritt. Während der Spalt sich hinter ihnen schloss, sah sie die Sekretärin zum Telefon greifen.

»Alles entstanden aus einer einfachen Töpferei, aus starkem Willen, zupackenden Händen und einem Klumpen Ton.«

Entlang des Flures und der Treppe dokumentierten Fotografien in dunklen Rahmen die Geschichte. Im Erdgeschoss zierten Keramikreliefs die Wände. In überbordender Fülle rankten sich stilisierte Blumengirlanden über fetten Putti und Harfen spielenden Engeln. Was früher so manchen Palazzo zierte, wurde nur noch selten nachgefragt. Trotz des Hangs zur Tradition schien Finello eher der Gebrauchskeramik zugetan; hohe Stückzahlen für großen Gewinn. Einmal in Fahrt, redete Vittorio ohne Unterbrechung – wie Friedhelm Meyer, nur nicht so amüsant: von Schrühbrand und Glattbrand, Aufbaukeramik und Mutterformen, die er als Gedächtnis der Fabrik bezeichnete. Sie sahen Frauen Gussnähte retuschieren, Zinnglasur aufsprühen und mit Pinseln feine Muster malen; Männer, die Materialblöcke mit Tonabschneidern aus Draht portionierten oder an Drehscheiben Gefäße ausformten.

Das Werksgelände erwies sich als weitläufig und unübersichtlich – und Federicas hohe Absätze als denkbar ungeeignet für die Besichtigung. Dafür bescherten sie ihr die ungeteilte Aufmerksamkeit der Belegschaft. Unauffällig rieb sie sich die Knöchel. Allmählich reichte es. An einem Lager voll dicht gefüllter Regale mit unglasiertem Geschirr wartete ein Mann. Eine unauffällige Erscheinung mit Brille.

»Was gibt es, Ercole? Du siehst, ich bin beschäftigt.«

»Auf ein Wort.« Der Mann im weißen Kittel zögerte. »Wir haben ein Problem … Es ist dringend, Vittorio.«

Überrascht horchte Federica auf. Der Unscheinbare nannte Finello beim Vornamen? Und der folgte ihm nun einige Meter. Widerwillig zwar, aber er tat es. Das war wesentlich spannender als die Besichtigung! Diskret behielt sie die beiden im Blick. Die führten ganz sicher kein Fachgespräch. Ercole schien aufgeregt und gestikulierte drängend, während Vittorio keinerlei Emotion zeigte, bis er die Diskussion mit einer knappen Bewegung seiner flachen Hand beendete.

Ercole rauschte grußlos davon.

»Mein Bruder«, sagte Vittorio und packte Federica ebenso energisch am Ellbogen, wie er jenem das Wort abgeschnitten hatte. »Er hält nicht viel von Höflichkeit oder davon, sich zu gedulden. Jeder betrachtet die eigenen Anliegen als die wichtigsten, nicht wahr? Darum muss es einen geben, der entscheidet. Und auch wenn es ihm nicht gefällt, werde ich Ihnen die Manufaktur weiterhin wie geplant persönlich zeigen. Wollen Sie wissen, wo das Herz der Maioliche Finello schlägt?«

Viel lieber hätte sie gewusst, was Ercole gegen die Werksbesichtigung einzuwenden hatte. Doch Finellos Griff spannte sich fester um ihren Arm, und sie nickte.

»Jeder Mitarbeiter wird Ihnen eine andere Antwort darauf geben. Ist es die Vorbereitung des Rohstoffs?« Er stieß eine Tür auf, lotste sie hinunter in den Keller. Der Boden war grau, die Luft staubig. An den Wänden lagen Säcke und allerhand Material, daneben klapperte etwas im trommelförmigen Bauch einer Maschine. Hinter der nächsten Schwingtür wurde es noch lauter.

»Da drin entsteht der Schlicker für den Guss!«, rief Vittorio ihr ins Ohr und klopfte auf einen zylindrischen Behälter, der aussah wie ein riesiges umgekipptes Regenfass. »Schlicker ist ein Gemisch aus Ton und Wasser, es braucht eine ganz bestimmte Konsistenz. In dem Becken dort wird es gelagert und dann nach oben in die Werkstatt gepumpt.«

Federicas Blick folgte seinem ausgestreckten Finger zu den Rohrleitungen, Wellen und rotierenden Scheiben mit offen umlaufenden Keilriemen. Zwei Arbeiter hielten inne, murmelten eine Begrüßung, die das Motorengeräusch verschluckte. Es war ihnen deutlich anzumerken, dass Vittorio Finello sich selten zu ihnen verirrte.

»Passen Sie auf, wohin Sie treten.« Er legte beide Hände auf Federicas Schultern und wich einer Pfütze aus.

Unzählige Treppenstufen und Räume später standen sie endlich wieder auf dem gepflasterten Platz hinter dem Verwaltungsgebäude. Ihr schwirrte der Kopf.

»Nun, was denken Sie, Signora Pellegrini – was von all dem, das Sie gesehen haben, ist am wichtigsten für das perfekte Produkt? Ist es der Entwurf, das Material, die Ausformung, das Anbringen des Dekors oder der Brand? Und wenn es der Brand ist, ist es der erste oder der zweite?«

Von oben schaute Signorina Ragonese auf sie herab. Wachsam, steif und einschüchternd. Federica winkte ihr zu und schenkte Finello ein besonders inniges Lächeln. »Nichts davon – und alles. Es ist das Zusammenwirken. Aus vielen Händen entsteht Perfektion. Sie ist das Herz der Maioliche.«

»Bravo! Genau das ist unser Geheimnis. Das Herz unserer Keramik schlägt in der Brust jedes einzelnen Mitarbeiters.«

Ein leichtes Klopfen mit der Faust ans Revers unterstrich die pathetischen Worte, die er sich sicher nicht gerade eben für sie ausgedacht hatte. So was sagte man zu der Belegschaft zum Firmenjubiläum, zu Geschäftspartnern, Investoren und Bankiers, die frisches Geld ins Unternehmen pumpen sollten. Oder zu einer potenziellen Eroberung. Es konnte nützlich sein, ihn daran glauben zu lassen, dass seine Worte die gewünschte Wirkung zeigten. Federica schlug die Augen nieder, um dann in Zeitlupe ihre Wimpern zu heben.

»Herz und Hand funktionieren schlecht ohne Kopf«, sagte sie sanft. »Und der Kopf des Unternehmens, der sind Sie.«

»Da haben Sie schon wieder recht.« Finellos Blick glitt an ihr vorbei zum hoch aufragenden Schlot, seine linke Wange zuckte. Aber er lächelte nicht.

*

Aus der Küche klangen leise Geräusche und melodisches Summen. Seit Lene vom Einkaufen im Dorf zurück war, machte sie sich dort zu schaffen und bereitete ihr Kochen für den Abend vor. Dabei war es noch nicht mal Mittag. Am Anfang hatte Emilia ihr helfen dürfen, dann war sie hinauskomplimentiert worden. Sie legte das Buch weg, das sie wahllos aus dem Regal im Esszimmer gegriffen hatte, blätterte kurz durch eine Zeitschrift. Für beides fehlte es ihr an Konzentration. Das eine war ihr zu schwer, das andere zu seicht, um das Durcheinander ihrer Gedanken zu bändigen. Still halten sollte sie, ausruhen, am besten in der Nähe der Pension bleiben oder gleich ganz im Haus. Immer sagte man ihr, was sie tun sollte. Jeder schien es besser zu wissen als sie selbst. Sie schwang die Beine vom Liegestuhl. Das Holzgestell war mit einer bunt gestreiften Stoffbahn bespannt. Eine einfache Klappkonstruktion, an der man sich schlimmstenfalls die Finger klemmen konnte, das Fußteil ließ sich mit zwei Metallhaken einhängen. Und doch hatte Signor Meyer mit seinem lädierten Arm darauf bestanden, den Stuhl für sie aufzubauen. Niemand traute ihr etwas zu. Mit Ausnahme des Kommissars. Der hielt sie für eine notorische Lügnerin, vielleicht sogar für eine Mörderin, und verdächtigte sie des Ehebruchs. Er musste es nicht aussprechen. Sie war nicht dumm und ganz allein daran schuld.

Barfuß lief sie auf und ab. Sollte sie einfach zu Vittorio zurückzugehen und ihn um Verzeihung bitten? Mit dem Kind in ihrem Bauch, auf das er so sehr gewartet hatte? Ein Kind der Liebe. Es wäre versorgt, hätte eine Familie. Jedes Kind brauchte eine Familie. Und sie … Emilia schloss die Augen. Was zählte sie schon, mit ihren egoistischen Träumen von Eigenständigkeit?

Eine Schar aufgeschreckter Vögel zog ihren Blick zu den Wolken, landete dann in einem Gebüsch unweit des Fußwegs. Dahinter stieg das Gelände ein wenig an bis zu den spärlichen Resten eines Klosters an der Klippe, von dem Signor Meyer ihr vorgeschwärmt hatte. Bestimmt war er es, der sich jetzt von dort näherte.

Unfähig, eine Entscheidung zu treffen, sank Emilia auf den nächsten Stuhl. Vielleicht lenkte es sie für eine Weile ab, wenn er ihr wieder eine seiner albernen Geschichten erzählte.

Doch der Mann, der sich kurz danach zu ihr auf die Terrasse gesellte, war einen Kopf kleiner als der Deutsche, seine Hose an den Knien ausgebeult, das Hemd mit den hochgekrempelten Ärmeln angeschwitzt. Ein Seesack plumpste von seinem Rücken auf den Boden. Er ließ die Augen kurz über die Hausfassade gleiten, dann drehte er sich um, sog die laue Luft tief durch die Nase ein.

»Bei Gott, ich habe nie etwas Schöneres gesehen. Diese Weite! Man spürt die Ewigkeit.« Auf seinem Gesicht lag ein geradezu glückseliger Ausdruck, als er beide Arme zum Meer ausbreitete. »Tommaso Balistreri, frisch aus der Schweiz«, stellte er sich auf Italienisch vor.

»Ich dachte, Sie wären ein Matrose«, antwortete Emilia irritiert. »Wegen Ihres Gepäcks.«

»So leicht kann man sich täuschen.« Grinsend kratzte er sich den Nacken. »Ich kenne keinen aus dem Tessin, der zur See fährt, und mich würden keine zehn Pferde auf ein Schiff bringen, von dem aus kein Land mehr zu sehen ist. Nein, Signorina. Diese Füße gehören auf festen Boden. Haben Sie keine Angst vor der Tiefe und dem dunklen Wasser?«

Emilia glaubte, einen seltsamen Unterton wahrzunehmen, und lächelte vage. Ihre gereizten Nerven witterten Gefahr.

»Sind Sie ganz allein?« Er drehte den Kopf, lauschte.

»Meine Tante ist im Haus«, log sie hastig. »Signora Pellegrini, ihr gehört das Vento del mare. Und ein paar Gäste sind auch da.« Ausgerechnet jetzt war es geradezu totenstill. Sie hätte etwas darum gegeben, Meyers Stimme zu hören oder Lenes Herumwerkeln in der Küche, die sie als Einzige wirklich in der Nähe wusste. Emilia richtete sich im Stuhl auf, umfasste die Kante der

Sitzfläche, plapperte hastig drauflos. »Sind Sie zum ersten Mal hier? Ich bin zu Besuch, aus Sizilien.«

»Sizilien?« Er seufzte. »Darauf wäre ich nie gekommen. Mein Kompliment, man hört es Ihnen gar nicht an. Kein Akzent. Ich hätte geschworen, Sie sind eine Marchigiani.«

»Brauchen Sie ein Zimmer, Signor Balistreri?« Emilia stand auf und schob den Stuhl zurück. Ihre Worte überschlugen sich. »Oder haben Sie sich verlaufen? Sie sind von der Klippe gekommen, da gibt es keine Häuser, soweit ich weiß.«

»Das Meer führt mich her.« Balistreri lachte. »Unter anderem. Und Sie haben mit allem recht: Dort hinten ist nur ein hässlicher Abgrund. Ich bin per Anhalter gefahren und von der Straße nach Pesaro zu Fuß aufgestiegen.«

Ein Fremder, der zum Meer wollte, schleppte seinen Seesack auf eine Klippe, zu der es allenfalls einen schmalen Trampelpfad geben konnte. Dabei erstreckte sich vor Pesaro ein kilometerlanger Sandstrand. Ganz mühelos zu erreichen. Das ergab keinen Sinn.

»Sind Sie wirklich ein Schweizer?« Mit einer hilflosen Geste versuchte sie die Frage zu entschärfen, die ihn der Lüge bezichtigte. »So wollte ich das nicht sagen.«

»*Va bene,* schon in Ordnung. Sie zweifeln, wegen der Sprache, nicht wahr? Die Schweiz hat viele davon, aber im Tessin sprechen alle Italienisch. Doch: *Schwitzerdütsch tönt allwäg bsunders schön.*« Er zwinkerte zu den für sie unverständlichen Worten. »Jedenfalls sind Sie keine Sizilianerin«, fügte er, wieder ins Italienische wechselnd, hinzu. »Und Ihre Tante ist wohl leider doch nicht da, sonst wäre sie längst zu uns rausgekommen.«

»Parole Medusa?« Emilia flüsterte, ihr Körper spannte sich an. Sie brachte den Tisch zwischen sich und ihn.

»Hat er Sie geschickt? Der mit der Rose oder … Vittorio?«

»Nein, tut mir leid. Und ich weiß nicht, was Parole Medusa

bedeutet. Wobei ich wette, dass die Blicke Ihrer Tante tödlich sein können. Früher waren sie es jedenfalls. Federica und ich, wir sind alte Freunde.«

Emilia presste die Lippen aufeinander, um ihr Zittern zu unterdrücken. Ein Schweizer, ein Freund? Das Lächeln und Zwinkern. Waren das alles nur Tricks, um sie einzuwickeln?

Auf dem Fahrweg aus dem Dorf näherte sich ein Roller, und sie atmete auf, als sie Maria Baresi erkannte.

»Ich warte drinnen.« Tommaso Balistreri packte den Seesack und zwinkerte schon wieder. »Bitte verraten Sie mich nicht, wenn Federica kommt. Es soll eine Überraschung werden, dass ich da bin.«

Kapitel 15

In der Buchhaltung im Erdgeschoss der Maioliche Finello gab es wenig, was von der Arbeit ablenkte. Zwei Schreibtische, Regale, ein Aktenschrank, die Wände grau gestrichen, bis auf Brusthöhe dunkler als darüber. Nur die sich im Wind bewegenden Fächerblätter einer kleinen Palme draußen im Innenhof lockerten die Tristesse mit ihrem Grün ein wenig auf. Es gab weder Bilder noch persönliche Gegenstände, lediglich eine Wanduhr und ein Kruzifix. Neben dem Telefon stand die gleiche Sprechanlage wie oben im Büro. Signorina Ragonese wies mit einer knappen Kopfbewegung zum Platz am Fenster.

»In der Mappe finden Sie Unterlagen, aus denen eine Rechnung zu erstellen ist, eine Kalkulation und Tabellen. Was damit zu tun ist, sollte sich von selbst erklären. Ich erwarte präzise und saubere Arbeit. Vom Fehlerausradieren halte ich nichts. Sie haben eine Stunde.« Ihr Zeigefinger tippte auf die Uhr an ihrem dünnen Handgelenk und zeigte dann zu der an der Wand. »Zuerst werde ich einen Brief diktieren, den Sie dann abtippen und mir vorlegen.«

»Oh! Muss ich häufig zum Diktat – zu Signor Finello?«

»Das wird sich zeigen. Er ist anspruchsvoll und duldet keinen Schlendrian. Plaudereien – so wie heute – oder über Privates brauchen Sie sich nicht zu erhoffen. Signor Finello ist ein glücklich verheirateter Mann. Verhalten Sie sich also entsprechend.«

Dem gab es nichts zu entgegnen. Federica spürte das Blut in ihren Schläfen pochen, schlug ein Bein übers andere und griff zum Diktatblock. Je schneller sie das hinter sich brachte, desto besser.

Mit dem letzten Wort des Diktierten auf den Lippen wandte Signorina Ragonese sich zur Tür. »In einer Stunde. Oben.«

»Selbstverständlich.« Federica behielt ihre kerzengerade Haltung bei, bis die Sekretärin draußen war, dann ließ sie sich aufstöhnend gegen die Stuhllehne fallen. Üblicherweise verfügte eine Stunde über ungefähr siebzig Minuten, je nachdem auch mal neunzig. Sie dauerte, solange es eben dauerte, bis alles erledigt war. In ganz Italien war das so. Aber in Signorina Ragoneses Welt? Federica stöhnte noch einmal, als sie das Gekrakel auf dem Papier betrachtete. Den Text musste sie sofort abtippen und sich dabei auf ihr Gedächtnis verlassen, denn ihre angeblichen Stenokünste waren reine Fantasie und ihre Notizen eine Katastrophe. Sie spannte einen Bogen in die Schreibmaschine, drehte am Rad der Walze, betätigte den Hebel. Es ratschte und klackerte, bis die richtige Position erreicht war, dann pressten sich die Typen ins Farbband. Das Ergebnis war lausig, und Federica stopfte es in ihre Tasche. So machte sie weiter, bis sie etwas Vorzeigbares in der Hand hielt. Dann begann sie ihren eigenen Arbeitsplan durchzuziehen, schließlich wollte sie ja nicht wirklich bei Finello anheuern.

»Nicht für alles Geld der Welt«, murmelte sie und rüttelte an den verschlossenen Schubladen. Das angrenzende Archiv war abgesperrt, die offenen Schränke und der zweite Tisch unergiebig. Sie tastete unter der Tischplatte entlang, krabbelte auf allen Vieren um das Möbelstück herum, die Nase dicht am Boden. Gab es ein Schlüsselversteck, einen Hebel?

Plötzlich verdunkelte ein Schatten das Fenster. Sie fuhr herum, und ihr Puls schnellte hoch. Draußen stand ein Mann. Er hob die Hand und lächelte. Statt zu fluchen, lächelte sie zurück, brachte ihre verrutschte Garderobe in Ordnung und öffnete den Fensterflügel. Was für ein Idiot, sie so zu erschrecken!

»*Buon giorno*«, sagte sie leichthin. »Sie kommen mir gerade recht! Wissen Sie, wo in diesem Büro der verdammte Schreibtischschlüssel aufbewahrt wird?«

»Nein, tut mir leid.« Der Mann feixte angesichts ihrer Wortwahl.

»Mist. Ich muss für die Signorina dringend etwas fertig machen.« Federica deutete nach oben. »*Va bene.* Dann muss sie eben warten. Wie sieht es mit einer Kippe aus, können Sie mir damit helfen?«

»Klar.« Er pulte zwei Stängel aus der Hemdtasche.

»Danke, Sie retten mich!« Überschwänglich warf sie ihm Luftküsse zu, setzte sich aufs Fensterbrett und ließ sich Feuer geben. »Was kann ich denn jetzt für Sie tun? Oder hatten Sie jemand anderen im Büro erwartet? Meine ... meine Vorgängerin wohl kaum. Hab gehört, sie ist tot?«

Seine Augen wichen ihr aus. »Blöde Sache.«

»Ihr Tod oder was Sie von mir wollten?« Herausfordernd pustete Federica den Rauch an ihm vorbei.

»Beides.« Sein Daumen kratzte am Filter. »So jung zu sterben, na ja, das wünscht man niemandem. Und nachdem Sie vorhin durch die Gießerei gelaufen sind, haben wir Morra darum gespielt, wer Ihnen folgt und dafür eine Ohrfeige riskiert.«

»Eine Ohrfeige? Hätte es die bei Signorina Marchetti gegeben – für einen Blick durchs Fenster?«

»Gut möglich.«

Ganz unverdient wäre es nicht gewesen. Die Beschreibung ihres beim Herumkrabbeln hochgereckten Hinterns würde schnell die Runde machen. Die Vorstellung missfiel Federica. Sie flirtete gern und geizte in der Regel nicht mit ihren Reizen. Doch dann tat sie es freiwillig. Das war etwas ganz anderes, als heimlich beobachtet zu werden. Abgesehen davon empfand sie es als zweifelhaftes Kompliment, der Einsatz bei einem Fingerspiel zu sein. Im Augenblick musste sie allerdings andere Prioritäten setzen, als das klarzustellen. Wenn sie schon als Pin-up in den Köpfen der Finello-Gießer landete, sollten wenigstens noch ein paar Informationen herausspringen. Vertraulich neigte sie sich vor.

»Ich weiß, über Tote redet man nicht. Aber Signorina Marchetti steht wie ein Geist im Raum, und ich wüsste schon gern, wie sie gewesen ist. Mit wem sie eng war oder überkreuz. Damit ich nirgendwo anecke. Sie hat es geschafft, Signorina Ragonese zufriedenzustellen – dafür bewundere ich sie, denn das ist ganz schön schwer.« Federica streifte die Pumps ab, hielt einen hoch. »Die hasst sie jedenfalls.«

»Mir gefallen sie.« Ihr Gegenüber grinste. »Es gibt nur eins, was Sie sich merken müssen: Legen Sie sich nicht mit Signorina Ragonese an. Sie ist Signor Finellos rechte Hand und sie gewinnt immer. Mit allen anderen werden Sie gut klarkommen. Sie sind ja ganz anders als die Marchetti.«

»Wie anders?«

»Keine Contessa, die sich für was Besseres hält. Kalt wie ein Fisch. Was ist so schwer an ein bisschen Freundlichkeit? Und eng war sie höchstens mit der Ragonese. *Perdono*, Signora – ich muss wieder los – leider. Viel Glück und bis bald.«

»Bis bald. Danke für die Warnung und für die hier.« Federica schob ihm den Rest der Zigarette zwischen die Lippen und rutschte von ihrem Sitzplatz. Den Schuh stellte sie auf den Schreibtisch, dann schloss sie das Fenster und die Vorhänge. Weitere Zeugen ihres Treibens waren unerwünscht.

*

Der Roller funkelte in der Sonne. Frisch poliert für ein paar Lire, damit die elegante Elfenbeinfarbe, die zu Maria Baresis Bluse und den Schuhen passte, gut zur Geltung kam. Für ihren Besuch im Vento del mare überließ sie nichts dem Zufall. Das Kostüm war brandneu, die Perlenkette teuer. Eine Vorsichtsmaßnahme, falls Signora Pellegrini doch anwesend gewesen wäre, neben der sie regelmäßig Komplexe entwickelte. Der Ausblick vor der Pension machte die einsame Lage außerhalb der Dorfmauer spielend wieder wett. War das gerecht? Sollte ihr Aldo sich noch einmal dazu hinreißen lassen, diese Frau mit Sophia Loren zu vergleichen, würde er es bereuen. Sollte andererseits die Signora mit dem von ihr gefälschten Empfehlungsschreiben etwas Positives für den kleinen Gaetano bewirken, war Maria bereit, über so manches hinwegzusehen. Weniger, was die Wirkung der Signora auf Männer betraf, um die sie sie insgeheim beneidete. Sie dachte eher an die Lüge bezüglich der sizilianischen Nichte, die sie jetzt wohlwollend lächelnd einem Kreuzverhör unterzog. Der Zeitpunkt war gut gewählt, die Pellegrini unterwegs und ihr Gegenüber offensichtlich zu durcheinander, um alles zu durchschauen.

»Wissen Sie, dass Sie in Pesaro eine Doppelgängerin haben? Deshalb sind Sie mir gestern so bekannt vorgekommen.« Maria packte einen Zeitungsbericht aus, den sie Eliza verdankte, die in ihrem Frisiersalon Klatschgeschichten über Prominente sammelte. Das Foto war bei einem offiziellen Anlass aufgenommen worden und zeigte den erfolgreichen Firmeninhaber Vittorio Finello mit seiner blutjungen Gattin kurz nach der Hochzeit.

»Sehen Sie nur: Die Dame trägt auch noch denselben Vornamen. Was für ein Zufall!« Dass sie ins Schwarze getroffen hatte, war Maria binnen Sekunden klar. Beharrlich fuhr sie fort. Es musste doch herauszufinden sein, was hier gespielt wurde! Es war zwar nicht so, dass sie Signora Pellegrini um jeden Preis an den Karren fahren wollte. Aber etwas gegen sie in der Hand zu haben, war ihr bei weitem lieber, als wegen Gaetano in ihrer Schuld zu stehen. »Reich zu sein ist sicher auch nicht immer ein Zuckerschlecken. Oder einflussreich. Mein Aldo ist ja im Dorf der Bürgereister – die ganze Verantwortung für die Gemeinde, da bleibt auch einiges an mir hängen. Vieles sogar, wenn ich offen sein darf. Außenstehende machen sich keine Vorstellung davon. Die sehen nur die Annehmlichkeiten. Dabei würde ich manchmal am liebsten weglaufen.« Verstohlen beobachtete sie Emilias Reaktion. Merkte die nicht, dass sie eine Vertraute vor sich hatte – eine Leidensgenossin? »Dieser Emilia Finello geht es bestimmt ähnlich. Man muss lernen, die echten von den falschen Freunden zu unterscheiden. Gerade als Frau eines begehrten Mannes. Gesegnet sind die, deren beste Freundin nicht zur ärgsten Feindin wird, sag ich nur!« Maria winkte ab und lachte, zupfte an ihrer Frisur. »Und die, deren Freundin sich mit dem Toupierkamm auskennt.«

Die Emilia vor ihr lächelte, stimmte gelegentlich zu, antwortete einsilbig und riss die braunen Kuhaugen auf, in denen es verdächtig glänzte. Doch über ihre Lippen kam kein Eingeständnis, obwohl Maria alle verfügbaren Register zog.

Missmutig betrachtete sie den Fremden, der aus dem Haus trat, grüßte und sich auf einem Liegestuhl niederließ. So unsensibel in ein Privatgespräch zu platzen, konnte nur einem Mann einfallen!

Emilia rutschte unruhig herum. Maria Baresi verlangte ihr alles ab. Lügen, lächeln, leugnen, bloß keinen Fehler machen. Und was wollte jetzt dieser Schweizer? Beobachtete der sie? Sonne lag auf der Fassade und den sattgrünen Kletterpflanzen. Aus dem kleinen Nutzgarten, der sich an die Pension anschloss, hörte sie Lenes leises Summen. Sicher pflückte sie dort Kräuter. Immer freundlich und hilfsbereit, schien Lene jederzeit zu wissen, was zu tun war. Sie zur Freundin zu haben, musste wunderbar sein. Eine echte, aufrichtige Freundin. Emilia spürte den Druck von Tränen in ihrer Kehle.

Der Klappstuhl knarzte, während sie schwieg.

Wenig später gab Maria auf und verabschiedete sich.

»Sie können froh sein, Signorina«, sagte sie und betonte die

Anrede spitz. »Diese Emilia Finello ist ein Waisenkind. Muss schlimm sein, ganz allein auf der Welt … Aber Sie haben ja Ihre Tante und eine Familie, die sich umeinander kümmert. Das ist ein Glück, nicht wahr?«

Die sizilianische Nichte lächelte verkrampft. »Ja, ein großes Glück.«

*

Tommaso Balistreri schaute dem Roller nach, dann der jungen Frau, die behauptete, Federica Pellegrinis Nichte zu sein. Die blonde Signorina Jung, der er vorhin in der Küche begegnet war, glaubte ihr das offenbar. Er trat ans Terrassengeländer. Emilia aus Sizilien machte sich davon. Die Unterredung mit der Besucherin hatte ihr offensichtlich nicht gut getan. Sie wirkte noch verstörter als zuvor, was ihm gar nicht gefiel. Und nun schlug sie den Weg über das Plateau ein, von dem er gekommen war und wo das Land jäh und schroff zum Meer hin endete.

*

Wenn es in diesem Büro etwas gab, das die tote Teresa für Federica zu einem greifbaren Menschen machen konnte, dann steckte es in deren Schreibtisch. Ohne lange zu überlegen, raffte Federica den Rock für mehr Beinfreiheit und verpasste der Schublade direkt neben dem Schloss einen deftigen Tritt. Es knackte, und die Verriegelung sprang auf. Zugleich durchfuhr sie ein dumpfer Schmerz. Sie fluchte. An diesen Treffer würde sie noch ein paar Tage denken.

Garantiert waren Garibaldis Leute schon hier gewesen, aber sie ging lieber auf Nummer sicher und vermied es, ihre Fingerabdrücke zu hinterlassen. Unter Zuhilfenahme ihres Taschentuchs fischte sie einige Unterlagen mit Firmenschriftzug heraus, stocherte mit einem Bleistift zwischen privaten Utensilien. Schminkspiegel, feuriger Lippenstift, Kosmetikartikel. Ein Umschlag war an Teresa adressiert und laut Poststempel vor gut zwei Wochen angekommen. Darin befand sich ein Gruß des Conte Marchetti an seine Tochter, der darauf schließen ließ, dass ursprünglich ein Geldbetrag oder wahrscheinlicher ein Scheck beigelegen hatte. Über die Höhe oder den Zweck war nichts vermerkt. Federica rieb sich den schmerzenden Fuß, überflog einen nichtssagenden Geschäftsbrief, dann ein Kontorbuch voller Warenlisten. Zahlenkolonnen und Materialbezeichnungen, Eingänge und Entnahmen. Daran musste Teresa wohl zuletzt gearbeitet haben. Es sah langweilig und unauffällig aus.

»Wer hat Ihnen das erlaubt?«

Federica stieß einen Schrei aus, knallte das Buch zu, wobei sie ihren Schuh vom Tisch fegte, der unterm Fenster an die Wand schlug und neben seinem Gegenstück zum Liegen kam.

»Entschuldigung, Sie haben mich erschreckt.« Ihr Blick flog zwischen der Uhr und Signorina Ragoneses Gesicht hin und her. »Eine Viertelstunde habe ich noch – und das Durcheinander kann ich erklären.«

»Diese Dokumente habe ich Ihnen nicht gegeben.«

»Ich wollte nur nachsehen, wie Signorina Marchetti ihre Unterlagen führt. Der Schreibtisch war offen, also –«

»Sparen Sie sich Ihre Lügen.« Die alte Dame verschränkte ihre knochigen Finger ineinander. »Die Schubladen habe ich gestern selbst abgeschlossen. Verschwinden Sie freiwillig, oder ich lasse Sie rauswerfen.«

»Das ist ungerecht, ich habe nichts getan, Signora!«

»Signorina!«, blaffte die Sekretärin, jähe Röte im Gesicht. »Es heißt Signorina. Und Sie sind eine Schande für alle berufstätigen Frauen. Statt Ihre Aufgaben zu erledigen, haben Sie geraucht und mit einem der Arbeiter herumpoussiert, kaum dass ich Ihnen den Rücken gekehrt habe. Was denken Sie, wo Sie hier sind? Die Maioliche Finello ist ein anständiges Unternehmen – kein Bordell!«

»So lasse ich nicht mit mir reden«, zischte Federica und schlüpfte in ihre Schuhe. Was bildete diese verstaubte Ziege sich ein? »Personalentscheidungen trifft Signor Finello persönlich, nicht wahr?« Sie schnappte ihre Sachen und den diktierten Brief, rannte die Treppe hinauf, stürmte durchs Vorzimmer und bis vor Finellos Schreibtisch. Diesen letzten Auftritt ließ sie sich nicht nehmen. Die Ragonese wollte einen Machtkampf? Na bitte, den konnte sie haben. Federica hatte nichts zu verlieren.

»Signora Pellegrini.« Finello runzelte die Stirn. »Habe ich Ihr Klopfen überhört oder meine Aufforderung an Sie einzutreten?«

»Die Tür war offen, und es ist dringend.« Unter der engen Bluse wogte ihr Busen auf und ab. Sie war zornig und nervös. Das lief alles ganz anders als erhofft.

»Aha.« Er lehnte sich zurück, goss aus einer Karaffe Wasser in ein Glas und trank einen Schluck, während er sie undurchdringlich musterte. Mit dem Kinn deutete er zur Sitzgruppe am Fenster. »Wie wär's mit einem Drink?«

»Nein, danke.« Natürlich war seine Frage nicht ernst gemeint. »Ihre Sekretärin hat –«

Mit herrischer Geste schnitt er ihr das Wort ab, dann winkte er Signorina Ragonese herein, die mühsam ihren schnellen Atem zügelte. »Simonetta?«

»Impertinent, unfähig, neugierig. Eventuell ein Versuch der Konkurrenz, uns auszuspionieren. Sie schnüffelt herum.«

»Interessant. Jetzt Sie, Signora Pellegrini.«

»Das ist gelogen. Ich habe getan, was die Signorina wollte, aber sie sabotiert mich! Sie hat mich bei der Arbeit unterbrochen und beleidigt.« Federica beugte sich vor und knallte ihm den Briefbogen auf den Tisch. »Bitte. Sie werden keinen einzigen Fehler finden. Und für das Geschmiere kann ich nichts. Die Maschine braucht ein neues Farbband.«

»Ach ja?« Finellos Blick streifte den Brief, verweilte an Federicas Ausschnitt, dann starrte er ihr frostig in die Augen. »Schade. Das überzeugt mich nicht.«

*

Hoch erhobenen Hauptes verließ Federica kurz darauf das Verwaltungsgebäude der Maioliche Finello. Ihre Wangen brannten vor Scham und Ärger. Ein kompletter Fehlschlag, der Maria Baresi wenig begeistern würde und von dem Garibaldi besser nie erfuhr. Sie hatte die Sache falsch angepackt und für Gaetano rein gar nichts erreicht!

In einem Baum sang ein Vogel. Trällerte melodisch, fast wie der Kanarie, den sie vor Kurzem in einem Käfig gesehen hatte – in Pesaro, zwei Stockwerke über dem Tatort.

Sie ignorierte ihre innere Stimme, die einen kompletten Rückzug aus dem verzwickten Fall nahelegte. Konnte es denn schaden, dem Besitzer des Vogels ein paar Fragen zu stellen? In der Pension erwartete sie niemand vor dem Abend zurück. Emilia befand sich dort in guter Obhut, und Gaetano saß in Polizeigewahrsam fest, was beide davon abhalten sollte, irgendwelche Dummheiten zu begehen.

Es machte also nichts aus, wenn sie noch eine Weile fort blieb. Der alte Herr aus der Via Annunziata aß sicher gern Süßes. Und sie konnte auch etwas vertragen. Für ein Stück Mandelkuchen war jede Tageszeit die richtige.

Auf der Stufe vor dem Eingang überwachte Signorina Ragonese persönlich ihren Abgang, und Federica ließ die Räder beim Gasgeben durchdrehen. Das Cabrio schoss vom Parkplatz.

»Das haben Sie gut gemacht.« Ercole Finello trat aus dem Türschatten an die Seite der Sekretärin. »Wieder mal, Simonetta. Wir wären alle verloren ohne Sie.«

*

Das Knattern eines Motorrads schreckte Don Pietro auf. Er saß auf einer der neuen Bänke, die vom Gemeinderat rings um den Dorfplatz aufgestellt worden waren, und musste wohl nach der Andacht zum Mittagsläuten eingenickt sein. Inzwischen heizte ihm die Sonne unter der Soutane ordentlich ein. Er beschattete die Augen, um den Neuankömmling im Gegenlicht besser zu sehen, der abstieg und auf ihn zukam.

»Entschuldigen Sie, können Sie mir weiterhelfen?«

»So Gott will, mein Sohn.« Don Pietro deutete zum Himmel.

»Amen.« Der Motorradfahrer schlug ein Kreuz. »Ich brauche gleich doppelt Ihren Beistand, Vater. Weil ich Trottel mich verfahren habe. Und die genaue Adresse – tja –, die habe ich auch vergessen. Dabei hatte ich versprochen, noch vor dem Mittag da zu sein.« Zerknirscht verzog er das Gesicht. Unter seinem Helm lugte eine Strähne lackschwarzer Haare heraus. »Gibt's hier irgendwo Rosen zu kaufen? Schätze, bei der Verspätung ist 'ne anständige Entschuldigung fällig, für 'ne besondere Frau: attraktiv, selbstbewusst. Sie fährt ein Cabrio.«

»Stopp!« Don Pietro lächelte breit. »Sie suchen Signora Pellegrini! Richtig? Ein Cabrio fährt hier im Dorf nämlich nur eine. Der Weg ist nicht weit. Ich erklär es Ihnen.«

»*Grazie a Dio!*« Der Mann zeigte zum Himmel. »Da meint es wohl doch einer gut mit mir.«

»Den Herrn kann man nicht oft genug loben. Doch zufällig weiß ich, dass die Signora gerade unterwegs ist. Aber ihre Nichte ist seit ein paar Tagen zu Besuch, die kann Ihnen sicher sagen, wann sie wiederkommt. Es ist hübsch dort und ruhig, ganz hinten auf der Klippe. Und wegen der Rosen …«

Renato Dini nickte zu den Erläuterungen des Pfarrers.

Am Mittwoch war er dem Kommissar zum Abzweig auf den Hügel gefolgt, genau wie zuvor der Signora mit dem Cabrio. Und der kleine Scheißer, der gestern eingebuchtet worden war – vor dessen Haus er beide miteinander gesehen hatte –, kam auch von hier. So was sprach sich schnell herum. Er würde einen Besen fressen, wenn es da keinen Zusammenhang gab! Diese Signora Pellegrini wusste etwas, da war er so gut wie sicher. Und sie würde es ausspucken. So oder so. Im Grunde war er ein friedlicher Mensch, der Gewaltanwendung scheute. Doch wenn es drauf ankam, war er bereit. Das Glück musste man wie einen Stier bei den Hörnern packen, sobald es sich zeigte – und manchmal musste man es niederringen.

*

Langsam setzte Emilia einen Fuß vor den anderen, ließ die Pension hinter sich, ging schneller und schneller, bis sie rannte. Wie in jener Nacht, als Teresa gestorben war. Sie rannte, als sei der Teufel hinter ihr, und wusste ihn doch in sich. Er saß in ihrem Kopf, nagte an ihrem Herz. Was Maria Baresi gesagt hatte, schmerzte. Freundinnen, Feindinnen, Neid und Treulosigkeit. Tränen nahmen ihr die Sicht und den Atem, aber sie blieb nicht stehen, fühlte den unbarmherzigen Druck der Wahrheit, sah Blut auf dem Pflaster, stolperte durch schwingendes Gras. Ihr Kleid bauschte sich um ihre Beine. Dasselbe Kleid, das sie bei ihrer sinnlosen Flucht aus ihrem Haus in Pesaro getragen hatte. Vittorios Haus. Keuchend hielt sie an. Wie oft wollte sie noch weglaufen? Sie konnte ja doch nicht entkommen. Ihr Leben holte sie immer wieder ein. Dumm war sie gewesen. Vorsätzlich blind. Im

Gegensatz zu dieser Bürgermeisterfrau, die schwätzte und einfältig tat, während sie Emilias Innerstes in Stücke riss. *Ich weiß, wer du bist. Waisenkind. Lügnerin. Ich weiß, dass du dich versteckst.*

Wie in Trance lief Emilia weiter, bis vor ihr die Mauer des Klosters aufragte, die leere Fensteröffnung ein Mahnmal der Vergänglichkeit. Sie lehnte die Stirn gegen die rauen Steine. Etwas lief grundlegend falsch in ihrem Leben. Und welches Leben erwartete ihr Kind? Was sollte sie ihm sagen, nach alldem – Verrat, Betrug Mord –, wie das Unerklärliche erklären? Dabei hatte sie nur ein Zuhause gewollt. Eine kleine, glückliche Familie und Liebe. Alles war gut gewesen. Alles, alles.

In der Luft lag Frühlingsduft, ein Motor sirrte wie ein aufgeregtes Insekt, weit weg rief jemand ihren Namen. Emilia trat aus dem Windschatten der Mauer. Nur wenige Schritte entfernt endete das Gelände jäh an einer scharfen Kante, hinter der es nichts mehr gab außer betörendem Blau und Wind. Minutenlang stand sie dort im struppigen Gras, Steinchen rieselten unter ihren Füßen in den Abgrund, versanken gut hundert Meter tiefer geräuschlos im Meer. Dort, wo die Wellen an den schroffen Felsen zerschellten, fand ihr Blick keinen Halt, glitt wieder aufwärts über Ginsterbüsche, die sich, der Schwerkraft trotzend, ans senkrechte Gestein klammerten, blieb an den kleinen Blüten hängen, die sich in wenigen Tagen öffnen würden. Leuchtend gelb wie am Monte Ardizio.

Himmel, Meer und Tränen wurden eins. Teresa und sie waren wie Schwestern gewesen. Emilia wagte sich zögernd weiter vor, breitete ihre Arme aus. Eine Fußspitze im Nichts. Ein Schritt, und aller Schmerz und Zweifel hatten ein Ende. Sie stellte sich vor, wie der Wind sie auffinge und, einem Wassertropfen gleich, hinaustrüge an den Rand der Welt und darüber hinaus, wo Azur und Türkis zu reinem Licht wurden. Und sie vereint wäre mit ihnen und allen anderen Farben.

Ihr Schuh rutschte, bröselte Erde in den struppigen Ginster, wozu das schnelle, reißende Geräusch in ihrem rechten Ohr nicht passte. Sie fuhr herum, verlor das Gleichgewicht und schrie auf. Ein Streichholz segelte brennend an ihr vorbei. Ihr Knie schlug auf Stein. Das Blau drehte sich mit Ginstergelb und Grün um sie. Mit einem Mal sah sie die Felsen wieder klar und das schmerzhafte Ende, das sie erwartete. Kein Wind würde sie tragen.

Ihre Finger gruben sich in den Boden, Nägel brachen. *Bitte nicht, bitte nicht. Nicht auf diese Weise!* Sie realisierte Grasbüschel vor den Augen und den salzig-erdigen Geruch zwischen den Wurzeln, dann eine Hand in ihrem Sichtfeld, die zupackte.

»So leicht kommen Sie nicht davon, Signora Finello.«

Über ihr erschien das Gesicht des Mannes, vor dem sie aus ihrem Haus in Pesaro geflohen war. Eine kalte Zigarette wippte beim Sprechen zwischen seinen Lippen. Sein Mundwinkel verzog sich zu einem missmutigen Grinsen, dann griff er in ihre Haare, zerrte sie hoch und hob dabei eine Rose auf.

»Hat Ihnen niemand beigebracht, dass es unhöflich ist, sich mitten in einem Gespräch davonzumachen? Ich war noch nicht fertig mit Ihnen«, sagte er kalt. »Parole Medusa. Jeder Kopf hat seinen Preis. Wenn Sie gezahlt haben, können Sie springen, wohin Sie wollen. Aber keine Sekunde vorher.«

Renato Dinis Plan war einfach – er würde zweimal kassieren. Wer versuchte, ihn abzuziehen, hatte nichts anderes verdient. Er war kein Profi, aber er erkannte Gelegenheiten – und Schwächen. Und die Finellos waren beide schwach.

Er drehte die Rose zwischen den Fingern. Eine Rose zur Tarnung. Es ärgerte ihn maßlos, dass er an die Übergabe seines Lohns vor dem Museum geglaubt hatte. Das Päckchen sollte im Vorbeigehen neben seinen Füßen landen. Sie musste sich irgendwo halb tot gelacht haben über ihn. Mit dem Lachen war es jetzt vorbei. Dem Pfaffen und der Blonden in der Pension sei Dank, die ihm den Weg zu ihr gewiesen hatten.

In genau diesem Moment vergaß Friedhelm Meyer auf seinem Beobachtungsposten zu atmen; unter den dunkelgrünen Blättern eines Lorbeers hervor klickte sein Fotoapparat in schneller Folge. Er schätzte die Distanz – viel zu weit, um rasch einzugreifen – und rannte los, als die Rose über Emilias Gesicht strich, geriet ins Stolpern, als der Mann damit zuschlug und sich dann dicht über Emilias Ohr neigte.

»Das war geschickt eingefädelt, Signora«, zischte Renato Dini. »Fast perfekt. Nur ein einziges direktes Treffen, und bei dem standen wir praktisch Rücken an Rücken an dem Gebüsch. Keiner konnte den anderen sehen. Eine verstellte Stimme sagt: ›Parole?‹ Ich sage: ›Medusa!‹ Dann schieben Sie mir 'nen Umschlag zu. Ihr Parfum hat mich irritiert. Eine Frau, die einen Mörder anheuert? *Allora!* Ich war sicher, ich hab's nur mit einer Botin zu tun. So kann man sich täuschen.« Auf die Sache mit dem Parfum hätte er nicht gewettet. Bei dem Treffen war er beschissen nervös gewesen, hatte Kette geraucht und sich vorher hochprozentig Mut angetrunken. Vielleicht hatte er etwas gerochen, vielleicht aber auch nicht. Erst nachdem sie ihm die Finger in der Tür geklemmt hatte und abgehauen war, war er auf die Idee gekommen, dass sie tatsächlich hinter allem steckte. Sein Plan war nur gewesen, sie einzuschüchtern, um ihrem Mann Druck zu machen, wenn sie dem was vorheulte. Dabei hatte das Luder ihn reingelegt. Er stieß Emilia rückwärts vor sich her, bis zur Ruine.

»Es war klug, nicht mehr zu reden, unsichtbar zu bleiben und alles Weitere über den toten Briefkasten abzuwickeln. Sie haben echt Humor, hat mir imponiert. Aber schriftliche Anweisungen?« Zischend zog er Luft durch die Zähne und griff in die Innentasche seiner Jacke. »Das ist dumm.«

»Ich war das nicht! Wovon reden Sie nur? Außerdem besitze ich kein eigenes Geld, mit dem ich Sie bezahlen könnte. Von mir aus töten Sie mich doch! Es ist mir gleich. Nein, Sie würden mir sogar einen Gefallen tun.«

»Eh, eh, eh, nicht doch.« Er riss den ausgestreckten Arm mit dem Zettel in die Höhe, als Emilia danach zu greifen versuchte. »Das verräterische Ding hat mich zu Ihnen geführt. Ist bestimmt voll mit Abdrücken Ihrer zarten Fingerchen.«

Wieder zerrte er an ihren Haaren und zwang sie, den Kopf weit in den Nacken zu legen.

»Zeigen Sie her. Ich will das sehen!« Emilia kämpfte dagegen an, in die Knie zu gehen, trat und schlug nach ihrem Peiniger. Ihre Kopfhaut schmerzte, doch die Angst, die tiefer in ihr wütete, verlieh ihr Kraft. Sie musste diesen Albtraum beenden.

»Lassen Sie die Frau los!«

»Bleiben Sie, wo Sie sind!«

Renato erstarrte. Zwei Männer näherten sich von unterschiedlichen Seiten. Etwas weiter weg der Größere, der von rechts der Ruine angestürmt kam. Der andere, schon fast in Reichweite, schob die Ärmel hoch wie ein Preisboxer. Renato schaute von einem zum anderen, verlor die Kontrolle über Emilia, die sich seinem Griff entziehen konnte und ihn ansprang wie eine Furie. Ihre zersplitterten Fingernägel zerkratzten seine Wangen.

»*Assassino! Pezzo di merda!*«

Binnen eines Sekundenbruchteils traf Renato eine Entscheidung. Er stieß Emilia von sich auf den Klippenrand zu, um den Preisboxer abzulenken, an dem er vorbei musste. Diese Schlacht war verloren. Er schlug einen Haken, während der Boxer dem Impuls in die andere Richtung folgte.

Fluchend hechtete Tommaso Balistreri ihm noch einige Meter nach, doch sein Gegner hängte ihn problemlos ab. Mit einer unflätigen Geste schwang der Kerl sich auf das unweit abgestellte Motorrad und brauste davon.

Friedhelm Meyer hielt Emilia an seine Brust gepresst und

atmete schwer. Er war zu alt für Heldentaten und 100-Meter-Sprints und hätte sich in den Hintern treten können, dass er den Abstand zu ihr so groß hatte werden lassen. Die Abmachung mit Fräulein Lene, ein Auge auf Emilia zu haben, war für ihn ein kleines Detektivspielchen gewesen, bei dem er statt aufzupassen lieber Landschaftsbilder geschossen hatte. Nun waren sie geradeso an einer Katastrophe vorbeigeschrammt. Was sie dem Fremden verdankten, der schneller zur Stelle gewesen war. Er drückte Emilia fester an sich, wie um sich von ihrer Lebendigkeit zu überzeugen, und führte sie von der Abbruchkante fort auf die andere Seite der Klostermauer. Für ihn war es mit dem unbeschwerten Blick in die Tiefe erstmal vorbei. Sein brauner Anzug war ordentlich durchgeschwitzt, und er trocknete sich die Stirn mit der Krawatte.

Emilia schaute dem aufjaulenden Motorrad hinterher, dann auf das Blut unter ihren Fingernägeln und schließlich in die Gesichter ihrer Retter. »Danke«, flüsterte sie.

»Da haben wir alle nochmal Glück gehabt«, sagte Balistreri. »Eine Entführung vor meiner Nase, das hätte ich Ihrer Tante ungern erklären müssen.« In seiner Hosentasche steckte ein Stück Papier, das der Flüchtende verloren hatte. Vorerst würde er es für sich behalten, wie die Beschimpfung, die nicht für seine Ohren gedacht gewesen war. *Assassino*: Mörder.

*

Signor Pedersoli grunzte selig. An seinem Tisch saß eine zauberhafte Signora, die ihm Kuchen mitgebracht hatte, der auf seiner Zunge zerging, ohne dass er seine wenigen Zähne zum Kauen brauchte. Eine Zerstreuung wie diese gab es für ihn höchst selten. Vor dem Fenster hüpfte der Kanarienvogel in seinem winzigen Käfig von Stange zu Stange.

»Jeden Tag singt er für mich«, sagte Pedersoli, und ein kleiner Krümelschauer regnete auf den Teller herab. »Morgens hänge ich ihn raus, da bleibt er bis zum Schlafengehen. Manchmal singt er noch im Dunkeln, und zwischendurch schauen wir in die Welt und zu den Fenstern gegenüber, aber da ist es meistens langweilig.« Er kicherte. »Nur alte Leute.«

Federica schlug die Beine übereinander und schmunzelte unter seinem Blick. Nicht nur der Kuchen traf seinen Geschmack. Es war leicht, ihn zum Reden zu bringen. »Und was war an dem Abend, als der Unfall passierte?«

»Das war kein Unfall.« Er schlürfte einen Schluck Kaffee, und Federica tat es ihm gleich. Sie hatte den Espresso an seinem schmuddeligen Herd in einer verbeulten Mokkakanne aufgebrüht und beide Tassen gründlich ausgespült.

»Ich zeig es Ihnen.« Er erhob sich ächzend und schlurfte zum Fenster, unter dem sein Sessel stand. »Da habe ich gesessen und war eingenickt, dann hat dieser Motor hochgedreht.« Er ahmte das Geräusch nach. »Nur das, danach war es wieder still. Ich dachte, wenn er mich schon geweckt hat, geh ich eben ins Bett.«

Federica schob das sperrige Möbel so weit beiseite, dass sie sich neben ihn klemmen konnte. »Der Vogel war noch draußen?«

»*Si*. So war es. Und wie ich nach dem Käfig greife, geht plötzlich ein Scheinwerfer an und leuchtet auf diese Frau, die sich umdreht. Dann jault wieder der Motor. Sie geht nicht weg, gestikuliert und schüttelt den Kopf. Ich habe sie nicht verstanden, aber ich glaube, sie hat den Fahrer beschimpft. Und ihn direkt angeguckt, in das grelle Licht. Ihre Tasche hat geleuchtet wie frischer Schnee.«

»Ihre Tasche?« Federica konnte kaum atmen vor Aufregung. Laut Garibaldi hatte Teresa keine bei sich gehabt.

»Haben Sie schon mal einen richtigen Schneewinter erlebt?

Ich schon, 1915 im Krieg, in den Bergen. All dieses Weiß, so still und schön, und dann …« Seine Hand fuhr durch die Luft, und seine alte Erinnerung vermischte sich mit der neuen. »Es knallte, und sie flog, wie bei einer Explosion.«

Der Kanarie hob zu neuem Gesang an.

»Und dann?«

»Nochmal.« Sein Arm fuhr hin und her. »Und weg mit quietschenden Reifen. Ich habe gerufen, aber nichts. Wie hätte sie das auch überstehen sollen? Plötzlich sind Leute von überall zusammengelaufen, es ging drunter und drüber, alle um sie herum mit viel Geschrei.«

»Erinnern Sie sich, ob jemand die Tasche mitgenommen hat?«

Pedersoli rieb sich die fleischige Nase. »Wird so sein. Die Polizei oder ein Langfinger.« Verächtlich spuckte er aus und kümmerte sich nicht darum, ob jemand unter ihnen auf der Straße war. »Die Menschen sind schlecht, Signora, schlecht. Kein Respekt vor dem Tod.«

Federica nickte bedächtig. »Haben Sie das alles der Polizei erzählt?«

Der alte Mann wiegte die flache Hand hin und her. »Der in der Nacht gekommen ist, hat gemeint, ich hätte nur geträumt. Das könnte ich gar nicht erkannt haben – im Dunkeln, im Halbschlaf – mit meinen alten Augen. Anderntags stand so ein Grünschnabel da. Sollte ich mir das nochmal anhören? Ich habe ihm meine Lesebrille gezeigt und ihn fortgeschickt.«

Wer wollte ihm das verdenken? Überdeutlich sah Federica Vice-Ispettore Briatore vor sich. »Danke, dass Sie Ihre Beobachtungen für mich wiederholt haben.« Federica hauchte einen Kuss auf seine faltige Wange. Ein leises Flattern fuhr ihr in den Magen, als sie an den anderen Mann dachte, dessen Haut ihre Lippen heute berührt hatten. »Es gibt auch gute Polizisten, einige sind sogar klug und anständig. Nur muss man ihnen manchmal auf die Sprünge helfen. So wie ich das mache. Ist Ihnen noch etwas aufgefallen, Signor Pedersoli? An dem Wagen vielleicht?«

Einen Moment lang mümmelte er zahnlos vor sich hin. »Der war zu schnell, da konnte ich nichts erkennen. Aber drüben an der Ecke, da war jemand, hat geguckt wie alle anderen und ist dann rückwärts weg.«

»Rückwärts in die Seitengasse?«

»*Si.*«

»Hat der länger da gestanden? Vielleicht schon, während es passiert ist?« Dann hatte Teresa vielleicht mit ihm geschimpft, nicht mit dem Fahrer. »Was hatte er an?«

»Oh, Signora, nun verlangen Sie zu viel. Ohne Scheinwerfer ist es wirklich ziemlich duster dort unten. Eine dunkle Gestalt vom Kopf bis zu den Füßen. Mehr weiß ich nicht.«

Federica lehnte sich weit aus dem Fenster, um sich den Ablauf besser vorstellen zu können. Wagen, Frau, Scheinwerfer, Aufprall. Die Tasche rutschte aus der Hand, prallte wie ein verlorener Schneeball an ein Haus. Sie deutete auf die Stelle, keine zwei Schritte von der Ecke Via Perticari entfernt, und Pedersoli nickte, bevor sie fragte.

»Dort hat die Tasche gelegen.«

Griffbereit zum Mitnehmen.

»Sie sind ein wunderbarer Beobachter, Signore. Von Ihnen könnte sich so mancher Polizist eine Scheibe abschneiden.« Sie verzichtete darauf, den alten Herrn ein weiteres Mal zu küssen, umarmte ihn jedoch herzlich. Er seufzte, als sie sich verabschiedete und wiederzukommen versprach.

»*Bellissima*, mein Vogel und ich, wir werden am Fenster auf Sie warten.«

Von der Straßenecke winkte Federica ihm ein letztes Mal zu. Mit ihrem neuen Wissen zum Tathergang konnte sie Garibaldi beeindrucken. Andererseits war noch immer nichts dabei, was

Gaetano entlastete. An die Hauswand gelehnt spähte sie zu dem verblassten Fleck auf dem Boden, stellte sich Dunkelheit und Scheinwerfer vor, hob die Tasche auf. Der Kanarienvogel trällerte. Langsam ging sie rückwärts, wurde von der Via Perticari verschluckt.

Derjenige, der die Tasche gestohlen hatte, konnte nicht zugleich am Steuer des Tatwagens gesessen haben. Er war wahrscheinlich nichts weiter als ein gewöhnlicher Dieb. Sie zwang sich zur Ruhe, atmete durch.

Es war anzunehmen, dass außer dem Täter auch das Opfer den Grund gekannt hatte, warum es sterben musste. Und Federica kannte jetzt glücklicherweise vom Brief des Conte Marchetti Teresas Adresse.

Kapitel 16

Auf halber Treppe schüttelte Lorenzo Garibaldi den Nachbarn ab, der die Polizei gerufen hatte, und stieg, begleitet von einem Uniformierten, leise weiter nach oben. Es gab kein Anzeichen, dass sich jemand gewaltsamen Zutritt in Teresa Marchettis Wohnung verschafft hatte. Doch von drinnen hörte er eindeutig Geräusche. Er steckte den Schlüssel ins Schloss, drehte ihn langsam, stieß die Tür auf, Waffe voraus.

Mitten im Zimmer vor der offenen Kommode kniete Federica Pellegrini und starrte in den Lauf. Lorenzo rang um Fassung, gab dem Beamten ein Zeichen, zurückzubleiben.

»Falscher Alarm«, sagte er nach draußen gewandt, ohne den Kopf zu drehen. »Sie können gehen. Ich regle das.«

Der Kommissar schloss hinter sich die Wohnungstür und senkte endlich die erhobene Waffe. »Sobald ich blinzle, sind Sie weg, Signora. Eine Halluzination, die sich in Luft auflöst.«

»Einverstanden.« Federica seufzte. »Es wäre allerdings besser, Sie warten noch einen Moment mit dem Blinzeln, sonst schaffe ich das nicht. Mir sind die Beine eingeschlafen.«

»Sie können von Glück sagen, dass ich persönlich hergekommen bin, als uns ein Einbruch gemeldet wurde – Täter noch vor Ort –, und nicht ein Kollege mit nervösem Finger am Abzug.« Kopfschüttelnd sank Lorenzo auf die Bettkante.

»Das bin ich. Und Sie sollten auch glücklich sein. Denn es gäbe kein gutes Bild der Pesareser Kriminalpolizei ab, wenn ein Polizist eine unbewaffnete Frau erschießt.« Federica bemühte sich, ihren Schreck zu überspielen, und wechselte die Haltung, in der sie bei ihrer Inspektion viel zu lang verharrt hatte.

»Wie sind Sie hereingekommen?«

»Genau wie Sie: mit einem Schlüssel. Der lag oben auf dem Türrahmen. Kein besonders gutes Versteck, wenn Sie mich fragen.« Dann konnte man auch gleich offen lassen, so wie sie es üblicherweise machte. In Pesaro del Monte piccolo vertraute man einander. Zumindest, was die Sicherheit im eigenen Haus anbelangte.

»Wie erklären Sie sich das?« Sie warf Garibaldi ein zartes Seidenunterkleid zu, gefolgt von einem Höschen und passendem Büstenhalter in Lavendelblau. Den mit Rüschen verzierten Strapsgürtel behielt sie in der Hand, ließ den elastischen Halter schnalzen. »Das sind sehr hübsche und hochwertige Dessous. Bei einer Frau ganz ohne Männergeschichten, die nur ihre Arbeit im Kopf hatte, finde ich die überraschend.« Sie saß wie auf glühenden Kohlen, und dass nicht nur, weil die Blutzirkulationen in ihren Beinen kribbelnd wieder einsetzte. »Die Contessa hatte einen guten Geschmack.« Sie roch am feinen Material der hauchdünnen Lederhandschuhe aus Teresa Marchettis leichtem Mantel. Ihren wichtigsten Trumpf hielt sie noch versteckt.

»Ich Idiot.« Lorenzo biss die Zähne zusammen. So weit hatte er nicht gedacht. Seine Vorstellung von einer attraktiven Frau war untrennbar mit reizvoller Bekleidung verbunden. Spitzenwäsche, wie Vigliani sie nach der Leichenschau aufgelistet und über deren Existenz er sich nicht gewundert hatte. »Würden Sie so etwas tragen, wenn Sie allein ins Kino gehen und vorher mit einer Freundin Dramatisches besprechen wollen?«

Federica verstand, was er im Sinn hatte: einen unbekannten Dritten in der Rechnung. Bei dem er wahrscheinlich wieder an Gaetano dachte – und sie an eine dunkel gekleidete Gestalt in der Via Perticari.

»Durchaus.« Es war eine Frage der eigenen Wertschätzung. Dafür musste kein Mann im Spiel sein. Sich herauszuputzen war gut für die Stimmung. »Ob ich der richtige Maßstab bin, kann ich selbst schlecht beurteilen. Anders als bei der Handtaschenfrage. Sie erinnern sich?«

»Keine Frau geht ohne. Bis auf Signorina Marchetti. Sie hatte ihre zu Hause gelassen, inklusive Papiere und Kalender. Die persönlichen Dinge wurden bereits sichergestellt.«

»Sie meinen: Der Inhalt der Tasche wurde sichergestellt. Die Tasche selbst, die zum Ausgehen vorbereitet war, aber nicht. Im Schrank habe ich drei gefunden. Alle leer.« Federica setzte sich neben ihn, legte ihm eine auf den Schoß. Weiß wie Schnee. »Es war diese, nicht wahr?«

»Ja. Ihre Lieblingstasche, sagt ihr Onkel. Ein Geschenk von Emilia Finello. Was ist damit?«

»Es gibt einen Zeugen, der eine weiße Tasche bei Teresa gesehen hat, als sie überfahren wurde.« Sie legte einen Finger an seine Lippen. »Pschscht. Ein lieber und glaubwürdiger Zeuge, der weder Gaetano noch Emilia heißt.« Sie schilderte Pedersolis Beobachtungen und schloss mit der naheliegenden Frage: »Wie kam die Tasche danach zurück in den Schrank und warum?«

»Am besten fragen wir den schwarz gewandeten Schattenmann. Falls er existiert und wir ihn aufspüren können. Ich hoffe, im Labor werden nicht nur Ihre Fingerabdrücke auf der Tasche gefunden, Signora«, grummelte Lorenzo.

»Ich habe vorgesorgt.« Federica winkte mit den Wildlederhandschuhen. »Spadafero auch?«

Gegen seinen Willen musste Lorenzo grinsen. So sehr es ihm missfiel, dass sie es wieder geschafft hatte, seinen Ermittlungen mehr als einen Schritt voraus zu sein, so sehr imponierte es ihm auch. »Haben Sie noch mehr?«

»Eine ganze Menge. Wenn Sie versprechen, nicht allzu ärgerlich auf mich zu werden.«

In komischer Verzweiflung verzog er das Gesicht, was sie als

Zustimmung wertete. Er hatte weder eine Wahl, noch nutzte ihm sein Ärger, wie sie beide sehr genau wussten.

Auf bloßen Strümpfen tänzelte Federica durch das auf dem Boden ausgebreitete Durcheinander, stellte eine Reihe Schuhe nebeneinander auf.

»Im Büro soll das Bein durch den Absatz gestreckt und die weibliche Linie betont sein. Gefällig fürs Auge, aber nicht zu sehr, damit die anwesenden Herren bei Verstand bleiben. Lachen Sie nicht! Das ist leider ernst und alles andere als einfach. Diese – meine Schuhe – sind bei Signorina Ragonese durchgefallen, und ich musste mir einiges deswegen anhören.«

»Halt – Stopp! Signorina Ragonese? Was hatten Sie in der Maioliche Finello zu schaffen?«

»Ein Bewerbungsgespräch. Meine Haushaltskasse könnte eine Zusatzeinnahme gut gebrauchen. Ich habe Ihnen doch heute Morgen gesagt, dass ich arbeiten muss. In Ihrem Büro, erinnern Sie sich?« Unmittelbar vor dem Kuss auf seine Wange. Betont lässig hob sie die Achseln. »Hat nicht geklappt. Die Idee war trotzdem gut – geben Sie es zu. Und nun sehen Sie, was die Schuhe betrifft: Auch Teresa hatte solche. Außerdem lag in ihrem Schreibtisch in der Buchhaltung ein Lippenstift in Kirschrot. Die Farbe will gesehen werden. Bei der Arbeit konnte sie die nicht auftragen. Also gab es wohl doch ein geheimes Leben außerhalb. Darum frage ich mich, ob die beiden Damen einander zuletzt wirklich noch so zugetan waren, wie es heißt, oder ob sie deswegen in Streit geraten sind. Wenn Signorina Ragonese ihren Stuhl nicht mehr für Teresa räumen wollte, hat das deren komplette Lebensplanung über den Haufen geworfen. Die Chefsekretärin gewinnt immer, habe ich mir sagen lassen.« Und den Beweis am eigenen Leib zu spüren bekommen. »Ob das wohl auch im direkten Vergleich mit Finellos Ehefrau gilt? Die Hochzeit mit Emilia war nicht standesgemäß, aber Vittorio hat es trotzdem getan. Insofern muss es zumindest denkbar sein, dass sie Einfluss auf ihn hat und versucht, diesen im Sinne ihrer besten Freundin gegen seine alte Sekretärin geltend zu machen.«

»Also setzt die Sekretärin sich nach Feierabend in einen fremden Wagen, denn sie besitzt keinen eigenen, das haben wir überprüft. Sie lauert im Dunkeln und überfährt Teresa?«

»Wenn Sie es sagen, klingt es lächerlich.«

»Nehmen Sie es nicht persönlich: Es ist lächerlich. Obwohl ich zugebe, dass bei Signor Finello mit keiner Silbe angeklungen ist, dass er je über Teresas Wechsel in sein Vorzimmer nachgedacht hat. Und er hat sich ohne Zögern gegen sie positioniert, als es um die mögliche Schwangerschaft ging. Bei Ihrer Annahme, dass gegen sie intrigiert wurde, hätte jedoch eher Teresa einen Grund gehabt, Signora Ragonese zu überfahren.«

»Es heißt *Signorina*«, korrigierte Federica. »Das ist ihr wichtig. Sie könnte das Telefonat belauscht haben. Teresa hat sich vom Büro aus für Freitag mit Emilia verabredete.«

»Vor dem Cinema Duse, nicht am Museum. Könnten Sie sich bitte wieder setzen? Sie machen mich nervös.« Lorenzo streckte die Hand aus und zog sie zu sich auf die Bettkante, was die Situation zwar veränderte, zu seinem Leidwesen aber für ihn nicht wesentlich entschärfte. »Am Kino wären beide Frauen zusammen gewesen, und nichts wäre passiert.«

»Dann hat Signorina Ragonese Teresa eine Falle gestellt mit einer fingierten Planänderung. Oder …« Mit großen Augen verstummte Federica, packte sein Knie und flüsterte: »Es war von Anfang an eine Lüge, dass sie sich am Kino treffen wollten. Ach, Garibaldi, bitte sagen Sie mir genau jetzt, dass ich schon wieder Unsinn denke!«

»Nichts lieber als das, aber was genau ist es diesmal?«

»Ein Komplott aus einem Fahrer und einem Schattenmann, der die Handtasche mitgehen lässt und später wieder in Teresas

Wohnung bringt – worin ich immer noch keinen Sinn sehe –, das sind in meiner Zählung zwei Personen.«

»Korrekt.« Sanft löste er ihren Klammergriff von seinem Bein, bevor ihre Nägel sich durch den Hosenstoff bohrten. »Spuren verwischen, falsche Spuren legen, das braucht Zeit. Es war klug, die Tasche mitzunehmen, damit wir Signorina Marchetti nicht sofort identifizieren konnten. Sie zu behalten oder irgendwo wegzuwerfen, wäre riskant gewesen. In Teresas eigenem Schrank verursachte sie nur eine kleine Irritation. Beinah, das muss ich gestehen, wäre der Coup geglückt. Es ärgert mich. Die Täter haben mehr als ein Wochenende gewonnen. Zwei Komplizen, die etwas verbindet, die einander vertrauen. Wie Emilia und Gaetano, für die es kein Problem gewesen wäre, Teresa in die Gasse zu locken. Ich weiß, dass Sie jetzt einwenden wollen: Sie haben kein Motiv und sind unschuldig, wie neugeborene Lämmer.«

»Nein, Garibaldi. Das ist es ja. Genau den Glauben habe ich verloren.« Federica lehnte sich an seine Schulter. Sämtliche Zweifel brachen zugleich über sie herein. Mit einem Auto zu töten, war leicht. Auch für eine Frau. Was sie für Signorina Ragonese in Betracht zog, galt gleichermaßen für Emilia. Ihr Magen krampfte sich zusammen. Gaetano konnte sich kurz von Bruno Brunis Ausstellung davongeschlichen haben. Nicht lang genug, um den Mord auszuführen und das Fahrzeug verschwinden zu lassen. Aber um die Tasche zu greifen und in die Casa Rossini zurückzukehren, reichten knappe zehn Minuten.

»Wie halten Sie das bloß aus, in jedem Menschen einen möglichen Täter zu sehen?«

»Man gewöhnt sich dran. Irgendwann.« Er legte seine Hand über ihre. »Ich warte allerdings noch darauf. Ihrem Hinweis auf Silvio Cristante bin ich übrigens nachgegangen, falls Sie das tröstet. Und ich habe mit ihm gesprochen, kurz bevor mir dieser Einbruch gemeldet wurde. Das Wichtigste zuerst: Er hat ein wasserdichtes Alibi. Sobald das klar war, war er überraschend gesprächig. Cristante mochte seine Cousine, Kontakt gab es nur sporadisch, der letzte liegt angeblich Monate zurück. Nach seiner Einschätzung ist die Familie Marchetti so gut wie bankrott. Es gibt seit Generationen Streit ums Erbe, und der Besitz ist in immer kleinere Stücke zersplittert.« Ein Schicksal, das auch andere traf, die sich gezwungen sahen, plötzlich Abstriche zu machen oder von ihrem hohen Ross herunterzuklettern, ehe es unter ihnen zusammenbrach. Laut Silvio Cristante klammerten sich die Marchettis jedoch krampfhaft an ein totes Pferd. Ein Eindruck, der sich mit seinem eigenen deckte.

»Teresa hat vier Schwestern. Silvio Cristante behauptet, das sei der wahre Grund gewesen, warum sie nach Pesaro geschickt wurde. Ich zitiere: ein Maul weniger zu füttern. Und die Hoffnung auf eine lukrative Ehe, die möglichst die ganze Familie finanziell saniert.«

Federica betrachtete wieder die Lederhandschuhe. Pumps, Seidenwäsche, Kosmetik. »Vielleicht wollte sie deshalb Finellos Sekretärin werden. Diese ganzen Sachen hier sind Luxus. Und waren bestimmt eigentlich zu teuer für Teresa.« Ob der Conte ihr dafür Geld geschickt hatte? Einen Zuschuss zu ihrem Bürogehalt, damit sie sich ihrem Stand entsprechend ausstaffieren konnte? Wohl kaum, und wenn doch, dann nicht ohne Hintergedanken. »Sie stand unter dem Druck, sich einen reichen Mann zu angeln, und in Finellos Vorzimmer wäre sie einem passenden Heiratskandidaten sehr viel näher gewesen.«

»Der Ansatz, sich an einen Geschäftspartner ranzumachen, hätte Signorina Ragonese vermutlich weniger gut gefallen, doch dagegen hätte es andere Abhilfe gegeben, als einen Mord zu begehen.« Lorenzo rieb sich die Stirn. »Eine Sache erscheint mir bei der Theorie insgesamt unlogisch. Teresa wusste, dass Finello Emilia betrügt, sie hatte keine gute Meinung von ihm – und er nicht von ihr. Wieso hätte er sich auf sie als persönliche Sekretärin einlassen sollen?«

Eine Sache? Federica schwankte, ob sie lachen sollte. Ihr kam noch viel mehr unlogisch vor. Und kaum glaubte sie, etwas begriffen zu haben, tat sich eine neue Möglichkeit auf.

»Emilia sagt doch, Teresa hatte etwas herausgefunden. Wenn es der Name der Geliebten war? Den für sich zu behalten, wäre ein gutes Argument für eine Beförderung.«

»Erpressung?«

»Wäre doch denkbar und ein ziemlich gutes Mordmotiv. Angenommen, Finello hat sich geweigert, und sie drohte, Emilia am fraglichen Abend alles zu sagen. Er hat im Gegensatz zu Gaetano Gentile genug Kapital, um jemanden zu kaufen, der das Problem für ihn aus der Welt schafft, während er beim Geschäftsessenalibi sitzt.«

Lorenzo Garibaldi nickte, doch Federica sah ihm an, wie es in ihm arbeitete.

»Irgendwie geht es immer um Geld«, sagte er. »Haben Sie sich mal gefragt, wie Teresa es wohl verkraftet hat, dass Finello nicht sie – eine Contessa – als Ehefrau auserkoren hat, sondern ihre Freundin? Silvio Cristante ist der Meinung, die Freundschaft mit Emilia war eine sehr einseitige Angelegenheit. Es sei reine Berechnung gewesen, dass Teresa sich mit einem Mädel aus dem Waisenhaus abgegeben hätte, um sich selbst aufzuwerten. Funktioniert hat es offenbar nicht. Als Finello anfing, Emilia den Hof zu machen, war Teresa, milde ausgedrückt, verärgert. Sie neidete Emilia den Aufstieg, als hätte man sie dadurch zurückgestuft.«

Federica rückte ein Stück von ihm ab. »Und Cristante glauben Sie einfach so?«

»Das tue ich nie, Signora.«

»Keine Ausnahme – nicht mal bei mir?«

»Nicht mal bei Ihnen«, bestätigte er. Die Worte kratzten wie Sand in seiner Kehle. Ihre Nähe war ein allzu süßes Gift.

»Perfekt. Das wollte ich hören. Sie sind ein sehr guter Kommissar und ein guter Mensch. Manchmal bin ich ungerecht zu Ihnen. Nein, schauen Sie nicht so skeptisch. Das ist kein Ablenkungsmanöver. Ich musste das jetzt sagen, bevor wir beide wieder tun, was wir müssen.« Federica stand auf. Die Einschätzung, dass Teresa sich für was Besseres gehalten hatte, hörte sie nicht zum ersten Mal. Bei Flavio Bauso hatte sie dem noch keine große Bedeutung zugemessen, schließlich war er ein abgewiesener Verehrer. Aber auch der Gießer aus der Manufaktur hatte sich ähnlich geäußert, und nun auch noch Teresas eigener Cousin.

»Eine vorgetäuschte Freundschaft, das ist schrecklich. Was meinen Sie, könnte die Geliebte eine bloße Erfindung gewesen sein, um Emilias Glück zu zerstören? Und die angebliche Schwangerschaft eine Lüge, um ihr weh zu tun? O mein Gott, es würde Emilia das Herz brechen!«

»Vielleicht hat es das schon«, sagte Lorenzo und überließ es ihr, den Gedanken zu Ende zu denken.

Der Bogen führte sie zurück an die dunkle Straßenecke der Via Perticari und zu dem Komplizen. War der Beinah-Unfall, den sie zwei Tage davor beobachtet hatte, doch lediglich eine Ungeschicklichkeit des Fahrers gewesen? Oder der Auslöser, der Emilia auf schreckliche Weise inspiriert hatte? Gewiss würde Garibaldi prüfen, über welche finanziellen Mittel Emilia verfügte – und wie prekär die Lage bei Gaetano tatsächlich aussah. Denn Beihilfe zum Mord ging weit über das hinaus, was eine Freundschaft normalerweise abdeckte. Wenn sie ihn bezahlt hatte, sah es anders aus.

»Ich will nicht, dass es so gewesen ist.« Federica schlüpfte in ihre Schuhe und sammelte auf, was sie aus den Schränken geräumt hatte. »Was wird aus meinem Einbruch, werden Sie mich anzeigen?«

»Hätten Sie mich in der Questura aufgesucht und informiert, dann wären wir gemeinsam hierhergegangen.«

»Das ist mal wieder ein Scherz, oder?«

»Ich bedauere: Das werden Sie leider nie erfahren. Die Chance haben Sie verpasst. Daraus sollten Sie endlich lernen. Sie haben sich unberechtigt Zutritt verschafft, jedoch ohne Gewaltanwendung und mit Hilfe eines Schlüssels, weshalb ich nicht zwingend von einem Einbruch sprechen würde.«

»Und wovon sprechen wir dann?«

»Dass wir beide nun diese Wohnung verlassen. Ich bringe die Handtasche zur kriminaltechnischen Untersuchung und dann schaue ich, ob Signor Gentile seine Aussage ändern möchte.« Lorenzo sah, wie Federica zusammenzuckte. »Keine Sorge, ich tu ihm nicht weh. Noch haben wir nichts außer neuen Hypothesen, die wir für uns behalten und über die wir schlafen sollten.« Wenn Gentile nicht von selbst einknickte, würde er ihn gehen lassen müssen. Seinen zeitlichen Spielraum, ihn festzusetzen, hatte er ohnehin bis zum Äußersten ausgereizt. »Sie fahren nach Hause und sind nett zu Signora Finello.«

*

Auf der Terrasse des Vento del mare leuchtete eine Lichterkette über dem Tisch, die Friedhelm und der neue Gast aus der Schweiz gemeinsam angebracht hatten. Lene freute sich auf das Funkeln der bunten Lämpchen in der Dämmerung. Noch war es viel zu hell. Sie hatte den Tisch geradezu festlich gedeckt und bedauerte ein bisschen, dass sie dabei auf Emilias Rosen verzichten musste. Natürlich sah sie es ein. Ein unerwünschtes Geschenk von einem noch weniger erwünschten Verehrer, der an der Klippe zudem handgreiflich geworden war. Was für eine Aufregung! Lene hatte sich einlullen lassen vom satten Brummen des schneidigen Motorrads und einem Schwall italienischer Sätze, einer gekräuselten Stirn und bettelnden, dunklen Augen. *Scusi Signorina, per favor, dove si trova Emilia?* Etwas an ihm hatte sie berührt, wie eine ferne Erinnerung. Er suchte Emilia, so viel konnte sie verstehen, und das mit einem Arm voll roter Rosen, die er Lene bis auf eine dagelassen hatte. Versöhnung vor wild-romantischer Kulisse, hatte sie geglaubt, Heilung für den Herzschmerz ihrer neuen Freundin. Die Wahrheit sah anders aus, aber dafür konnten ja die Blumen nichts, die jetzt in der Küche in einer Vase steckten. Blutrot wie der Wein in ihren Gläsern. Sie wegzuwerfen hatte Lene nicht über sich gebracht, auch wenn es Emilia sicher lieber gewesen wäre.

Als Federica wenig später mit ihrem Cabrio an der Pension vorfuhr, gab Friedhelm Meyer gerade eine seiner üblichen Anekdoten zum Besten. Geschirr klapperte, aus Schüsseln und Töpfen duftete es. Ihr Magen knurrte. Für einen Moment gab sie sich der Illusion des friedlichen Bildes hin.

Neben Emilia erhob sich ein Mann.

»*Buona sera*«, sagte er.

Federica riss die Augen auf, las in seinem Gesicht tausend Dinge zugleich: Freude, Schmerz und Verlegenheit. Der Hauch eines Nickens genügte, und er eilte ihr entgegen. Sie streckten die Hände aus, und blieben doch zwei Schritte entfernt stehen.

»Tommaso Balistreri«, flüsterte sie und schlang ihre Finger zwischen seine. »Ich fasse es nicht!«

»Kannst du mir je verzeihen, dass ich nicht zu Matteos Beerdigung gekommen bin?« Er senkte den Kopf. »Ich hätte für dich da sein sollen.«

Tommaso war Matteos engster Freund gewesen. Nachbarskinder, Verbündete und Leidensgenossen in der Schule, mit der beide wenig anfangen konnten. Im Gegensatz zu Federica. Sie kannte ihn ihr Leben lang. Er allein war aus Sizilien angereist, um ihnen bei der Renovierung des Vento del mare zu helfen. Niemand sonst. Danach war er noch weiter weggegangen als sie.

»Da gibt es nichts zu verzeihen.« Federica lächelte entschlossen. »Bist du glücklich in der Schweiz?«

»Bin ich. Ich habe Arbeit gefunden, fast wie daheim.«

»Warte – sag es nicht!« Mit einer raschen Bewegung zog sie ihn an sich, schloss die Augen und atmete tief ein. Der vertraute Duft rief Erinnerungen an karge Hügel wach, an trockene Weiden und scharf-würzigen Käse. Es schnürte ihr die Kehle zu. »Ziegen«, seufzte sie.

»Ja, genau. Ich hüte Ziegen, wie früher mit Matteo. Er fehlt mir. Und manchmal vermisse ich das Meer und Sizilien. Darum fahre ich jetzt hin – zu Besuch. Dort bin ich für alle *der Schweizer*. Und das ist gut, ich werde im Tessin bleiben.« Vorsichtig schob er sie von sich. »Du wirst am Tisch erwartet. Deine Gäste haben eine Menge zu berichten. Wenn ich ehrlich sein darf, ich finde, hier gehen ziemlich seltsame Dinge vor.«

*

Still saß Simonetta Ragonese am Schreibtisch in der Buchhaltung, die Hände im Schoß, die Augen geschlossen. Auf dem Werksgelände war Ruhe eingekehrt. Zwei Stunden waren vergangen, seit Vittorio Finello sie nach Hause geschickt hatte mit dem Versprechen, sich ebenfalls gleich auf den Weg zu machen. Sie lauschte seinen unruhigen Schritten und der Musik aus seinem Büro. Immer wieder dieselbe Platte. Er quälte sich. Wie hätte sie da gehen können?

Sein Bruder Ercole war anders als Vittorio, seit jeher daran gewöhnt, in zweiter Reihe zu stehen. Es erforderte eine starke

Persönlichkeit, diesen Platz zu akzeptieren, es lehrte Genügsamkeit und machte pragmatisch. Vittorio dagegen hatte nie gelernt, seine Bedürfnisse zu zügeln; er war ein leidenschaftlicher Mann und ein Heißsporn, obgleich man ihm das nicht sofort ansah.

Simonetta liebte die beiden wie eigene Söhne, womöglich sogar mehr. Uneigennützigkeit war nur wenigen Menschen eigen, Hingabe und Aufopferung wurden als Zeichen von Schwäche verkannt. Über der Tür rückte der Minutenzeiger voran. Sie mochte das leise Ticken. Vergänglichkeit war eine Tatsache, die nicht dadurch verschwand, dass man sie fürchtete – und Geduld eine Kunst. Der Gedanke stimmte sie traurig. Teresa Marchetti war beinah so weit gewesen. Es würde schwierig werden, sie zu ersetzen.

Aus dem Schornstein quoll der Rauch des großen Brennofens in den dunklen Himmel, und sie betete stumm für einen guten Brand, aus dem alle Scherben heil herauskamen. Jede einzelne Ofenladung war kostbar, von ihr hing das Wohl des Unternehmens ab. Eine falsche Temperatur konnte das Ergebnis hunderter Arbeitsstunden ebenso ruinieren wie die falsche Zusammensetzung der Tonmasse. Auf eintausend Grad hatten die Arbeiter heute eingeheizt, und erst in vier Tagen würden sie die frisch vermauerte Brennkammer wieder öffnen.

Als die Musik verstummte, machte Simonetta sich bereit. Ob er wollte oder nicht, Vittorio brauchte jemanden, der für ihn da war, auch in schwierigen Zeiten. Doch seine Frau ... Ein Jammer, wie oft Begehren, Liebe und Glück verwechselt wurden.

*

Vittorio pustete über die schwarze Oberfläche der Schallplatte, spürte die feine Rille unter seinen Fingerspitzen, drückte zu, bis sie brach. Die Befriedigung währte nur kurz. Im Vorzimmer warf er die Bruchstücke in den Mülleimer, kleidete sich sorgfältig mit Hut und Mantel, kontrollierte jeden Handgriff dreimal. Er umkreiste den *Mistrà*, von dem er gern einen großen Schluck genommen hätte. Gleich würde er den Erpresser treffen, einen gedungenen Mörder, der in sein Haus eingedrungen war und ihm alles genommen hatte. Er ließ die Flasche unangetastet, ging mit gemessenen Schritten hinunter und durch den hinteren Ausgang auf den Hof. Heute bestimmte er den Ablauf ihrer Begegnung.

Vittorio bewegte sich schlafwandlerisch sicher zwischen den unbeleuchteten Gebäuden. Er kannte jeden Stein auf dem Gelände seit frühester Kindheit. Auch wenn Ercole sich einbildete, er hätte den Bezug zu ihrer Arbeit verloren, sei nur mehr ein Händler, so fühlte er genau jetzt den Herzschlag der Maioliche, den er vor der Signora mit den hübschen Waden heraufbeschworen hatte – und die Last der Verantwortung.

Vittorio ballte die Fäuste. Sein Terrain, seine Regeln. Der miese Hund würde das bald begreifen müssen. Er sah zu, wie der andere eintraf, zum Hauptgebäude spähte, sich an die Wand lehnte, rauchte, auf und ab lief. Vittorios kochender Zorn verwandelte sich in Kälte. Ein Mörder und Erpresser verdiente weder Respekt noch Gnade.

Just als Renato Dini die vierte Zigarette aus der Packung schüttelte, trat Finello aus seiner Deckung.

Der Schreck fuhr Renato in die Glieder. Von überraschend auftauchenden Leuten hatte er für heute mehr als genug. Die Kratzer auf seiner Wange brannten.

»Du bist spät dran. So was kann sich rächen.« Nervös lachte er auf und steckte die Zigaretten weg. Finello zu duzen gefiel ihm. »Hast du mein Geld?«

»Parole Medusa«, zischte Finello bitter, zog einen knisternden Packen Scheine heraus, strich mit dem Daumen über die Kanten.

»Na, geht doch.« Aufatmend streckte Renato die Hand aus, setzte eine hochmütige Miene auf. »So ist's fein.«

»Nicht so schnell.« Finello hielt das Bündel fest. »Wie hast du es gemacht?«

»Gib mir das Geld.« Er hatte es sich verdient – hart verdient, nicht leicht, wie er geglaubt hatte, und keinen Gefallen daran gefunden. Nie wieder würde er einen solchen Auftrag annehmen. Dank des Aufschlags auf die ursprüngliche Summe würde das auch nicht nötig sein. Seine Unabhängigkeit war zum Greifen nah, lag aufgefächert in Finellos Hand. Blutige Lire. Stolz war er darauf nicht, die Bilder verfolgten ihn, aber das würde vergehen. Er war bereit für eine bessere Zukunft und würde keinen Blick zurück verschwenden.

»Wie hast du es gemacht?«, wiederholte Finello leise. »Ich will es genau wissen. Den ganzen Ablauf. Jede Einzelheit. Schließlich bezahle ich dafür – einmal. Ist das klar?«

Angewidert spuckte Renato aus. »Danach sind wir quitt. Und sehen uns nie wieder.« Er selbst mochte ein Scheißkerl sein, aber dieser Finello war bei weitem schlimmer.

*

Im Schein der Lichterkette saßen Lene und Friedhelm noch auf der Terrasse beisammen und genossen die Stille der hereinbrechenden Nacht. Ihre gemeinsamen Erlebnisse brachten sie einander nah, schafften Vertrauen, und so kam es, dass Lene bei Sternenschein und Rotwein zu erzählen begann. Von Moschrod, dem toten Vater, der Mutter in Amerika und den Entscheidungen, die ihr bevorstanden. Zwei Wochen Italien hatten ihren Kopf freimachen sollen – Glück auf Zeit –, während zu Hause ein anderer nach dem Rechten sah. Ein fahrender Landarbeiter mit dem Wunsch, sesshaft zu werden, und ihrem Onkel ein besonderer Dorn im Auge. Friedhelm lachte trocken auf, aber diesmal riss er keine Witze.

In der Küche band Federica sich die Schürze ab, das schmutzige Wasser lief gluckernd aus dem Spülstein. Tommaso rieb den letzten Teller trocken. Emilia, die ihr Essen heute bei sich behalten hatte, war bereits zu Bett gegangen. Natürlich hatte sie alle in der Pension belogen und den Vorfall an der Klippe heruntergespielt. Tommaso bestätigte Federica, was sie bereits geahnt hatte. Selbst unter vier Augen war Emilia bei der absurden Behauptung geblieben, der Kerl habe ihr nichts tun wollen – ein anhänglicher Verehrer, der ihr nachstellte und von dem sie nicht mal den Namen kannte. Für den Kommissar würde sie sich etwas Besseres einfallen lassen müssen, sonst platzte dem endgültig der Kragen angesichts des Zauberhuts, aus dessen Tiefe der Verehrer plötzlich zum Vorschein kam. Und während Lene im Verlauf des Abends immer sicherer geworden war, den Rosenkavalier bei ihrem Besuch in Pesaro vor dem Museum gesehen zu haben, war es Federica bei der Beschreibung des Mopeds heiß und kalt geworden. Konnte es derselbe Mann gewesen sein, der ihr nach dem Zusammentreffen mit Garibaldi in Gaetanos Atelier aufgefallen war, weil er bis zum Abzweig ins Dorf hinter ihr hergefahren war, statt zu überholen? War er Emilias Komplize, ein Freund Gaetanos, stand er in Finellos Diensten oder auf andere Weise in Verbindung mit Teresas Tod?

»Es gibt so viele Möglichkeiten, und eine ist absurder als die andere«, schloss Federica ihre Schilderung der Gesamtsituation, soweit sie diese selbst überblickte.

»Du hast Angst, enttäuscht zu werden. Du magst Emilia und du magst Gaetano. Er hat dich beeindruckt – so, wie du von ihm erzählst.«

»Er hat Talent und Leidenschaft. Doch da ist auch etwas Düsteres an ihm. Als gäbe es eine Tür in seinem Innern, die er krampfhaft verschlossen hält.«

»Fürchtest du dich, oder zieht es dich an?« Tommaso grinste. »Du bist schon als Kind neugierig gewesen, nur in den dunklen Keller wolltest du nie.«

»Wegen der Mausefallen, die meine Nonna aufgestellt hat.« Sie lächelte. »Ja, es zieht mich an, aber anders, als Garibaldi denkt – und du vielleicht auch. Ich will die Mausefalle finden, den Köder, und was darin gefangen – oder damit vertrieben werden soll. Verstehst du?«

»Ich versteh mehr von Ziegen. Die meisten sind zwar nicht besonders klug, dafür genauso neugierig wie du.« Tommaso strich sich mit der rauen Handfläche über die Stirn. »Aber auch die Klugen stürzen manchmal ab, weil sie die falschen Steine lostreten. Mir ist nicht wohl bei der ganzen Sache. Du sagst, es gibt ein Bild, von dem der Kommissar meinte, die Frau darauf könnte die Tote sein. Dich hat Gaetano auch gemalt. Sieh dich vor. Selbst wenn der Junge harmlos ist.«

Federica schüttelte den Kopf. Hatte Garibaldi etwa doch recht, und sie beurteilte Gaetano falsch? Als Streitobjekt, um das die Frauenwelt konkurrierte, konnte sie ihn sich einfach nicht vorstellen. Andererseits … Emilias vorgeblich geschwisterliche Gefühle konnten eine Schutzbehauptung sein. Und wenn die Abneigung zwischen Gaetano und Teresa nur eine Lüge war, und doch er verantwortlich für ihre Schwangerschaft … Sie schluckte. Eifersucht trieb Menschen zum Äußersten und setzte sich selbst über die engsten Freundschaftsbande hinweg. »Du traust Emilia nicht.«

»Nein.« Tommaso legte ein Stück Papier auf den Küchentisch und setzte sich. »Sieh dir das an.«

»Was ist das?«

»Jedenfalls kein Liebesbrief eines heimlichen Verehrers. Darum hat sie mit dem Kerl an der Klippe gerungen. Er hat's verloren, ich hab's eingesteckt. Hat keiner bemerkt.«

Federica füllte zwei Gläser mit Wasser und gab einen Spritzer Anisschnaps dazu. Dass die Marchigiani ihn lieber in Kaffee mischten, würde sie nie verstehen. Der lakritzähnliche Duft weckte lange vergangene Empfindungen; sie sah die verzierten Tischchen der Verkäufer in den Straßen Palermos vor sich, schmeckte ihren ersten *Zammu*, den sie mit zwölf getrunken und sich dabei unglaublich erwachsen gefühlt hatte. Nur der Gedanke an Finello und dessen Flasche im Büro störte. Er verdarb ihr den Spaß.

Tommaso glättete das Fundstück. »Sieht nach einer Verabredung aus, aber der wichtigste Teil fehlt. Ganz unten steht Medusa. Kein schöner Kosename, oder?«

»Nein.« Federica stellte die Gläser hin und setzte sich zu ihm auf die Bank. Die Lampe warf einen hellen Fleck auf das Tischtuch und den längs durchgerissenen Zettel. Ein paar Worte untereinander. Und Tommaso berührte beim Lesen jeden einzelnen Buchstaben. Federica biss sich auf die Zunge. Seine Fingerabdrücke überall, und alle anderen unbrauchbar. Garibaldi würde begeistert sein. Sie dachte schon wie eine Polizistin.

»In die … allein … ungefähr um … und das halbe Wort da? Was meinst du, könnte das heißen?«

»Du hast recht, das ist kein Liebesbrief«, sagte sie. Die schrieb man immer noch von Hand und nicht mit der Schreibmaschine. Sie beugte sich vor. Der Riss verlief zu gerade, um zufällig passiert zu sein. Die zerknitterte Maschinenschrift wirkte stellenweise verwischt. »Das halbe Wort, ich vermute, das heißt: erledigen.«

»Sie nannte ihn *assassino* – Mörder.«

Vor Federicas Augen tanzten die Textbruchstücke auffordernd durcheinander. Ein Rätsel, das zum Spekulieren einlud. Doch es war besser, daraus keine Schlüsse zu ziehen, außer einem. »Diese Mausefalle ist zu groß für mich allein. Ich muss Garibaldi anrufen. Gleich morgen früh.«

»Auf die Vernunft!« Tommaso stieß sein Glas gegen ihres. »Auf dich, auf Matteo, auf Sizilien und die Schweiz.«

»Auf das, was wir lieben.« Federica trank, ohne ihn anzusehen. Tommaso hatte unter Matteos Tod genauso gelitten wie sie. Vielleicht sogar mehr.

Und vielleicht hatte sie noch nie richtig geliebt.

»Dein Commissario scheint ein interessanter Mann zu sein. Muss ich etwas über ihn wissen, wenn er herkommt?«

»Er ist nicht … Garibaldi ist … ein Freund.«

»Ein Freund?« Tommaso hob die Augenbrauen. »Nun, dann trinke ich jetzt auf Garibaldi.« Er grinste breit und breiter, bis er sich einen Stoß in die Rippen einfing.

*

Dichtes Gebüsch säumte das Ufer des Foglia. Schützend hielt Vittorio die Arme vors Gesicht, als er den schmalen Durchgang hinter dem Werksgelände erreichte; zurückfedernde Äste trafen Rücken und Beine wie Peitschenhiebe. Er spürte es kaum, drängte weiter, dorthin, wo das Schilf hüfthoch aus dem Wasser ragte. Schwarz und träge glitt der Fluss dahin, verwandelte sich im Mondschein in flüssiges Silber. Vittorios Schuhe rutschten auf feuchtem Grund, und er hielt sich am Stamm eines dünnen Bäumchens fest. Sein Atem ging schwer. Nichts ließ sich ungeschehen machen. Nichts. Ein Leben für ein Leben, doch keins, das genommen war, kam je zurück. Die weichen, silbrigen Wellen flüsterten verlockend. Das Schilf wiegte sich zur Melodie des Foglia, und in Vittorios Kopf sang Pat Boone von verratener Liebe und Hoffnungslosigkeit.

Er umklammerte den fremden Wagenschlüssel, den er an sich genommen hatte, schleuderte ihn in einem neuerlichen Anfall von Wut in die Flussmitte, wo er ein winziges Geräusch verursachte, nicht mehr als ein Kiesel, und unterging.

*

Hinter der gusseisernen Klappe des vermauerten Brennofens loderte ein Höllenfeuer. Simonetta Ragoneses Beine zitterten. Ein Teil von ihr wünschte, sie wäre vor Stunden einfach nach Hause gegangen, statt Vittorio zu folgen. Aber für Reue war es jetzt zu spät.

Kapitel 17

Es fühlte sich wunderbar an, wie schnell sich zwischen ihr und Tommaso die alte Vertrautheit eingestellt hatte. Auf dem Herd brodelte die *Caffettiera*, und Federica goss noch etwas Wasser nach. Fast bis zum Morgengrauen hatten sie am Tisch gesessen und geredet. Über Emilia, Teresa und Gaetano – über die Lücke, die Matteo hinterlassen hatte, und über Tommasos neues Leben, in dem es neben den Ziegen seit Kurzem auch eine Frau gab.

In Gedanken vertieft ging Federica nach draußen, um den Stoffbeutel mit Brot und Hörnchen hereinzuholen, der jeden Morgen geliefert wurde. Sie hörte Wasserrauschen von der Toilette auf halber Treppe und im ersten Stock Friedhelm Meyer, der eine Melodie vor sich hin pfiff, dann ein leises Klatschen, was für Rasierwasser auf frisch rasierten Wangen sprach. Im Vorbeigehen steckte sie vor dem Spiegel im Flur eine Haarklammer neu und musterte sich. Ihre Bluse war von dunkelblauen Pünktchen übersäht, die ebenfalls blaue Hose saß hauteng, betonte die Taille und ließ die Knöchel frei. Praktisch und weiblich zugleich, was sie besonders schätzte. Erstaunlich, wie wenig das oft zählte. Verärgert dachte sie an Finellos halb gierige, halb verächtliche Blicke im Büro. Was ihm zu Beginn an ihr gefallen hatte, schien er ihr am Ende vorzuwerfen. Sie war ein moderner Mensch in einer rückständigen Welt, in der eine Frau immer durch die Augen von Männern beurteilt wurde. Heilige oder Hure. Dazwischen war kein Platz für etwas anderes. Ob sich das jemals ändern würde? In Italien lag der Zeitpunkt dafür ganz sicher noch in einer sehr fernen Zukunft.

Schwungvoll wandte Federica sich ab, riss die Haustür auf – und sah sich auf Augenhöhe ihrer Frühstückslieferung gegenüber.

»*Bon giorno.*« Lorenzo Garibaldi biss in ein Cornetto und legte ihr den geplünderten Beutel in die Arme. »Ist schon jemand auf? Ich könnte einen *caffè* vertragen.«

Ohne sich weiter aufzuhalten, ging er an ihr vorbei ins Esszimmer. Federica schloss kurz die Augen. Bedeutete das etwas Gutes? Immerhin ersparte er ihr den Weg ins Dorf, wo sie Bürgermeister Baresi ihren Wunsch nach einem Anruf bei der Polizei hätte erklären müssen. Oder bei Maria Baresi Rede und Antwort stehen, was noch schwieriger geworden wäre, ohne eine positive Rückmeldung zu Gaetano. Sie schlug die Augen wieder auf. Verlegen stand nun Ispettore Spadafero auf der Schwelle, die Dienstmütze vor dem Bauch.

»Kommen Sie rein. Ist da außer Ihnen noch jemand, von dem ich wissen sollte?«

Stumm schüttelte Spadafero den Kopf und blieb draußen.

Ein Wachtposten vor dem Vento del mare? Das gefiel Federica genauso wenig wie Garibaldis überfallartiger Durchmarsch. Sie beeilte sich nicht, schnitt Tomaten auf, schichtete Schinken, Käse und Rucola auf Weißbrote. Eins davon brachte sie dem jungen Ispettore, die anderen ließ sie in der Küche stehen. Garibaldi musste sich seins erst verdienen. Sie ergriff die *Caffettiera* und einen Korb mit süßem Gebäck und spürte ihren Herzschlag beunruhigend deutlich in den Schläfen, als sie das Esszimmer betrat.

»Die Schweizer Berge sind hoch, es dauert lange, bis die Wege und Wiesen soweit eisfrei sind, dass die Tiere genug Futter finden. Trotzdem muss ich bald zurück«, erzählte Tommaso gerade. Er nahm Federica den Korb ab, gleichzeitig sprang der Kommissar auf und rückte einen Stuhl für sie zurecht. Die doppelte Aufmerksamkeit gefiel ihr zwar, doch die seltsame Nervosität blieb.

»Was haben Sie auf dem Herzen, Commissario Garibaldi?«

Ihr Tonfall geriet schnippischer als beabsichtigt. »Nur zum Spaß haben Sie mich noch nie besucht. Und der arme Spadafero steht sich die Beine in den Bauch, solange Sie hier herumtrödeln. Also sagen Sie schon, was los ist.«

Lorenzo schüttelte unwirsch den Kopf. Lag es an diesem Balistreri, dass sie ihn so forsch anging? Hatte sie sich für den so herausgeputzt? Die Tupfenbluse sah er jedenfalls zum ersten Mal an ihr.

»Es betrifft Ihre Nichte, dienstlich«, sagte er ausweichend. »Das kann bis nach dem *caffè* warten.« Sein Blick rutschte an ihrem Bein hinunter zu den nackten Knöcheln unter der Hose, und er wandte ihn hastig ab. ab. Diese Knöchel machten ihn verrückt.

»Nichts da.« Federica gab ihm einen Klaps auf die Finger, als er nach der *Caffettiera* griff. »Raus mit der Sprache, sonst gibt es keinen Schluck. Wir können offen reden – und das müssen wir auch. Sofort.« Sie schaute zwischen den Männern hin und her. Lorenzos Augen färbten sich eine Nuance dunkler, ein Zeichen erhöhter Aufmerksamkeit.

»Bitte, aber dann reden Sie zuerst, Signora.«

Stichpunktartig fasste Federica den Vorfall an der Klippe zusammen, wie er ihr von den anderen berichtet worden war. Gerade als sie den Papierfetzen auf den Tisch legte, begann Tommaso heftig zu husten. Federica fing seinen diskreten Fingerzeig auf, der auch dem Kommissar nicht entging: In der Tür stand Emilia.

»Du liebes bisschen! Hast du dich verschluckt?«, sagte Federica lauter als nötig, und ließ dabei rasch das Beweisstück unter Lorenzos Hand verschwinden. Ihr konspiratives Lächeln streifte ihn, während er sich grüßend halb aus dem Stuhl erhob und das Zettelchen einsteckte.

»Guten Morgen, Signora Finello.«

»*Bon Tschorrno!*«, rief Friedhelm Meyer hinter ihr auf dem

Flur und drängte Emilia ins Zimmer. »Sehen Sie doch nur, was unsere gute Fee uns wieder gezaubert hat! Signora Pellegrini, ich werde in Ihrer Obhut fett wie ein Otter. Hoffentlich schafft mein armes Auto den Rückweg über die Alpen, wenn Sie mich weiter mästen. Sensationell!« Er präsentierte die Platte mit belegten Panini aus der Küche wie ein wertvolles Kunstwerk. »Die sind doch fürs Frühstück, nicht wahr?«

Lene folgte dicht auf seinen Fersen. Sie hatte ihn an der Küchentür abgefangen und flüsternd auf den Uniformierten vor dem Haus aufmerksam gemacht. Auch bei Friedhelms neuen Freunden und künftigen Geschäftspartnern im Dorf war die Rede von einem Kommissar gewesen, den jemand bei der Pension gesichtet haben wollte, kurz nachdem Signora Pellegrinis Nichte eingetroffen war. Der gutaussehende Mann im grauen Anzug entsprach genau dessen Beschreibung, und der Name Garibaldi, mit dem er sich nun vorstellte, gab letzte Gewissheit. Die Merkwürdigkeiten der letzten Tage verdichteten sich, und Signorina Emilia stand im Auge des Sturms, aber dort war sie nicht allein.

Wieder wurden Stühle und Geschirr gerückt; Kaffee plätscherte, Brot bröselte. Belanglose Sätze über das Essen wurden gewechselt, Wetterprognosen gestellt, während auf allen Seiten des Tisches die Anspannung mit Händen zu greifen war. Jeder schien auf etwas zu warten und die anderen zu belauern.

Friedhelm Meyer kippte eine Extraportion Milch in seinen Kaffee und rührte zwei Löffel Zucker dazu. Er mochte es süß zum herzhaften Brot, besonders wenn dieses bittere Kraut mit drauf war, das ihn an Löwenzahn erinnerte. Es schmeckte erstaunlich gut.

»Es liegt mir fern, mich einmischen zu wollen«, platzte er schließlich heraus. »Aber wir sind erwachsene Menschen, und keiner von uns ist mit Blindheit geschlagen. Nun mal Tacheles.« Der letzte Satz rutschte auf Deutsch heraus. »Signora Pellegrinis *prima colazione* ist ausgezeichnet, trotzdem dürfte es einen anderen Anlass geben, weswegen Sie sich in aller Frühe herbemüht haben, Signor Garibaldi. Was geht hier vor? Mag sein, dass Sie zur Verschwiegenheit verpflichtet sind – als Kommissar.« Er legte eine Pause ein, um diesem ausreichend Zeit zur Verarbeitung der Information zu geben, dass er Bescheid wusste. »Vor uns ist dies jedoch gänzlich überflüssig. Ich lehne mich nicht zu weit aus dem Fenster, wenn ich sowohl für mich als auch für Fräulein Jung sprechend behaupte, dass wir Ihnen nach Kräften helfend zur Verfügung stehen. Und nach Signor Balistreris mutigem gestrigem Einsatz gilt Gleiches sicherlich auch für ihn. Schweizer Garde, sag ich nur, Hut ab – Wachsamkeit funktioniert auch ohne Gardemaß.« Friedhelms umständliches Italienisch geriet ins Stocken. »Gesetzt den Fall, Sie wären wegen dieses Burschen an der Klippe hier. Um Signorina Emilia zu beschützen.« Hatte er ins Fettnäpfchen getreten, womöglich doppelt? Wenigstes schien der Schweizer ihm die Anspielung auf seine Größe nicht zu verübeln: Er grinste.

»Da soll nochmal einer sagen, die Deutschen wären humorlos und zugeknöpft. Der kennt garantiert Sie nicht.«

Lorenzo brauchte eine halbe Sekunde länger, um sein Gleichgewicht wiederzufinden. »Vielen Dank für Ihr Angebot. Wir können uns später gern unterhalten. Zuerst, Signora Finello, möchte ich mit Ihnen sprechen. Unter vier Augen.«

»Sagen Sie ihm, dass Sie Fotos haben, Herr Meyer«, flüsterte Lene halblaut und rupfte das Hörnchen auf ihrem Teller in kleine Fetzen. »*Grande importante – mucho importante?* Ich weiß nicht, wie es richtig heißt, aber die sind doch wichtig!«

»Später, Fräulein Jung«, flüsterte Friedhelm beschwichtigend. »Wir wollen lieber nicht noch mehr durcheinanderbringen. Ich fürchte, ich bin sowieso schon übers Ziel hinausgeschossen.« In seinem rheinisch gefärbten Italienisch grätschte er abermals in einen angefangenen Satz des Kommissars. »Nichts für ungut. Eins nach dem anderen. Wir verstehen das.«

*

»Ich versteh das nicht.« Lorenzo ging vor dem Tisch auf und ab. Von seiner anfänglichen guten Stimmung waren nur Reste übrig. Seine Geduld war überstrapaziert worden, bis er Signora Finello endlich mit dem konfrontieren konnte, weshalb er gekommen war. Außerdem mochte er nicht, wie der Schweizer sich blind mit Federica Pellegrini verständigte und wie die Dinge sich verselbstständigten, sobald er sich auch nur umdrehte. Während die Frühstücksgesellschaft sich auf sein Betreiben zerstreut hatte, war ihm ein diskreter Blick auf den Papierschnipsel gelungen. Die Brisanz steckte ihm wie eine Fischgräte quer im Hals.

Federica war auf Emilias Bitte hin geblieben, was er ohne Murren akzeptierte. Schließlich war sie es gewesen, die ihn auf die merkwürdige Geschichte der weißen Handtasche gebracht hatte.

»Wie und warum kam diese Tasche vom Tatort in Signorina Marchettis Wohnung zurück? Das bereitete mir wirklich Kopfzerbrechen, und vermutlich hätte ich letzte Nacht kein Auge zugetan ohne den Herrn, der direkt unter Teresa wohnt. Sehen Sie, nachdem ich gestern dort gewesen bin, kam er zu mir in die Questura, und wissen Sie, was er – vielmehr seine Frau – am vergangenen Wochenende beobachtet hat?«

Emilia schüttelte den Kopf.

»Nein? Es war später Samstagnachmittag, da ist eine Frau aus dem Haus gelaufen. Ein Hosenweib, hat der nette Nachbar sie genannt, und seine Gattin war sicher, die kam aus dem Stock oben drüber, und hat sich gewundert, dass Signorina Marchetti jetzt auch eine von denen ist, wo sie doch immer so auf hübsche

Kleidung achtet. Nur lag sie zu dem Zeitpunkt schon seit rund zwanzig Stunden tot in einem Kühlraum.« Lorenzo hielt inne. »Nun, Sie tragen gern Hosen, habe ich mir sagen lassen, wenn Sie sich fortschleichen, um Ihren kleinen Freund Gentile zu treffen. Sie haben kein Alibi für den Freitagabend, und am Samstag lagen Sie mit Kopfschmerzen allein im dunklen Zimmer. Nicht im ehelichen Schlafgemach, nehme ich an, und völlig ungestört, denn Ihr Mann ist daran gewöhnt und akzeptiert Ihr Ruhebedürfnis in solchen Momenten.«

»Sie haben recht«, sagte Emilia resigniert und hob die Schultern. »Ich war da. Was nichts daran ändert, dass ich Teresa nichts getan habe.«

»Du warst an dem Abend wirklich dort?« Federica konnte es nicht fassen. »Weshalb hast du uns das verschwiegen?«

»Es war so schrecklich und zugleich so unwirklich! Ich stand unter Schock. Deshalb hab ich auch gelogen, was den Treffpunkt anbelangt. Es tut mir leid, Commissario Garibaldi. Als Sie das Cinema Duse erwähnten, habe ich das einfach übernommen. Es schien mir ein viel vernünftigerer Ort. Dabei hatte ich keine Ahnung, dass Teresa vorhatte, ins Kino zu gehen. Sie mochte Sophia Loren nicht mal.«

»Was ist also wirklich passiert?«

»Ich sollte in die Via Annunziata kommen, an die Ecke zur Via Perticari, es gibt da gegenüber einen Mauervorsprung. Während unserer Ausbildungszeit sind wir oft im Museum gewesen, haben die Keramiken studiert und uns vorgestellt, wie es zu Zeiten der Marchesa Toschi Mosca gewesen ist, als ein Titel noch etwas bedeutete. Die Nische am Palazzo war für uns ein Symbol des Versteckspiels zwischen heimlich Verliebten.«

»Trafen Sie sich dort auch mit Gentile?«

»Nein! Dass Teresa diesen Treffpunkt vorgeschlagen hat, war nur logisch, sie wusste, dass ich zur Ausstellung in die Casa Rossini wollte und die hell erleuchteten Straßen meide. Und sie wollte ja auch nicht gesehen werden, weil sie sich fürchtete. Madonna, sie hatte solche Angst, und ich … ich kam zu spät, obwohl es ihr so wichtig war. Erst hat mich unsere Hausangestellte aufgehalten, die etwas vergessen hatte und zurückkam, gerade als ich weg wollte. Sie können sie fragen, Commissario Garibaldi. Dann ist dauernd jemand vorbeigelaufen, und ich durfte ja niemandem begegnen, der mich kennt. Vittorio hätte das sonst sofort erfahren.«

Federica konnte es sich lebhaft vorstellen. Tratschen war eine Art Volkssport, egal ob im Dorf oder in der Stadt. Und wenn die Frau eines bekannten Mannes sich abends davonschlich, war das ein gefundenes Fressen.

»Vor unserem Haus ist die Straße breit und schnurgerade, von allen Seiten einsehbar. Als ich endlich am Durchgang zur Via Zanucchi ankam, standen dort irgendwelche Kerle – Jungs mit ihren Rollern, also musste ich noch einen Umweg gehen. Insgesamt hat mich das alles bestimmt eine Viertelstunde gekostet. Dann hörte ich in der Nähe einen Motor aufheulen, und als ich endlich ankam, da – da umringten Leute etwas auf dem Boden. Ich bin näher rangegangen, ich bin … und da war … so viel Blut.« Ihre Unterlippe zitterte. »So furchtbar viel Blut unter ihrem Kopf. Da bin ich einfach weggerannt.«

»Was war mit der Tasche?«

»Sie lag im Dreck.« Emilia schluchzte auf. »Genau wie Teresa! Ich habe erst zu Hause bemerkt, dass ich sie aufgehoben hatte. Das war wohl einfach ein Reflex. Damit kein Fremder in ihren Sachen wühlt.«

»Oder aus Angst, sie könnte etwas bei sich gehabt haben, das niemand sehen sollte?«, hakte Federica ein. »Den Grund für euer Treffen. Einen Beweis für Vittorios Untreue.«

Emilia zuckte die Achseln. »Vielleicht auch das.«

»Und war da etwas?«

»Nein«, sagte sie kleinlaut. »Was hätte ich denn tun sollen, Commissario Garibaldi? Zur Polizei gehen? Dann hätte Vittorio alles erfahren. Wie hätte ich ihm das erklären sollen? Meine Treffen mit Gaetano, dass Teresa ihm nachgeschnüffelt hat und ich von seiner Geliebten weiß, die Verabredung, bei der sie gestorben ist. Als ich die Tasche wieder los war – in Teresas Schrank –, da war es fast so, als hätte ich diesen furchtbaren Abend nur geträumt.«

»Haben Sie aber nicht. Und jetzt wäre der richtige Moment, um endgültig aufzuwachen«, sagte Lorenzo, ruppiger als beabsichtigt. »Ihre Geschichte mag beweisen, dass Sie am Tatort waren, aber Ihre Unschuld beweist sie nicht. Bei allem Schrecken waren Sie geistesgegenwärtig genug, Ihre Fingerabdrücke abzuwischen. Komischerweise haben Sie vergessen, die Einladung zu Bruno Brunis Ausstellung auch verschwinden zu lassen.«

»Ich habe Schmutz abgewischt und Blut. Weiter habe ich nie gedacht. Wieso sollte ich Bruni belasten wollen?« Emilia stutzte. »Bitte sagen Sie nicht, dass Gaetano noch immer eingesperrt ist! Geht es ihm gut?«

»Die Frage fällt Ihnen spät ein. Nein, er ist frei.« Es war ihnen nichts anderes übrig geblieben, als den Burschen noch am Abend gehen zu lassen.

»Gott sei Dank! Glaubst du mir wenigstens, Federica? Du weißt, dass ich Gaetano niemals schaden würde!«

»Lassen wir das.« Lorenzo unterband Federicas Reaktion, ehe sie den Mund öffnen konnte. Im Stillen war sie ihm dankbar, denn sie hätte lügen müssen, um ihrer Rolle als Fürsprecherin gerecht zu werden. Sie ahnte die nächste Wendung des Gesprächs voraus. Es würde Emilia nicht gefallen, eine weitere Lüge eingestehen zu müssen. Federica beobachtete ihr Gesicht, während Garibaldi den Papierfetzen aus der Hosentasche zog.

»Erinnern Sie sich an den antiken Helden, dem es gelang, der Medusa den Kopf abzuschlagen? Mir fällt sein Name nicht mehr ein. Ich habe mich immer gefragt, wer in der Geschichte eigentlich grausamer war: die Frau mit dem Schlangenhaupt, der Mann mit dem Schwert oder der, der ihren Tod in Auftrag gegeben hat.«

Emilia versteinerte, als sei sie vom Blick der Verfluchten getroffen worden.

»Mir scheint, jemand hatte vor, die Geschichte neu zu schreiben.« Lorenzo schob das Beweisstück über den Tisch. »Und Medusa selbst hat einen Auftrag erteilt. Was denken Sie, an wem sie sich rächen wollte?«

Kopfschüttelnd beugte Emilia sich vor und las, streckte den Nacken und sah den Kommissar ganz direkt an. »Der Mann auf der Klippe hatte das bei sich, nicht wahr? Er wollte mich erpressen. Zuerst hatte ich keine Ahnung, worum es eigentlich geht. Seinetwegen bin ich von zu Hause fortgelaufen. Er stand eines Tages in der Tür und wollte Geld. ›Parole Medusa‹, hat er gesagt. Ich hatte schreckliche Angst.«

»Und statt Ihren Mann zu informieren, sind Sie zu Gaetano Gentile geflüchtet.«

»Weil ich annahm, dass er mich sonst auch töten würde, genau wie Teresa.«

»Moment – Ihr Mann oder der vor Ihrer Tür? Eben sagten Sie, der wollte Geld.«

»Das wollte er auch! Gestern wieder. Aber ich habe doch keins! Und ich weiß auch nicht, wie er darauf kam, dass ich ihn bezahlen müsste. Er war überzeugt, dass er mit diesem Zettel etwas beweisen kann. Wenn Sie dabei gewesen wären und sein Auftreten gesehen hätten …« Sie deutete das Durchschneiden einer Kehle an. »Dann würden Sie mich verstehen. Dieses ganze Medusa-Gerede … Teresa hatte etwas herausgefunden, das machte sie für irgendjemanden zur Gefahr. Sie war die Medusa, deren Kopf er … abgeschlagen hat. Was sonst soll er gemeint haben? Es ist so hinterhältig, diesen Namen zu verwenden! Sie hat sie doch bewundert.« Emilia biss sich auf die Lippe, bis sie Blut schmeckte. Ein Tropfen perlte an der Außenseite, den sie nicht wegwischte. Der Schmerz betäubte zugleich. »Wir können die Augen nicht ewig verschließen, nur um dem Monster nicht ins Gesicht zu sehen. Ich habe es versucht, aber dabei bin ich auch zu Stein geworden. Also, was habe ich gewonnen?«

»Verzeihen Sie, Signora, ich kann Ihnen nicht folgen.«

Zwischen zwei Fingernägeln hob Federica den zerknitterten Zettel am äußersten Rand hoch, bemüht, keine weiteren Spuren zu hinterlassen. Welcher Beweis konnte sich darauf verbergen, der ihr bisher entgangen war? Sie drehte und wendete den Papierfetzen in alle Richtungen. Im Gegenlicht des Fensters zeigte sich ein Fettfleck, der vermutlich von Tommasos verschwitzten Händen stammte. Sie schaute genauer hin. Unterhalb der durchscheinenden Stelle zeichnete sich noch etwas anderes ab.

»Ich habe es gefunden«, sagte sie bedächtig. »Ein Emblem. Erkennst du das, Emilia?« Das unauffällige Wasserzeichen machte das ramponierte Stück Papier zum Teil eines Briefbogens der Maioliche Finello.

Emilia stöhnte auf. »Also war es wirklich Vittorio, nicht wahr? Er hat sie umbringen lassen. Meinetwegen, alles meinetwegen. Weil Teresa ihn für mich ausspionierte.«

»Dem werden wir nachgehen.« Lorenzos Miene verriet Skepsis. »Signora Finello, ich unterstelle Sie vorläufig der Obhut von Ispettore Spadafero – zu Ihrer Sicherheit. Er wird nicht von Ihrer Seite weichen.«

Das Papier war bestenfalls ein Indiz und Emilia Finello längst nicht entlastet. Jeder konnte sich in der Firma mit wenig Mühe einen Briefbogen beschaffen. Erst recht die Frau des Inhabers, wenn sie auf Stippvisite in Vittorios Büro oder bei ihrer Freundin in der Buchhaltung hereinschneite.

Federica gab dem Kommissar ein stummes Zeichen der Zustimmung und legte zugleich eine Hand auf Emilias Arm. Ein kühler Schweißfilm überzog ihre Haut.

»Mach dir keine Sorgen, der Ispettore ist ein Schatz. Und Commissario Garibaldi findet die Wahrheit heraus. Das tut er immer.« Trotz der verzwickten Situation schickten ihre Augen ihm ein Lächeln. »Mit meiner Hilfe.«

*

Unterhalb des Fensterbretts lehnte Tommaso Balistreri in gebückter Haltung an der Wand vor dem Esszimmer. Ein zermatschter Zucchino klebte feucht an seinem Knie, auf den er keine Rücksicht nehmen konnte: Hier ging es um Wichtigeres als eine Handvoll Gemüse. Es schmeckte ihm nicht, vom Kommissar weggeschickt worden zu sein, und trotz einiger Zweifel an ihrer Aufrichtigkeit fühlte er sich nach dem Vorfall auf der Klippe irgendwie mitverantwortlich für Emilia Finellos Wohl. Friedhelm Meyer ging es offenbar ähnlich. Tommaso mochte seine lärmende Fröhlichkeit und auch die zurückhaltende Signorina Jung. Die beiden hielten ihm beim Lauscheinsatz den Rücken frei, wofür er ihnen einen umfassenden Bericht versprochen hatte. Eine spontane Allianz der ausgebooteten Gutwilligen.

Darum verband Friedhelm Meyer vor der Haustür das Gute mit dem Nützlichen und setzte Ispettore Spadafero im Detail auseinander, welche Fotos er vom Angreifer auf der Klippe geschossen hatte. Noch etwas blumiger und ausschweifender als sonst und mit der Versicherung, der italienischen Polizei sämtliches Material gern zur Verfügung zu stellen.

*

Ihr Aufbruch vollzog sich zügig, und entgegen sämtlicher Erfahrung musste Federica weder drängeln noch betteln oder drohen, um Lorenzo Garibaldi begleiten zu dürfen. Gleich auf ihre erste Frage erhielt sie ein Ja. Bis zur Questura fuhren sie getrennt, dann stieg sie in seinen Wagen um, in dem es neu und sauber roch, nach einer Mischung aus Möbelpolitur, Bienenwachs und Kraftstoff.

»Wieso nehmen Sie mich freiwillig mit?« Federica lehnte sich im Sitz zurück und wickelte den Schal ab, den sie im Cabrio um ihre Haare geschlungen hatte. Cremeweiß mit blauen Punkten, wie ihre Bluse.

»Zum Schutz vor unliebsamen Überraschungen und weiteren Alleingängen.«

»Ein frommer Wunsch, mein lieber Garibaldi.« Genau wie der, dass Signor Finello kooperieren würde.

»Ich weiß nicht, was ich von Emilia halten soll. Definitiv steht sie emotional unter sehr großem Stress. Schätzt sie nur die Lage falsch ein oder lügt sie? Oder bin ich auf dem Holzweg gewesen?«

»Oh! Sie?« Federica machte ein übertrieben verblüfftes Gesicht.

Sie querten die Bahnlinie, ließen die spärlicher werdenden Wohnhäuser an der Flussschleife hinter sich.

»Die Idee einer Erpressung beschäftigt mich, auch über die Existenz einer angeblichen Geliebten hinaus. Bei ihrer Arbeit in der Buchhaltung hatte Teresa Marchetti Einblick in die innersten Belange der Maioliche Finello und sie besaß ein Gespür für Zahlen. Irgendwer hat das erwähnt – ihr Onkel oder ihre Mutter. Oder Signorina Ragonese? Sollte es in den Büchern Ungereimtheiten geben, könnte das Teresa auf eine dumme Idee gebracht haben, um den eigenen Geldbeutel aufzufüllen. Vittorio Finello hat Teresa als Erpresserin enttarnt und die Notbremse gezogen. Darum will ich mir die Finanzen der Firma ansehen.«

»Und was mache ich?«

»Sie warten im Wagen.«

»Das ist alles?«

»Das ist alles. Vorläufig. Falls nötig, komme ich gern auf Ihre Kenntnisse zurück, wie man Signorina Ragonese aus der Reserve lockt. Das scheint Ihnen gestern gut gelungen zu sein.«

»Eine Kleinigkeit.« Federica lehnte die Knie ans Armaturenbrett. »Wissen Sie übrigens, wo man in Pesaro einen Mörder anheuern kann? Nicht, dass ich schon mal darüber nachgedacht hätte, aber wenn … würde ich es wohl rings um den Hafen versuchen. Was meinen Sie? Da gibt es immer irgendwelche Spelunken mit zwielichtigen Gestalten. Wie wäre es, wenn wir gleich mal hinfahren?« Die Stichelei hatte Garibaldi sich selbst eingebrockt, genau wie so manchen ihrer Alleingänge. Nur einen Hund ließ man vor der Tür im Wagen sitzen!

»Woher zum Teufel …? Nein, vergessen Sie es. Denken Sie nicht mal dran. Es gibt Grenzen, Signora Pellegrini.«

»Sie sind langweilig. Und spießig. Falls Sie an Cristante denken: Von dem hab ich es nicht.« Sie steckte sich eine Zigarette an, kurbelte das Fenster herunter und pustete den Rauch nach draußen. »Ich hatte versprochen, mich von ihm fernzuhalten, und das habe ich gemacht. Das mit dem Hafen ist reine Theorie, weil er der klassische Umschlagplatz für Waren und Dienstleistungen aller Art ist. Warum sollte das hier anders sein als in Sizilien?«

An der nächsten Wegbiegung mündete die Straße in die Zufahrt zum Parkplatz vor dem Werksgelände. Hinter dem Verwaltungsgebäude stieg eine Wolke aus dem Hauptschornstein auf. Lorenzo hielt an, seine Hände ruhten auf dem Lenkrad.

»Ein interessanter Mann, dieser Schweizer«, sagte er und starrte geradeaus an die Hauswand. »Ein alter Freund, ja?«

Federica faltete das Tuch auf ihrem Schoß. »Ein sehr alter Freund. Auf der Durchreise. Er bleibt nur übers Wochenende.«

Lorenzo nahm seinen Hut vom Rücksitz und stieg aus. »Heute

kein unbefugtes Betreten, Signora Pellegrini, sonst buchte ich Sie ein. Sie bleiben hier und folgen mir nicht.«

Um dieses Zugeständnis kam sie wohl kaum herum. Wobei der Begriff »Einbuchten« aus Garibaldis Mund sie amüsierte.

»Ich werde mich hüten, Ihnen nachzulaufen. Sonst dürfen Sie mich in Ketten legen.« Sie streckte ihm die Handgelenke entgegen. »Oder wollen Sie lieber gleich?«

Als er die Tür zugeschlagen hatte, hätte sie über sein Kopfschütteln lachen können. Doch sie tat es nicht. Sie betrachtete ihn tatsächlich als Freund, wie sie es gegenüber Tommaso gesagt hatte. Ein neuer Freund, der vielleicht länger bleiben würde. Wenn sie ihn nicht vergraulte.

Seufzend rutschte sie tiefer in den Sitz. Hoffentlich beeilte Garibaldi sich und kam wieder, bevor sie sich langweilte. Sie spielte mit dem Knopf des Handschuhfachs, warf einen unerlaubten Blick hinein und seufzte wieder. Leider langweilte sie sich schnell.

*

»Auf gar keinen Fall.«

Selbstverständlich würde Signorina Ragonese ihm keinen Blick in die Firmenunterlagen gestatten. Lorenzo nahm ihre Ablehnung gelassen hin. Jede andere Reaktion hätte ihn überrascht. Er war auf Freundlichkeit angewiesen und auf diplomatisches Geschick, was ihn aber bisher nicht weit gebracht hatte. Ihm fehlte ein amtliches Dokument, das ihn ermächtigte, die Signorina zur Herausgabe von Unterlagen zu zwingen. Doch seine Anhaltspunkte waren viel zu vage, um ein solches zu erwirken. Er war sicher, dass sie das wusste. Ohne ihre Kooperation konnte er einpacken.

»Es liegt mir fern, Sie in Schwierigkeiten bringen zu wollen.

Signor Finello kommt sicher gleich wieder?« Hut und Mantel hingen an der Garderobe. Weit konnte er demnach nicht sein. »Dann werde ich auf ihn warten. Sind Sie sicher, dass er nicht in seinem Büro ist?«

»Das bin ich. Und wie lange er fort sein wird, hat er mir nicht mitgeteilt.«

»Schade. Aber die Angelegenheit ist dringend. Vielleicht probieren Sie es über Ihre Haussprechanlage und fragen seinen Bruder. Ich setze mich einfach so lange in sein Büro.«

Mit erstaunlich schnellen Schritten stellte Simonetta sich ihm in den Weg, breitete die Arme vor der Tür aus. »Das werden Sie nicht tun!«

Was für ein Einsatz. Lorenzo drehte dennoch den Knauf. Die Tür war abgeschlossen.

»Signor Commissario, bitte!«

»Verzeihen Sie.« Lorenzo simulierte Verlegenheit. »Macht er das immer, wenn er nur mal kurz nach draußen geht? Sie haben sicher einen Schlüssel?«

»Selbst wenn ich einen hätte, Signor Finello ist in diesen Dingen eigen. Er schätzt es nicht, wenn …«

Simonetta schüttelte den Kopf. Es war besser, zu schweigen. Vittorios Verhalten in den letzten Tagen bereitete ihr Sorge. Sein Büro war nie verschlossen, solange sie anwesend war! Offensichtlich war er der Lage, in die er sich hineinmanövriert hatte, nicht mehr gewachsen. Genau deshalb war sie ihm am vorigen Abend in der Dunkelheit gefolgt. Um weiteres Unheil zu verhindern.

»Ich werde nichts anfassen«, versprach er. »Nur den Plattenspieler würde ich mir zu gern nochmal ansehen. Ein echtes Schmuckstück, darum beneide ich Signor Finello sehr. Er hat einen ausgesprochen guten Geschmack.«

Mitten hinein in seine improvisierte Rede, bei der er gleich einen Schwenk zu Finellos perfekter Wahl seiner persönlichen

Sekretärin hatte machen wollen, hupte es. Er setzte erneut an, und es hupte wieder. Er kannte den Ton.

Signorina Ragonese ging zum Fenster. »Das kommt aus Ihrem Wagen.«

Lorenzo fluchte leise und schaute über ihre Schulter. Das Hupen änderte die Frequenz. Die Fahrertür der Giulietta stand offen, Federica schaute zu ihnen hoch und winkte.

»Das darf doch nicht wahr sein! Was macht diese unmögliche Person denn hier?« Simonetta Ragonese wedelte hinter der Scheibe mit den Händen, als gelte es eine Fliege zu verscheuchen. »Sie hätten den Wagen wohl auch besser verriegelt. Los – verschwinden Sie da unten!«

Mit zusammengebissenen Zähnen gab Lorenzo seinerseits Zeichen.

»Gehört diese Frau etwa zu Ihnen? Haben Sie die gestern geschickt, damit sie bei uns herumschnüffelt? Was für eine Unverfrorenheit! Und jetzt erdreisten Sie sich, völlig grundlos irgendwelche Unterlagen einsehen zu wollen?«

Lorenzo zog demonstrativ die Gardine vor. Federica Pellegrini würde sich gedulden müssen. Eine Lektion, die ihr sicher nicht schadete.

»Ein kleines Missverständnis, darum kümmere ich mich gleich.« Er kleidete seine Worte in Öl und Demut und ruderte zurück, dann packte er Simonetta an der richtigen Stelle: ihrer bewundernswerten Treue. Er wolle nur helfen und Schaden abwenden, genau wie sie. Sie, die immer da war, wenn Signor Finello sie brauchte; sie, die immer ein offenes Ohr für die jüngere Kollegin gehabt hatte. Er legte den Arm um ihre Schulter, nötigte sie sachte, sich hinzusetzen. War ihr unterschwellig etwas aufgefallen, das auf Ärger hindeutete? Plötzliche Heimlichkeiten, Nervosität?

»Niemand steht Vittorio Finello näher als Sie und niemand kennt ihn besser«, sagte er bedächtig. »Es geht um Erpressung,

Signorina Ragonese. Zum Nachteil der Firma.« Als sie weiter schwieg, legte er den Fetzen Papier von der Klippe auf den Tisch.

»Was soll das sein?«

»Parole Medusa«, sagte er. »Haben Sie das schon mal gehört, oder können Sie sich vorstellen, was damit gemeint ist?«

Simonetta holte ihre Lesebrille heraus, faltete die Bügel auseinander, schob sie vor und zurück. Mehr, um Zeit zu gewinnen, denn aus Notwendigkeit, wie ihm schien.

»Erkennen Sie das Papier?«

Ein seltsamer, unkontrollierter Laut entwich ihr beim Betrachten. Für einen Moment wankte ihre Haltung.

»Ist alles in Ordnung? Brauchen Sie ein Glas Wasser?« Ein Schwächeanfall fehlte ihm gerade noch. Er öffnete das rückseitige Fenster und fächelte ihr Luft zu.

»Lassen Sie das. Es zieht. Wo haben Sie das her?«

»Das ist ein Stück von einem Firmenbriefbogen, richtig?« Eine Frage, die sie bejahen musste. »Wer könnte das geschrieben haben?«

Verächtlich verzog Simonetta die Lippen. »Warum fragen Sie nicht diese Person, die sich hier eingeschlichen hat? Sollte sie Ihnen dieses Schreiben gegeben haben, empfehle ich, es zu ignorieren und wegzuwerfen. Es ist der Mühe nicht wert, drüber nachzudenken. Keine Sekunde.« Ein Urteil, dass er getrost auf die ganze Person beziehen durfte. »Ihr scheint jedes Mittel recht zu sein, um sich hervorzutun.«

Lorenzo schmunzelte verstohlen. Ob Simonetta dabei an einen billigen Racheakt dachte, weil sie die Stelle nicht bekommen hatte, oder an die zu hohen Schuhe? Eins stand jedenfalls fest: Als Verfasserin des Erpresserbriefs kam Federica Pellegrini nicht in Betracht.

*

Dann eben nicht. Federica verzichtete darauf, weiter zu hupen. Wenn Garibaldi ihr kein Gehör schenkte, musste er mit den Folgen leben. Versprechen hin oder her. Solange er oben bei Signorina Ragonese war, konnte sie doch schon mal gucken, was dort hinten in den Büschen funkelte. Drei Minuten, dann wäre sie zurück. Er würde es nicht mal merken. Und sie wiederum lief nicht Gefahr, sich mit einem falschen Alarm zu blamieren.

Ein Raubvogel kreiste am Himmel, jenseits des Foglia. Über eine zugewucherte Wiese steuerte sie auf ihr Ziel im Gestrüpp zu, wo irgendetwas glänzte. Sie dachte an Matteos Mütze und seine Jacke, die sie manchmal wie einen magischen Umhang angelegt hatte, um sich unsichtbar zu machen. Genau wie Emilia, wenn sie heimlich Gaetano besuchte. Ihre flachen Schuhe erwiesen sich als gute Wahl auf dem unebenen Untergrund, und die Hose schützte sie, als sie sich durch das dichter werdende Gebüsch zwängte. Von der Spiegelung, der sie gefolgt war, war längst nichts mehr zu sehen. Es würde wohl doch etwas mehr als drei Minuten dauern, bis sie wieder auf dem Parkplatz war. Vor ihr befand sich jetzt ein großes, dunkles Gebilde. Der letzte Ast schwang zur Seite und ihr Herz machte einen Hüpfer. Ein Wagen. Genau wie sie es sich gedacht hatte. Und wer parkte so weit ab von der Straße, wo es doch vor der Firma so viel Platz gab? Jemand, der unbemerkt bleiben werden wollte!

Vorsichtig strich sie über den Lack und stieß einen leisen Pfiff aus. Ihr Finger fand den winzigen Schaden, den das Holzkästchen am Kotflügel hinterlassen hatte, und sie ging in die Hocke, um sich die Stoßstange anzusehen. Sie freute sich auf Garibaldis Gesicht und lachte kurz auf.

Dann wurde es dunkel.

Kapitel 18

Ein wenig wünschte Friedhelm Meyer sich, ein Cabrio zu haben wie Signora Pellegrini, oder ein wendiges Motorrad wie der halbseidene Kerl von der Klippe. Doch bei offenem Fenster machte auch sein eigenes Auto etwas her. Statt im Radio einen Sender zu suchen, sang er, was er an italienischen Schlagern aufzubieten hatte, von den »Caprifischern« bis zu »Buona sera, Signorina«. Ein eingeschränktes Repertoire, dafür jedoch mit Gute-Laune-Garantie. Einmal mehr befand er sich auf dem Weg nach Pesaro – in geheimer Mission mit Fräulein Jung. Wen kümmerte es da, dass er für seinen letzten Tag andere Pläne gehabt hatte? In seiner neuen Rolle fühlte er sich agil und voller Tatendrang: ein Macher vom Kaliber eines Filmhelden!

Auch Lene genoss die schnelle Fahrt. Durch die heruntergekurbelten Scheiben fegte ein wirbelnder Luftstrom und richtete die festgeklebte Haarsträhne an Meyers Hinterkopf wie ein Horn über ihm auf. Lene kicherte.

Der Schweizer war lieber im Vento del mare geblieben, als Verstärkung trotz Polizeischutz, falls der feige Kerl von der Klippe sich noch mal dorthin wagen sollte.

Er war ein aufrichtiger Mann, erdverbunden, mit dem Herz am rechten Fleck. So was spürte sie. Es wäre jedoch naiv gewesen, sich einzubilden, dass er alle seine Informationen mit ihnen teilte. Schließlich war Balistreri ein Freund der Signora und ihr gegenüber loyal. Bei seinem Lauscheinsatz unterm Fenster war ihm das allerdings wohl kurz entfallen; er berichtete mit schnell heraussprudelnden Sätzen, die ein jäher Schweißausbruch beendete. In dem Moment musste er sich erinnert haben. Er murmelte etwas von Sprachproblemen und Schwyzerdütsch. Zu spät, um das Wort Mord zu löschen, das Lene abspeicherte und das in ihr zu arbeiten begann. Nein, niemand würde ihnen ganz genau verraten, was vor sich ging. Das wäre ja ein fahrlässiges Pflichtversäumnis gewesen, sowohl beim ernst dreinblickenden Kommissar als auch bei dem blassen Ispettore und bei Signora Pellegrini, die ihre Gäste von allem Ungemach fernhalten wollte. Doch in der Summe reichte es aus, sich ein eigenes Bild zu machen. Zugegeben, ein verwirrendes Gemälde mit einer nackten Schlangenhaarvenus und roten Rosen, einem Tatort unmittelbar an der Museumsmauer und auf der anderen Seite innerhalb des Museums dem Medusenkopf von Ferruccio Mengaroni. Dazu ein Rosenkavalier, den sie sowohl dort als auch vor der Pension gesehen hatte. Und das hatte sie, so sicher, wie zu viel Regen die Kartoffeln im Boden faulen ließ und die Winter im Westerwald schneidend kalt waren. Wie hätte das ein Zufall sein können? Ein geheimnisvoller Zettel mit einem Treffpunkt und der Parole Medusa ergab für sie durchaus Sinn. Sie hatten es mit einer heimlichen Liebe zu tun, die unter einem schlechten Stern stand, bei der zärtlich getauschte Blicke verboten waren. Wie für die Medusa, nachdem der Fluch auf ihr lag. Kein Glück, niemals, nur die Gewissheit, selbst einem Geliebten den Tod bringen zu müssen. Zu lieben, ohne einander in die Augen zu sehen, daran konnte man nur scheitern. Eine romantisch-tragische Angelegenheit, das war der Kern und alles andere nur Ballast. Lügenkonstrukte wie Dornenhecken, in denen man sich verfangen konnte. Emilias Fluch konnte die Schwangerschaft sein. Über die Rolle der toten Freundin rätselte sie noch.

Ob Friedhelm Meyer ihrer Theorie nun glaubte oder nicht, auf die Verbindung zum Museum in Pesaro war er sofort angesprungen.

Und nun, etliche Gesangseinlagen später, durchschritten sie

den Eingangsbogen zum Innenhof des Palazzo Mosca. Lene drehte sich an derselben Stelle um wie vor genau einer Woche; wie zu erwarten war der Platz vor dem Tor leer. Dennoch pochte ihr Herz bis zum Hals.

Friedhelm steuerte schnurstracks auf einen Museumsangestellten zu. Seine Stimme hallte von den Wänden wider, und seine lange Gestalt gab Lene Deckung. Sie sah sich um, ohne zu wissen, wonach. Parole Medusa, flüsterte es in ihrem Ohr, laut und lauter, je näher sie der riesigen Keramik kam. Aus luftiger Höhe unter dem Kreuzgewölbe starrte der Künstler auf sie herab. Ein Blick voller Furcht und Entsetzen, der ihr folgte, noch durch die Streben des Steingeländers bis in den Innenhof. Zu dieser Seite hin war der Treppenaufgang offen, jedoch unter dem Dach des Palazzo geschützt. Der Himmel fügte sich als blaues Rechteck in die Architektur ein, an der alles leicht wirkte, sogar die mächtigen Säulen. Beete fassten den Mosaikboden der Freifläche ein. Niedrige Strauchrosen in zarten Farben, denen ein ordentlicher Schnitt gut getan hätte.

Lene drehte sich um sich selbst. Nirgendwo fand sie leuchtendes Rot wie bei den Blumen des Motorradfahrers. Sie nahm wieder Blickkontakt mit dem Medusenkopf auf.

»Guck mich nicht so an«, wisperte sie. »Rede lieber mit mir. Du hast doch bestimmt etwas gesehen.« Sie tastete über Knospen und Blätter, nahm das Beet genau unterhalb in Augenschein. Rosen. Ein Liebespaar. Ein geheimer Treffpunkt. Das passte doch. Hinter einem zierlichen Strauch lag ein geknickter Stängel auf der Erde. Mutwillig gebrochen, ohne ein Blatt um den Blütenknoten, lang und gerade. Eine Schnittrose, doppelt so dick wie die in der Rabatte. Hastig schaute Lene sich um. Friedhelm Meyer redete immer noch, sonst war niemand zu sehen, auch der Torbogen lag außerhalb ihres Sichtfeldes. Sie ging in die Hocke. Warum hatte jemand die Rose hier weggeworfen? Genau hier. Weil man an dieser Stelle für einen Moment in Deckung gehen konnte? Ein perfekter Winkel, um etwas zu verstecken. Sie zögerte. Sollte sie graben? Die Erde im Beet war trocken, durchzogen von spinseligem Unkraut. Nichts deutete darauf hin, dass sich in letzter Zeit jemand daran zu schaffen gemacht hätte. Nein, das war eine Sackgasse. Im Vorübergleiten erfasste ihr Blick eine Abweichung an der Mauer, Kratzer auf einem Stein in der dritten Reihe und fehlenden Mörtel.

Friedhelm Meyer stimmte »Buona sera« an, in etwas höherer Tonlage fiel eine zweite Stimme ein.

Vorsichtig pulte Lene in der Mauerritze. Der Stein war lose und ließ sich erstaunlich leicht herausziehen. Der kleine Hohlraum dahinter war leer. Enttäuscht hielt sie einen Moment inne, dann schob sie die Hand hinein. Nichts außer Staub und Steingebrösel. Dennoch war es eindeutig ein Hohlraum, in dem etwas gelegen haben konnte. Kurzentschlossen wickelte sie den Stein in ihr Stofftaschentuch, packte ihn ein und nahm auch den Rosenstängel mit. Vielleicht konnte die Polizei damit etwas anfangen. Betont langsam richtete sie sich auf und durchquerte den Hof. Die Aufregung trieb Hitze in ihre Wangen, und sie bemühte sich um einen gelassenen Gesichtsausdruck. Als Friedhelm Meyer sich zu ihr umdrehte, wusste sie sofort, dass es ihr nicht geglückt war. Seine Augen leuchteten auf.

»Heureka!«, rief er vorauseilend und schüttelte dem Museumswärter zum Abschied beide Hände. »Sie haben etwas! Mein allerliebstes Fräulein Jung, spannen Sie mich nicht auf die Folter und retten Sie den Tag, denn meine Ausbeute ist dürftig. Sieht man davon ab, dass ich einen Mann zur Nutzung seiner Stimmbänder animieren konnte. Was ja nun zumindest eine gute Tat auf dem Konto eines alten Sünders ist.«

»Davon erzähle ich Ihnen lieber woanders«, wisperte Lene und lächelte dem Sänger in Museumslivree übertrieben enthusiastisch zu. Es drängte sie, den Hof zu verlassen, weg vom Medusenblick und dem Ort, an dem jetzt der Mauerstein fehlte. Obwohl es unwahrscheinlich war, dass man ihn bald vermisste.

Im selben Café wie bei ihrem ersten Besuch kehrten sie ein, was Friedhelm augenzwinkernd seinem *italienischen Fieber* und der damit einhergehenden Lebensart zuschrieb. Beim Blick in Lenes Tasche schlug er sich auf die Schenkel.

»Sie haben etwas mitgehen lassen? Na, Sie sind mir ja eine! Doll. Da soll der Commissario mal schön seine Lupe auspacken und nach Fingerabdrücken suchen, nicht wahr?«

Während Lene berichtete, bestellte er zwei üppige Tortenstücke und dazu zwei *caffè corretto*. »Mit Schuss – das haben wir uns verdient«, erklärte er und wischte ihre Einwände beiseite. Das bisschen Alkohol am hellen Tag zählte nicht, und dem Schnaps war die Uhrzeit sowieso egal. Friedhelm hieb die Gabel in die süße Köstlichkeit auf seinem Teller: Mürbeteig, Vanillecreme und aromatische Früchte.

»Eigentlich«, sagte er mit vollem Mund, »ist der Museumshof bei der Medusa kein ausgewiesener Treffpunkt für Verliebte. Kein Wunder bei der Visage, wenn Sie mich fragen. Aber zuletzt, hat mir der Wachmann verraten, kam es ihm tatsächlich zweimal fast so vor. Eine junge Dame, ein einzelner Mann, die sich im Eingangsbereich – also dem Hof – aufhielten und wieder gingen, ohne im Museum gewesen zu sein. Leider sind die beiden sich nicht begegnet.«

»Vielleicht haben sie einander verpasst? Oder sie haben nur hinter dem Stein Nachrichten getauscht.«

»So wird es gewesen sein.« Friedhelm hob die Tasse. »Darauf einen Schluck *corretto*! Und natürlich auf Sie, liebstes Fräulein Jung.« Er war geneigt, ihr auf der Stelle den Antrag zu machen, der ihm seit Tagen durch den Kopf spukte. Aber das wäre wohl doch des Guten zu viel gewesen. Der Erfolg ihres kleinen Ausflugs freute ihn diebisch, nicht zuletzt, weil der blasse Ispettore sich zwar für den Film aus seinem Fotoapparat bedankt hatte, ansonsten aber reichlich zugeknöpft geblieben war. »Commissario Garibaldi wird Augen machen.«

*

Verlassen stand die Giulietta in der Sonne, der Beifahrersitz leer, die Tür sperrangelweit offen.

»Signora Pellegrini?« Lorenzo drehte sich im Kreis. Grillen zirpten. Diese verflixte Frau! Er ging auf dem Parkplatz ganz nach rechts, zum Ende des Hauptgebäudes. Eine getrimmte Hecke diente als Sichtschutz, jenseits lag ein schmuckloser Schotterstreifen, auf dem die Finello-Beschäftigten ihre Roller und Fahrräder abstellten, sofern sie nicht mit der Bahn oder dem Bus kamen und das letzte Stück zu Fuß gingen. Teresa war meistens gelaufen, Simonetta fuhr einen Roller, wie er von Spadaferos Befragungen wusste. Federica Pellegrini war nirgends zu sehen, und er machte kehrt. Auf der anderen Parkplatzseite schloss sich ungezähmt bewachsenes Gelände an. Er schlug auf die Motorhaube der Giulietta. »Signora Pellegrini?«

Wind schüttelte Büsche und Bäume, und er fing im dichten Bewuchs einen Lichtblitz auf. Eine Spiegelung. Vielleicht war sie dorthin gelaufen? Er rannte los. Es beunruhigte ihn, das sie nicht antwortete. Im Näherkommen nahm er aus dem Augenwinkel eine Bewegung wahr, schwingende Äste im Gebüsch am Zaun zum Firmengelände, eine undeutliche Silhouette im Schattenspiel der Blätter.

»Signora Pellegrini? Bleiben Sie stehen!«

Die Person verharrte eine Sekunde, dann war sie weg. Fluchend setzte Lorenzo ihr nach, obwohl er eigentlich in die entgegengesetzte Richtung gewollt hatte. Niemand flüchtete ohne

Grund. Wo war er hin? Links vorbei oder rechts am Zaun entlang – mitten durchs Dickicht? Ein ausgestreckter Arm im struppigen Gras brachte Lorenzo zum Straucheln. Haare mit einem Schimmer Rot an der Schläfe. Sickerndes frisches Blut. Sein Magen krampfte sich zusammen.

»Signora Pellegrini!« Er fiel neben ihr auf die Knie. Still wie schlafend lag sie da, regungslos. »Federica? Federica!« Fahrig tastete er ihren Puls, beugte sich tiefer hinab, bis er dicht über ihren Lippen warmen Atem spürte. Erleichtert schüttelte er sie an der Schulter, tätschelte vorsichtig ihre Wange. War noch jemand in der Nähe? Er lauschte, hörte Rascheln im Unterholz, das Tschilpen hungriger Vogelküken. »Bitte sagen Sie was.«

»*Porca Madonna.*« Stöhnend verzog Federica das Gesicht, öffnete die Augen und seufzte, als sie ihn erkannte. »Garibaldi. Na endlich.«

»Was ist passiert?«

»So, wie es sich anfühlt, hat mir jemand eins übergezogen.«

Lorenzo zog seine Hand zurück, die noch auf ihrer Wange lag. »Sie sind verletzt.«

»Halb so wild.« Sie richtete sich auf, nahm ihm das Taschentuch ab, das er aus seiner Hosentasche genestelt hatte, und drückte es auf die Schramme. »Dass er weg ist, ist viel schlimmer. Wo ist der Mistkerl hin? Wieso haben Sie ihn laufen lassen?«

»Nächstes Mal lasse ich Sie liegen und sehe erst später nach, ob Sie noch leben. Versprochen«, knurrte er. »War es wirklich zu viel verlangt, dass Sie fünf Minuten in meinem Wagen warten sollten?«

»Von wegen fünf Minuten.« Sie rollte die Augen, was einen stechenden Schmerz durch ihren Schädel jagte. Der Wagen – ihr Hupen. Allmählich setzte ihre Erinnerung ein. »Ich habe das Tatfahrzeug gefunden. Gleich hier. Sehen Sie es sich an, bevor es auch noch verschwindet.« Viel zu schnell stand sie auf und simulierte ein Lächeln, fest entschlossen, die vor ihren Augen tanzenden Schlieren zu ignorieren. Kopf und Blickfeld bewegten sich asynchron, was ihrem Magen nicht gefiel. Sie drehte sich um. Eigentlich hatte sie angenommen, das Auto direkt vor sich zu haben, doch um sie herum war nur Gestrüpp. »Das versteh ich nicht.« Der Ort, an dem sie das Bewusstsein verloren hatte, war ein ganz anderer gewesen.

»Aber ich. Da drüben ist ein Loch im Zaun. Entweder wollte der Kerl mit Ihnen aufs Firmengelände oder runter zum Fluss.« An der Böschung konnte ein Boot gelegen haben. Auch wenn Lorenzo weder das typische Knarren noch das Eintauchen eines Ruders gehört hatte, es bedurfte nur weniger Schläge, um zur anderen Seite zu gelangen. Und gar keine, wenn man sich einfach mit der Strömung treiben ließ. »Es wäre leicht gewesen, Sie zu ertränken.«

»Und mir wäre es lieber, mir das nicht vorzustellen.« Sie sah die Schleifspur im Gras und schwankte. »Wir müssen wohl dort entlang.«

»Hoffentlich macht Sie das in Zukunft etwas vorsichtiger.« Lorenzo folgte ihr. »Zumindest scheidet Signorina Ragonese als Verdächtige für den Angriff aus.«

»Obwohl die mich bestimmt gern ersäuft hätte.«

»Den Eindruck kann ich bestätigen.«

Federicas Kopf brummte, als würde sich im Innern eine der Kugelmühlen aus der Manufaktur drehen. Auf dem letzten Meter ließ sie Lorenzo den Vortritt. »Machen Sie sich auf eine Überraschung gefasst.«

Er wischte einen Ast beiseite und stand vor einer Limousine. Kotflügel, Heck und Dach waren schwarz lackiert, die Seiten dunkelgrün. »Ein Taxi?«

»In einer dunklen Gasse muss man schon genau hingucken, um das zu erkennen. Und es ist kein Wunder, dass ich den Fahrer nicht erkannt habe, als er Emilia fast erwischt hätte. Es ist ein Rechtslenker.«

Der Wagen gehörte zu einer der letzten Serien, die immer noch daran festhielten, obwohl es über dreißig Jahre her war, dass Italien die Fahrtrichtung des Verkehrs gewechselt hatte. Aufgeregt umrundete Lorenzo das Fahrzeug. Im Innenraum lag ein Taxischild, der Taxameter schien betriebsbereit. Er wusste, dass der Kühlergrill zu Teresa Marchettis Verletzungen passte, ehe er ihn gesehen hatte. »Haben Sie etwas angefasst?«

»Dazu kam ich nicht. Meinen Sie, ich habe den Täter dabei gestört, das Auto zu verstecken? Aber wieso ausgerechnet hier? Und ausgerechnet jetzt? Und wieso ist er nicht einfach mit dem Wagen abgehauen? Da wäre er doch viel schneller gewesen als zu Fuß.« Federica bückte sich nach einem flachen Stück Holz und wurde von einem weiteren Schwindelanfall erfasst. Sie hatte ordentlich was abbekommen, aber das konnte sie unmöglich zugeben, wenn sie nicht wollte, dass Garibaldi sie in Watte packte. »Holen Sie Verstärkung?«

»Wenn Sie damit meinen, ob ich weggehe und Sie allein lasse: dann nein.« Er nahm seine Umhängetasche ab und hängte das Jackett an einen Ast. »Wir machen einen Schnelltest, der spezifisch auf Blut reagiert. Sie können assistieren.«

»Dafür ist kein Test notwendig.« Federica schaute auf das Holz. »Das sieht man. Und woher es stammt, kann ich spüren.«

Das handliche Sortiment, das Vigliani für Lorenzo zusammengestellt hatte, brauchte wenig Platz, sodass er es häufig bei sich trug, und es erlaubte, Anhaftungen an Ort und Stelle zu überprüfen. Es kam auf die Reihenfolge an, mehr musste er nicht wissen, hatte Vigliani versichert. Und dass eine Rotfärbung nach Zugabe der Wasserstoffperoxidlösung einen Treffer bedeutete. Er holte einige Kleinteile heraus, die er auf einem sauberen Tuch platzierte.

Federica sah zu, wie er sich auf dem Rücken liegend unter der Karosserie zu schaffen machte. »Können Sie auch herausfinden, wessen Blut es ist? Ich meine, der Fahrer könnte ja sonst behaupten, dass er ein Tier überfahren hat oder dass es sein eigenes Blut ist, weil er sich beim Arbeiten verletzt hat.«

»Reichen Sie mir mal den Schaber.« Lorenzo streckte ihr die offene Handfläche hin. Er konnte den Kopf kaum drehen und spürte eine klaustrophobische Beklemmung. »Ob Tier oder Mensch, das lässt sich zum Glück seit Beginn dieses Jahrhunderts unterscheiden, und bestimmt haben Sie auch schon mal von Blutgruppen gehört, von denen es verschiedene gibt – jetzt das Fläschchen mit der Eins, bitte. Vigliani könnte Ihnen das genau erklären. Jedenfalls lässt sich damit feststellen, ob das Blut grundsätzlich von einer bestimmten Person stammen kann oder nicht.«

Federica nahm ihm den kleinen, braunen Glasbehälter wieder ab und verbiss sich das Lachen, während er sich mit schlangenartigen Bewegungen von Schultern und Hüften aus der Enge unter dem Auto herauswand. Erschwerend kam hinzu, dass er offenbar versuchte, sich dabei weder Hose noch Hemd zu ruinieren. Eine kleine Eitelkeit, die sie durchaus charmant fand.

»Es wäre zu schön, wenn so ein Tröpfchen Blut uns noch mehr verraten könnte. Und die Forscher werden es sicher weiter versuchen.«

»Was denn noch?« Unaufgefordert klopfte sie ihm den Rücken ab. »Die Augenfarbe vielleicht oder die Schuhgröße? Die Adresse des Mörders? Sie träumen, mein lieber Garibaldi.«

Er gab mit einer Pipette zwei Tropfen aus dem einen Fläschchen zu dem Gemisch im anderen, schüttelte kurz und tunkte das Teststäbchen ein. »Wo wären wir denn ohne Träume? Stellen Sie sich vor, was vor hundert Jahren noch für lachhafte Hirngespinste gehalten wurde: Automobile, Fliegerei – Röntgenstrahlung, die unser Inneres sichtbar macht.«

Sie nickte langsam. Zum Träumen war es der falsche Moment. Ihr Hirn war auf mehr als eine Weise erschüttert, und die Holzlatte war genau betrachtet nicht ihr größtes Problem. Sie hätte sich gern angelehnt, aber es tat ihr nicht gut, so nah bei Lorenzo Garibaldi zu sitzen.

»Da sehen Sie es: Die Probe wird rot!«, rief er. »Also ist dort Blut. Jetzt holen wir die Verstärkung!«

*

Signorina Ragonese empfing sie mit Eiseskälte. Schweigend taxierte sie Federica, die sich ihrerseits bewusst zurückhielt – mit dem Rücken zur Wand. Ihre Kehrseite war völlig verdreckt, die schöne Bluse im Gestrüpp aufgerissen.

Vom Apparat der Sekretärin aus rief Lorenzo Garibaldi in der Questura an. Ihm wäre es lieber gewesen, wenn Federica sich im Auto auf die Rückbank gelegt hätte, um sich auszuruhen, doch das hatte sie abgelehnt.

»Es werden mehr Leute nötig sein«, sagte er und schaute gerade hinunter in den Hof, als die Tür aufging. »Kann sein, dass der Flüchtige noch in der Nähe ist. Der Wagen muss sichergestellt werden, und finden Sie den Halter.«

Den Kopf gesenkt, die Schultern voran, stürmte Vittorio Finello herein. »Simonetta, ich will nicht gestört werden und …« Wie angenagelt blieb er stehen. »Was geht hier vor?« Er starrte zum Kommissar, dann zu Federica. Seine Halsschlagader pulsierte, seine Augen verengten sich. Federica sah sich zu einer Erklärung außerstande und wäre nun doch gern im Auto gewesen. Sie konnte sich nicht erinnern, wann sie sich zuletzt so jämmerlich gefühlt hatte.

Simonetta eilte Vittorio entgegen, der ihr barsch zu schweigen gebot, und sie zuckte wie unter einem Schlag. Es schmerzte sie zu sehen, wie schnell er neuerdings die Kontrolle verlor. In all den Jahren hatte es das nie gegeben.

»Garibaldi!«

Lorenzo hob einen Finger und telefonierte zu Ende, zupfte dabei einen trockenen Grashalm von seinem Jackett.

Simonetta huschte wie ein Geist zum Wandschrank und schenkte Vittorio einen *Mistrà* ein. Alkohol war keine gute Lösung, aber eine zuverlässige. Schon der erste Schluck verwandelte seinen wütenden Gesichtsausdruck in Verachtung.

»Was verschafft mir das zweifelhafte Vergnügen Ihrer Anwesenheit, Garibaldi?« Er deutete auf Federica. »Hat das mit ihr zu tun? Wie sehen Sie überhaupt aus, Signora?«

»Ihre Schuhe sind schmutzig«, stellte Lorenzo fest.

»Ja und?«, raunzte Finello. »In einem Produktionsbetrieb kommt das vor. Ich war in der Manufaktur unterwegs. Keramik ist Handarbeit: Erde, Wasser, Feuer. Nicht wahr, Signora Pellegrini?«

Sein Blick bohrte sich regelrecht in ihren, und sie nickte stumm. Ein feiner, grau-brauner Streifen, wie von angetrocknetem Ton, überzog eine Naht an der Ferse. Die gleichen Rückstände hatten nach dem gemeinsamen Rundgang an ihren Pumps geklebt. Zum Glück nur an der Sohle, wo sie sich leicht entfernen ließen.

»Verzeihen Sie die Nebensächlichkeit.« Lorenzo lächelte. »Aber Schuhe wie diese sind eine Investition, die wollen gepflegt werden. Wunderbar gearbeitet, muss ich sagen.«

»Commissario Garibaldi hat mich nach den Firmenbüchern gefragt«, schaltete Simonetta sich ein. »Er sucht nach Ungereimtheiten, wegen einer möglichen Erpressung.«

Finello lachte laut. »Erpressung? Was für ein Unsinn. Oder wollte die nette Dame, die Sie dabei haben, eine anzetteln? Ich dachte, sie spioniert für die Konkurrenz. Eine Nummer zu groß,

Signora. Also haben Sie die Falschspielerin erwischt und mit der hübschen Nase in den Schmutz gedrückt? Mir kam sie gleich ein bisschen – Sie wissen schon – zwielichtig vor. Wenn das so ist: Glückwunsch, Garibaldi.«

Lorenzo nahm Finello den plötzlichen Stimmungsumschwung nicht ab. Sein Lachen war ebenso zu aufdringlich wie seine Reaktion gegenüber Simonetta zu grob. In einfachen ungeschönten Worten fasste er die Fakten zusammen.

»Signora Pellegrini wurde niedergeschlagen. Neben einem Wagen im Gebüsch, unweit des Firmenparkplatzes. Ich gehe davon aus, dass es sich um das Fahrzeug handelt, mit dem Signorina Marchetti überfahren wurde, und um denselben Täter. Wir werden uns auf Ihrem Gelände umsehen, Signor Finello. Allein schon wegen eines Lochs im Zaun, durch das der Bursche möglicherweise geschlüpft ist.«

»Ein Loch? Davon weiß ich nichts. Simonetta: Informieren Sie meinen Bruder. Ercole soll sich darum kümmern, dass das geflickt wird – und um die Polizei. Ich will nicht, dass Ihre Leute in der gesamten Anlage herumtrampeln. Und geben Sie Garibaldi die Unterlagen, die er haben will. Nehmen Sie alles mit! Die Maioliche Finello hat nichts zu verbergen.«

»Ich danke Ihnen. Das ist sehr freundlich.« Lorenzo schlug die Hacken zusammen, eine Geste, die er verabscheute, so wie ihm alles Militärische zuwider war. Die Hierarchie, die Unterwerfung, der stumpfe Gehorsam. Zu Finello passte es.

Bis die Kollegen eintrafen, würde er Vittorio Finello und seine ergebene Sekretärin keine Sekunde aus den Augen lassen. Und der flüchtige Schweinehund lachte sich unterdessen irgendwo ins Fäustchen. Lorenzo biss die Zähne zusammen. Kaum war Gaetano Gentile wieder auf freiem Fuß, tauchte plötzlich das mutmaßliche Tatfahrzeug auf. Gentile kannte das Gelände; er war jung und relativ groß. Für ihn wäre es ein Leichtes gewesen, Federica zu überwältigen und wegzuschleppen. Wenn es so gewesen war, lag es in Lorenzos Verantwortung – an seinem Unvermögen, dem Kerl rechtzeitig den begangenen Mord nachzuweisen.

Allerdings konnte er im Augenblick bei aller Sorge um ihre Gesundheit nicht auf die Mithilfe der Signora verzichten. Er brauchte sie an Teresa Marchettis Schreibtisch in der Buchhaltung, mit einem Finger an der Sprechanlage. Er traute dem Frieden nicht. Sicher gab es noch weitere ergebene Gefolgsleute Finellos, die sich, wenn nötig, anstiften ließen, brisantes Material beiseitezuschaffen.

»Sie melden sich, egal wer den Raum betritt«, schärfte er ihr ein. »Und wenn niemand kommt, alle fünf Minuten.« Viel länger würde es hoffentlich nicht mehr dauern, bis seine Leute übernehmen konnten.

*

Eine knappe Dreiviertelstunde später kamen Federica und der Kommissar in der Questura an. Der Einsatz in der Manufaktur lag nun in anderen Händen. Bei ihrem Eintreten stand Ispettore Spadafero mitten im Dienstzimmer vor Lorenzo Garibaldi stramm. Sein Gesicht noch etwas blasser, als es von Natur aus war, die Ohren dagegen glühend rot, während er Meldung machte. Statt auf dem Hügel in Pesaro del Monte piccolo Cattolica auf Signora Finello aufzupassen, hatte er sie mit nach Pesaro in die Questura genommen. Wo hätte sie sicherer sein können als in den Räumen der Polizei? Und während er in der Pension zum Däumchendrehen verdammt gewesen war, gab es hier reichlich zu tun. Doch gute Absichten wogen seine Unaufmerksamkeit nicht auf. Er war sich über sein Versäumnis vollständig im Klaren. Die Signora musste durch den Hinterausgang entwischt sein.

»Es gab zuvor keinerlei Anzeichen, dass Signora Finello sich davonmachen wollte.« Ganz im Gegenteil. Sie war sehr verständnisvoll gewesen, denn schließlich war es doch wichtig – *mucho importante*, wie die Deutsche mit den großen blauen Augen sagte –, dass Signor Meyers Film mit den Fotos des ominösen Motorradfahrers rasch entwickelt wurde. Weil sie den Mann damit vielleicht identifizieren konnten und Belege für den Ablauf der Geschehnisse hatten. Spadafero sah das genauso und hatte eigenmächtig entschieden, den Film lieber gleich ins Polizeilabor zu bringen. Eine eindeutige Kompetenzüberschreitung. Danach hatte er nur noch schnell ein paar Kleinigkeiten wegarbeiten wollen, und Signora Finello hatte ihm versichert, das sei für sie in Ordnung.

»Machen Sie sich keine Vorwürfe.« Federica tastete nach der Beule unter ihren Haaren, die sie inzwischen von Blut gesäubert hatte. »Dieses Büro ist nicht gerade der heimeligste Ort auf Erden. Emilia vertritt sich vielleicht nur ein wenig die Beine. Da Sie ihr kein Verbrechen nachweisen können, wäre es reine Dummheit, wegzulaufen. Zudem hat sie nichts bei sich. Keinen Ausweis, keine müde Lira, nur die Kleider auf dem Leib, die ich ihr geborgt habe. Wo soll Sie also hin?«

»Ja, wohin wohl?« Lorenzo schnaubte. »Kurz nach meinem Anruf, in dem vom Fund des Tatfahrzeugs und einem Flüchtigen die Rede war, haut sie ab. Spadafero: Wir schicken jemanden in Teresa Marchettis Wohnung, in die Casa Rossini und auch zum Haus der Finellos. Sie, Signora Pellegrini, begleiten mich.«

»So viele Leute haben wir nicht«, wandte der Ispettore ein. »Es sind noch fast alle draußen bei der Manufaktur.«

»Dann sputen Sie sich besser und lassen sich was einfallen. Übernehmen Sie die Casa Rossini selbst. Ohne Ihre Schutzbefohlene sehe ich keinen Grund, weshalb Sie noch länger hier herumsitzen sollten.«

»Nun lassen Sie doch den Ispettore in Ruhe!« Auf Federicas

Stirn braute sich ein Gewitter zusammen. »Wer bitteschön hätte denn für Sie hier in der Questura alles organisiert, wenn er in Pe-Mo-Ca geblieben wäre? Und bevor wir irgendwo hinfahren, wäre es nett, wenn Sie was zum Überziehen für mich hätten.« Sie versuchte, über die Schulter auf ihren eigenen Rücken zu schauen. »Ich sehe nämlich aus, als hätte mich jemand niedergeschlagen und durchs Unterholz geschleift.«

»Danke, Signora, aber der Commissario hat recht«, murmelte Spadafero verlegen. »Es war allein mein Fehler.«

Lorenzo schlug dem Ispettore gegen den Oberarm. »Ihr Kopf ist noch dran, Giovanni. Also benutzen Sie ihn jetzt. Signora, ich hab was für Sie.«

Kurz darauf war das Büro leer und niemand da, der das Klingeln des Telefons hörte und den Hörer abnahm.

*

Weshalb der Kommissar weiter auf ihre Begleitung bestand, war Federica ebenso rätselhaft wie gleichgültig. Sie schlang ihr getupftes Tuch zum Haarband über die Beule und krempelte die Ärmel seines weißen Reservehemds bis über die Ellbogen auf. Die langen Zipfel waren vor ihrem Bauch verknotet. Es fühlte sich besser an, nicht mehr wie ein Opfer auszusehen, und erleichterte ihr, sich weniger als solches zu fühlen und ins Grübeln zu geraten. Der Moment, in dem sie sich der Frage stellen musste, welchem Schicksal sie gerade noch entgangen war, würde früh genug kommen.

Erst im Treppenhaus auf dem Weg zu Gaetanos Wohnung kam ihr der Verdacht, dass Garibaldi ihn mit ihrer Anwesenheit auf die Probe stellen wollte. Hätte Gaetano ihr das Holz übergezogen, musste er fürchten, dass sie ihn erkannt hatte.

Ihr blieb fast das Herz stehen, als sie Garibaldis Waffe sah, die unter seinem Jackett hervorlugte. Sie packte ihn am Arm, doch er legte warnend einen Finger an die Lippen. Von oben waren Stimmen zu hören.

»Unterstehen Sie sich zu schießen«, flüsterte sie.

Jemand sang ziemlich gekonnt einen Schlager, dann ertönte ein abgehacktes männliches Lachen. Wenn hier jemand eine Flucht vorbereitete oder ein Verbrechen vertuschte, dann hatte er augenscheinlich Spaß dabei.

Die Geräusche kamen vom Dach. Lorenzo ließ die Waffe stecken und kletterte voraus.

Eine Staffelei sowie eine ganze Reihe Leinwände lehnten an der Außenwand des ehemaligen Taubenschlags, daneben stand ein Eimer mit Putzwasser. Durchs Atelier tanzte der Mann mit dem Eselslachen, einen umgedrehten Besen im Arm, und Gaetano rettete vor seinen Füßen, was im Weg lag.

»*Buon giorno.*«

Gaetano richtete sich schlagartig auf. In Windeseile breiteten sich rote Flecken auf seinem Gesicht aus. »Commissario Garibaldi – Signora Pellegrini?«

Der Tänzer hielt schaukelnd in der Bewegung inne, strich sich die dunklen Locken aus der Stirn. Der Übermut in seinen Augen wich Besorgnis. »Soll ich mich verkrümeln, Tano?«

»N… nein.«

Ganz eindeutig waren die beiden seit geraumer Zeit damit beschäftigt, im verwüsteten Atelier Ordnung zu schaffen. Es tat Federica in der Seele weh, sich den entstandenen Schaden vorzustellen.

»Wir suchen Emilia – meine Nichte«, platzte sie heraus und hoffte, Gaetano mit der Bezeichnung eine Brücke zu bauen. Soweit sie wusste, war keiner seiner Freunde in die heimliche Freundschaft eingeweiht. »Hast du sie gesehen?«

»Hier ist niemand außer uns.«

Der Gelockte kam Federica bekannt vor. Doch bei Bruno Brunis Ausstellung war sie ihm nicht begegnet, dort hatte sie nur den charmant-aufdringlichen Pino getroffen.

»Teilen Sie sich das Atelier mit Gaetano?«

»Nö. Ich helfe nur beim Besenschwingen. Mir fehlt der Ehrgeiz.« Er trat einen Schritt vor, streckte die Hand aus und zog sie gleich zurück. »'Tschuldigung, die ist dreckig. Ich bin Gianfranco di Luca. Braucht Tano wieder ein Alibi, Signor Commissario? Oder Bruni – oder wir alle? Dann mach ich lieber gleich bei Ihnen eine Aussage und spar mir den Weg zur Questura.«

Lorenzo schaute Gaetano abwartend an und ignorierte seinen Freund. »War Emilia in der letzten Stunde hier?«

»Nein.«

»Wohin sonst würde sie gehen?«

»Nirgendwohin.« Gaetano schüttelte den Kopf, sah zu Boden, dann wandte er sich an Federica. »Malerei«, sagte er. Sein Blick flackerte. »Nur darum geht es. Immer.«

»Genau so ist es«, bestätigte Gianfranco. »Ich kapier nicht, was Sie dauernd von Tano – also Signor Gentile – wollen. Malerei ist seine einzige Liebe. Daneben ist kein Platz für irgendeine Frau.« Er legte eine Hand auf Gaetanos Schulter, der unter der Berührung kaum merklich zusammenzuckte.

Federica stutzte. Der hübsche Bursche trug das Herz auf der Zunge und schien für sich selbst andere Maßstäbe zu setzen. Seine Musterung war die eines geneigten Mannes, nicht die eines Malers. Und in seinem Lächeln lag das Wissen darüber, dass er in ihr Gaetanos Modell vor sich hatte.

Garibaldi lachte trocken. »Ihre Freunde möchte ich nicht haben, Signor Gentile. Die wissen, wie man jemanden reinreißt, aber nie, wann sie die Klappe halten müssen. Tun Sie sich selbst und Signora Emilia einen Gefallen, falls sie sich meldet. Weglaufen ist und bleibt eine blöde Idee. Und Signor di Luca: Reden Sie besser nur mit, wenn Sie wirklich verstehen, worum es geht.«

»Hab ich was Falsches gesagt?«

Gaetano schüttelte den Kopf. »Sie wollen mich nicht wieder einsperren?«

»Nein, will er nicht«, beeilte Federica sich zu sagen. Seine Hände waren gerötet, die Haut der Fingerkuppen vom Putzwasser aufgequollen. Wie konnte Garibaldi nur annehmen, dieser Junge sei zu einer Gewalttat in der Lage? Wie war sie selbst jemals auf den Gedanken gekommen?

»Im Moment nicht«, schwächte Lorenzo ab und fasste Federica am Ellbogen. »Aber ich behalte Sie im Auge.«

Widerstrebend ließ sie sich zum Rückzug drängen. Es war erstaunlich, dass sie wegen Gaetano jedes Mal fast in Streit gerieten. »Sehen Sie es ein, Garibaldi«, sagte sie noch im Treppenhaus. »Er kann mich nicht niedergeschlagen haben und ganz offenbar hatte er keinen Kontakt mit Emilia.«

»Vor allem sehe ich, dass der Kontakt mit dem Stück Holz Ihrem Denkvermögen doch geschadet hat. Ihre Intuition hat Ihnen also geflüstert, dass man in Pesaro dunkle Kontakte am besten in der Hafengegend schließt? Respekt. Aber das ist keine echte Überraschung. Wissen Sie auch, wer sich in den zwielichtigen Bars dort besonders gern trifft? Aufstrebende Möchtegern-Künstler, die glauben, am verruchten Milieu zu schnuppern macht einen neuen Hemingway aus ihnen oder einen wie Toulouse-Lautrec. Dieser Franzose hat sich am liebsten von leichten Mädchen inspirieren lassen, wenn ich mich richtig erinnere. Ihr kleiner Freund Gentile hat einen etwas anderen Geschmack. Mir scheint, der beneidenswerte Junge hatte die Qual der Wahl zwischen zwei Frauen aus besseren Kreisen. Und sei es nur, weil die angeblichen Freundinnen Emilia und Teresa einander die Eroberung missgönnten. Mit einem Funken Verstand hätte er die

Finger von beiden Frauen gelassen. Aber der Mann, der in dem Alter so weit denkt, muss erst noch geboren werden.« Der Verstand hatte da wenig zu melden.

»Und was beweist das? Sie haben seinen Freund di Luca doch gehört: Er hat keine Zeit für eine Frau, weil er …« Sie blinzelte. Malerei. Es geht nur um Malerei. Zeichnungen flatterten an ihrem inneren Auge vorbei, ein vager Gedanke.

»Ich deute Ihr Verstummen als Erkenntnis, dass Sie sich geirrt haben. Dieser di Luca ist nicht eingeweiht. Denn mindestens für Emilia hatte Gentile Zeit. Wir sind beim bekannten Motiv. Und wenn er kein Mörder ist, kann er doch der Auslöser für den Mord gewesen sein.«

Federica hätte gern den Kopf geschüttelt, doch sie traute sich die schnelle Bewegung nicht zu. Die Lösung sprang in ihrem Hirn herum wie ein Gummiball und entwischte ihr. Garibaldi lag grundsätzlich falsch, und sie brauchte dringend eine Pause. Allerdings hätte sie sich eher die Zunge abgebissen, als ihm das zu verraten.

*

Nach ihrer Rückkehr in die Questura saß Emilia Finello auf Spadaferos Stuhl vor Garibaldi und Federica. In dem schäbigen Köfferchen an ihrer Seite steckte all ihre Habe. Hose und Pullover waren dunkel. Ihre Stirn unter der Baskenmütze umwölkte ein Hauch von Schwermut und Revolution, bedingt durch ihren ganz persönlichen Umbruch, weit ab von Fidel Castro und politischen Ambitionen.

Durch den Polizeieinsatz in der Maioliche Finello hatte sich die ideale Gelegenheit ergeben, von Vittorio ungestört ins gemeinsame Haus zurückzukehren. Der Ispettore war nach dem Anruf des Kommissars so beschäftigt gewesen, dass sie sich eingeredet hatte, ihre Abwesenheit könnte unbemerkt bleiben. Es war nicht ihre Absicht gewesen, ihm Unannehmlichkeiten zu machen, und es tat ihr leid, dass es so gekommen war. Ihr späterer Anruf war zwar zu Garibaldis Apparat durchgestellt, aber von niemandem entgegengenommen worden.

Lorenzo nahm ihre Erklärung stumm zur Kenntnis. Ein großer Stapel Unterlagen aus der Manufaktur lag bereits vor, in Kürze erwartete er eine Rückmeldung, wie die Begehung des Geländes innerhalb und außerhalb des Zauns bis hinunter zum Fluss sowie die Bergung des Wagens verlaufen waren. Er musste einen zuverlässigen Mittelsmann finden, den er in den Hafen schicken konnte, und sich in dem Zusammenhang Silvio Cristante nochmal vorzuknöpfen. Vielleicht war der Sohn des Barbiers bereit, ihm ein zweites Mal Auskunft zu geben. Schließlich ging es um den Mörder seiner Cousine. Er kramte in den Akten, legte eine Notiz zur Seite und nahm sie gleich wieder zur Hand. Heutiges Datum. Einlieferung von Beweismaterial am Empfang – ein Stein und ein Rosenstängel –, darunter eine wortreiche Erläuterung, für die ihm die Zeit fehlte. Unterschrieben von Friedhelm Meyer und Marlene Jung, Ferienanschrift Pension Vento del mare in Pesaro del Monte piccolo Cattolica. Das durfte ja wohl nicht wahr sein! Glaubten die jetzt auch noch, einfach in seinem Fall herumermitteln zu dürfen, wie es ihnen gerade passte? Das kam davon, wenn man zu Leuten wie diesem Meyer freundlich war – sie fühlten sich sofort ermutigt und eingeladen. Hatte er nicht schon genug um die Ohren?

»Spadafero!«, rief er unvermittelt. So laut, dass Federica zusammenzuckte. Lorenzo hielt inne. Sie war ungewohnt still, und er hatte beinah vergessen, dass sie neben ihm saß. Er hob ihr Kinn an, sah in ihre Augen. Die Pupillen waren klein, ihr Blick angestrengt, leicht glasig. »Sie sehen nicht gut aus. Fahren Sie nach Hause, legen Sie sich hin.«

»Darf ich mit?« Emilia packte den Koffergriff. »Bitte, Signor Commissario. Ich werde keine Dummheiten machen.«

Federica lächelte matt. »Ich passe auf. Meine Gäste auch.«

Weder das eine noch das andere Versprechen war geeignet, Lorenzo zu beruhigen. Ausgerechnet dieser übereifrige Deutsche würde ein Auge auf sie haben. Und der Schweizer, der sich außerdem sicher sehr um Federicas Wohlergehen bemühen würde. Lorenzos Kiefergelenk knackte. Wenn er die Frauen nicht in eine Arrestzelle stecken wollte, musste er sich wohl darauf einlassen. Er hasste es, die Kontrolle abzugeben.

»Der Koffer bleibt hier.«

*

An die Autofahrt ins Dorf konnte Federica sich später kaum erinnern. Ein Wunder, dass sie heil in der Pension angekommen waren. Tommaso raufte sich die Haare und stieß wilde Verwünschungen gegen Lorenzo aus. Ein schöner Freund war das und ein fähiger Kommissar, der zuließ, dass sie beinah verschleppt oder ermordet worden wäre! Es kostete sie einiges an Kraft, ihn zu beruhigen und Lorenzo zu rehabilitieren. Das Wort *Alleingang* stellte eindeutig fest, wer die Verantwortung für ihr Tun hatte. Niemand anderen traf eine Schuld.

Versorgt mit gesüßter Zitronenlimonade sowie einem belegten Panino und zugedeckt bis zum Hals lag Federica endlich im Bett. Ein feuchtes Tuch kühlte ihre Stirn. Sie sehnte sich nach Ruhe, Dunkelheit – und Schlaf. Er kam im selben Moment, in dem sich leise die Tür hinter Lene schloss, die Tommaso hinausscheuchte und einmal mehr die Führung übernahm.

Die Geschichte vom Medusenstein konnte sie morgen noch erzählen.

Kapitel 19

Friedhelm Meyers Wagen war startklar, sein Koffer gepackt, doch er konnte sich einfach nicht losreißen. Dieses Meer, diese Luft, diese Leichtigkeit – und nicht zu vergessen: die ungelösten Rätsel! Seit dem Morgengrauen saßen sie auf der Terrasse beieinander und wärmten sich am Kaffee. Zuerst war nur Fräulein Jung da gewesen, dann der Schweizer dazugekommen. Ihr gemeinsamer Einsatz an der Klippe schweißte zusammen, wie auch die Sorge um Signora Pellegrini am gestrigen Abend und die Vorliebe für kräftigen Käse zum Rotwein. Dank Balistreri – und der zweiten Flasche Wein – waren sie nun recht gut über die mörderischen Vorgänge informiert, in die Emilia verstrickt war. Wobei sie die junge Frau selbst bei ihrem vertraulichen Gespräch außen vor gelassen hatten. Eine Vorsichtsmaßnahme, auf die er sich mit Fräulein Jung verständigt hatte, gleichermaßen zum Schutze ihrer Nerven wie auch um die Ermittlungen nicht durcheinanderzubringen. Darüber, dass Tommaso sizilianischer Wahlschweizer war und kein echter, hatten sie alle herzhaft gelacht. Dolle Geschichte, dass Friedhelm auf sein ungelenkes Schwyzerdütsch reingefallen war.

Natürlich hatte er Balistreri eine Visitenkarte zugesteckt, man konnte nie wissen, wozu ein Kontakt gut war. Die Schweiz war ein schönes Land, und Urlaub in den Bergen kam schließlich nie aus der Mode.

Beim Morgenkaffee kreisten ihre Gespräche wie Möwen, wogten wie Brandung, bis sie nach und nach verebbten. Genüsslich badete Friedhelm seine Seele in Wehmut und Melancholie, denn auch solche Momente wollten ausgekostet werden. Ein feiner Dunstschleier hob sich über der Adria, schwebte am Rande des Horizonts, durchdrungen vom aufsteigenden Sonnenlicht, das ihm gegenüber Lenes Haare in flüssiges Gold verwandelte. Sie waren allein. Emilia und Tommaso trugen das Geschirr ins Haus. Jetzt oder nie. Er seufzte und räusperte sich.

»Haben Sie schon entschieden, ob Sie den Hof verkaufen und zu Ihrer Mutter nach Amerika gehen, Fräulein Jung?«

»Nein, ich bin immer noch unschlüssig.« Es gab noch andere Möglichkeiten, aber keine, die sie restlos begeisterte. Nur weitermachen wie bisher, das wollte sie auf keinen Fall.

»Wenn Sie erlauben, hätte ich einen ganz neuen Vorschlag. Bitte, denken Sie in Ruhe darüber nach.« Er strich seine Haare zurück und beugte sich vor. »Kommen Sie zu mir nach Viersen. Meiner Männerwirtschaft fehlt es an einer weiblichen Hand, und Sie wären genau die Richtige. Ihre zupackende Art, Ihre Liebenswürdigkeit, Ihr Charme – wir würden uns sensationell ergänzen!«

»Ach, du liebes bisschen!«, entfuhr es Lene, und sie riss die Augen auf. »Jetzt weiß ich gar nicht, was ich sagen soll. Sie sind ein sehr netter Mann, und ich mag Sie, aber das –«

»Nicht doch!« Friedhelm schlug die Hände überm Kopf zusammen, dann schlug er auf seine Schenkel und lachte. »Mein liebes, junges Fräulein Jung: Sie sind zu jung für einen alten Knochen wie mich. Mein Antrag soll Sie in mein *Reisebüro* locken. Als Assistentin und Reisebegleiterin, die unsere Gäste auf Ausflügen nach Pesaro, Fano und Cattolica mit ihrem Wissen über die Geschichte der Städte und deren Sehenswürdigkeiten verzaubert. Ich habe große Pläne mit diesem kleinen Ort!« Falls er darüber hinaus einen amourösen Hintergedanken hegte, dann höchstens den, dass sein Junior sich in Fräulein Jung verguckte. Er breitete die Arme zum Meer hin aus. »*Amore italiana.* Sagen Sie selbst, was gibt es Schöneres, als bei der Abreise ans Wiederkommen zu denken?«

Wie aufs Stichwort durchbrach die Sonne in dieser Sekunde den Dunst, schickte ein magisches Glitzern über die Wellen, begleitet von einer rauschend durch Blätter streichenden Brise.

»Das italienische Fieber«, seufzte Lene.

»Das italienische Fieber«, bestätigte er.

»Ich denke darüber nach«, versprach sie.

»Tun Sie das. Und halten Sie mich auf dem Laufenden, wie unsere Medusengeschichte ausgeht.« Friedhelm schob auch ihr ein Kärtchen mit seiner Adresse und Telefonnummer zu und erhob sich. Das weiche Licht küsste die Hausfassade. »Ein bisschen ärgerlich ist es schon, dass man erst einmal abreisen muss, um wiederzukommen.«

Er hätte sich gern von der Signora verabschiedet, doch die sollte besser noch ein Weilchen ausruhen. Für eine letzte Sekunde träumte er von einem Dasein als Privatermittler, den Fotoapparat für eine verdeckte Observierung im Anschlag. Was für ein Abenteuer! Verwegen schief setzte er seinen Hut auf und schnalzte mit der Zunge. Höchste Zeit, aufzubrechen. Es galt in Viersen eine Fieberepidemie zu entfachen, die sich gewaschen hatte!

*

Federica tastete zur Seite, schlug die Augen auf. Natürlich war das Bett neben ihr leer. Ein Geräusch hatte sie aus einem wirren Traum geholt. Durch die Vorhänge schimmerte warmes Licht. Dort draußen war schon heller Tag!

Das Rumoren kam aus der Küche, nicht aus dem Esszimmer, was vermuten ließ, dass alle zum Frühstück auf die Terrasse gezogen waren, um sie nicht aufzuwecken. Sie schwang die Beine aus dem Bett, wartete auf der Kante sitzend, bis die Drehung in ihrem Kopf zum Stillstand kam. Dabei schaute sie auf ihre nackten Füße, betrachtete grübelnd ihre Hand. Gaetano hatte viel Zeit damit verbracht, Detailstudien von Körperteilen und Muskeln anzufertigen.

»Wenn wir nackt sind, gleichen wir Menschen einander in erstaunlicher Weise. Besonders in der Rückansicht.« Das hatte sie selbst zu Garibaldi gesagt und dabei an die Frau im Ginster gedacht. Sie erinnerte sich an schlanke Figuren auf Gaetanos Skizzen, eher kantig statt kurvig, in deren schmalen Hüften sie Abstraktion vermutet hatte. Und dann war da noch die Zeichnung einer Strandszene, im Zentrum das fein geschnittene Gesicht eines jungen Mannes mit Gitarre. Kein anderes Porträt strahlte so viel Lebendigkeit aus wie dieses. Aber natürlich: Darum war Gianfranco ihr bekannt vorgekommen!

»Madonna«, murmelte sie. Ein schlanker, schmalhüftiger Kerl. Von hinten betrachtet war das Geschlecht eines Menschen nicht mit letzter Sicherheit festzustellen. Der Vergleich des Kommissars zwischen Modell und Apfel erhielt somit eine weitere pikante Note. Diese verbotene Frucht zu kosten wurde mit dem Fegefeuer bestraft, wenn man den Predigten der Kirche glaubte. Und obwohl es per weltlichem Gesetz nicht unter Strafe stand, gab es genügend Menschen, die Gaetano dafür die Hölle auf Erden bereiten würden, seine Eltern eingeschlossen. Und wenn sie recht hatte, steckte er schon mittendrin in der Glut, denn Gianfranco hegte eindeutig andere Interessen. Folglich wäre es in doppelter Hinsicht besser, wenn sie sich irrte und dieser Freund kein verlockender Paradiesapfel für Gaetano war.

Draußen hupte es.

»Arrivedertschi!«, rief eine tiefe Männerstimme. *»Amore mio* – ich komme wieder, liebste Adria!«

Wollte Friedhelm Meyer etwa ohne Abschied aufbrechen?

Das kam nicht in Frage! Federica schüttelte das Apfelthema ab und eilte barfuß hinaus auf die Terrasse.

»*Aspetta! Aspetta!* Warten Sie, Signore!«

*

In seiner Lieblingstrattoria saß Lorenzo Garibaldi bereits beim vierten *caffè*. Während des Essens sichtete er Friedhelm Meyers Fotos von der Klosterklippe in Pe-Mo-Ca. Er mochte die Bezeichnung, die Federica Pellegrini manchmal verwendete. In Relation zur Größe der Gemeinde erschien die Kurzform bedeutend passender.

Meyers Bilderserie belegte, dass der Erpresser mit der Rose Emilia vor einem Sturz in die Tiefe bewahrt hatte, wenn auch ziemlich grob. Die Aufnahmen des anschließenden Ringkampfs waren geradezu kunstvoll verwackelt. Lediglich eine zeigte den Angreifer einigermaßen klar im Profil. Balistreri war auf keinem Bild zu sehen, trotzdem verdarb der Kerl ihm schon wieder die Laune. Er kam Frederica zu nah …

Missmutig stocherte Lorenzo in seinem Nachtisch. Am heiligen Sonntagmorgen, noch vor der Messe, hatte er sich mit einem Anruf im Hause Marchetti noch unbeliebter gemacht, als er es ohnehin gewesen war, dafür hatte die Contessa überdeutliche Worte gefunden. Der Conte war zugänglicher, obwohl die Frage nach dem Brief aus Teresas Schreibtisch ihn zunächst spürbar aus der Fassung gebracht hatte.

Lorenzo zerdrückte eine Kirsche. Ihm war es ähnlich gegangen. Ein harmloses Ding, dieser Umschlag. Bis Federica Pellegrini sich bei ihrer detaillierten Beschreibung der persönlichen Gegenstände, die Teresa im Büro verwahrte, beiläufig erkundigt hatte, ob er wisse, was drin gewesen sei.

Der Conte bat um Diskretion. Seine Geldzuwendung sei für

eine Investition in die Zukunft seiner Tochter gedacht gewesen. Eine Transaktion hinter dem Rücken seiner Gattin. Teresa habe ihn zum allerersten Mal überhaupt nach Geld gefragt und sich das ganz sicher sehr genau überlegt.

Lorenzo verrührte das geschichtete, süße Dessert zu einem matschigen Brei aus Biskuit, Mascarpone und Früchten. Dreißigtausend Lire hatte der Conte locker gemacht, ohne zu wissen, wofür. Unfassbar, trotzdem glaubte er ihm. Allerdings stellte sich jetzt noch mehr die Frage, wo das Geld abgeblieben war.

*

Am frühen Nachmittag schob Federica den Riegel des Schuppens auf. Vertraute Gerüche überfluteten ihre Sinne, unentwirrbar getränkt in Erinnerungen, die wie Schlaglichter vor ihr aufblitzten. Sie sah Matteo Sträucher pflanzen, den Weinstock schneiden, Gemüse ernten. Hier hatte er Bretter gesägt, dort das Moped repariert, dessen zerlegte Einzelteile Gino Tardelli mühsam wieder hatte zusammenfügen müssen. Obwohl sie keine romantische Liebe verbunden hatte, hatten sie alles getan, um sich zu arrangieren, und das Vento del mare war ihr gemeinsames Glück. Es lag an Tommasos Anwesenheit – vielleicht auch am Schlag auf ihren Kopf, der sie an die Endlichkeit des eigenen Lebens erinnert hatte –, dass sie den Drang spürte, sich der Vergangenheit zu stellen. Matteos Jacke und die Schiebermütze hingen am Haken, als sei er noch da. Mit gemischten Gefühlen zog Federica beides an. Das war ihr altes Leben, das immer noch an ihr klebte.

»Federica?« Tommaso öffnete das Tor weiter, ließ einen breiten Streifen Licht ins Dunkel fallen. »Was tust du?«

Einen Moment lang stand sie still, presste die Nase in den Stoff, hörte auf ihr Herz, dann legte sie Matteos Sachen ab.

»Ich lasse ihn gehen«, sagte sie. »Hilfst du mir?«

Tommaso nickte stumm, und kurz darauf stieg über dem Plateau eine dunkle Rauchsäule auf. Die brennende Wolle stank nach Ziegenmist, und Tommaso warf die Mütze in die Flammen. Federica nahm seine Hand, atmete tief. Was sie mit Matteo verbunden hatte, würde ihnen trotzdem bleiben.

Am anderen Ende des Dorfes drehte die Befana ihr Gesicht in den Wind und strich der schwarzen Katze durchs Fell. Im Arm hielt sie ein Bündel frischer Brennnesseln.

»So, so«, brummte sie zufrieden. »Gestern und morgen, im Jetzt vereint. Gut ist das, Micia. Sehr gut. Ein reinigendes Feuer. Das Herz bricht auf.«

In den nächsten Stunden gaben Federica und Tommaso sich alten Geschichten hin, verwandelten nach und nach die gemeinsame Trauer in Zuversicht. Im Wissen um den Tod lag das Wunder des Lebens wie ein verheißungsvolles Versprechen. Sie folgten Lene und Emilia an den Strand, um sie wie vereinbart im Auge zu behalten, und streuten die Asche in den Wind.

Jetzt endlich erfuhr Federica von der abenteuerlichen Aktion ihrer deutschen Gäste im Museumshof und dem ominösen Beweismaterial für den Kommissar. Eine sensationelle Angelegenheit. Einfach doll! Tommaso bemühte sich, Friedhelm Meyers Tonfall möglichst genau wiederzugeben. Sie lachten viel, bis es Zeit für den nächsten Abschied wurde und Davide Tardelli mit dem Roller an der Pension vorfuhr. Auch am Sonntag trug er seinen neuen Overall mit dem aufgestickten Firmenlogo *Tardelli & Sohn* und die dazu passende Schildkappe. Auf beides war er mächtig stolz.

»*Buon giorno.* Sind Sie bereit, Signore?«

»*Si,* nur eine Sekunde noch.« Tommaso schulterte den Seesack. Davide sollte ihn zum Bahnhof bringen, das hatte Friedhelm Meyer noch am Morgen arrangiert. Von dort würde der Zug ihn davontragen, nach Bologna, Rom und Neapel immer weiter in den Süden, zur Fähre nach Sizilien.

»Ich wünsche dir ein schönes Leben«, sagte Federica. »Und mach dir keine Sorgen um mich. Sei glücklich, hörst du?«

»*Si*, das werde ich. Und du, grüß mir Garibaldi.«

Seine Haare kitzelten an ihrer Wange, als er sie umarmte. Kam da noch mehr? Er schwieg, und sie schob ihn auf Armlänge von sich. »Grüß mir Garibaldi – das ist alles, was du mir zum Abschied zu sagen hast?« Ihre Augenbrauen verdichteten sich unheilvoll. »Lass dieses blöde Grinsen! Der Commissario ist ein Freund. Nur – ein – Freund!«

Tommaso lachte laut auf. Nach allem, was sie ihm erzählt hatte – und das war eine ganze Menge, von ihrer ersten Begegnung bis zum gemeinsam gelösten Fall –, sah er das anders. Seinen Groll gegen Garibaldi war er inzwischen losgeworden. »Wir beide sind Freunde: du und ich. Er ist, was Matteo nie war und dein Künstlerfreund Gaetano offenbar auch nicht. Es ist in deinen Augen. Und in seinen.«

»Was fällt dir ein? *Stronzo!* Verschwinde zu deinen Ziegen!« Sie gab ihm einen Klaps, und er lachte weiter.

»Sehr gern, Signora, aber meine Ziegen müssen noch etwas warten.« Auf dem Sozius hinter Davide drehte er sich nochmal um und zwinkerte. »Sei glücklich, hörst du?«

*

Zum ersten Mal in diesem Jahr saß Lorenzo abends am Strand, nah am Ufer, unter seinen Füßen feuchter Sand, von anlandenden Wellen gekühlt. Ein leichter Wind kräuselte das Meer. Er schlug den Hemdkragen hoch. Irgendwo da draußen schipperte Silvio Cristante herum. Bald würden auf den Fischerbooten Lichter angehen und auch hinter ihm in der Stadt.

Die Firmenunterlagen der Maioliche Finello waren so sauber wie die feinen Körner, die er durch seine Finger rieseln ließ, und lieferten keinen Anlass für eine Erpressung.

Er lehnte sich zurück, stützte die Ellbogen auf. Das Nummernschild des Taxis hatte sich als gefälscht erwiesen und sie nicht weitergebracht. Bei der folgenden Umfrage unter Taxifahrern war ihnen dagegen ziemlich schnell ein Name genannt worden. Man kannte sich untereinander, Pesaro war schließlich keine Weltstadt, und auch von der Konkurrenz aus den umliegenden Städten waren die Wagenmodelle und Kennzeichen geläufig. Rechtslenker gab es in der gesamten Region nur noch zwei. Einer stand im Dienst eines kleinen Pesareser Unternehmens und war, gemeinsam mit dem ohnehin wenig zuverlässigen Fahrer, seit der letzten Schicht am Freitag abgängig. Sein Moped stand noch auf dem Hof. Morgen würden sie die Suche intensivieren, falls Renato Dini sich am Abend nicht in der Bar La Luna sehen ließ, in der er zu den Stammgästen zählte. Eine beliebte Kneipe, in der gelegentlich Live-Musik gespielt wurde – tatsächlich in Hafennähe – und wo sich Gelegenheitsarbeiter, Glücksritter und kleine Gauner trafen. Und Kunstschüler, wobei Lorenzo da keinen großen Unterschied sah.

Er hätte ein Monatsgehalt verwettet, dass der Mann einen großen Bogen um die Bar machen würde, nachdem die Kunde in der Welt war, dass die Polizei sich für ihn interessierte. Irgendwer fand sich immer, der Neuigkeiten bis zum richtigen Empfänger weiterverbreitete, obwohl Dini sich bei den Kollegen keiner großen Beliebtheit erfreute. Früher war er für ein anderes Unternehmen gefahren. Unten in Ascona, wie sein verärgerter Arbeitgeber erzählt und wo er ihn wortreich wieder hin gewünscht hatte – und weiter weg, nach Afrika oder China und bis auf den Grund des Mittelmeers. Aus Ascona sei Dini damals mit einem Bekannten gekommen. Ebenfalls ein Gelegenheitsfahrer und echter Pesareser, dem das Herumchauffieren irgendwelcher Leute aber bald zuwider gewesen war. Er hatte auf Lastwagen umgesattelt, später auf einem Kahn angeheuert. Ob Dini mit dem andern noch in Kontakt stand, wusste er nicht, aber an dessen Namen erinnerte er sich: Cristante. Sohn des Barbiers, der seinen Laden in der Nähe der Oper betrieb.

In der Dämmerung lag das Wasser fast still, jede Minute färbte es eine Schattierung dunkler. Es schwieg zu Lorenzos Überlegungen, was das für den Fall bedeutete.

Kapitel 20

Seit einer geschlagenen halben Stunde starrte Vittorio Finello in seinem Arbeitszimmer in die Vitrine. Die hehre Familiengeschichte, deren Schicksal in seiner Verantwortung lag, drohte in Scherben zu gehen – in Scherben, welch ein Hohn, bei ihrem Handwerk –, und er stand da, glotzte wie ein Depp durch das Glas und konnte keine Entscheidungen mehr treffen, überließ alles der alten Simonetta. Wie früher, als er noch klein und sie neben ihrer Arbeit im Büro wie ein Kindermädchen für ihn und Ercole gewesen war. Ein Engel, der ihre Blessuren versorgte, bei ihrer strengen Mutter für sie gut Wetter machte, und noch im Halbwüchsigenalter ihre Ärsche aus dem Feuer holte, wenn der Vater sich anschickte, sie zu rösten.

Schwitzend klebte seine Hand auf der Scheibe. Am Samstag war Emilia im Haus gewesen, ohne eine Nachricht zu hinterlassen. Seine Ehefrau kam und ging heimlich! An der Garderobe fehlte ihre Jacke, und der schäbige Koffer, der sie schon seit der Zeit im Waisenhaus begleitete, war auch weg. All die hübschen Kleider, die er ihr gekauft hatte, hingen dagegen noch im Schrank. Wie sollte er das verstehen? Er hatte alles für sie getan. Alles! Mehr als er je für möglich gehalten hatte.

Das Telefon klingelte, aber er ging nicht ran. Es klopfte.

»Ich bin nicht da.«

»Es ist Ihr Bruder, Signor Finello. Ercole ist sehr aufgeregt und sagt, es kann nicht warten.«

Seine Frau, sein Telefon, sein Bruder – sein ganzes Leben entglitt ihm, und er fand keine Möglichkeit es aufzuhalten.

»Vittorio – bitte!«

Er ballte eine Faust, sah sie das Glas in Millionen Splitter zerschmettern, schloss und öffnete die Augen. Das Glas war noch heil. Er war ein Feigling und er musste einen Entschluss fassen. Flüsternd lockte der Foglia. Doch auch dafür fehlte ihm der Mut. »Stellen Sie durch.«

Ein Summen ertönte vom Schreibtisch, und er riss sich endlich von der Vitrine los.

»Es ist was passiert!«, sagte Ercole. »Du musst in den Keller zum Schlickerbecken kommen.«

Vittorio drückte die Sprechtaste und schwieg, ließ wieder los.

»Sofort, Vittorio, hörst du?«

Der Knopf leuchtete. Er legte auf, ohne nachzufragen. Dreißig Sekunden später rannte er die Treppe hinunter, Simonettas Stimme im Nacken.

*

Im Kellerraum war es still. Aus dem Rohr des Mischers tropften die letzten angerührten Schlickerreste in das runde Bodenbecken, von dem die Arbeiter den Holzdeckel abgenommen hatten. Sämtliche Anlagen waren abgeschaltet.

Ercole schaukelte nervös hin und her. Eine gefühlte Ewigkeit hatte er gewartet, die Leiche im Bottich angestarrt, als ob sie davon wieder verschwinden könnte, dann in der Questura angerufen. Die angeforderte Polizei war schnell eingetroffen, und nun stand ihm Garibaldi auf den Füßen und sein feiner Bruder glänzte immer noch durch Abwesenheit.

»Die Gießer im ersten Stock haben sich beschwert, weil das Material stinkt.« Er zeigte zu den dünneren Rohrleitungen, die durch die Decke nach oben führten. »Das kommt vor, wenn organische Substanzen den Schlicker verunreinigen. Meine Leute achten besonders genau drauf, das zu vermeiden, denn das Becken wird immer voll gehalten, und es passt eine Menge hinein. Reinigen zu müssen bedeutet mehrere Tage Produktionsausfall.« Ercole Finellos ehemals weißer Kittel war mit Spritzern des dünnflüssigen Tongemischs übersäht. »Wenn es möglich ist, würde ich gern kurz nach draußen gehen, zum Luftschnappen.«

»Natürlich.« Den Wunsch konnte Lorenzo gut nachvollziehen. »Nur bleiben Sie bitte in der Nähe.«

Der Mann, den die Arbeiter aus dem Schlickerbehälter gezogen hatten, lag ausgestreckt vor ihm. Er war vollständig von der grau-braunen Masse bedeckt, bis in die Ohrmuscheln hinein, seine Kleidung durchtränkt. Der starke Rührer war durch die ungewohnte Last auf den mächtigen Blättern nur ein wenig langsamer geworden. Wie ausgebreitete Arme hatten sie ihn getragen. Ob sie ihn auch getötet hatten, musste noch geklärt werden. Auf den ersten Blick waren weder eine Schuss- noch eine Stichwunde zu erkennen. Vorsichtig und um Balance bemüht, ging er in die Hocke, tastete die Kleidung ab, schaute in die Taschen. Ein Päckchen Streichhölzer, aufgeweichte Papierreste. Er neigte sich weiter vor, versuchte den fauligen Geruch zu ignorieren. Die dünne Tonschicht verlieh dem Gesicht des Toten maskenhafte Gleichmäßigkeit. Im Profil betrachtete er die Nase: flach und ohne nennenswerte Wölbung. Wie auf Meyers Schnappschuss von der Klippe. Mit einem Taschentuchzipfel legte er auf der linken Wange eine Kratzspur frei. Drei kurze, parallel verlaufende Streifen, wie sie Emilia Finellos Fingernägel hinterlassen haben konnten.

Im Aufstehen wischte Lorenzo die Hände an der sauberen Seite des Taschentuchs ab. Er brauchte Wasser und Seife. Viel Seife. Dann stakste er vorsichtig über den verschmierten Boden zum Ausgang. Der Kreis begann sich zu schließen.

Diesmal fand er das Büro des Firmeninhabers unverschlossen vor, und Simonetta Ragonese machte keinen Versuch, ihn am

Betreten zu hindern. Bis zum Ende der Spurensicherung ruhte die Produktion. Durch das Fenster sah er einen Großteil der Belegschaft im Innenhof stehen. Ihre neuerliche Befragung würde Stunden in Anspruch nehmen, und er versprach sich wenig davon. Spadafero hatte er mit einem Sonderauftrag fortgeschickt, um die Identifizierung des Toten voranzutreiben. Die Nasenform mochte ein schwacher Anhaltspunkt sein, aber immerhin war sie einer.

Finello war ein Mensch, der ungern das Heft aus der Hand gab. Ein Macher und Bestimmer, dem man besser nicht auf die Füße trat, das hatte Lorenzo selbst erlebt. Seinem Bruder Ercole das Feld zu überlassen, noch dazu in einer Ausnahmesituation, sah ihm nicht ähnlich. Genau wie die angetrockneten Wasserränder unterm Glas auf dem Schreibtisch, der fast leere Krug, in dem eine Zitronenscheibe schimmelte, und die verschmutzte Scheibe der Vitrine. Offenbar hatte Finello sich wie schon am Samstag weiter eingeigelt und seine Sekretärin ausgesperrt.

Lorenzo schenkte dem Plattenspieler einen sehnsüchtigen Blick, rückte eine Hülle zurecht, die einen Zentimeter aus der geraden Reihe herausragte. An der Tür machte er kehrt.

Die Hülle war zu leicht. Und sie war leer, genau wie der Plattenteller. Er ging alle anderen Hüllen durch, doch nirgends waren versehentlich zwei eingesteckt.

»Wo ist Signor Finellos Müll?« Er drehte sich um sich selbst, stürmte ins Vorzimmer, folgte Signorina Ragoneses Fingerzeig. »Wann wurde der zuletzt geleert?«

Die alte Dame hob die Schultern.

»Überlegen Sie genau.« Er hielt ihr den Eimer hin, in dem das schwarze Vinyl einer Langspielplatte glänzte. »Ich muss wissen, wann er das hier weggeworfen hat.«

»Was hat sein Müll mit der Leiche im Keller zu tun?«

»Das werde ich Ihnen sagen, wenn ich es herausgefunden

habe.« Lorenzo nahm eins der Bruchstücke in die Hand. Der runde Aufkleber um das Loch in der Mitte bestätigte seine Vermutung: Pat Boone hatte ausgesungen.

»Wann hat Signor Finello angefangen, sich zu verändern, die Tür abzuschließen, obwohl Sie im Vorzimmer saßen, oder wegzugehen, ohne Sie zu informieren, so wie heute? Er war nicht immer so, nicht wahr? Launisch, unberechenbar, aggressiv – sogar Ihnen gegenüber?«

Simonetta Ragonese faltete die Hände. »Ich weiß nicht, wovon Sie sprechen.«

»Oh doch, das wissen Sie.« Ihre übertriebene Loyalität störte seine Ermittlungen erheblich. »Zwei Menschen sind tot, Signorina Ragonese. Und wenn Sie etwas wissen und es mir vorenthalten, machen Sie sich mitschuldig. Mitschuldig auch an Teresa Marchettis Tod!«

Aus der Eingangshalle war undeutlich ein Gespräch zu hören, Schritte auf der Treppe und im Flur, dann flog die Tür auf.

»Wo ist er? Wo ist Vittorio? Ist ihm etwas zugestoßen?«

Lorenzo stellte den Eimer ab. »Das wüsste wir alle gern, Signora Finello.«

Hinter ihr schlüpfte Federica Pellegrini herein. Ihr Lächeln entschuldigte den Überfall. »Wir waren auf dem Weg zu Ihnen, Commissario Garibaldi. In der Questura hieß es, dass Sie hier sind, weil ein Toter gefunden wurde. Es ist also nicht Signor Finello?«

»Ganz richtig.« Lorenzo bog am Vinyl. Ein erstaunliches Material, viel robuster, als man im Allgemeinen annahm. »Ihr Mann hat eine romantische Ader. Das sollte man gar nicht denken. Mögen Sie eigentlich Pat Boone, Signora Finello?«

Verständnislos hob Emilia die Schultern.

»Der Tote war kein Firmenmitarbeiter, da ist Ihr Schwager Ercole sicher. Die Umstände schließen zudem aus, dass der Mann unbemerkt verunglückte. Angenommen, er ist unbefugt aufs Firmengelände eingedrungen, wurde erwischt, und es kam zu einem Kampf. Dann haben wir es eventuell mit Notwehr zu tun – oder einem Unfall mit Todesfolge.« Er gab sich Mühe, eine Brücke zu bauen, die einen Ausweg versprach. »In Ausnahmesituationen reagieren wir zuweilen fehlerhaft. Es kommt zu einer Übersprungshandlung, unnötiger Vertuschung und der Entscheidung, die Polizei nicht einzuschalten. Ärgerlich, aber menschlich. Das lässt sich regeln, wenn man es zeitnah korrigiert. Es sei denn, es war schlicht und einfach Mord. So oder so, wir werden das herausfinden.« Lorenzo schaute von Emilia, die seinem Blick offen begegnete, zu Simonetta. »Auf den Anruf Ercoles hin, sein Bruder solle sofort nach unten kommen, weil etwas passiert sei, hat Vittorio umgehend sein Büro veranlassen. Hut und Mantel hätte er dafür nicht gebraucht, trotzdem hat er beides mitgenommen, das muss Ihnen doch aufgefallen sein, Signora Ragonese.«

»Es heißt Signorina«, verbesserten Federica und Emilia im Chor.

»Außerdem wollte er gar nicht wissen, was vorgefallen war«, fuhr Lorenzo fort. »Im Schlickerkeller ist er nie angekommen. Er hatte auch nie vor, dort hinzugehen. Sie wussten das und Sie wussten auch, was es bedeutet. Darum haben Sie Ercole nicht informiert, sondern abgewartet, bis er sich wieder meldete. Wieso, Signorina Ragonese? Und wo ist er hin?«

Simonetta zuckte die Achseln und schaute Emilia an.

»Ich habe Ihnen unrecht getan: Sie lieben Vittorio wirklich. Was dumm ist, denn er ist wie sein Vater, ein grenzenloser Egoist.« Unwillkürlich spielte sie am Armband ihrer Uhr. Ein Geschenk für treue Dienste. »Sie lieben ihn trotz allem, gegen jede Logik, aber was bedeutet die schon, wenn es ums Herz geht? Das Herz, Signor Commissario, das schlägt, für wen es will. Ganz ohne Verstand. Und dann muss man eben tun, was getan werden muss.«

Federica blinzelte. Besser hätte sie es nicht ausdrücken können, eine schlichte und allzu oft schmerzhafte Wahrheit.

»Ach, Simonetta.« Emilia ging vor der Sekretärin auf die Knie. »Um Vittorio zu helfen, müssen wir ihn finden.«

»Ich werde ihn nicht belasten.« Die alte Dame presste die Lippen zusammen. Unter all der zur Schau gestellten Härte versteckte sich die unerfüllte Sehnsucht eines ganzen Lebens.

»Niemand verlangt das. Nur bitte verraten Sie mir, ob er etwas gesagt hat, als er ging, etwas Auffälliges getan hat?«

Auf Zehenspitzen huschte Federica zu Lorenzo hinüber, bewunderte seine Geduld und Emilias Einfühlungsvermögen. Sie hängte sich an seinen Arm und flüsterte: »Verraten Sie mir mehr über den Toten? Sie haben eine Theorie, das sehe ich. Es ist hoffentlich niemand, den wir kennen?«

Lorenzo verneinte stumm. Ein minimales Zucken an seinem unteren Lidrand irritierte sie. Doch der Moment war ungünstig, um nachzubohren. Denn Simonetta begann zu reden.

»Kein Wort hat er gesagt, mich gar nicht wahrgenommen. Den *Mistrà* hatte er dabei, eine fast volle Flasche, und ein gerolltes Blatt Papier. Es wird die Zeichnung sein, die kürzlich auf seinem Schreibtisch lag. Er hat mich rausgeschickt, bevor ich sie richtig sehen konnte. Danach hat er immer abgesperrt. Ein Entwurf für ein neues Projekt, habe ich gedacht. Über ungelegte Eier redet er nicht gern.« Simonetta war nur ein vager Eindruck geblieben. Ihre Hand beschrieb eine Wellenlinie in der Luft, tupfte links und rechts. »Etwas Grün und ein bisschen Gelb.«

Drei Personen im Raum stockte der Atem.

»Die Frau im Ginster«, wisperte Federica aufgeregt und stieß Lorenzo an. »Verstehen Sie das?«

»Höchstens teilweise«, gab er zu. »Scheint, als hätte Ihr Künstlerfreund ausnahmsweise mal die Wahrheit gesagt und hatte tatsächlich ungebetenen Besuch in seinem Atelier. In Anbetracht des Bildmotivs – die eigene Frau als Akt – hält sich der angerichtete Schaden sogar im zivilisierten Rahmen.«

»Unkontrollierbare und noch dazu unbegründete Eifersucht finde ich keineswegs zivilisiert und völlig inakzeptabel«, zischte sie gedämpft zurück.

Emilia erhob sich. »Vielen Dank, Simonetta. Ich versichere Ihnen, dass ich alles für Vittorio tun werde. Rufen Sie seinen Anwalt an, ja? Und dann reden Sie mit Ercole. Die Maioliche Finello braucht Sie jetzt alle beide.« Sie drehte sich um, seltsam abgeklärt und unerschrocken, steinerne Entschlossenheit im Gesicht. »Ich denke, ich weiß, wo mein Mann ist, Commissario Garibaldi.«

»Dann sagen Sie es mir, bevor noch mehr passiert.«

»Ohne mich werden Sie Vittorio nicht finden. Ich bringe Sie zu ihm, unter der Bedingung, dass ich zuerst mit ihm reden darf. Allein.«

»Spielen Sie keine Spielchen mit mir, Signora Finello.«

»Es geht um meinen Mann und mein Leben. Ich werde mich hüten, damit zu spielen.«

Federica zupfte an Garibaldis Jackett, und ihre Blicke trafen sich für die Dauer eines Wimpernschlags. Ihr Herz schlug schnell und unüberhörbar. Die Befana wäre stolz auf sie gewesen. Vertrauen gegen Vertrauen. Lorenzo verstand und folgte ihrer Einschätzung. Er nickte.

»Also gut. Gehen wir.«

*

Etwa zur selben Zeit stand Lene in Elizas Salon vom Frisierstuhl auf. Es fiel ihr schwer, sich von ihrem Spiegelbild loszureißen. Kaum zu glauben, dass sie sich das getraut hatte, einfach hier hereinzuspazieren, nur mit der neuen Zeichnung, die Emilia gestern angefertigt hatte. Sie hatten tatsächlich gemeinsam Unkraut gejätet und später am Strand gesessen, froh über die Gesellschaft der anderen, ohne viele Worte zu brauchen. Und genauso hatte es auch mit Eliza funktioniert, die vor Stolz schier platzte, als sie Schere und Kamm zurück in ihre rosa Kitteltasche schob.

Eine duftende Haarspraywolke begleitete Lene nach draußen. Wieder und wieder schüttelte sie den Kopf und freute sich über jeden Windstoß. Die kinnlangen Haare schaukelten kitzelnd über ihren Nacken, die nach vorn gedrehten Spitzen steiften die Wangen. Zu schade, dass Herr Meyer das nicht sehen konnte. Jetzt war Schluss mit den Medusenzöpfen!

*

Der Pfad schlängelte sich vor ihnen hinauf zum Monte Ardizio, dem höchsten Punkt des lang gezogenen Bergrückens, der sich vom süd-östlichen Ende Pesaros an der Küste Richtung Fano erstreckte. Wie die Äste eines Baumes sich nach oben hin verjüngten, verzweigte der Pfad in dünner werdende Spuren, doch Emilia ging sicher voran. Federica, Lorenzo und zwei Uniformierte trabten schweigend im Gänsemarsch hinterher. Felsformationen in Grau- und Ockertönen wechselten sich ab, und je weiter sie durch die wilde Vegetation aufstiegen, desto häufiger bot sich eine herrliche Aussicht auf die tiefblaue Adria. Verschwenderisch üppige Schönheit, die jedoch keiner von ihnen wahrnahm. Schritt um Schritt wuchs Federicas Unruhe. Wanderten sie in die Irre, weil sie sich in Emilia getäuscht hatte? Im Stillen suchte sie nach passenden Worten und war nur einen Atemzug von ihrer Abbitte bei Garibaldi entfernt, als Emilia endlich stehen blieb.

Finello saß am Rand einer versteckten Senke, abgeschirmt von dichtem Bewuchs, der sich zur Meerseite lichtete, wo sich eine kleine Freifläche auftat. Überall wucherte Ginster. Ein verschwiegener Ort für Romantiker, für Liebesschwüre und Liebesbeweise, für zärtliche Küsse und heimliche Intimitäten.

Auf Lorenzos Nicken hin setzte Emilia sich an Finellos Seite, während die anderen in kurzer Distanz außerhalb seines Blickfeldes stehen blieben.

Vittorio Finello heulte. Die Zeichnung in der Hand, den Anisschnaps bereits zu mehr als der Hälfte intus.

»Um wen weinst du?«, fragte Emilia sanft und entfernte die Flasche aus seiner Reichweite. »Weinst du um den toten Mann, um uns oder … um die Frau auf dem Bild?«

Er stierte geradeaus.

Ungewissheit war schwerer zu ertragen als die schmerzhafteste Wahrheit. Die Ahnung des Verrats, der Emilia an der Klippe stehend fast in den Tod getrieben hatte, würde durch die Bestätigung einen Teil seines Schreckens verlieren. Sicherheit machte stark, und dann war sie bereit zu kämpfen.

»Sag mir, was passiert ist, Vittorio. Ich will dich verstehen und dir helfen. Bist du mit ihr hier gewesen, so wie mit mir? Hast du Teresa geliebt?«

»Liebe … Was für ein großes Wort«, sagte er mit schwerer Zunge. »Vernarrt war ich, verhext von diesem Körper.« Er schüttelte das Blatt. »Sie hat mich verrückt gemacht, aber sie war nie zufrieden, wollte mehr als Geschenke und heimliche Stunden. Sie war eine Marchetti, eine Contessa! Meine Geliebte zu sein, das war nicht genug. Ich sollte – wo ist mein *Mistrà* hin? – sollte dich loswerden, wegschicken mit einer Abfindung.« Er lachte dumpf. »Ein Kind hat sie mir versprochen. Den Erben, den Emilia dir nicht schenken kann und vielleicht auch nicht will, hat sie gesagt. – Ist es wahr, dass du nicht willst? Du treibst dich rum, waren ihre Worte; sobald ich mich umdrehe, setzt du mir mit Aushilfen Hörner auf. Das tut weh.« Er klopfte auf sein Herz, dann auf die Zeichnung, schien kurz verunsichert. »Sie hat einen Namen erwähnt und sich geweigert, ihn zu wiederholen. Ein Versehen, ich sollte ihn vergessen … Aber vor ein paar Tagen fiel er mir wieder ein. Habt ihr mich beide hier betrogen – mit diesem Gentile? Ausgerechnet hier! Und überhaupt, wie hat sie sich das vorgestellt, ein uneheliches Kind als mein Erbe? Ich hätte es anerkennen müssen und das Verhältnis öffentlich machen. Eine Katastrophe für das Ansehen der Manufaktur! Und was hätte sie gewonnen? Meine kleine Contessa wäre trotzdem eine Mätresse geblieben, nur für jeden sichtbar. Denn meine Frau, die bist du und bleibst du, bis der Tod uns scheidet.«

»Ich – ich verstehe nicht … Also wolltest du, dass der Tod uns scheidet? Sollte ich an dem Abend in der Via Annunziata sterben?« Emilias Stimme klang belegt. »Damit du für Teresa frei gewesen wärst?«

»Wie bitte?« Vittorio lachte auf. »Hast du den *Mistrà* getrunken oder ich?«

»Wer ist der Tote, der im Schlickerbecken lag?«

»Das solltest du am besten wissen: Parole Medusa. Betrachte ihn als Geschenk. Die miese Ratte hätte nie aufgehört, uns zu erpressen. Er verlangte Geld für einen erledigten Auftrag – *deinen* Auftrag! Meine Affäre mit deiner Freundin war eine Dummheit, ein unbedachter Fehler. Mehr nicht. Dass du deswegen bis zum Äußersten gehst …« Er schüttelte den Kopf. »Es hat mich erschreckt und bewegt. Du wolltest mich zurück, für dich allein, weil du meine Frau bist. Wie konnte ich das vergessen? Ich hatte keine Wahl, als dich zu schützen.«

Seine Alkoholfahne raubte ihr fast den Atem, als er sich zu ihr neigte. Zögernd erwiderte Emilia seinen Kuss, der nach Anis und nach Versöhnung schmeckte, dann löste sie sich widerstrebend.

»Ich habe ihn nicht beauftragt.« Sie nahm einen Schluck *Mistrà*, der in ihrer Kehle biss, gab Vittorio die Flasche im Tausch gegen die Zeichnung. »Ich dachte, du warst es. Und ich war nie mit einem anderen als dir an diesem Ort. Das ist unsere Erinnerung, dachte ich, an einen magischen Moment.« Ihre erste Vereinigung, gebettet auf sonnenwarmem Boden, in jedem Atemzug der Duft gelber Ginsterblüten, das Meer in seiner Unendlichkeit vor Augen. »Aber für dich ist er so austauschbar, dass du nicht weißt, wen du in der Frau im Ginster siehst. Mich oder Teresa. Es ist ein Selbstbildnis, Vittorio. Ich habe es gemalt, in Gaetano Gentiles Atelier. Ich! Denn das ist es, was ich dort heimlich mache: malen, nicht … mit irgendjemand schlafen! Und Teresa wusste das. Sie wusste es ganz genau. Sie hat uns beide belogen und gegeneinander aufgehetzt.«

Federica unterdrückte einen Aufschrei und packte den Kommissar am Arm. *Malerei. Nur darum geht es.* Gaetano hatte es ihr gesagt, aber sie hatte es nicht verstanden. Bei ihm war Emilia sicher gewesen, in jeder Hinsicht. Signorina Ragoneses Worte über die Liebe und das unbelehrbare Herz fielen ihr ein, die ebenso auf beider leidenschaftliche Liebe zur Kunst zutrafen. Sogar im Zuge der Mordermittlung hatten sie geschwiegen. Was nur logisch war. Denn es gab viel zu verlieren. Wie sollten sie die Unschuld ihrer künstlerischen Beziehung beweisen, ohne Gaetanos Apfelproblem vor der Welt auszubreiten? Ganz davon abgesehen, dass Emilia ihren Mann für einen Mörder halten musste. Teresa selbst hatte die Furcht vor ihm genährt. Zuletzt mit dem angeblichen Wissen, das sie in der Via Annunziata hatte lüften wollen – unter strengster Geheimhaltung und dem ausdrücklichen Hinweis auf Gefahr. Teresas Tod schien alle vorherigen Thesen zu bestätigen.

»Hörst du, Vittorio? Auf dem Bild, das bin ich. Genau das, was ich für dich verleugnen musste. Ich bin die Frau und die Farbe«, flüsterte Emilia und setzte an, die Zeichnung zu zerreißen.

»Tun Sie es nicht!« Lorenzo machte einen beherzten Satz

durch den Ginster nach vorn, und Vittorio steigerte sich in einen hysterischen Lachanfall.

»Sagen Sie bloß, Sie haben alles mitgehört, Garibaldi? Meine Hochachtung vor so viel weiblicher Hinterhältigkeit.«

Emilia packte ihn am Hemdkragen und zog sein Gesicht ganz nah vor ihres. »Du, Vittorio Finello, wirst jetzt die Klappe halten. Keinen Ton mehr, bis du wieder nüchtern bist und dein Anwalt mit dir gesprochen hat.« Sie erhob sich und strich ihre Kleidung glatt. »Commissario Garibaldi, Sie werden verstehen, dass ich mich an kein Wort dieses Gesprächs erinnern kann. Und was immer Sie gehört zu haben glauben, das meinen Mann oder mich belastet, werden wir in keiner Befragung wiederholen – und ab sofort schweigen.«

»Sie haben mich reingelegt.« Lorenzo nahm das Blatt an sich und rollte es vorsichtig zusammen.

»Nein. Ich habe Wort gehalten und Sie zu ihm geführt. Es war nie die Rede davon, dass ich meinen Mann ans Messer liefere.« In ihren Augen funkelte neu erwachte Energie, als sei sie binnen Minuten erwachsen geworden. Federica ahnte, dass dem nicht so war. Vor ihnen stand die echte Emilia, die endlich ihre erzwungene Unselbstständigkeit abschüttelte, um aus Vittorios Schatten zu treten. Sobald er wieder nüchtern war, würde er sich wundern. Seine Frau war ein Schmetterling, gerade jetzt streckte sie die noch feuchten Flügel. Sie würden schnell trocknen, und diesmal gab es kein Zurück. Der Raupenkokon, aus dem sie geklettert war, war zu klein.

Lorenzo biss die Zähne zusammen. Ohne Geständnis würde es eine harte Nuss werden, Finello den Mord nachzuweisen. Ein Indizienprozess erforderte handfeste Beweise, für die er sich auf die Rechtsmediziner und Kriminaltechniker verlassen musste und darauf, dass nach dem Bad im mineralischen Tongemisch noch verwertbare Spuren an der Leiche zu finden waren.

Federica konnte seinen Gedanken folgen, als hätte er sie laut ausgesprochen.

»Liebe«, sagte sie, »ist eine komische Sache. Wie eine schlechte Angewohnheit, die man selbst mit eisernem Willen nicht loswird. Jede klar denkende Frau hätte diesen untreuen Heuchler an Emilias Stelle zum Teufel gejagt, doch sie hält zu ihm. Das lässt sich nur mit Liebe erklären.«

Unter Emilias beständigem Zureden stand Vittorio endlich auf und ließ sich widerstandslos Handschellen anlegen. Die beiden Uniformierten nahmen ihn in ihre Mitte.

»Wenn also der Erpresser, also der Motorradfahrer von der Klippe, im Schlickerbecken lag, der anscheinend auch der Taxifahrer und somit Teresas Mörder war, hat mir ein anderer die Holzlatte übergezogen. Mir fällt im Augenblick nur einer ein, der dafür in Frage kommt. Würden Sie einen Moment wegsehen, damit ich ihm zur Revanche ein Bein stellen kann?«

Lorenzo grinste widerwillig. »Bisher ist weder die Identität der Schlickerleiche bestätigt, noch kennen wir den Todeszeitpunkt. Vielleicht tun Sie Finello Unrecht, was den Überfall auf Sie betrifft? Vorläufig werden wir wohl leider keine Antworten mehr bekommen. Sei's drum, ich werde Sie nicht aufhalten.«

Federica zielte mit einem Stöckchen und ließ es dann theatralisch seufzend fallen. »Ich kann nicht. Sehen Sie doch, wie erbärmlich er ausschaut!« Windzerzaust, unter den Augen geschwollene Tränensäcke, seine Kleidung derangiert und fleckig. Garibaldi dagegen sah blendend aus und untadelig wie immer. Abgesehen vom verwischten Grauschleier auf seinen Lederschuhen. Grau-braun, wie die Schlickerbrühe in der Kellerpfütze, in die sie bei der Besichtigung beinah getreten wäre. Jäh durchzuckte sie die Erkenntnis. »Am Samstag hatten Finellos Schuhe die gleichen Schmutzspuren an den Fersen wie Ihre jetzt. Erinnern Sie sich? Wegen meines Brummschädels habe ich nicht kapiert, was es bedeutet. Das waren keine frischen Schlieren, weil er gerade aus der Manufaktur kam, wie er behauptet hat. Sie waren eingetrocknet, vielleicht vom Abend vorher. Er hat die Schuhspitzen abgewischt, so wie Sie, aber den Dreck hinten übersehen.«

»Das ist leider kein Beweis, dass Finello die Leiche im Schlicker versenkt hat.« Lorenzo hob einen Finger, als sie ihn unterbrechen wollte. »Aber es ist hervorragend beobachtet und ein richtig guter Anfang.«

»Danke, ich helfe gern! Was machen wir jetzt?«

Auf sein Zeichen trat ihre Karawane den Rückweg an. Lorenzo wog die zusammengerollte Zeichnung in der Hand. Emilias Erklärung gab dem Bild eine andere, nicht weniger erotische Bedeutung, als er diesem vorher zugemessen hatte. Es berührte ihn zu wissen, dass die Frau im Ginster lebte.

»Jetzt werden die frisch vereinten Eheleute in Polizeigewahrsam überstellt. Ja, beide. Weil wir uns von all dem rührenden Zuckerguss nicht täuschen lassen dürfen, in Anbetracht der vielen Lügen darunter. Vergessen Sie nicht, in der Rechtsmedizin liegt ein mutmaßlicher Auftragsmörder, dem keiner einen Auftrag erteilt haben will. Um dieses Rätsel zu lösen, werden wir noch ein Weilchen brauchen, außerdem Geduld, Scharfsinn und –«

»Meine Fantasie natürlich. Ist es nicht schrecklich, dass Emilia diese ganze Heimlichtuerei mit Gaetano auf sich nehmen musste, nur um malen zu können? Und ist es nicht fantastisch, dass die Frau im Ginster ihr Werk ist?«

Er seufzte. »Einmal würde ich gern zu Ende reden, Signora. Aber bitte, was sagt Ihre Fantasie, wie wir weitermachen?«

Federica verbiss sich das Lachen. Es gefiel ihr, wenn er »wir« sagte. »Es riecht nach Sommer, die Sonne steht fast im Zenit, es wird sehr warm heute Nachmittag, und das Pensum ist hoch. Ihre Anspannung auch, dafür sinkt Ihre Humortoleranz bereits wieder – beides erkennt man im Übrigen leicht an der Falte auf

Ihrer Stirn. Das bedeutet, Sie brauchen etwas in den Magen. Die Leiche von heute Morgen wird noch untersucht, was uns ein gewisses Zeitfenster gibt. Also führen Sie mich jetzt zu einem Mittagessen aus. Und währenddessen erzählen Sie mir haarklein alles, was ich noch nicht weiß. Nun, geben Sie zu: Das war wirklich leicht!«

Eine bestechende Beweisführung. Lorenzo schmunzelte und nickte. Essen war immer eine gute Idee.

Kapitel 21

Nach einer hervorragenden Fischmahlzeit in einem kleinen Hafenrestaurant kehrte Lorenzo Garibaldi begleitet von Federica Pellegrini zu einer kurzen Lagebesprechung in die Questura zurück. Dank Spadaferos Sonderauftrag und seiner Überredungskunst war die Leiche Renato Dinis inzwischen offiziell identifiziert. Mangels Verwandter war die unschöne Aufgabe dem Taxiunternehmer zugefallen, der darauf wenig erpicht gewesen war. Freundlich, aber bestimmt hatte der Ispettore ihm keine Wahl gelassen.

»Er hat ein Kreuz geschlagen, der Seele Gottes Beistand gewünscht und sich auf die Schürze des Dottore übergeben«, berichtete er, ohne sich die Blöße eines Lächelns zu geben, was Garibaldi weniger gut gelang, der für einen kleinen Moment fast wünschte, dabei gewesen zu sein.

Federica hielt sich zurück. Sie wollte nicht riskieren, ihre ungewohnte Rolle an Garibaldis Seite durch eine unbedachte Bemerkung einzubüßen. Ohne zu murren blieb sie im Büro, als die Männer den Raum verließen. Emilia hatte sich zuvor gefasst verabschiedet, sich für ihre Gastfreundschaft bedankt und um Verständnis gebeten.

»Vittorio ist mein Mann, der Vater meines Kindes. Und ich werde alles tun, was nötig ist.«

Dieser Aussage haftete ein kleiner Makel an, wenn man bedachte, dass dies durchaus auch als Begründung für den Mord an ihrer ehemals besten Freundin durchging. Hoffentlich nahm Emilia noch Vernunft an, statt freiwillig mit Vittorio unterzugehen.

Federica öffnete die Türen zum Nachbarzimmer und zum

Flur einen Spalt breit, um nichts zu verpassen. Schließlich konnte man es mit der Zurückhaltung auch übertreiben. Sie schlenderte herum, die Hände auf dem Rücken, um nicht in Versuchung zu geraten. Es gab eine Menge Schubladen und sämtliche Schlüssel steckten. Gelangweilt öffnete sie das Fenster. Der Luftzug ließ die Papiere auf dem Tisch flattern.

Das Telefon klingelte. Nach dem dritten Mal drückte sie das Fenster zu und hob ab. Selbstverständlich aus reiner Hilfsbereitschaft. *»Pronto?«*

»Hier ist das rechtsmedizinische Institut«, sagte eine irritiert klingende, männliche Stimme. »Eigentlich wollte ich mit Commissario Garibaldi sprechen.«

»Da sind Sie richtig. Questura Pesaro, das ist sein Apparat. Er muss gleich zurückkommen. Eine Sekunde.« Sie reckte den Hals, spähte durch die Tür. Aus einem anderen Raum hörte sie gedämpfte Geräusche, vom Empfang her eine lebhafte Diskussion. Zu sehen war niemand. Sie zuckte die Schultern. *»Va bene*, Signore, Sie müssen nicht warten: Ich notiere gern.« Ihr Blick huschte über den Tisch, suchte etwas zum Aufschreiben. Ihr Gesprächspartner zögerte hörbar, und sie legte nach. »Sie sind der Assistent des Dottore – Signor Vigliani, nicht wahr? Garibaldi hält viel von Ihnen. Kennen Sie etwa schon die Todesursache der Leiche aus dem Schlammbad bei Finello? Garibaldi wird begeistert sein, wie schnell das ging.« Eine persönliche Note mit einem Hauch von Honig förderte üblicherweise die Auskunftsfreudigkeit. In diesem Fall musste Federica nicht mal lügen. Beides war die reine Wahrheit.

»Oh, das hört man gern.« Vigliani lachte geschmeichelt. »Sagen Sie ihm, das Opfer wurde erdrosselt. Es könnte mit einer Art Garotte gewesen sein.«

»Ein dünner Draht?« Unter einem verschnürten Aktenbündel hatte Federica einen Bleistift herausgefischt und hielt nun inne.

»Genau. Ein einfacher Draht macht die Ausführung aber schwieriger. Eine Garotte hat Griffe an beiden Enden.«

»Ja, ich weiß.« Das Bild dieses widerlichen Instruments stand ihr klar vor Augen. »Sonst noch was?«

»Nichts Eiliges, der Rest steht im Protokoll.«

»*Grazie mille*, Signor Vigliani.«

Sie legte den Hörer auf und spürte im selben Moment Garibaldis Anwesenheit. Er lehnte am Türrahmen, als sie sich umdrehte, und sie zog das Genick ein. Doch das befürchtete Donnerwetter blieb aus.

»Eine Garotte«, sagte sie, »sieht haargenau aus wie ein klassischer Tonabschneider. Mit dem Draht lassen sich ganz gleichmäßige Stück von den Blöcken abtrennen. Hat Signor Finello mir persönlich erklärt, als er mich durch die Abteilungen geführt hat. Die Dinger gibt es da haufenweise.«

Lorenzo rollte die Ärmel seines weißen Hemdes herunter, die vom vielen Hochschieben Ziehharmonikafalten warfen. Wenn er so weiter machte mit dem Händewaschen, würde ihm bis zum Abend die Haut abfallen. Aber er konnte nicht aufhören. Egal wie viel Seife er benutzte, seine Finger rochen nach Fäule und Zersetzung. »Ziemlich clever. Ein alltägliches Keramikerwerkzeug zu benutzen, das man überall leicht verschwinden lassen kann. Auf dem Gelände ein bestimmtes Stück Draht zu suchen ist, wie …« Er hob resigniert die Schultern. »Wie ein bestimmtes Sandkorn am Strand finden zu wollen. Darauf sollten wir nicht bauen. Sehen wir lieber nach, ob der Tote uns eine Spur zu seinem Mörder hinterlassen hat.«

Federica strahlte. Da war es schon wieder, dieses Wir!

Kurz darauf inspizierten sie zu dritt eine spärlich möblierte Wohnung. Und Renato Dini machte es ihnen leicht. Er hatte sich keine Mühe gegeben, irgendetwas zu verstecken. Warum auch? Er lebte allein, und nach Aussage seiner Nachbarn kam nie jemand zu Besuch. Frauen schon gar nicht. Allenfalls hupte oder brüllte irgendwer von der Straße hinauf zu Dinis Fenster, um ihn abzuholen, oder half ihm lärmend spät in der Nacht die Treppe hoch, wenn er sich hatte volllaufen lassen. Beides kam nicht oft vor. Es war allseits bekannt – genau wie unter den Taxifahrern –, dass er keinen Wert auf Gesellschaft und enge Beziehungen legte. Dini war auf dem Sprung gewesen, wollte weg aus dem piefigen Pesaro und sein eigener Herr sein.

Auf seinem zerwühlten Bett lag ein Sortiment falscher Nummernschilder und auch das echte, das zu dem bei der Manufaktur abgestellten Taxi gehörte, sowie ein Taxameter, was darauf schließen ließ, dass er gelegentlich auf eigene Rechnung gefahren war. An der Wand hingen das Foto eines Pin-up-Girls in Korsage mit knallrotem Schmollmund und fast ein Dutzend Bilder von Nobelkarossen unterschiedlicher Marken und Taxis. Seine Leidenschaften waren eindeutig.

Zwischen schmutzigem Geschirr auf dem Tisch lag ein Stapel Papier. Darunter eine handschriftliche Quittung. Federica löste eine Haarnadel aus ihrer Frisur und fischte den Zettel damit heraus. Sie hatte versprochen, nichts anzufassen.

»Sehen Sie mal.« Mühsam entzifferte sie die Schrift auf dem Stempel. »Fratelli Borlotti … Bartelesi? Und eine Adresse in Cattolica. Eine beachtliche Summe. Was meinen Sie, wofür er die bezahlt hat?«

»Kann der Name Bertolli heißen? Es gibt da einen Autohandel in Cattolica, von Brüdern betrieben: Fratelli Bertolli«, warf Spadafero ein und deutete zu den Bildern an der Wand. »Könnte eine Anzahlung auf ein eigenes Taxi gewesen sein.«

Lorenzo pfiff durch die Zähne. »Sehr gut, Spadafero. Lassen Sie sich das bestätigen, sobald Sie wieder am Telefon sitzen. Wie hoch war der Betrag?«

»Dreißigtausend. Gezahlt am 13. April.« Federica rechnete

zurück. Am Mittwoch hatte sie Signorina Jung vom Bahnhof abgeholt. »Der 13. war ein Montag.«

»Dreißigtausend?« Lorenzo schnappte sich die Quittung. Ein merkwürdiger Zufall. »Exakt dreißigtausend Lire hat Teresa Marchetti eine Woche zuvor von ihrem Vater erhalten für einen ihm unbekannten Zweck – als Zukunftsinvestition. Das hat er mir gegenüber am Telefon verraten.«

»Teresa Marchetti und ein Taxifahrer? Das kann ich mir kaum vorstellen.« Ein bitterer Geschmack füllte Federicas Mund, und sie schluckte. »Oder – ach so – du meine Güte!«

Spadafero verschwand mit dem Kopf im Schrank, seine Worte klangen gedämpft. »Die übereinstimmende Summe und die zeitliche Nähe sprechen dafür.«

»Ganz richtig: Selbst wenn das Geld für Renato Dinis Anzahlung von Teresa kam, ist kaum anzunehmen, dass es um eine gemeinsame Zukunft ging«, stimmte Lorenzo zu. »Höchstens um einen gemeinsamen Plan. Leider kann uns keiner der beiden dazu noch eine Auskunft geben.«

Federica zog die Nase kraus. »Glauben Sie etwa, dass es anders war? Finello behauptet, dass Teresa es leid war, von ihm hingehalten zu werden. Sie wollte Emilia loswerden. Also hat sie Dini engagiert, und am 15. April, zwei Tage nach der Anzahlung, wurde Emilia fast überfahren.«

»Fast.« Lorenzo blätterte weiter durch den Papierstapel. »Wieso eigentlich nur fast, wenn wirklich sie das Ziel war?«

»Weil ich als Zeugin im Weg gewesen bin, zum Beispiel? Da hat er im letzten Moment abgebrochen.«

»Hm. Denkbar.« Wirklich überzeugt war Lorenzo nicht, obwohl er spürte, dass sie nah dran waren. »Bei aller scheinbaren Logik dürfen wir nicht vergessen, dass Signorina Marchetti ein Opfer ist. Denn das ist unzweifelhaft. Wenn die Toten reden könnten, wären wir erheblich besser dran.«

»Ich hab was.« Spadafero hielt einen abgerissenen Papierstreifen zwischen den Backen seiner Pinzette. »Steckte in einem Schuh. Das muss zum Mordauftrag gehören. Sieht leider immer noch nicht komplett aus.«

Gemeinsam beugten sie sich über die wenigen Worte, die wie befürchtet nicht genügten, um den Gesamttext zu rekonstruieren. Dini hatte seine Lizenz zum Geldeinfordern dreigeteilt. Ein vorsichtiger Mann, der offenbar immer nur ein Stück bei sich getragen hatte. Als Rückversicherung, damit ihm sein Beweis nicht komplett abhandenkam, wie es beim Gerangel an der Klippe sonst geschehen wäre. Somit befand sich der fehlende Rest nach dem Bad im Schlickerbottich mit großer Wahrscheinlichkeit in Auflösung.

»*Maledetto*«, knurrte Lorenzo. »Nicht mal eine Ecke vom Wasserzeichen ist zu sehen. Hoffentlich sind wenigstens ein paar Fingerabdrücke drauf. Dann reden die Toten doch.«

Das Wort »sterben« ließ sich erkennen, und von der Ortsangabe Via Anunnziata war das Bruchstück »unnziata« erhalten.

»*Maledetto*«, stimmte Federica zu und starrte auf die durch eine Macke verdickte Windung im kleinen A. Wie hatte sie das übersehen können? »Die Toten reden auch so, Garibaldi.« Sie öffnete ihre Handtasche. Zu viele Ereignisse waren über sie hereingebrochen und hatten ihr den Blick verstellt. Der unüberlegte Kuss in der Questura, der desaströse Auftritt in der Manufaktur bei ihrer Bewerbung, Signor Pedersolis Taschengeschichte, Emilias Ringkampf an der Klippe – und Tommasos Überraschungsbesuch. Sie packte ihren peinlichen ersten Tippversuch aus, den sie vor der Sekretärin hatte verschwinden lassen. »Sehen Sie sich das kleine A an – es schmiert und es stimmt überein. Blöderweise habe ich das Schmieren vor Signorina Ragonese und Finello erwähnt. Wenn noch niemand das Farbband ausgetauscht hat, könnte das doch beweisen, auf welcher Maschine der Auftrag geschrieben wurde. Nämlich auf der von Teresa Marchetti.«

Aufgeregt legte Spadafero die beiden Zettel nebeneinander auf den Tisch. »Sie sind genial, Signora!«

Lorenzo zuckte mit einer Augenbraue. »Ganz so weit würde ich nicht gehen, angesichts dieser Tippkünste. Und doch: Das Farbband, darauf muss man kommen.«

»Na ja, am Farbband liegt es nicht«, schränkte Spadafero ein. »Wäre das Farbband schuld, wäre das ganze Schriftbild verschmiert. Aber die Schlussfolgerung ist richtig, es war dieselbe Maschine, denn jede hat ein unverwechselbares Anschlagsmuster. Es muss am Buchstaben selbst liegen, ein Schaden an der mechanischen Type. Auf Signorina Ragoneses Mitarbeiterliste ist das A einwandfrei. Die hat sie auf der Maschine in ihrem Vorzimmer geschrieben.«

»Teresa Marchetti also?« Lorenzo schob das Kinn vor, schüttelte den Kopf. »Auch wenn ihre Maschine benutzt worden ist, ist es nur ein Indiz. Kein Beweis. Wir brauchen immer noch mehr. Denn das ändert nichts: Sie ist tot, und Emilia Finello lebt. *Maledetto.*« Wieder fluchte er gepresst. »Wieso, Signora Pellegrini? War es ein Versehen, dass sie selbst überfahren wurde? Haben Sie auch darauf eine Antwort?«

Es lag Federica fern, sich über seinen Ärger zu amüsieren, über die zerrauften Haare und die verrutschte Krawatte, denn im Grunde stimmte sie ihm zu. Leider fehlten ihr heute die süßen Biscotti, denen er nie widerstehen konnte und die seine Laune zuverlässig verbesserten. An einer Antwort mangelte es ihr jedoch nicht.

»In Beziehungen – egal welcher Art – wird am häufigsten um Geld gestritten. Dinis dreißigtausend Lire erscheinen mir viel zu wenig für ein Menschenleben. Auch wenn Auftragsmord nicht gerade mein Fachgebiet ist. Das Geld war also nur ein Vorschuss.

Ein Versehen? Tja, könnte sein. Wenn aber Teresa kalte Füße bekommen hat und die Sache abblasen wollte, war es für Dini Essig mit dem eigenen Taxi. Er sieht rot und überfährt Teresa, die vor Ort sichergehen wollte, dass Emilia nichts passiert. Dann wird ihm klar, dass er damit nichts gewonnen hat. Er disponiert um und versucht sich als Erpresser. *Allora,* es ist nur eine Theorie und nicht hundertprozentig wasserdicht. Aber auch nicht schlecht, nicht wahr, mein lieber Garibaldi?«

Er hob beide Hände.

»Ich gebe auf. Sie haben immer das letzte Wort. Spadafero, erinnern Sie mich, dass ich Ihnen einen ausgebe, sollten wir die Signora jemals sprachlos erleben. Und jetzt bringen Sie den Auftragsfetzen ins Labor. Ich will, dass dort jedes denkbare Verfahren angewendet wird, um etwas zu finden. Wir konfiszieren unterdessen die Schreibmaschine.«

Federica wischte unter dem Zettel Staub vom Tisch, rieb die Fingerspitzen gegeneinander. Hatten Tommaso und Signorina Jung ihr gestern nicht etwas von einem Stein erzählt? Sie hielt Garibaldi den staubigen Finger hin. »Ich habe noch eine Idee. Und ich weiß, die klingt ziemlich verrückt.«

»Raus damit.«

Als sie geendet hatte, schwieg der Kommissar einen Moment, dann nickte er seinem Ispettore zu. »Sehen Sie, Spadafero: *das* – das war genial.«

*

Steif wie eine der Keramikskulpturen aus der Gießerei saß Simonetta Ragonese auf der Sesselkante, Ercole Finello an ihrer Seite auf der Armlehne. Eine ungemütliche Konstellation, die zu ihrer Stimmung passte.

Lorenzo Garibaldi lehnte sich im zweiten Sessel zurück, strich die Bügelfalte seiner Hose entlang. »Ihr Bruder hat den Mord zugegeben. Der Mann hat ihn erpresst, er hieß Renato Dini.« Ihn beim Namen zu nennen, machte ihn menschlicher. Denn auch sein Tod war Unrecht. »Wir gehen davon aus, dass Dini den Mord an Teresa Marchetti ausgeführt hat – und dass Vittorio den Auftrag dazu erteilte«, sagte er mit undurchdringlicher Miene. Das Geständnis war widerrufen, Vittorio als Auftraggeber aufgrund von Federica Pellegrinis Geistesblitz so gut wie aussortiert. Was jedoch zunächst niemand wissen musste. Sämtliche Schreibmaschinen der Manufaktur befanden sich auf dem Weg ins Labor. Obwohl ihm schon eine kleine Schriftprobe in der Buchhaltung genügt hätte. Er wollte sich nichts vorwerfen lassen und segelte ohnehin nah am Wind. Es war Teil seines Plans, dass Federica als seine Begleitung auf dem breiten Sofa saß. Eine Herausforderung, die zusätzlichen Druck aufbaute. Er pokerte, und dazu gehörte es, die Mitspieler zu reizen.

Simonetta schüttelte stumm den Kopf.

»Sie sind anderer Meinung, Signorina? Verraten Sie mir, wieso. Waren Sie es, die reinen Tisch machen wollte, um den Ruf der Firma zu schützen? Weil Teresa zu weit gegangen ist? Oder war es Ihre Idee, Signor Finello? Es muss schwer sein, immer an zweiter Stelle der Rangfolge zu stehen. Stillzuhalten, wenn der große Bruder seinen Willen durchsetzt oder sich eine Geliebte leistet, die zum Risiko für alles wird, was Ihre Familie aufgebaut hat. Ich verstehe das.«

»Nichts verstehen Sie, überhaupt nichts!« Ercole tätschelte Simonettas Hand. »Und wir haben nicht gewusst, dass Teresa Marchetti seine Geliebte war – im Gegenteil. Sie hat sich großartig verstellt, diese falsche Schlange. Nur dass er sich ein Verhältnis leistete, war uns klar.«

»Ercole, bitte!«

»Nein, diesmal bin ich nicht still. Wir haben weggesehen. Weil er es weitgehend diskret hielt. Auf Teresa kamen wir erst, als sie tot war. Vittorio wurde unausstehlich.« Ercole nestelte an seiner Brille herum, schloss für eine Sekunde die Augen. Das Horngestell prägte Druckstellen in seinen Nasenrücken, die sich nicht wegmassieren ließen. Dann schaute er durch die Gläser blinzelnd zu Federica. »Als urplötzlich Sie auftauchten und Teresas Stelle wollten, waren wir wie vor den Kopf gestoßen. Was in seinem Hirn vor sich ging, konnte jeder sehen. Wie er gurrte, Sie umschwänzelte und an allen Mitarbeitern vorbei in den hintersten Winkel des Werks schleppte. Ich habe ihn zur Rede gestellt, wie er sich das vorstellt. Die eine Geliebte noch nicht richtig kalt, und schon streckt er die Fühler nach der nächsten aus? Verzeihung, Signora, ich meine das nicht persönlich – aber um sein Selbstmitleid zu stillen, kamen Sie gerade recht. Er führte sich auf wie ein beleidigtes Kind, dem man sein Spielzeug weggenommen hat. Ich sagte ihm, er solle sich besser darum kümmern, seine Frau zurückzuholen, um den Schaden für die Maioliche Finello zu begrenzen. Es war alles egal, bis ich gedroht habe, unseren Vater einzuschalten. Gefürchtete Worte, solange ich denken kann. Das äußerste Mittel, das – bei allen Differenzen – keiner von uns je angewandt hatte. Er hat mich gut erkennbar abgekanzelt, nicht wahr, Signora Pellegrini? Trotzdem hat er später eingelenkt und Ihren Rauswurf durchgezogen. Was ich damit sagen will, ist, er hat Signorina Marchetti nicht geliebt, dazu ist er viel zu egoistisch. Aber er hat unter ihrem Tod gelitten und ihn sicher nicht gewollt.«

Ercoles Beschreibung gab die Situation ziemlich korrekt wieder. Federica hatte es darauf angelegt, Vittorio zu ködern. Und es hatte funktioniert. Sie sah keinen Anlass, beleidigt zu sein, aber auch keinen, Vittorio zu bedauern.

»Ihr Bruder hat einen Tonabschneider benutzt, um Renato Dini zu töten«, sagte sie kühl. »Diesen Tod hat er ganz sicher gewollt.«

Lorenzo griff das Stichwort auf. »Wie scharf so ein Schneidedraht ist, muss ich Ihnen nicht erzählen. Er hat ihn um Dinis Hals gelegt und zugezogen. Erdrosseln ist ein schrecklicher und langsamer Tod, den niemand verdient.«

Entsetzt schlug Simonetta die Hände vors Gesicht.

»Einen Tonabschneider hat man nicht eben mal in der Hosentasche«, ergänzte Federica. »Und er taugt nicht zur Verteidigung. Es war also kein Affekt und schon gar keine Notwehr. Er hat das Werkzeug vorsätzlich eingepackt – um zu töten.«

»Ich ertrag das nicht mehr«, murmelte Simonetta, und wieder drückte Ercole ihre Hand.

»Schon gut«, sagte er und küsste ihren Scheitel. »Es ist einfach genug jetzt. Sagen Sie, was Sie wissen.«

Simonetta starrte zu Boden. »Ich bin Vittorio am Freitagabend gefolgt. Er war den ganzen Tag so nervös, ich wusste, dass er etwas vorhatte. Es war spät, dunkel. Ein Mann wartete auf der Rückseite der Fertigungshalle. Er hat geraucht, sie haben geredet, dann sind sie ein Stück gegangen. Ich konnte nicht alles erkennen. Es sah irgendwann aus, als ob sie miteinander ringen. Plötzlich sackte der Mann zusammen und blieb liegen. Vittorio tat nichts, stand einfach da. Dann ging er fort, kam mit einer Schubkarre wieder. Ich habe weggesehen, konnte mich nicht bewegen. Nach einer Weile klappte eine Tür. Ich kenne das Geräusch gut, das war die vom Vorraum des großen Ofens. In dem Moment dachte ich wirklich …« Sie wischte sich über die Stirn.

»Durch die Luke hätte er nicht reingepasst.« Ercole legte tröstend den Arm um sie. »Jedenfalls nicht am Stück und nicht in Eile. Das Schlickerbecken war naheliegend. Aber Vittorio hätte wissen müssen, dass er ihn dort nicht lange lassen kann.«

»Aus den Augen, aus dem Sinn«, seufzte Simonetta. »So war er früher schon. Was er nicht mehr sieht, verdrängt er.«

Lorenzo räusperte sich. Ihre Aussage konnte vor Gericht der entscheidende Baustein zu Vittorios Verurteilung sein. »Danke, Signorina Ragonese.«

»Am Samstag war er sich der Lage aber noch bewusst«, warf Federica ein. Die heraufbeschworenen Bilder waren schwer zu ertragen, schwerer noch die beherrschte Ruhe aller, die so gar nicht ihrer eigenen Gemütslage entsprach. »Ich nehme doch an, dass er es war, der mich niedergeschlagen hat, um mich am Herumschnüffeln zu hindern.« Ein Schauer huschte über ihre Haut. Wäre Garibaldi nur wenige Minuten später gekommen … Unwillkürlich tastete sie nach der Beule und stand auf. Unmöglich, noch länger stillzusitzen. »Entweder wollte er sich gerade um das Taxi kümmern, oder er hat gesehen, wohin ich gehe, und ist mir gefolgt.« Ihr Hupkonzert war in beiden Fällen bestens geeignet gewesen, seine Aufmerksamkeit auf sich zu ziehen. »Danach war überall auf dem Firmengelände Polizei unterwegs, keine gute Voraussetzung, um den Toten ungesehen aus dem Schlicker zu holen. Er steckte richtig in der Klemme.«

Sie verschränkte die Arme, wünschte sich etwas Hochprozentiges gegen den üblen Geschmack im Mund, den der Gedanke auslöste, und lehnte sich an die Vitrine. Die Deckelvase schepperte.

»Vorsicht, Signora! Das ist ein historisches Unikat.«

»Ich weiß, das hat mir jemand ausführlich vorgegurrt. Und dass nichts über Familientradition geht und niemand so wichtig ist wie das Unternehmen. Für mich wäre das nichts.«

Grimmig schaute der alte Firmenpatriarch von seinem Portrait auf sie herunter. Lag es an seiner Erziehung, dass Ercole sich scheinbar mehr um das Wohl der Vase sorgte als um seinen Bruder, der zum Mörder geworden war?

Herausfordernd klopfte Federica ans Glas, dann hielt sie den Atem an. Das Arrangement der Werkzeuge des ersten Finello –

Töpfer und Begründer der Dynastie – wirkte schief, obwohl jedes Teil an seinem Platz lag, Spachtel und Abziehmesser, Haken, Schlingen – und ein Tonabschneider.

»Ich nehme es zurück«, sagte sie. »Traditionen sind was Feines. Und Erbstücke, von denen man sich einfach nicht trennen kann. Unter gar keinen Umständen.« Aufgeregt winkte sie Garibaldi zu sich. »Es wäre aufgefallen, wenn in der Sammlung etwas fehlt. Ob Sie daran wohl noch Fingerabdrücke oder Blutreste finden können?«

»Der Vitrineninhalt ist hiermit beschlagnahmt.« Lorenzo wandte sich Ercole zu. »Die Maioliche Finello wird einen neuen Geschäftsführer brauchen.« Er würde Vittorio nicht mehr vom Haken lassen.

*

Am späten Montagnachmittag fand sich Silvio Cristante in der Questura ein. Er kam ohne Umweg direkt vom Kutter, nachdem die Fracht gelöscht war, roch nach Schweiß und Fisch. Seinen Landgang nach einem harten Wochenende auf See hatte er sich anders ausgemalt. Ein ordentliches Essen, eine Nacht durchzechen, dann einen Tag verschlafen. Es gefiel ihm nicht, dass der Kommissar ihn schon wieder sehen wollte und am Kai hatte abholen lassen.

»Ist kein Geheimnis, dass ich Renato kenne. Was dagegen? Jeder in der Bar La Luna kennt ihn.«

»Doch Sie kennen ihn besser, sind befreundet. Hat er auch Ihre Cousine Teresa gekannt?«

»Nein. Sie hat sich nicht in Bars rumgetrieben. Sie war anständig. Und befreundet, na ja, das ist übertrieben.«

»Wir haben Hinweise, dass die beiden Kontakt zueinander hatten und dass dieser Kontakt mit Teresas Tod in Verbindung stehen könnte.«

Cristante fluchte laut und sprang auf. »Ich mache ihn kalt, den Schweinehund!«

»Ganz ruhig. Das hat schon ein anderer erledigt. Darum können wir ihn nicht mehr fragen. Also nochmal: Kann es sein, dass Teresa mit ihm ein Geschäft gemacht hat? Sie hat Ihnen vertraut. Hat Sie mal etwas angedeutet?«

»Er ist tot?« In Silvio Cristantes Gesicht spiegelten sich widerstreitende Gefühle. Er schlug die geballten Fäuste gegeneinander. Zweimal, dreimal, viermal. »Teresa hatte etwas vor«, presste er schließlich heraus. »Sie hat mich gebeten, einen Kontakt herzustellen. Für einen heiklen Auftrag, der sie voranbringen würde – und zu Geld –, und dass es nicht zu meinem Schaden wäre, wenn ich mich nicht blöd stelle und sie unterstütze. ›Schnauze halten und keine Fragen stellen, Silvio. Du willst doch zur See fahren und nicht wieder einsitzen.‹ Sie hat gelacht und gesagt, ich soll mir keine Sorgen machen. Also hab ich mich für sie umgehört.«

»Bei Renato Dini?«

»Er war gut vernetzt, hat kleinere krumme Dinger gedreht, so wie ich früher. Er sollte die Anfrage diskret weitergeben und arrangieren, über ein paar Stationen von Vermittlern. Damit war ich raus.«

»Wusste er, woher der Auftrag kam?«

Cristante rieb sich zornig über die Augen. »Nein. Ich hätte ihm Teresas Namen nie genannt.«

»Danke. Das dachte ich mir.« Lorenzo trommelte mit den Fingern auf seinem Bein. »Trauen Sie ihm einen Mord zu – einen Auftragsmord?«

»Das war nicht seine Kragenweite.«

Auch das hatte Lorenzo sich gedacht. Aber es gab für alles ein erstes Mal. Und manchmal ging dabei alles schief.

*

Entgegen ihrer Gewohnheit, die Abkürzung zwischen Olivenhain und Weinberg zu nehmen, kurvte Federica über die Hauptzufahrt hinauf nach Pesaro del Monte piccolo Cattolica. Der mittelalterliche Torbogen in der Dorfmauer versetzte sie in eine ungewohnte Hochstimmung, die sich dahinter noch verstärkte. Eine Horde Kinder rannte mit klatschenden Sandalen über das holprige Pflaster. Sie trieben einen Ball vor sich her, völlig in ihr Spiel vertieft, ohne sich darum zu kümmern, dass sie deswegen warten musste. Federica lächelte. So sollte es sein.

Im Kriechgang rollte ihr Cabrio die gewundene Straße entlang zur Dorfmitte. Gleich morgen früh würde sie wieder in die Questura fahren. Doch jetzt stand sie in Gedanken bereits in der Küche. Es sollte etwas Besonderes sein, was sie heute für Fräulein Jung kochen wollte. Sie konnte nicht so tun, als sei nichts geschehen. Bei allem, was sie über Emilia zu erzählen hatte – und das musste sie, schließlich hatten die beiden jungen Frauen sich angefreundet –, wollte sie das Ansehen Italiens zugleich ein bisschen aufpolieren. Was sollte Lene nur denken, von einem Land, in dem ein Urlaub zur Mordermittlung geriet, eine Verdächtige unterm selben Dach schlief – und die Vermieterin sich fast den Schädel einschlagen ließ, weil sie die Nase in gefährliche Angelegenheiten steckte? Sie würde es ihr schmackhaft machen, im wahrsten Sinne.

Auf dem Platz vor Iannazos Laden hielt Federica an. Johlend rannten die Kinder im Kreis. Vögel zwitscherten in den Platanen, unter denen die alten Männer ihre Bocciakugeln warfen. Am Brunnen werkelte der Pfarrer an den Blumentöpfen herum. Daneben steckten Frauen in bunten Kleidern und Schürzen die Köpfe zusammen. Das war an Idylle kaum zu überbieten. Sie blinzelte. Der Fußball krachte in Iannazos Gemüse, unter dem der Stand zusammenbrach, Auberginen kullerten, Tomaten zerplatzten. Fenster flogen auf, die Frauengruppe stob auseinander, und vielstimmiges Gezeter hob an. Der pummelige Angelo schoss aus dem Laden, erwischte eins der Kinder am Ohr, woraufhin Don Pietro mit flatternder Soutane schlichtend herbeieilte.

Na bitte, schon besser: So kannte sie ihr Pe-Mo-Ca! Federica stutzte. *Ihr* Pe-Mo-Ca? Entwickelte sie etwa heimatliche Gefühle für dieses Kaff? Vom Brunnen winkte Fräulein Jung zu ihr herüber und schüttelte aufgeregt den Kopf. Was hatte sie bloß? Erst beim zweiten Hinsehen bemerkte Federica die Veränderung – die Frisur, das Strahlen. Und sie strahlte zurück.

Die Luft war erfüllt vom Klang des Sommers. Der Frühling war fast vorbei, Zeit für Neues. Das war kein Tag, um sich stundenlang an den Herd zu stellen. Das war einer zum Feiern. Trotz allem.

Kapitel 22

Die Beine lässig übereinandergelegt saß Federica Pellegrini auf Lorenzo Garibaldis Schreibtisch und behielt auch im Büro die Sonnenbrille auf. Ihr Kopf kämpfte noch mit den Nachwirkungen des letzten Abends, die er ihr sicherlich ansehen konnte. Lene saß auf seinem Stuhl. Ihre Größe hatte ihr einen Vorteil verschafft, sie war deutlich trinkfester als angenommen, was sie mit selbstgebranntem Westerwälder Kartoffelschnaps begründet hatte.

Das Rätsel war gelöst, und sie konnten Federicas verrückte Theorie beweisen. Und das verdankten sie ihren Urlaubsgästen, die den geheimen Briefkasten im Museumshof aufgespürt hatten.

Garibaldi lehnte an der Wand, die Hände lässig in den Hosentaschen. Er war bemüht, sich nichts anmerken zu lassen, doch die angespannte Falte auf seiner Stirn war verschwunden, und seine Lippen umspielte ein zufriedenes Lächeln.

Mit glühenden Wangen drückte Lene den schweren, schwarzen Telefonhörer ans Ohr, in dem es leise knisterte. Sie konnte kaum fassen, dass sie vom Platz des Kommissars ein Ferngespräch nach Viersen führte. Er hatte auf Italienisch für Friedhelm Meyer die aktuellen Ereignisse kurz zusammengefasst und ihr dann den Hörer übergeben. Es stünde ihr zu – und nur ihr –, den wichtigsten Teil der Nachricht zu übermitteln.

»Das war nämlich so«, erklärte sie jetzt. »Der Medusa-Stein war zu rau für Fingerabdrücke, und auf dem Brief gab es nur die von dem Motorradfahrer und keine von Emilias Freundin. Diese Teresa hat extra Handschuhe getragen. Woran sie aber nicht gedacht hat, war das staubige Gebrösel von Stein und Mörtel in ihrem Versteck hinter dem Rosenbusch. Das hat sie mit ihren

Handschuhen in ihre Manteltaschen gesteckt. Darauf ist Signora Pellegrini gekommen. Die Polizei hat tatsächlich noch Reste gefunden, obwohl die Handschuhe abgeklopft waren. Und bei dem toten Motorradfahrer haftete der gleiche Staub noch am Papier. Stellen Sie sich vor, Herr Meyer – unser Stein aus dem Rosenbeet der Medusa hat den Beweis erbracht, dass die beiden wirklich miteinander in ein Mordkomplott verwickelt waren.«

»Das ist ja doll!« Meyers Stimme überschlug sich geradezu. »Also wollte die eine Freundin die andere – unsere Emilia – umbringen lassen, und ist dann selbst aus Versehen unter die Räder geraten? Was für eine Geschichte! Wobei die Lorbeeren für die Lösung Ihnen allein gebühren, denn Sie haben die richtigen Schlüsse aus der Parole Medusa gezogen. Ich habe Sie nur nach Pesaro begleitet. Sensationell, Fräulein Jung. Sensationell!«

Seine überschwängliche Art machte ihr gute Laune, obwohl sie beim Inhalt des geheimen Briefkastens gänzlich falsch gelegen und an romantische Liebesbriefe geglaubt hatte. Ein Rosenkavalier und ein Mordauftrag, es grauste sie, daran zu denken.

»Nennen Sie mich Marlene«, sagte sie entschlossen. Lene gehörte der Vergangenheit an, jenen kalten, dunklen Wintern in Moschrod, die Signora Eliza mit ihren abgeschnittenen Zöpfen zusammengefegt und weggeworfen hatte. Morgen ging auch ihr Urlaub zu Ende, aus dem sie das italienische Fieber mitnehmen würde. Sie wusste, dass sie wiederkommen musste, um den Ginster in voller Blüte zu sehen. Und zuhause erwartete der Anwalt ihre Entscheidung, wie es mit dem Hof weitergehen sollte.

»Marlene«, sagte Meyer.

Der Name hörte sich gut an aus seinem Mund. Nur eine Sache gab es für ihre Zukunft noch zu klären. Sie holte tief Luft.

»Gibt es in Viersen eigentlich auch Katzen, Herr Meyer?«

*

Im Kursaal in Pesaro spielte zum ersten Mal in diesem Jahr die Tanzkapelle auf. Durch die geöffneten Türen flog die Musik hinunter zum Strand. Federica drehte sich barfuß um sich selbst, die hochhackigen Sandalen in einer Hand. Lorenzo Garibaldi saß im Sand und sah ihr zu.

Nach und nach fügte sich alles zusammen. Am Tonabschneider aus Finellos Vitrine gab es keinen einzigen Fingerabdruck, obwohl dort welche hätten sein müssen, wie an allen anderen ausgestellten Gegenständen. Eine klitzekleine Menge Blut war jedoch unter dem Draht in die Öffnung des Griffs gelaufen. Menschliches Blut, das zu Dinis Blutgruppe passte wie die Reste am Taxi zu Teresa. Mit Simonetta Ragoneses Hilfe konnte schon bald gegen Vittorio Finello Anklage erhoben werden. Über seinen Grund für den Mord diskutierten sie bereits den halben Abend. Steckte Rache für den Tod seiner Geliebten dahinter? – beim Cha-Cha-Cha. War es das schnöde Geld? – beim Mambo. Oder doch die Liebe zu Emilia? Letztere Frage nahm gleich zwei Runden Rumba in Anspruch. Darauf würde Finello sich vor Gericht berufen und sich als Ehrenmann darstellen. Schließlich hatte er nur seine Ehefrau vorm Gefängnis bewahren wollen, weil er fürchtete, sie habe aus Eifersucht einen schrecklichen Fehler begangen. Ein opernreifes Liebesdrama, das ihm durchaus Pluspunkte einbringen konnte. Genau wie Emilias Schwangerschaft. An der Legitimität des Kindes würde er keinen Hauch eines Zweifels aufkommen lassen.

Federica ließ sich neben Lorenzo nieder, der sein Jackett als Decke für sie ausbreitete. Das viele Tanzen machte sie so schwindelig wie die Sterne über ihnen, die Musik füllte ihre Köpfe. Doch noch immer gab der Fall sie nicht frei. Es fiel ihnen schwer, sich in Teresa hineinzudenken, doch um den Ablauf der Ereignisse zu rekonstruieren, war es notwendig.

»Teresa war gut vorbereitet«, stellte Federica fest. »Sie hat dafür gesorgt, dass Emilia sich von Vittorio nicht nur betrogen, sondern auch bedroht fühlte. Unter dem Vorwand, ihr etwas Wichtiges und ganz sicher ohne Zeugen sagen zu müssen, war es leicht, Emilia in die Via Annunziata zu locken, wo sie sich ja früher schon getroffen hatten.«

»Dini brauchte nur abzuwarten, bis sie mitten in der Gasse war, und dann Gas zu geben. Fünfundzwanzig Meter, volle Beschleunigung, das geht schnell. Silvio Cristante zufolge war Dini ein kleiner Ganove, kein Profi. Das haben sämtliche Nachforschungen bestätigt. Teresa hat unwissentlich einen Dilettanten engagiert, der beim ersten Versuch – den Sie beobachtet haben – wohl einfach kläglich versagte. Das sollte ihm beim zweiten Mal nicht wieder passieren. Er hatte sein Taxi schon anbezahlt und brauchte unbedingt das für den Vollzug versprochene Geld.«

»Verstehe: Die verabredete Zeit läuft ab. Er wartet, wird nervös, will vielleicht schon aufgeben. Mit einem Mal steht da eine Frau. Etwas anders gekleidet, als es ihm beschrieben wurde – keine Hose, ein Rock –, aber immerhin dunkel. Ob schwarz, blau oder braun, darauf zu achten fehlte ihm die Muße. Wo kommt sie plötzlich her? Die weiße Tasche vor ihrem Bauch, leuchtend wie ein Warnsignal. Alles egal. Er muss handeln, ehe sie wieder verschwindet.« Federica zog Spuren durch den Sand und wischte sie mit einem Streich weg.

»So betrachtet hätte es eine gänzlich Unbeteiligte treffen können, weil Dini die Nerven verlor.« Lorenzo malte neue Linien und ein Fragezeichen. »Was hat Teresa veranlasst, ihm in die Quere zu geraten? Sie kannte das Risiko.«

»Ich denke, sie wartete in der Nische. An die Wand gedrückt. Oder an der Ecke in der Via Perticari. Wahrscheinlich wollte sie genau wie Dini sichergehen, dass diesmal alles klappt. Und genau wie er wurde sie ungeduldig. Der alte Signor Pedersoli sagte, sie wirkte verärgert, was auch gegen einen späten Versuch, den Anschlag abzuwenden, spricht. Wäre Emilia pünktlich gekommen, direkt auf sie zu … Teresa hätte zu Beginn der Vorstellung im Kino gesessen. Ein prima Alibi. Und mit der Ausstellung in der Casa Rossini gab es eine hervorragende falsche Fährte. Da Emilia dorthin wollte, wusste Teresa, wie sie angezogen sein würde: getarnt wie eine schwarze Katze auf nächtlichem Streifzug, in den gleichen Sachen, in denen sie zu ihren Maltreffen schlich. Ich wette, Teresa hätte den armen Gaetano eiskalt belastet.«

»Sie sind tatsächlich überzeugt, dass die beiden nur die Leidenschaft zur Kunst verbindet und Emilia nicht *sein* Kind erwartet.« Lorenzo stützte sich auf einen Ellbogen. »Wieso?«

»Oh je, die Apfelfrage.« Der weite Rock ihres Kleides flog auf, und sie wickelte die Arme um ihre Knie. »Die erkläre ich Ihnen lieber ein andermal.« Sie schaute zu den Sternen. »Bleiben wir stattdessen bei Dini. Das verwendete Firmenpapier weckte seinen Verdacht, dass der Auftrag von dort kam. Er wird die Ermittlungen genau im Auge behalten haben – womöglich in Ihrem Windschatten. Sie fahren zu Vittorio nach Hause, aber nicht zu Ercole, richtig? Daraus zieht er die nächsten Schlüsse. Die Tote war eine Angestellte und eine Freundin? *Va bene* – das passt. Wieso sollte er je zweifeln, die Richtige erwischt zu haben? Und weil er noch Geld zu kriegen hatte und des Wartens überdrüssig wurde, hat er Druck gemacht und damit sein eigenes Todesurteil unterschrieben.«

Unter der Promenadenbeleuchtung flatterten Insekten, denen Lorenzo Garibaldi sich verbunden fühlte. Das Licht, dem er nicht entrinnen konnte, saß neben ihm, hielt ihn durch einen wachen Geist, Kombinationsvermögen und Leichtigkeit gefangen.

»Zwei Täter, die ihrem eigenen Plan zum Opfer gefallen sind.« Er lächelte unkonzentriert. »Was lernen wir daraus?«

»Dass sich Verbrechen nicht auszahlt? Puh, das ist eine platte

Weisheit, liebster Garibaldi. Außerdem waren es drei – ich zähle Finello mit dazu. Wissen Sie noch was Besseres?«

»Etwas viel Besseres. Aber das hat nichts mit dem Fall zu tun, und ich bin nicht sicher, ob es Signor Balistreri gefallen würde.« Erschrocken richtete er sich auf. Was redete er denn da? »Entschuldigen Sie, das war unpassend.«

Federica hob die Augenbrauen. »Stimmt. Aber egal, was Sie im Sinn haben, wüsste ich nicht, was es Tommaso angeht.«

»Sind Sie sicher? Sie schienen mir sehr … eng verbunden.«

»Das sind wir auch. Rein freundschaftlich, wie ich sicher schon mal erwähnt habe.« Als er schwieg, sprach sie weiter. »Er kam wegen Matteo, nicht meinetwegen. Weil er mit seinem Tod noch nicht abgeschlossen hatte. Mir ging es genauso, das habe ich durch Tommaso begriffen.«

»Es tut Ihnen leid, dass er abgereist ist.«

»Nein.« Sie stand auf und zog ihn mit sich. »Nein, liebster Garibaldi. Es war ein sehr schönes Wiedersehen. Mehr nicht. Es tut mir nicht leid, und ich bereue nichts. Höchstens, dass ich noch immer nicht genug getanzt und getrunken habe. Das sollten wir schleunigst ändern.«

»Dann kann ich Sie unmöglich auf Ihren Hügel zurückfahren lassen. Sie haben jetzt schon einen Schwips, Signora.« Er hob sein Jackett auf, schüttelte Sand ab und hüllte es um ihre nackten Schultern.

»Als Gentleman sollten Sie mir anbieten, mich nach Hause zu bringen – was in diesem Fall verkehrsgefährdend wäre, denn Sie sind genauso beschwipst wie ich.«

»Ein Dilemma.« Lorenzo legte die Stirn in Falten, hielt den Atem an, als ihre Fingerspitzen darüber strichen und weiter entlang seiner Schläfe zum Nacken glitten.

»In der Tat.« Federica lehnte den Kopf an seine Wange. »Vernünftig wäre es wohl, sofort aufzubrechen.«

»Sehr vernünftig«, stimmte er zu. »Aber … Was, wenn ich Ihnen mein Kissen anbiete?«

Hinter ihren geschlossenen Lidern begegnete sie dem Blick der alten Befana und öffnete rasch die Augen. Die Kapelle im Kursaal spielte einen Blues.

»Dann wäre das unmoralisch und verwerflich, Garibaldi.«

Seine Lippen berührten ihr Ohr.

»Ist das ein Ja?«

Epilog

Hinter der Festung Rocca Constanza tauchte die Sonne aus dem Meer auf. Vier Freunde machten sich auf zum Strand, um einen letzten Morgen gemeinsam zu verbringen, ehe Bruno Bruni der Stadt den Rücken kehrte. Gaetano drehte sich zu den dicken Gefängnismauern um. Vittorio Finello war des Mordes überführt, und Emilia übernahm gemeinsam mit seinem Bruder die Geschäftsleitung der Maioliche Finello. Dort würde sich jetzt einiges ändern. Bis auf Simonetta Ragonese, darauf hatten Emilia und Ercole bestanden, ungeachtet ihrer Aussage gegen Vittorio. Sie war die Seele der Manufaktur, und auch die nächste Finello-Generation konnte auf ihre uneingeschränkte Hingabe zählen.

Emilia plante, eine Künstlerkollektion ins Programm zu nehmen, und hatte Gaetano die Mitarbeit an der ersten Ausgabe angeboten: die andere Seite der Medusa. Eine Hommage und ein Versuch zu überwinden, was geschehen war.

Gaetano rannte seinen Freunden hinterher. Es war nichts falsch daran, auch die nächsten tausend Sonnenaufgänge an genau diesem Strand zu erleben. Dieser Strand war wunderschön. Das Meer, der Himmel und die Farben füllten seine Seele mit Glück. Jedes Mal aufs Neue. Jeder Tag glich einer frischen Leinwand, und es war seine Entscheidung, welches Bild er darauf malte.

Und während die Freunde das Wasser erreichten, kehrte eine kleine schwarze Katze von der Jagd zurück, rollte sich in der Morgensonne auf dem Dach vor Gaetanos improvisiertem Atelier zusammen und schlief ein.

Nachwort und Dank

Auf einer Klippe am Monte San Bartolo zwischen Fantasie und Wirklichkeit liegt mein kleines Dorf Pesaro del Monte piccolo Cattolica – erfunden wie all seine Bewohner, Begebenheiten und Beteiligten rund um den geschilderten Mordfall.

Alle? Nun, fast alle.

Auf der Suche nach Inspiration stieß ich auf einen Namen: Bruno Bruni. Maler, Zeichner und Plastiker aus Gradara und Absolvent des Istituto d'Arte in Pesaro, wo er im Jahr 1959 seine erste eigene Ausstellung in der Casa Rossini organisierte. Der Funke zündete sofort – ich forschte weiter und fand! Zu meinem großen Glück konnte ich mit Signor Bruni persönlich in Kontakt treten, der mir sehr charmant vom damaligen Lebensgefühl, den Träumen und Schwierigkeiten junger Künstler in der Region Pesaro erzählte. Mehr noch, er erteilte mir die Genehmigung, eine Figur gleichen Namens – die ihm ein wenig ähnelt und einige Erlebnisse im Lebenslauf mit ihm teilt – im vorliegenden Roman auftreten zu lassen. Identisch sind die beiden selbstverständlich trotzdem nicht, sämtliche Ereignisse rund um den Mord haben keinerlei Bezug zur realen Person. Mein erster, ganz herzlicher Dank gebührt somit Bruno Bruni.

Die Keramikherstellung hat in Pesaro eine lange Tradition, die Sie in den Räumen des Museums im Palazzo Mosca bewundern können – inklusive der monumentalen Medusa am Treppenaufgang. Darum richtet sich mein zweites Dankeschön an Ferruccio Mengaroni, dessen tragisches Ende im Jahr 1925 belegt ist.

Echte Straßen und Plätze, das Cinema Duse, Schule und Museen in Pesaro habe ich mir als Handlungsrahmen ausgeborgt, die

Manufaktur Maioliche Finello werden Sie am Ufer des Foglia jedoch vergeblich suchen.

Mein immer noch rudimentäres Wissen rund um die Majolika verdanke ich Klaus Guttowski (Geschäftsführer Majolika Karlsruhe) und Dr. Joanna Flawia Figiel (Kuratorin Angewandte Kunst 1850–1945, Museum in der Majolika), etwaige Fehler in der Darstellung gehen auf meine Kappe.

Des Weiteren danke ich für die Beratung in Italienfragen historischer, sprachlicher und lebenspraktischer Natur Bernd Zillich, der einen sehr informativen Blog betreibt (mein-italien.info) sowie meinen »mörderischen Schwestern« Fenna Williams, Heidi Troi, Laura Gambrinus und Dott. Alessandra Barabaschi: *grazie mille!*

Aufgrund der großen Zahl meiner Figuren habe ich mich über die vielfältigen Möglichkeiten des italienischen Namensrechts hinweggesetzt und im Sinne der Übersichtlichkeit durchgehend für die Angehörigen einer Familie den gleichen Nachnamen verwendet.

Ein großes Dankeschön geht an meinen Verlag, speziell an Martina Wielenberg; an meine Lektorin Gisela Klemt, die meinen Text zurück auf den Weg bringt, wenn ich mich zu verirren drohe; und natürlich an meinen Agenten Michael Wenzel.

Zum Schluss danke ich meinem Mann, dem unerschütterlichen Fels in den Wellen meiner Emotionen, der meinen Kopf in allen Stürmen oben hält und mich einfach glücklich macht!

Mit herzlichen Grüßen
Ihre
Margherita Giovanni